DROEMER

Markus Stromiedel

ZONE 5

Thriller

DROEMER

Besuchen Sie uns im Internet:
www.droemer.de

FSC
www.fsc.org
MIX
Papier aus verantwortungsvollen Quellen
FSC® C083411

Originalausgabe Dezember 2015
Droemer Taschenbuch

Ein Imprint der Verlagsgruppe
Droemer Knaur GmbH & Co. KG, München

Redaktion: Viola Eigenberz
Covergestaltung: Network! Werbeagentur, München
Coverabbildung: plainpicture/Heidi Friauf
Satz: Daniela Schulz, Puchheim
Druck und Bindung: CPI books GmbH, Leck
ISBN 978-3-426-30481-5

2 4 5 3 1

»Neues schaffen heißt
Widerstand leisten.
Widerstand leisten heißt
Neues schaffen.«

Stéphane Hessel, *Empört Euch!*

Prolog

Der Tag, an dem der Kölner Dom einstürzte, war bis zu jenen Minuten kurz vor Sonnenuntergang bedrückend gewöhnlich gewesen. Die Unwetter der vergangenen Tage hatten sich gen Osten verzogen, es war wieder heiß und trocken, und so strömten die Besucher aufgeregt und erwartungsvoll plaudernd aus dem Bahnhofsgebäude hinüber zur Domplatte, dem Platz vor dem Westportal der Kathedrale. Der Zwischenstopp in Köln war für die meisten von ihnen der Höhepunkt ihrer Rundreise, die Stadt am Rhein war ein »Hotspot«, seitdem die Slums jenseits der Sperrmauer abgeriegelt worden waren. Nur ein kleiner Teil der Touristen vertraute sich den bunt uniformierten Führern an, die sie in das Innere der Kathedrale zu den Kopien längst ausgelagerter Kunstwerke führten. Die weitaus größere Zahl der Besucher stieg auf den Südturm, um von dort mit einem wohligen Grusel einen Blick auf die Stadt zu werfen. Dass sie zu den letzten Menschen gehörten, die den Schwarzen Dom am Rhein besuchten, ahnte zu diesem Zeitpunkt niemand.

Noch Tage später konnten alle, die das Unglück miterlebt hatten, nicht fassen, was geschehen war. Nichts hatte das Drama angekündigt, das zumindest behauptete der Net-Jockey, der auf die Gleise der IZE-Strecke stürmte und von der Rheinbrücke aus die ersten Bilder des schwelenden Schuttberges hinaus in die Welt sendete. Dass diese Einschätzung falsch war und mehr von der Unwissenheit des Reporters denn von den tatsächlichen Ereignissen zeugte, interessierte das schockierte Publikum nicht.

Dann fluteten die Bilder der Portcams das Netz: das Zittern der Häuser, als eine Detonation die Domplatte bersten ließ, der schwankende Südturm mit dem dumpf läutenden Dicken Pitter, das einbrechende Strebewerk am Langhaus, die durch die Wände des Hauptschiffes peitschenden Risse. Schließlich sackte die Westfassade ab, sie schien im Boden zu versinken, und schleuderte eine gewaltige Wolke aus Mörtel und Staub in den Himmel, eine Höllenfaust, die aus der Unterwelt emporfuhr und die beiden kippenden Türme mit sich riss. Minutenlang brach das W-Net zusammen, weil User in der ganzen Welt auf die Spots und Tracks zugriffen und in einer Mischung aus Entsetzen und Faszination der Kathedrale beim Einstürzen zusahen.

Was in den Minuten danach geschah, im Schutz der Staubglocke, die den Dom und die umliegenden Straßen verhüllte, bemerkte kaum jemand. Zeugen hörten Rufe, das Dröhnen schwerer Motoren, eine Reihe kleinerer Explosionen. Dann war es still, bis auf das Geräusch herabstürzender Steine und Mauerbrocken. Ihr Poltern vermischte sich mit den überraschten Schreien der Augenzeugen, die mit zitternden Fingern die Speicher ihrer Portcams abriefen und ihre Tracks in die Welt hinausschickten.

Der Staub über dem Schuttberg hatte sich noch nicht gesenkt, als schon die ersten Spekulationen durch das W-Net geisterten: Es war ein Anschlag der Exterritorialen, eine christlich-fundamentalistische Verschwörung, eine ungebändigte Naturgewalt, die gerechte Gottesstrafe oder der Angriff einer außerterrestrischen Intelligenz, die sich die Stadt am Rhein ausgesucht hatte, um ihre Macht zu demonstrieren. Andere Stimmen behaupteten, der europäische Präsident habe die Sprengung des Doms angeordnet, um sie den Terroristen der fünften Zone in die Schuhe zu schieben und sich fortan als heroischer Kämpfer gegen das Böse zu inszenieren.

In der Tat gab es viele Fragen, die den Verschwörungstheoretikern in der ganzen Welt für Monate Nahrung gaben: Warum war das gesamte Stadtzentrum eine Stunde zuvor geräumt worden? Wie konnte es unterhalb der Westfassade zu einer Explosion kommen, obwohl das Fundament der Kathedrale massiv sein sollte? Warum kreisten nur Minuten später zwei Hubschrauber des ESS über der Unglücksstelle, wo es doch kaum genug Einsatzkräfte gab, um die Grenzen der Zonen zu sichern? Warum umstellte die bereitstehende *Private Task Force* der Medical Ind Corporation den Unglücksort und hielt jeden, der dem Dom zu nahe kommen wollte, zurück?

Der Sprecher des Präsidenten versicherte, niemand in Brüssel habe geahnt, was in Köln geschehen würde. Hätte man es gewusst, wäre alles nur Denkbare unternommen worden, das Unglück zu verhindern. Wer würde, fragte er in Unkenntnis der deutschen Geschichte, sehenden Auges ein UNESCO-Weltkulturerbe aufgeben und die Zerstörung eines der beeindruckendsten Monumente der Welt riskieren?

Erst Monate später wurde bekannt, dass die Ereignisse, die zu der Explosion im Untergrund geführt hatten, von den Geheimdiensten der Allianzen bis in das letzte Detail dokumentiert worden waren. Nur wusste nicht jeder alles, die konkurrierenden Dienste sprachen nicht miteinander. Und so nahmen die Ereignisse ungehindert ihren Lauf, bis der Kölner Dom nicht mehr stand.

Es war ein guter Tag für Köln.

Neun Tage zuvor

I

Ein leises Summen ließ die Fahrgäste des IZE 955 aufmerken. Der VI-Projektor in der Decke des Waggons flackerte auf und projizierte den Chef der Train-Security in den Gang. Der Uniformierte versuchte ein Lächeln, was angesichts seines bedrohlichen Aussehens und der schweren Waffe in seiner Hand seltsam wirkte. Noch zehn Minuten bis zum Zielbahnhof, verkündete er und bleckte die Zähne, der InterZonenExpress aus Frankfurt werde Köln sicher und pünktlich erreichen.

David ließ das Display seines FlexComs zusammenschnurren und stellte die Rückenlehne seines Sitzes aufrecht. Kritisch betrachtete er sein Spiegelbild im Glas der dunkel getönten Fensterscheibe. Der Anblick war ungewohnt: David sah einen Anzugträger, einen jener Typen, denen er bisher mit einer Mischung aus Abscheu und heimlicher Anerkennung begegnet war. Der Anzug saß perfekt, sein dunkles Haar war akkurat geschnitten, und er trug eine stylishe Brille, ein Geschenk seiner Eltern, die nicht ahnten, wo er sein Anerkennungsjahr verbringen würde. David seufzte.

Sonnenlicht verdrängte das Spiegelbild, die Schutzschilde vor den Fenstern glitten zur Seite und gaben den Blick nach draußen frei. Geblendet kniff David die Augen zusammen. Sie näherten sich Köln, der Zug durchquerte gerade das Firmengelände der Medical Ind Corporation, ein Medizintechnologiekonzern, dessen gewaltige Produktionsanlagen sich bis in das ehemalige Kölner Stadtgebiet am Ostufer des Rheins ausgebreitet hatten. Der Fluss blitzte durch das Gewirr aus Tanks und Stahlrohren herüber. Wenig später entdeckte David die Streben der alten Rheinbrücke, die den Strom überspannte, direkt dahinter ragte das Wahrzeichen der Stadt in den Himmel: der Schwarze Dom. Die Slums der Zone 4 umklammerten das Zentrum Kölns wie eine graue, amorphe Masse.

»Na, freust du dich?« Patrick, der im Sessel neben ihm saß, hatte so wie David aus dem Fenster gesehen, jetzt grinste er ihn spöttisch an. »Traumhaft, nicht wahr?«

Der Zug verlangsamte sein Tempo und glitt in die Grenzanlage. Lautlos schlossen sich die Tore der Sicherheitsschleuse, während Scanner die Daten der Fahrgäste lasen und nach blinden Passagieren suchten. Nach einiger Zeit öffneten sich die Tore wieder, und der Zug setzte sich in Bewegung, um langsam die Rheinbrücke zu passieren.

David stand auf und griff sich seine Reisetasche.

Patrick war ernst geworden. »Mensch, David, mach keinen Scheiß! Was du vorhast, ist total bescheuert.« Er wies aus dem Fenster. »Wen willst du hier als Anwalt verteidigen? Taschendiebe? Oder Komasäufer?«

David antwortete nicht.

Auffordernd legte Patrick die Hand auf seinen Arm. »Komm mit mir nach Paris! Ich rede mit den Leuten bei der MIC, dann kannst du dich dort bewerben. Oder geh in Gottes Namen nach Brüssel, wenn du unbedingt die Welt verbessern willst.«

»Lass gut sein, Patrick. Ich bleibe hier.« David zwang sich zu einem Lächeln.

Patrick starrte ihn fassungslos an. »Du willst das wirklich durchziehen?«

»Ja, klar. Was denkst du denn?«

Patrick schwieg einen Moment, dann zuckte er mit seinen Schultern. »Na ja, wenn du dir wirklich sicher bist …«

David war sich nicht sicher. An der Uni in Frankfurt hatte es sich gut angefühlt, den Rebell zu geben und sich um eine Stelle in der Kanzlei von Dr. Andreas Schoop zu bemühen. Schoops Ruf als Anwalt war legendär, und viele der Verfahren, die er in der Vergangenheit angestrengt hatte, galten in der Fachwelt als richtungsweisende Präzedenzfälle. Nächtelang hatte David in der juristischen Bibliothek vor dem Bildschirm gesessen und die Protokolle und Aufzeichnungen der Verhandlungen studiert, fasziniert von dem Geschick und der Raffinesse, mit der Schoop vor Gericht seine Verteidigungslinien aufgebaut hatte. In seiner Begeisterung für Schoop und seine Arbeit hatte David nicht wahrhaben wollen, dass der Anwalt schon seit Jahren mit keinem Auftritt mehr von sich reden machte. Sein letztes großes Verfahren als Strafverteidiger war ein Prozess gegen eine Menschenrechtsaktivistin gewesen, nach deren Hinrichtung er abgetaucht zu sein schien. Schoops große Zeiten waren vorbei. David war das endgültig klargeworden, als nur wenige Tage nach dem Versand seines Bewerbungsspots eine Zusage von Schoops Kanzlei gekommen war. Die Studienkollegen, die sich um Plätze in den großen Kanzleien von Frankfurt, Singapur oder São Paulo bemüht hatten oder die in die Firmenzentralen der multinationalen Konzerne gingen, mussten nach ihren Bewerbungen wochenlange Aufnahmeverfahren über sich ergehen lassen.

Schweigend stopfte David sein FlexCom in seine Tasche. Er konnte nicht mehr zurück. Er hätte den Spott seiner Kommilitonen nicht ertragen.

Sie fuhren in den Bahnhof ein, Gleis 1, wie angekündigt,

die Gepäckträger standen bereit. Der Zug stoppte mit einem sanften Ruck, zischend öffneten sich die Türen. David zog den Verschluss seiner Tasche zu. Er grinste seinen Freund an. »Grüß die Pariserinnen von mir.«
»Was hätten wir zusammen für Spaß haben können! Du Sturkopf.«
»Sturkopf! Das hat zuletzt meine Mutter zu mir gesagt.«
»Und sie hat recht. Oder soll ich lieber Idiot zu dir sagen?«
Statt einer Antwort knuffte David Patrick in die Seite. Die beiden umarmten sich kurz, dann warf sich David seine Reisetasche über die Schulter und ging zum Ausgang. In der Tür drehte er sich noch einmal um. »Ich schick dir einen Track. Ich sag dir, das wird großartig.«
Patrick winkte ab. »Ich trink ein Glas Rotwein auf dich, heute Abend auf den Champs-Élysées. *Das* wird großartig.«
David wusste nicht, was er antworten sollte. Patrick hatte recht. Er winkte ein letztes Mal und verließ den Zug.
Auf den Bahnsteig war es voll und heiß. Milde lächelte das Konterfei des Präsidenten von der Hallenwand auf das Gewimmel der Menschen herab. Viele der Passagiere waren ausgestiegen, um vor ihrer Weiterreise nach Paris für ein paar Stunden in Köln zu bleiben, und genauso viele drängten nach ihrem Zwischenstopp in der Domstadt wieder in den Zug. Alle hatten es eilig, der offenen Plattform zu entkommen, die Hitze, die auf der Stadt lastete, war unerträglich. Auch David beeilte sich, den Bahnsteig zu verlassen. Eine japanische Reisegruppe staute sich an der Rolltreppe, die hinab in die Tiefe führte, hinein in das Herz des Einkaufszentrums, das Kühle versprach. David wischte sich den Schweiß von der Stirn, während er der Gruppe folgte.

Der Kältevorhang strich über ihn hinweg, und David glitt hinein in ein Gewirr aus lauten Stimmen, schrillen Farben und penetranten Gerüchen. Genervt kniff er die Augen zusammen. Ihn störte die aufdringliche Nervosität, die in den Gängen des Bahnhofs herrschte. Die Flagstores der Konzerne drängten sich dicht an dicht, und während Hunderte Scanner seine Daten auslasen, sprangen ihm von allen Seiten die Werbebotschaften entgegen: von Displayfolien, Duftsäulen und VI-Projektoren, deren dreidimensionale Bilder sich ihm in den Weg stellten und ihn aufzuhalten versuchten. Lichter glitzerten, Waren funkelten wie Edelsteine, Musik kroch schmeichelnd in sein Ohr, und einem Mantra gleich wiederholte eine leise Stimme die Merksätze, die es zu befolgen galt, wollte man ein wertvolles Mitglied der Gesellschaft sein. David versuchte, das grelle Durcheinander nicht zu beachten. Es gelang ihm nur leidlich, da ihn jede zweite Werbung mit seinem Namen ansprach und Produkte anbot, die zu seinem gespeicherten oder errechneten Käuferprofil passten. Doch Davids Widerwille war größer als seine Neugier, und so erreichte er den Ausgang und verließ erleichtert das Gebäude.
Nach der klimatisierten Kühle traf ihn die Frühjahrshitze mit voller Wucht. Die von der Sonne aufgeheizten Steine des Bahnhofsvorplatzes schienen zu glühen. David eilte in den Schatten, den der direkt neben dem Bahnhofsgebäude aufragende Schwarze Dom auf den Platz warf. Das himmelsstrebende Bauwerk war gigantisch, eine Wirkung, die durch die tiefschwarze Färbung des Sandsteins noch betont wurde. Beeindruckt sah David an der Fassade der Kathedrale hinauf. Eigentlich hatte er vorgehabt, erst sein Hotel aufzusuchen und sein Zimmer zu beziehen. Doch nun, kurz entschlossen, ging er

zurück in die Bahnhofshalle und mietete sich eine Box in der Schließfachanlage, die seine Tasche und seine Anzugjacke in die Katakomben unter dem Bahnhofsgebäude transportierte. Dann reihte er sich in den Strom der Touristen ein und stieg die Stufen zur Domplatte hinauf.

Der Platz vor der Kathedrale war voller Menschen, eine nervös durcheinanderströmende Masse, deren Bewegung keiner Ordnung zu folgen schien. Erst als David näher kam und einzelne Personen beobachtete, erkannte er Sinn in dem Gewimmel: Hier sammelte ein Gaukler sein Publikum, dort folgte eine Reisegruppe dem Fähnchen eines Stadtführers. Pflastermaler schufen Kreidebilder, fliegende Händler verkauften Wurst und Biotic-Snacks, Polizisten patrouillierten durch die Menge, ihre Elektroschocker griffbereit im Gürtelholster. Vor dem Eingang zum Südturm warb eine mobile VI-Einheit für Spendenprojekte der Einheitskirche, daneben hockte eine Gruppe von Rucksacktouristen und sang zur Gitarre. Und über allem leuchtete das Porträt des europäischen Präsidenten, ein alter weiser Mann, der einem gütigen Hirten gleich über seine Schäfchen wachte. Die gigantische VI-Projektion schwebte direkt über dem Hauptportal des Doms.

»Aandach oder grusele?«

David brauchte einen Moment, bis er die Frage begriff. Vor ihm stand ein verschmitzt grinsender Mann, er trug die Uniform der Domwächter und im Gesicht einen gezwirbelten Schnurrbart, so, wie es ihn nur noch in Köln gab. Der Mann wiederholte seine Frage in breitestem Dialekt, während er erst auf den Eingang des Doms wies und dann auf die Stufen, die zum Aufgang des Südturms führten. David entschied sich für die Turmbesteigung, ließ sich 25 Digits von seinem Tagger abbuchen und reihte sich in die Reihe der Wartenden ein, der Andrang war groß. Eine halbe Stunde später war er bis zur Spitze der Schlange vorgerückt und stand nun in einem düsteren Gewölbe im Fundament der Kathedrale, in das man vor Jahren schon den Turmeingang verlegt hatte. David wählte die alte Wendeltreppe für den Aufstieg, trotz der Warnung des Domwächters, der vor den Türen der beiden Fahrstühle stand und nicht begreifen konnte, wieso jemand freiwillig über 500 Stufen auf sich nahm. David war schweißgebadet, als er die Aussichtsplattform erreichte.

Es war still hier oben, bis auf das leise Pfeifen des Windes, der sich an den Streben, Kapitellen und Simsen der Kathedrale brach. Schweigend standen die Besucher an der Brüstung und blickten über die Stadt. Ein Falke umkreiste die Plattform, jetzt legte er die Flügel an und stieß mit einem Schrei herab, um eine Dohle zu jagen. Niemand beachtete das Schauspiel, alle waren gebannt von der Aussicht, die sich ihnen bot.

David suchte sich eine Lücke in der Menge und trat an die Brüstung, gespannt auf die Stadt, in der er das kommende Jahr verbringen würde. Obwohl er wusste, was ihn erwartete, schockierte ihn der Anblick: Das farbenfrohe Durcheinander rund um den Dom, das er bei seiner Ankunft durchquert hatte, war nicht mehr als eine bunte Insel in einem schmutzig grauen Meer aus Zelten, Baracken und heruntergekommenen Häusern. Eine Stahlwand schützte das Stadtzentrum vor den Slums der vierten Zone. David erinnerte das Chaos jenseits der Einfassung an eine heranbrandende, auf ihrem Höhepunkt eingefrorene Welle. Jeden Moment, so schien es, konnte die Flut über den Schutzwall schwappen und jenen lichten, bunten Fleck rund um den Dom unter sich begraben.

Köln bestand aus Slums, seit kurz nach den Unruhen zur Zweitausendjahrfeier der größte Teil der Stadt aufgegeben und sich selbst überlassen worden war. Die ehemalige innere Ringstraße, einst auf den Ruinen der Kölner Stadtmauer errichtet, war zur Zonengrenze ausgebaut worden, eine acht Meter hohe Wand aus Beton und Stahl umgab das Stadtzentrum. Während rund um den Dom das Leben seinen gewohnten Gang ging, hatte sich hinter dem Wall die Struktur der Stadt aufgelöst. Die früheren Straßen und Plätze waren nur noch zu ahnen, jede freie Lücke war mit Häusern, Verschlägen und Baracken bebaut. Dazwischen zwängten sich Zelte und provisorische Hütten, errichtet von den in die Stadt flüchtenden Menschen. Wer schnell ein Dach über dem Kopf brauchte, zimmerte sich aus Holz und Plastikabfällen eine Unterkunft, wer schon länger in der vierten Zone lebte und sich in dem Chaos zurechtgefunden hatte, fledderte Abbruchhäuser und mauerte sich aus den herausgeschlagenen Steinen eine Bleibe. In die Ruinen der ausgeweideten Häuser wiederum zogen die Neuankömmlinge, die hier auf Arbeit hofften. Köln sog sie alle auf, Tag für Tag, die Slums wurden immer voller, immer größer. In weniger als zehn Jahren hatte sich das Bild der Domstadt komplett verändert.
Erst als David genauer hinsah, entdeckte er Unterschiede in der grauen Flut. Während manche Stadtviertel jenseits der Mauer dreckig und chaotisch wirkten, schienen andere Gebiete geordneter zu sein. Sogar grüne Flecken entdeckte er in einigen der Veedel, so die kölsche Bezeichnung der Stadtviertel. Kirchturmspitzen überragten das Meer aus Baracken, im Westen leuchteten die betongrauen Minarette der Zentralmoschee in der Sonne. Daneben, in einem abgezäunten Rest des einstigen

Grüngürtels, stand die Kaserne der Eingreiftruppe, die der Staatsschutz hier stationiert hatte. Weit dahinter, am westlichen Stadtrand, blinkte in der Sonne eine jener gigantischen Kuppeln, die es inzwischen überall in Europa gab und in die sich all jene Menschen der ersten und zweiten Zone flüchteten, die genug von ihrem Leben hatten oder zu alt waren, um alleine zurechtzukommen. Ein Windstoß trieb eine Wolke aus Dunst und Staub zu ihnen herüber. David kniff die Augen zusammen und ging zur gegenüberliegenden Seite der Plattform. Umspielt von Qualmwolken, die aus Rohren und Schornsteinen schossen, funkelte am Ostufer des Rheins eine gewaltige Fabrikanlage in der Sonne. Es war die Produktionsstätte der MIC, der Medical Ind Corporation, eine der weltweit größten multinationalen Firmengruppen, spezialisiert auf Molekulargenetik, Biotechnik und Pharmazie.

Es war eine Verzweiflungstat der Regionalregierung gewesen, vor mehr als zwei Jahrzehnten den Bebauungsplan zu ändern und das gesamte Ostufer des Rheins ohne Auflagen zum Gewerbegebiet zu erklären. Der Abstieg der Stadt hatte schleichend begonnen: Zunächst hatten alle Dax-Konzerne Köln verlassen, dann, noch vor der zweiten Bankenkrise, verlegten auch die nicht an der Börse notierten Großunternehmen ihre Zentralen in andere Regionen Europas. Als Nächstes schlossen die Sender und die Verlage, so wie überall in Europa nach der Machtübernahme des Präsidenten während des großen Blackouts. Zuletzt, als Unruhen Köln erschütterten, verließen auch die Mittelständler die Stadt. Bald gab es kaum noch Steuereinnahmen, mit denen das öffentliche Leben aufrechterhalten werden konnte. Die Medical Ind Corporation schien die Rettung zu sein. Seit der Freigabe des Ostufers durch die Regionalregierung fraß sich der Fabrikkomplex wie ein Geschwür vom Norden in das Stadtgebiet und verdrängte die Wohnviertel von Mühlheim, Kalk und Deutz. Mit einer Fläche von mehr als 30 Quadratmeilen, zwölf Flusskilometer entlang des Rheins, war der Kölner Produktionsstandort der MIC inzwischen einer der weltweit größten des Konzerns geworden.

Davids Tagger vibrierte, es war Patrick, er hatte sich einen Whiskey geleistet und fläzte sich in einen der Sessel im Speisewagen des IZE. Zufrieden grinste er in seine Portcam, während er auf Davids Antwort wartete.

David lehnte den Call ab. Das Bild auf seiner Netzhaut verlosch. Er wollte jetzt nicht reden, und schon gar nicht brauchte er Patricks Spott.

Bedrückt schaute er auf die Stadt.

War es mutig gewesen, hierherzukommen, oder war er einfach nur ein Idiot? David wusste es nicht.

Sein Tagger vibrierte, es war ein automatisch generierter Call des Buchungssystems seines Hotels. Die Scanner am Bahnhof hatten seine ID ausgelesen und dem *Cologne Zone One* seine Ankunft angekündigt, jetzt begrüßte ihn das System und teilte ihm mit, dass seine Suite für ihn personalisiert sei.

David starrte auf das Logo. Eine Suite im besten Hotel der Stadt war selbst für ihn etwas Besonderes. Doch er freute sich nicht.

Nach einem letzten Blick auf die in der Sonnenglut brütenden Slums verließ er die Plattform.

2

Syd Mohan Chandran schloss die Augen und stieß sich vom Beckenrand ab. Kühle Stille umgab ihn, das Wasser, in das er hinabgetaucht war, schluckte jedes Geräusch. Nur das Klopfen seines Herzens tönte in seinen Ohren. Einen Moment lang genoss er die Schwerelosigkeit, dann tauchte er wieder auf und begann zu schwimmen.

Es war ein unbeschreiblicher Luxus. Obwohl er ihn täglich nutzte, war sich Chandran bewusst, dass dieser Pool der wertvollste Ort in seinem Anwesen in der Pariser Rue du Faubourg Saint-Honoré war. Er hatte sich das Schwimmbecken einbauen lassen, als er die Konzernzentrale der MIC vom indischen Subkontinent nach Europa verlegt hatte. In Zeiten moderner Kommunikationstechnologien spielte es keine Rolle mehr, ob er die Medical Ind Corporation von Mumbai oder von Paris aus führte, und so war er seiner Vorliebe für die französische Kultur und Architektur gefolgt und hatte von der Société de Fiducie das Anwesen mit der Hausnummer 55 gekauft. Es war nicht günstig gewesen, obwohl es heruntergekommen war, doch er bezahlte für die Geschichte des Hauses.

Der Pool war für ihn nur die folgerichtige Krönung des Deals. Chandran ließ das Becken täglich neu befüllen, nicht mit aufbereitetem Brauchwasser, wie es seine Nachbarn in den großbürgerlichen Stadthäusern des

8. Arrondissements taten. Stattdessen ließ er sich das Wasser aus einer eigenen Quelle in den Pyrenäen kommen, sein Konzern hatte sie vor Jahren als Beifang erworben, als man einen spanischen Biotechnik-Konzern übernommen hatte. Die Tanklastwagen befüllten das Becken jeden Morgen, nachdem in der Nacht zuvor mit dem Poolwasser der Garten gesprengt worden war.
Chandran erreichte das Ende der Bahn, er berührte den Beckenrand, drehte den Körper und stieß sich von der Wand des Pools ab, um zurückzuschwimmen. Er tat es mit kraftvollen Bewegungen, er genoss es, seinen trainierten Körper zu spüren. Kaum jemand wusste, dass er weit über 70 war, er sah aus wie 40 dank der Forschung seiner Firma, und Chandran wollte seinen Teil dazutun, dass das möglichst lange noch so blieb.
Schritte ertönten, sein persönlicher Assistent betrat die Terrasse, Marc Ferris, promovierter Wirtschaftswissenschaftler und vor seinem Wechsel zur MIC jüngster Philosophie-Dozent am Auguste-Comte-Institut der UST. Chandran war Ferris' messerscharfer Verstand bei einer Tagung in Bern aufgefallen, und er hatte den Wissenschaftler für eine beträchtliche Summe von der UST, der Universität São Paulos, abgeworben. Der Chef der MIC hasste es, von dummen Menschen umgeben zu sein.
Ferris räusperte sich und sprach erst, als Chandran seine Bahn unterbrach und ihn ungehalten ansah. »Entschuldigen Sie die Störung, aber Sie haben Besuch. Dr. Uwe Rosner aus Köln.«
Chandran runzelte die Stirn. In Köln befand sich eine der Produktionsstätten seines Konzerns, sie hatten den Standort inzwischen zu einem der wichtigsten der Firma ausgebaut. Das Medikament, das in Deutschland hergestellt wurde, brachte der MIC große Gewinne. Uwe

Rosner war, soweit Chandran sich erinnerte, der Leiter der kleinen Forschungsabteilung, sie hatten die Arbeitsgruppe damals nach der Übernahme des Werks durch die MIC an ihrem Ort belassen.
Die Daten von Rosner, die sein Assistent in die Projektionsebene seiner Kontaktlinsen einspielte, bestätigten seine Annahme.
»Hat er gesagt, worum es geht?«
»Nein. Nur, dass es sehr wichtig sei. Er will nur mit Ihnen sprechen.«
»Na gut. In zehn Minuten. Legen Sie das Gespräch in den Konferenzraum.« Und er wandte sich ab, um weiterzuschwimmen.
Ferris' Stimme hielt ihn zurück. »Er ist persönlich hier.«
»Er ist selber nach Paris gekommen?« Chandran war verblüfft. Erst jetzt sah er die Kleidung, die sein Assistent mitgebracht hatte und nun auf einem Liegestuhl ablegte.
Es war Jahre her, dass er ein persönliches Meeting mit einem seiner Mitarbeiter gehabt hatte. Kaum jemand nahm noch die Mühe auf sich, für ein Geschäftstreffen zu verreisen, jeder zog es vor, sich in den virtuellen Konferenzräumen der Firma zu treffen. Die Technik war inzwischen so perfekt, dass der Unterschied zwischen einer realen Person und einer Projektion nicht mehr zu sehen war. Nur das Händeschütteln ging nicht, ein archaisches Ritual, auf das Chandran in Zeiten von mutierten RNA-Viren leicht verzichten konnte.
»Bereiten Sie alles vor. Ich komme in das Büro im Palais.« Chandran bedeutete Ferris, dass er gehen könne.
Mit einer leichten Verbeugung verließ der Assistent die Terrasse.
Nachdenklich stieg der Chef der MIC aus dem Wasser.

Er nahm das bereitliegende Handtuch und trocknete sich ab, dann loggte er sich in das Intranet ein und checkte die Daten, die Köln in das Firmennetzwerk einspielte. Alles lief normal, es war kein Unfall geschehen. Auch die Börsenwerte der MIC an den einzelnen Handelsplätzen rund um den Erdball waren unauffällig. Chandran entdeckte nichts in den Nachrichten, und die Berichte seiner Informanten, die er in seinem Konzern an systemrelevanten Punkten eingeschleust hatte, waren unauffällig.
Was konnte so Außergewöhnliches geschehen sein, dass Rosner es ihm persönlich sagen wollte? Gespannt zog er sich an.

*

Fünfzehn Minuten später ging Chandran durch den Verbindungsgang in das Hauptgebäude. So, wie die früheren Bewohner, hatte er sich den Ostflügel als Wohntrakt ausbauen lassen, eine standesgemäße Residenz, die seinen Ansprüchen genügte. Im Hauptgebäude des Palais mit seinen Büros und prachtvollen Sälen war er nur selten. Der große Büroraum im ersten Stock des Gebäudes diente allein repräsentativen Zwecken.
Die altmodischen Lampen an der Wand und der Decke leuchteten, und eine Tasse mit heißem Kaffee stand schon bereit, als er das Büro betrat und sich an den Arbeitsplatz setzte, ein zierlicher Schreibtisch mit geschwungenen Beinen. Der Tisch war vergoldet und mit Ornamenten geschmückt, genau wie die Wände des Raumes, ein prachtvolles Gesamtensemble, das jedoch in Chandrans Augen vollkommen unpraktisch war. Weder gab es ein Interface noch einen VI-Projektor, auch waren die Wän-

de nicht mit Displayfolien bespannt, wie es zum Standard eines modernen Büros gehörte. Nur ein altmodisches Telefon stand auf einem Beistelltisch. Doch der Raum war von dem früheren Bewohner genau so eingerichtet worden, und das allein reichte als Grund, ihn zu nutzen, wie er zurückgelassen worden war. Es gab Besucher, die es beeindruckte, im ehemaligen Arbeitszimmer des französischen Staatspräsidenten zu stehen.
Der Mann, der von seinem Assistenten hereingeführt wurde, schenkte der Pracht des Zimmers keine Aufmerksamkeit. Den Blick auf Chandran gerichtet, ging er mit zügigen Schritten auf ihn zu. Chandran musterte den Näherkommenden: Er war schlank, fast mager, und seine kantigen Bewegungen wirkten unbeholfen. Sein graumeliertes Haar hätte einen Schnitt gebraucht. Er wirkte erschöpft. Unter seinen Augen prangten dunkle Ringe, und seine Kleidung war zerknittert, so, als habe er die zurückliegenden Nächte darin verbracht. Dennoch war der Wissenschaftler voller Energie. Rosner streckte die Hand aus und lächelte. »Schön, dass Sie sofort Zeit gefunden haben, Mr. Chandran.«
Chandran wies auf einen der Stühle, ohne Rosners Hand zu ergreifen. Er setzte sich und wartete, bis auch der Besucher aus Deutschland Platz genommen hatte. »Was ist so wichtig, dass Sie mich persönlich sprechen wollen?«
Rosner zögerte. »Wird das Gespräch aufgezeichnet?«
»Ist das von Bedeutung?«
»Ich glaube, es wäre besser, wenn wir zunächst unter vier Augen reden würden.«
Chandran sah sein Gegenüber nachdenklich an. Dann deaktivierte er die Portcam seiner Kontaktlinsen.
Langsam wurde die Sache interessant.
»Also?«

»Wir haben es geschafft!« Rosner lehnte sich zufrieden in seinem Stuhl zurück.

»Was haben Sie geschafft?«

»Das Verfahren, an dem wir arbeiten. Wir haben es in den Griff bekommen. Wir können es anwenden!«

Chandran versuchte sich zu erinnern, woran Rosner geforscht hatte. Dass in Köln das Antiangiogenese-Mittel Fluctuasin hergestellt wurde, wusste er natürlich, immerhin war das Krebsmedikament einer der Verkaufsschlager seines Konzerns. Doch welches Projekt die Forschungsgruppe am Rhein vorangetrieben hatte, war ihm entfallen. Unauffällig aktivierte Chandran das Memory-System, doch er hatte zwangsläufig die Verbindung zum Firmennetzwerk gekappt, als er die Portcam deaktiviert hatte, so dass er nicht auf seine Cloud zurückgreifen konnte.

»Helfen Sie mir bitte. Welches Verfahren meinen Sie?«

»Die Bindung von Nanopartikeln an Nanobodys. Wir haben einen Weg gefunden, den Herstellungsprozess zu vereinfachen. Wir können es auf den Markt bringen.«

Jetzt erinnerte sich Chandran an die Arbeit der Kölner, sie basierte auf den Forschungen der MIC in Shanghai. Den dortigen Wissenschaftlern war es gelungen, eine Krebstherapie zu entwickeln, die auf Antikörperfragmente und daran gekoppelte Nanopartikel setzte. Die sogenannten Nanobodys transportierten die Nanopartikel gezielt zu Krebszellen, reicherten sich in ihnen an und vernichteten sie von innen, sobald der Körper mit einem Magnetfeld bestrahlt wurde. Das Problem war der aufwendige Herstellungsprozess der Nanobodys, der es unwahrscheinlich machte, dass das Verfahren jemals kommerziell nutzbar wäre. Wenn es Rosner und seinem Team gelungen sein sollte, diesen Prozess zu vereinfachen, war das eine Sensation.

Rosner hatte Chandran genau beobachtet. Er öffnete die Tasche, die er bei sich trug, und holte einen Aktenordner hervor. »Hier sind unsere Ergebnisse. Alle Tests sind doppelt abgesichert und reproduzierbar.« Er reichte den Ordner weiter.

Schweigend blätterte Chandran die Unterlagen durch. Es war lange her, dass er Papier in den Händen gehalten hatte, das Gefühl war eigenartig, der Ordner kam ihm seltsam vergänglich vor. Viele der Protokolle waren handschriftlich geführt worden. Doch wenn diese Daten stimmten, war es eine weitsichtige Entscheidung gewesen, sie keinem elektronischen Speichersystem anzuvertrauen.

Er blickte auf. »Wer weiß davon?«

»Niemand außer mir und meinem Team.«

Chandran las weiter. Was dort stand, war unglaublich. Die Tests waren sorgfältig dokumentiert und die Ergebnisse eindeutig. Chandran spürte die leise Unruhe, die in ihm aufzusteigen begann. Eisen muss man schmieden, solange es heiß ist, hatte sein Großvater gesagt, und dieses Eisen hier glühte. Weltweit jeder Vierte starb an Krebs, der Bedarf war gewaltig. Das neue Medikament und die angeschlossenen Behandlungsverfahren würden die Umsätze der MIC explodieren lassen.

Plötzlich stutzte er. Ihm fiel etwas in der Akte auf, ein Name, der dort nicht hätte stehen dürfen. Er zeigte ihn Rosner.

Der Wissenschaftler nickte. »Der zentrale Baustein. Wir haben jahrelang in die falsche Richtung geschaut und immer wieder versucht, die Nanopartikel an die Antikörper zu binden. Dr. Esombas Verfahren hilft uns, es genau andersherum anzugehen: Wir regen die Antikörperfragmente an, die Nanopartikel aktiv in ihre Struktur einzubauen.« Rosner reckte sich stolz. »Es funktioniert zuverlässig. Und es ist total einfach. Farbe zusammenrühren ist schwerer.«

Chandran antwortete nicht. Er betrachtete die Seite, ohne die Schrift und die Grafiken darauf wahrzunehmen. Langsam schloss er den Aktendeckel. Er sah auf. »Sie bleiben heute Nacht hier. Kein Wort zu irgendjemandem. Ruhen Sie sich aus, wir reden morgen weiter. Herr Ferris wird Ihnen ein Gästezimmer geben.« Chandran wies auf die Akte. »Das behalte ich.«

Rosner nickte und ergriff die Hand, die Chandran ihm jetzt hinhielt. Er zögerte.

Chandran fiel ein, was er vergessen hatte. »Gute Arbeit, Dr. Rosner. Sehr gute Arbeit. Sie hören von mir.« Er lächelte sein Business-Lächeln, er konnte es an- und abschalten wie seine Portcam.

Rosners Körper straffte sich, bevor er sich umdrehte und den Raum verließ.

Chandran wartete damit, die Verbindung zum Netzwerk herzustellen, bis sich die Tür hinter Rosner geschlossen hatte. Er schickte ein Signal an seinen Assistenten. Augenblicke später öffnete sich eine Tür in der Wandverkleidung, Ferris musste in der Nähe gewartet haben. »Ja, bitte?«

»Rosner bekommt ein Zimmer im Gästetrakt. Wo ist Dr. Lee?«

»Unser Patentanwalt?«

Chandran runzelte ungehalten die Stirn. »Kennen Sie noch einen anderen Dr. Lee in unserer Firma?«

»Er ist in Kapstadt«, antwortete Ferris. »Die Verhandlungen mit der South Nanotec Alliance.«

»Ich muss ihn sprechen. In einer halben Stunde im Konferenzraum.«

»Was ist mit Ihrem Vortrag an der MIC-Führungsakademie?«
»Den übernehmen Sie. Sie finden das Manuskript in meiner Cloud.«
Der Assistent nickte und schloss leise die Tür.
Nachdenklich lehnte sich Chandran in seinem Stuhl zurück. Er mochte die Tage, an denen er am Morgen noch nicht wusste, wie der Abend enden würde.
Das Spiel hatte begonnen.

3

Es hatte etwas gedauert, bis das Transportsystem seine Reisetasche aus den Tiefen der Gepäckaufbewahrung im Untergrund des Bahnhofs zurück an die Oberfläche geholt hatte. Es musste kalt dort unten sein, der Griff der Tasche lag kühl in seiner Hand.

Mit schnellen Schritten überquerte David den Bahnhofsvorplatz, er ging direkt auf die Grenzmauer zu, die das dahinterliegende Viertel von der Zone 2 abtrennte. Das Licht der Sonne spiegelte sich in der funkelnden Stahlwand, geblendet kniff David die Augen zusammen. Eine Gruppe von koreanischen Touristen stand im Schatten der Grenzanlage, gerade erklärte die Stadtführerin den Besuchern das europäische Zonensystem: Hier am Bahnhofsplatz befand sich hinter der Grenzmauer die erste Zone der Stadt, der Rückzugsort jener Menschen, die genug Geld und Einfluss hatten, um dem Gewöhnlichen zu entfliehen. In der zweiten Zone, in der auch der Dom stand, lebte die Mittelschicht, in der dritten Zone wurden industrielle Waren und landwirtschaftliche Produkte hergestellt. Die vierte Zone nahm das Prekariat der Gesellschaft auf.

Die Reisegruppe murmelte angeregt, während sie der Stadtführerin folgte.

Ein Tonsignal ertönte, die Scanner hatten David erfasst. Lautlos glitt die Tür der Sicherheitsschleuse zur Seite. David spürte die Blicke der Passanten, die auf ihn auf-

merksam wurden: Es gab nicht viele Menschen, die die Grenzen der Zonen passieren durften, und der Kreis derer, denen es erlaubt war, die Zone 1 zu betreten, war noch kleiner. David ignorierte die Blicke und betrat die Schleuse. Er hielt den Atem an, als sich die Tür hinter ihm schloss. Kurz hatte er die Vision, dass die Tore der Sicherheitsschleuse fest verriegelt blieben, bis die uniformierten Männer des Staatsschutzes kamen und ihn als illegalen Grenzgänger festnahmen. Doch dann glitt die gegenüberliegende Tür zur Seite: Die Scanner hatten seine Daten, die der in seinen Arm implantierte Chip aussandte, mit den Daten im Zentralcomputer abgeglichen und ihn als zugangsberechtigt erkannt.
Erst vor wenigen Tagen hatte David das Recht erworben, alle Zonen betreten zu dürfen – als Absolvent der Frankfurter »Elite School of Justice and Law« zählte er zu der kleinen Elite, für die es in Europa keine Grenzen gab. Er war jetzt wichtig für das System, es galt, ihn bei Laune zu halten, damit er nach seinem Examen in Europa blieb und nicht nach Asien oder in die nordische Allianz abwanderte. Der freie Zugang zu jenen Inseln der Ruhe und des Komforts, die sich die wirtschaftliche Elite der Gesellschaft überall in Europa eingerichtet hatte, war eine der angenehmen Folgen seines bestandenen Examens. Gleich nach der Absolventenfeier und der Übergabe der Urkunde in der Alten Oper war David mit seinen Kommilitonen durch die von Villen gesäumten Straßen des Frankfurter Westends gestrichen und hatte den Reichtum bestaunt, den die Bewohner der ersten Zone hier angehäuft hatten. Dass der Unterschied zwischen Arm und Reich so krass war, hatte er nicht gewusst.
In der Domstadt am Rhein hatte man das ehemalige Bankenviertel westlich des Bahnhofs zur Zone 1 erklärt.

Neugierig sah David sich um. Das Viertel war ruhig, heiß und leer, die Menschen hatten sich in die klimatisierte Kühle ihrer Häuser und Apartments zurückgezogen. Der Lärm vom Bahnhofsplatz war nur noch gedämpft zu hören. David war überrascht: Das Viertel wirkte unspektakulär, ganz anders als das Westend in Frankfurt. Manche der Häuser schienen unbewohnt. Köln war nicht sehr beliebt seit den Unruhen der vergangenen Jahre, die meisten Reichen, erinnerte er sich, hatten aus Furcht vor neuen Ausschreitungen die Stadt verlassen.

David aktivierte den Navigationsmodus seines Taggers, um sich den Weg zum Hotel anzeigen zu lassen. Er hatte eine Reservierung im besten Haus am Platz, was nicht viel sagte, denn es gab nur ein einziges Fünf-Sterne-Quartier in Köln. Das *Cologne Zone One* lag nicht weit von der Sicherheitsschleuse entfernt, es befand sich auf der Rückseite des Häuserblocks, der an die Domplatte grenzte. Die gläserne Front war aufwendig gestaltet, wie ein gefrorener Wasserfall hingen Zehntausende Glassplitter an der Fassade. Zwei Techniker waren damit beschäftigt, den VI-Projektor über dem Eingang zu reparieren.

David betrat die Hotelhalle. Es war angenehm kühl im Inneren des Gebäudes, leise Musik schwebte durch den Raum. Die Luft roch frisch und war gut. Dankbar nahm David den eisgekühlten Biotic-Drink, den ihm ein Service-Droide reichte. Er trank einen Schluck, während er sich neugierig umsah.

Ein Hüsteln ließ ihn aufmerken. »Darf ich Ihnen helfen?« Ein junger Mann war hinter die Rezeption getreten, er lächelte freundlich. Kurz glaubte David, mit einer VI-Projektion zu sprechen, gesteuert von einem Operator in einem View-Call-Center, doch dann begriff er, dass tatsächlich ein lebender Mensch hinter dem Tresen stand. Der Rezeptionist lud die Reservierung aus Davids Tagger, verglich sie mit seinen Daten im Hotelsystem und generierte den Schlüsselcode, um ihn in Davids Memristor zu überspielen. Dann programmierte er den Droiden mit dem Zimmercode und übergab der knuddelig aussehenden Maschine Davids Gepäck.

David dankte und folgte dem Droiden durch das Hotel. Das Haus war elegant und sichtbar teuer ausgestattet, mit Teppichen aus echter Wolle und filigran designten Möbeln, die zu schweben schienen. In den Brunnen plätscherte klares Wasser, eine Verschwendung, die fast schon dekadent wirkte. Die Wände der Gänge bestanden aus Lichtfolien, sie leuchteten in allen Farben des Regenbogens, je nach Tageszeit und Stimmung des Gastes, der an ihnen vorbeischritt.

David war beeindruckt. Doch zugleich fühlte er sich fehl am Platz. Wäre es nach ihm gegangen, hätte ein Hotel in der zweiten Zone gereicht. Sein Vater hatte jedoch auf das *Zone One* bestanden, der Aufenthalt in dem Luxushotel war sein Geschenk für das bestandene Examen. Er war stolz darauf, dass sein Sohn geschafft hatte, was ihm verwehrt geblieben war. Vergeblich hatte David versucht, das Geschenk abzulehnen, und schließlich heimlich das Zimmer im Pariser *Zone One* auf die Kölner Dependance der Hotelkette umgebucht, in der Hoffnung, sein Vater würde die wöchentliche Abrechnung seiner Transaktionen nicht genauer studieren. Noch immer dachten seine Eltern, dass David die nächsten Monate in Paris verbringen würde.

Ein leises Fiepen ertönte, der Droide stoppte und schob die Reisetasche vor eine Zimmertür. Dann legte er seinen

Kopf schräg und wackelte mit seinen mechanischen Ohren. Intuitiv kraulte David die fellbespannte Außenhülle des Roboters, bevor er mit seinem Tagger die Tür des Hotelzimmers öffnete.

Er hatte tatsächlich eine kleine Suite bekommen, die beiden Räume, durch eine transparente Trennwand strukturiert, waren licht und großzügig. Eine VI-Projektion begrüßte ihn mit einem freundlichen Lächeln, es war eine brünette junge Frau mit nussbraunen Rehaugen, vermutlich entsprechend seinem persönlichen Geschmack generiert. David schaltete den Projektor aus und öffnete den Durchgang zur Wet-Zone. Kurz entschlossen warf er seine Kleidung ab, duschte und föhnte sich und legte sich anschließend in den Regenerator. Zwanzig Minuten später fühlte er sich frisch und ausgeruht.

Eingewickelt in den Hotelbademantel, ging David zurück in den Wohnraum und deaktivierte den Sichtschutz der Fenster. Die Kristalle im Glas verblassten, Sonnenstrahlen fluteten die Suite. Geblendet blinzelte David in das Licht. Sein Apartment lag auf der Domseite des Hauses, der Blick hinaus auf die schwarze Kathedrale war überwältigend. Obwohl der Platz draußen vor dem Portal des Doms voller Menschen war, drang kein Laut durch die Fenster nach innen. Die Hotelwand war Teil der Zonengrenze, die verspiegelten Panzerglasscheiben hielten mehr als nur den Lärm, die Hitze und die Blicke der Menschen zurück.

David aktivierte die Vergrößerungsfunktion des Fensters, um sich das Wahrzeichen der Stadt genauer anzusehen. Nun konnte er auch die Details erkennen: den Figurenschmuck in den Portalbögen und auf den Wimpergen, die Kreuzblumen auf den Firsten und Türmen, die filigranen Ornamente an den Streben und Pfeilern. Am meisten faszinierten ihn die als Dämonen, Drachen und Teufel geformten Wasserspeier, die sich mit weitgeöffnetem Maul über die Stadt reckten. Inmitten dieser beeindruckenden Komposition schwebte die VI-Projektion des europäischen Präsidenten, darunter der sanft pulsierende Merksatz des Tages, der die Sicherheit der Bürger innerhalb der Grenzen der Stadt pries.

Ein Tonsignal erinnerte David daran, dass er immer noch nicht online war, er hatte sich aus dem Zentralsystem ausgeloggt, nachdem er Patricks Call abgelehnt hatte. David schickte seine ID-Sequenz ins W-Net und aktivierte die Displayfolie, die in der transparenten Trennwand zwischen den Räumen eingelassen war. Dann rief er seine Nachrichten ab. In der Trackliste stand ein Call ganz oben, er kam aus dem Büro von Dr. Andreas Schoop. Als David die Aufzeichnung des Calls startete, blickte ihm eine freundlich aussehende Frau entgegen. Sie wirkte verlegen. »Also, hallo, ich bin Verena Bahrs. Ich muss für heute leider absagen, Herr Dr. Schoop ist verhindert. Wir sehen uns morgen früh, dann wird er wieder da sein.« Sie lächelte noch einmal, bevor sie die Verbindung unterbrach. Das Bild verschwand.

David war ärgerlich: Hätte ihn der Call rechtzeitig erreicht, hätte er noch eine Nacht länger in Frankfurt bleiben können. Die kurzfristige Absage sprach nicht für eine professionelle Terminplanung. Außerdem: Selbst wenn die Anwaltslegende nicht im Büro war, hätte er dennoch seinen neuen Job antreten können.

Einer spontanen Idee folgend, diktierte David die Adresse von Schoops Kanzlei in die Suchmaske des Systems. Der Stadtplan tauchte auf dem Display auf, der VI-Projektor warf ein dreidimensionales Abbild der Straße in den Raum. Das Haus, in dem Schoop lebte, war ein düster wirkender Bau in der Nähe einer verfallenen romanischen Kirche, St. Pantaleon im Süden der Zone 2 unweit der Grenze. David speicherte die Daten in seiner Cloud, bevor er sich ausloggte und an das Fenster trat. Er spürte, dass er unruhig war.

Ein Klopfen riss ihn aus seinen Gedanken. Der Rezeptionist lächelte ihm vom Display neben der Türeinfassung entgegen. David zog seinen Bademantel zurecht, bevor er die Tür zur Seite gleiten ließ.

Der junge Mann in der Hoteluniform grinste, als er ihn sah. »Entschuldigen Sie die Störung. Ich bringe Ihnen einen Gruß des Hauses.« Er hatte einen Rollwagen vor die Tür geschoben, darauf ein gläserner Kühler mit geschäumten Brennivin und dazu ein paar hauchdünn geschnittene Scheiben Hákarl auf gefrostetem Moos. »Herzlichen Glückwunsch zum bestandenen Examen!« Offenbar hatte das Hotelsystem die Information über Davids erfolgreichen Abschluss an das Management weitergeleitet.

Stirnrunzelnd blickte David auf den Rollwagen. Er hatte die Werbung für die isländischen Wochen des Hotels auf der Screenwall gesehen, als er die Hotelhalle betreten hatte. Die Vorstellung, vom Fleisch eines Grönlandhais zu essen, das monatelang in einer Erdhöhle vor sich hin gegammelt hatte, zog ihm den Magen zusammen.

Der Rezeptionist betrachtete ihn mitleidig. Er war kaum älter als David, eine kleine Tätowierung blitzte unter dem Kragen seines Hemds hervor. Jetzt zwinkerte er David zu. »Eklig, oder?« Vorsichtig sah sich der junge Mann um, bevor er sich etwas drehte und einen Schritt zur Seite trat – er schien genau zu wissen, wo die Überwachungskameras versteckt waren. »Willst du einen

Tipp von mir?« Verschwörerisch beugte er sich vor. »Ich weiß, wo es Steak gibt«, raunte er. »Aus richtigem Fleisch! Nicht das synthetische Zeug, das sie überall anbieten. Du hast doch die Berechtigung für die vierte Zone, oder?«

David nickte.

»Perfekt!« Der Rezeptionist zwinkerte ihm zu. »Ich versprech dir, das wird gigantisch! Und vorher gehen wir in die Helios-Halle, zur Schwarzen Krake!« Er erklärte David, dass der Schwarze Krake ein Ringkämpfer war, der seit fast einem Jahr keinen Kampf verloren hatte. Jeder könne ihn herausfordern, jede Woche trete er an. »Der Typ ist der Hammer! Den musst du gesehen haben, sonst kennst du Köln nicht!« Der Abend koste nur 400 Digits, ein Schnäppchen, beteuerte der Rezeptionist. Wahrscheinlich dealte er nicht zum ersten Mal. »Ich hol dich um acht ab. Bist du dabei?« Und er streckte seine Hand aus.

David überlegte. Besser, als alleine im Hotelzimmer zu sitzen, dachte er.

Er schlug ein.

4

Die Luft war verbraucht und zum Schneiden dick, es roch nach Schweiß, Rauch und ranzigem Fett. Bis auf die Spotlights, die von der Decke herabstrahlten, war es im Inneren der Fabrikhalle dunkel. Wie Säulen standen die Lichtkegel der Scheinwerfer im Raum.

Am Rand der Helios-Halle stand eine junge Frau, sie wirkte ruhig und konzentriert, während sie den Ring musterte. Dass sie angespannt war, verrieten allein ihre Finger, die mit dem Gürtel ihrer Shorts spielten.

Ein junger Mann, kaum älter als sie, stand neben ihr; in der Hand hielt er zwei Metalleimer. Er war nervös. »Lass uns abhauen, Alex!«

Die Frau reagierte nicht.

»Alex, du hast keine Chance!«

Spöttisch grinsend wandte sie sich ihm zu. »Was ist los mit dir, Ben? Ich dachte, du bist hier, um mir Mut zu machen.« Sie knuffte ihn, während sie ihm eines der Gefäße abnahm und öffnete.

Ein nervöses Raunen ging durch die Menge, die Menschen, die sich in dem heruntergekommenen Bau drängelten, waren unruhig. Keiner beachtete Alex und Ben, alle starrten zu der freien Fläche im Zentrum der Halle. Plötzlich, niemand wusste, wer begonnen hatte, entlud sich die Anspannung in einem gewaltigen Schrei: Die Menschenmasse hatte sich geteilt, ein fetter Mann mit schwarz geschminktem Gesicht betrat die Arena.

»Und hier kommt, unbesiegt und unschlagbar: die Schwarze Krake!« Der Moderator brüllte in sein Mikrofon, und seine Stimme überschlug sich vor Aufregung. Die Masse tobte.
Der Mann, den der Moderator angekündigt hatte, warf seinen Umhang zur Seite und riss die Arme hoch, eine Bewegung, die mit einem weiteren Aufschrei der Zuschauer begrüßt wurde. Aufgeputscht stampfte der Fette durch den Ring. Auf seinem nackten Oberkörper perlten Schweißtropfen.
Alex würdigte den Auftritt des Kämpfers mit keinem Blick, sie war dabei, ihre Beine dick mit Talg einzuschmieren. Sie schaufelte das Fett mit ihren Händen aus dem Eimer und bestrich damit sorgfältig ihre Haut, bis jeder Zentimeter bedeckt war. Danach zog sie ihr Shirt über den Kopf, so dass sie bis auf ihre Shorts nackt war, und rieb sich den Oberkörper ein. Eine Strähne ihres schulterlangen dunkelblonden Haars fiel ihr ins Gesicht, sie schob sie mit dem Oberarm zur Seite. »Gib mir den anderen Eimer.«
Ben tat, was Alex von ihm verlangte. Er betrachtete sie besorgt. »Das ist Wahnsinn! Lass es, bitte!«
Die junge Frau ignorierte seine Worte. Unbeirrt öffnete sie den zweiten Fettbehälter und rieb sich den Talg in ihre Haare. Ben seufzte und half ihr, auch den Rücken einzuschmieren. Zuletzt verteilten sie das restliche Fett auf dem Stoff ihrer kurzen Hose, bis Alex von Kopf bis Fuß mit einer schillernden Schicht bedeckt war. Ihr schlanker Körper glänzte.
Die Umstehenden bemerkten nicht, was hinter ihnen geschah: Der erste Herausforderer hatte die Arena betreten, ein durchtrainierter Glatzkopf mit Lederkleidung und Angst im Blick. Der Kampf dauerte keine zwölf

Sekunden. Dann nahm sich die Krake den nächsten Herausforderer vor.
Schweigend stellte Ben den leeren Eimer zur Seite und reichte Alex ein Tuch, das er mit Alkohol getränkt hatte und mit dem sie sich nun sorgfältig die Hände reinigte.
Im Ring wurde der zweite Herausforderer niedergeschlagen, der dritte, der vom Rand zugesehen hatte, kniff unter den wütenden Pfiffen der Zuschauer und tauchte in der Menge ab.
»Wer wagt es, die Schwarze Krake herauszufordern?« Der Moderator brüllte mit schriller Stimme. »Im Jackpot sind 48 000 Digits, für 48 Kämpfe, in denen die Krake unbesiegt geblieben ist. Wer ist der Nächste?«
Niemand meldete sich.
Der Fette im Ring riss die Arme hoch und brüllte, ein Ruf, der von der Menge erwidert wurde.
»Ich leg noch was drauf«, schrie der Moderator, »49 000 Digits für den Gewinner. Wer wagt es? Niemand? Ich geb euch 50 000! Los, Leute, traut euch!«
Ein paar Männer am Rand der Arena traten nervös von einem Bein auf das andere.
Plötzlich ertönten in einer Ecke der Halle aufgeregte Rufe, die ersten Zuschauer hatten Alex bemerkt und machten ihre Nachbarn auf sie aufmerksam. Die Menge teilte sich. Jetzt entdeckten auch die Männer oben auf den Scheinwerferbrücken unter der Hallendecke, was unter ihnen geschah, und sie rissen ihre Spotlights herum und lenkten die Lichtkegel auf die Gestalt, die den Gang entlangschritt. Alle verstummten verblüfft, niemand mochte glauben, was er sah.
Dann begannen die Ersten zu lachen.
Unbeirrt, die Lippen fest zusammengepresst, ging Alex auf die Arena zu. Sie wirkte schmal, eine ängstliche junge

Frau Anfang 20, die ihrer Vernichtung entgegenschritt. Und doch war ihr Blick entschlossen. Sie musste diesen Kampf gewinnen! Jetzt hatte auch der Moderator sie entdeckt. Mit vor Begeisterung überschnappender Stimme begrüßte er die Herausforderin. Die Masse tobte. Alex' nackter Körper heizte die Stimmung noch weiter an.

Der Moderator zog das transparente Trennband, das die Kampfzone begrenzte, zur Seite und ließ Alex in die Arena hinauf. »Dich schickt der Himmel, Goldstück, du bist die Krönung heute Abend.« Er lächelte abschätzig, während er sich zu ihr beugte. »Keine Angst, ich sorg dafür, dass es nicht so weh tut. Wir wollen ja nicht, dass der Kampf zu schnell zu Ende ist.« Ohne ihre Antwort abzuwarten, drehte er sich um und riss das Mikrofon hoch. »Und hier ist sie«, brüllte er, »die Königin der Nacht!«

Ein Schrei wie aus einer Kehle antwortete ihm.

Im Licht der Scheinwerfer trat Alex in die Mitte des Ringes. Der Moderator sprach ein paar Worte mit dem Fetten, dann gab er seinem Assistenten ein Zeichen. Der Gong ertönte. Jubelnd begrüßte die Menge den Beginn des Kampfes.

Alex spannte den Körper an. Ihren Gegner nicht aus den Augen lassend, tänzelte sie durch den Ring. Der Fette beachtete sie nicht. Er hob die Arme und schrie, während er seine Fäuste schüttelte. Sein Schrei endete abrupt. Den Mund weit aufgerissen, taumelte er zurück, überrascht von dem plötzlichen Angriff: Alex hatte ihre Chance genutzt und mit all ihrer Kraft ihren Fuß gegen seinen Brustkorb gerammt.

Die Menge johlte.

Den Kopf zwischen ihre Schultern gezogen, beobachtete

Alex ihren Gegner. Der Überraschungsangriff war ihre Chance gewesen, vielleicht ihre einzige Chance. Erschrocken sah sie, dass der Tritt, so kräftig er auch gewesen war, dem Fetten wenig zusetzte. Nur seine Wut war jetzt echt, und der Schrei, der aus seiner Kehle drang, war lauter als zuvor. Brüllend stürzte der Fettsack auf sie zu. Alex versuchte, unter seinen Armen hindurchzutauchen, doch ihr Gegner war ein erfahrener Kämpfer und durchschaute ihre Finte. Wütend packte er ihren Arm, um sie herumzureißen, aber er glitt an ihrem Fettfilm auf der Haut ab und taumelte zur Seite. Alex stürzte zu Boden und rollte sich ab, gerade noch rechtzeitig, bevor der heranstürzende Körper des Fetten sie zerquetschen konnte.

Jubelnd und schreiend begleiteten die Zuschauer den Kampf.

Die Augenlider zusammengekniffen, sprang Alex wieder auf die Beine. Ihre Augen brannten, der Talg aus den Haaren war ihr in die Augenwinkel geflossen. Orientierungslos stolperte sie durch den Ring. Vergeblich versuchte sie etwas zu erkennen, während sie hörte, wie der Dicke auf sie zustürmte.

»Alex!« Bens Stimme drang durch den Lärm zu ihr. Sie wich dem Dicken aus und rannte an den Rand der Kampfzone. »Alex, hierher!« Ben war auf die Kante der Arena geklettert, er hielt sich am Absperrband fest und streckte ihr ein Tuch entgegen. Es war mit Alkohol getränkt, der scharfe Geruch stieg ihr in die Nase. Sie griff sich das Tuch und warf sich zur Seite, als der Fette heranraste, sie hörte seine Schritte auf dem Podest. Diesmal gelang es ihr, unter seinen Armen hindurchzutauchen. So schnell sie konnte, rannte sie auf die andere Seite der Arena, während sie sich den tropfenden Talg aus den

Augen rieb. Der Dicke stürmte ihr nach, wütend, dass sie sich ihm entzog. Erneut wich Alex dem Angreifer aus, wie ein Hase, der hakenschlagend einem Fuchs zu entkommen versuchte. Der Dicke wirbelte herum und stürzte hinterher. Die Menge lachte und johlte.

Außer Atem hielt sich Alex an der Absperrung fest. Sie wusste, lange würde sie den Kampf nicht durchhalten: So fett ihr Gegner auch war, schien er dennoch weitaus trainierter und wendiger als sie. Doch sie brauchte diesen Sieg. Sie musste seinen Schwachpunkt finden.

Es gab nur einen, von dem sie wusste.

Der Dicke war stehen geblieben und hatte seine Arme weit geöffnet, um ihre Flucht zu verhindern. Langsam kam er näher. Alex tat, als wolle sie so wie bisher fliehen. Doch plötzlich, der Fette war gerade losgelaufen, drehte sie sich zu ihm. Blitzschnell warf sie sich auf den Boden und rollte auf ihn zu. Der Dicke versuchte zu reagieren, doch es war zu spät: Ächzend stolperte er über ihren Körper und stürzte auf die Matte. Im selben Moment war Alex wieder auf den Beinen, sie sprang auf ihren bäuchlings auf dem Boden liegenden Gegner und griff in seinen Hosenbund. Die Menge johlte auf. Mit aller Kraft zerrte Alex den Gurt seines Tiefschutzes hervor und zog an dem Band, bis es an der Naht aufriss und die Hartschale, die den Genitalbereich des Fetten schützte, freigab.

Außer sich vor Wut wälzte der Dicke sich herum. In letzter Sekunde gelang es Alex, von seinem Rücken zu springen. Der Kämpfer schrie und erhob sich. Seine Hose hing schief an seiner unförmigen Hüfte. Er stampfte auf Alex zu und versuchte sie zu fassen, doch erneut glitt er an ihrem fettbedeckten Körper ab. Diesmal jedoch verlor er nicht das Gleichgewicht, sondern setzte ihr nach, die Arme weit geöffnet. Hilflos wich Alex zurück, immer weiter in die Ecke hinein, in die er sie trieb. Der Dicke begann nach ihr zu schlagen. Alex duckte sich, doch seine Fäuste trafen sie, links, rechts, links, rechts, wie eine Maschine, die nicht zu stoppen war. Mit letzter Kraft warf sie sich in seine Arme und klammerte sich an ihn. Für einen Moment war der Fette überrascht. In der gleichen Sekunde verzerrte sich sein Gesicht, er riss den Mund auf, als wolle er schreien, doch es drang nicht mehr als ein Ächzen aus seiner Kehle: Alex hatte ihr Knie angezogen und mit aller Kraft zwischen seine Beine gerammt. Der Dicke wurde blass, er wankte und drohte zu Boden zu gehen. Er schrie auf, vor Wut und vor Schmerzen, und wuchtete sich hoch. Auch Alex schrie, und im Schrei trat sie noch einmal zu.

Die Menge kreischte auf.

Dann wurde es still.

Der Dicke stand regungslos, wie im Schock, die Hände auf seinen Schritt gepresst. Langsam kippte er um, wie ein Felsbrocken, der zu Boden fällt.

Die Anspannung, die in der Halle geherrscht hatte, entlud sich in einem Jubel, lauter als zuvor.

Schwer atmend verharrte Alex im Ring und versuchte zu fassen, was geschehen war. Ihr Herz raste, das pulsierende Klopfen dröhnte in ihren Ohren. Erst jetzt sah sie, dass der Fette regungslos auf dem Boden lag. Der Moderator war zu ihm gestürzt und beugte sich über ihn, doch so sehr er auch rüttelte, der Bewusstlose rührte sich nicht.

Langsam begriff Alex: Sie hatte gewonnen. Wie in Zeitlupe hob sie ihre Arme, während die Menge um sie herum tobte.

»Das war nicht schlecht.« Der Moderator war zu ihr gekommen. Er grinste ärgerlich. »Aber das war kein Sieg. Du hast nicht fair gekämpft.«

Aufgeputscht durch den Kampf, fuhr Alex herum. Ohne nachzudenken, stieß sie ihn an den Rand der Arena. »Du verkündest jetzt, dass ich gewonnen habe«, zischte sie in sein Ohr, »oder ich werfe dich in die Menge und sage allen, dass du mich nicht bezahlen willst.«

Der Moderator war blass geworden. »Das wirst du nicht tun.«

»Ich tu noch ganz andere Dinge.« Ohne nachzudenken, griff sie in seinen Schritt und packte durch den Stoff der Hose seinen Hoden. Sie drückte zu.

Jaulend hob der Moderator sein Mikro und tat, was sie ihm befohlen hatte.

»Und jetzt mein Geld. 50 000 Digits.« Misstrauisch beobachtete sie, wie er die Summe in eine E-Cash-Folie eintippte und das Plättchen versiegelte. Unter dem Jubel der Zuschauer reichte er ihr das Geld.

Alex nahm es zögernd. »Ich traue dir nicht. Deine Uhr, als Sicherheit. Du kriegst sie wieder, wenn ich die EC eingelöst habe.«

Der Moderator wollte protestieren, doch als Alex erneut zupackte, fingerte er hastig seine Uhr vom Handgelenk. Es war ein altes goldenes Modell, es funktionierte noch, wie sie am zuckenden Sekundenzeiger sah.

Alex nahm die Uhr, dann stieß sie den Moderator zur Seite und flüchtete. Die vom Kampf aufgeheizten Zuschauer versuchten nach ihr zu greifen, Alex sah gierige Gesichter, die ihren nackten Körper anstarrten. Erst jetzt sah sie, dass ihre Shorts aufgerissen waren. Ben klammerte sich an das Trennband am Rand des Rings, um von der wogenden Menge nicht weggerissen zu werden. Er warf Alex den Mantel zu, den sie mitgebracht hatten.

»Du musst raus hier! Schnell!« Die ersten Männer kletterten über die Absperrung.
Alex warf sich den Mantel über und rannte auf die andere Seite des Rings zu einer der Stützstreben, auf denen die Scheinwerferbrücken ruhten. So schnell sie konnte, kletterte Alex das Gitterwerk der Strebe hinauf, verfolgt von den Lichtkegeln der Scheinwerfer. Die Menschen in der Halle johlten. Immer mehr Zuschauer durchbrachen die Absperrung und stürmten der Fliehenden nach. Dem Moderator war es derweil gelungen, seinen Kämpfer aus der Bewusstlosigkeit zu reißen, der Dicke hatte sich aufgerappelt und stand nun schwankend im Sturm der in den Ring drängenden Masse, während sich der Moderator hinter seinem breiten Rücken verbarg.
Alex erreichte das Ende der Stütze und schwang sich auf die Scheinwerferbrücke. Von oben sah sie überrascht, dass einige der Zuschauer ihr nachkletterten. So schnell es die schwankende Metallkonstruktion erlaubte, rannte sie über die Brücke hinüber zur anderen Seite. Doch auch dort kletterten ein paar Männer die Stützstreben hinauf. Gehetzt sah sich Alex um. Sie entdeckte keinen Fluchtweg – außer einer Öffnung in der Decke über sich. Daumendicke Kabel führten durch ein aufgeklapptes Dachfenster nach draußen, der Strom für die Scheinwerfer wurde auf diesem Weg in das Innere des Gebäudes geleitet. Ohne zu zögern, packte Alex eines der Kabel und zog sich hinauf. Sie hatte Mühe, sich festzuhalten, der tropfende Talg auf ihrem Körper hatte ihre Handflächen verschmiert und ließ sie immer wieder abrutschen. Endlich gelang es ihr, den Rand der Fensteröffnung zu greifen. Mit letzter Kraft zog sie sich über die Kante und ließ sich auf das Dach der Halle fallen. Schwer atmend blieb sie liegen.

Doch ihr blieb keine Zeit, sich auszuruhen, Schritte und Stimmen waren zu hören, ihre Verfolger auf der Scheinwerferbrücke hatten das Dachfenster erreicht. Es polterte, dann krallte sich eine Hand an den Rand der Öffnung, und ein gieriges Gesicht schob sich ihr entgegen. Hastig trat Alex gegen die Stütze, die das Fenster offen hielt. Der Metallstab sprang zur Seite, und mit einem lauten Krachen schlug der schwere Metalldeckel zu. Der Mann schrie auf und stürzte hinab, Alex hörte seinen Körper auf die Schweinwerferbrücke prallen. Wütende Rufe drangen zu ihr herauf. Schnell griff sie eines der Kabel und zerrte daran, bis sie eine Schlaufe biegen konnte. Sie schob die Schlinge über den verrotteten Riegel und zog sie fest. Jetzt konnte niemand mehr von unten die Klappe aufstoßen, zumindest, solange keiner das Kabel zerschnitt.
Alex wartete, bis sie wieder zu Atem gekommen war. In der Halle schrien und tobten die Menschen, die Stimmung war aufgeputscht wie in den Sekunden ihres Sieges. Alex musste grinsen. Sie griff in die Tasche ihrer Shorts und holte das EC-Plättchen und die Uhr hervor. Stolz blickte sie auf die Trophäen ihres Kampfes: Sie hatte es geschafft!
Sorgfältig verstaute sie Uhr und EC in der Tasche ihres Mantels. Kurze Zeit später war sie in der Dunkelheit verschwunden.

5

Marc Ferris, Chefassistent der MIC, trat an das Fenster und stieß die beiden Flügel auf. Paris glitzerte in der Dunkelheit. Die Nacht war lau, die Steine der Straßen und Paläste hatten die Wärme der Sonne gespeichert und gaben sie nun der Stadt zurück. Ein Windhauch strich über den Fluss, leise plätschernd brachen sich die Wellen an den Brücken und Kaimauern.

Die Führungsakademie der Medical Ind Corporation war im Seitenflügel des Louvre untergebracht, direkt am Ufer der Seine, eine großzügige Flucht aus Büros und prachtvollen Sälen mit Blick auf die Tuilerien-Gärten und den Innenhof des Palais. Das Logo der MIC, das über der Glaspyramide im Zentrum der Anlage schwebte, leuchtete kalt und blau in der Dunkelheit. Angeregt plaudernde Menschengruppen flanierten durch den Park oder strömten durch den gläsernen Eingang in das Museum, es war Mitarbeitertag der MIC, die vom Konzern finanzierte Kunstsammlung war die ganze Nacht über geöffnet.

Ferris genoss es, hier zu sein. Er hatte den Mini-Heli genommen, um zur Akademie zu gelangen, ein kleiner, wendiger Einsitzer, der ihm persönlich zur Verfügung stand. Eigentlich war es übertrieben, das Fluggerät für die kurze Strecke vom Élyséepalast zum Palais du Louvre zu nutzen, ein Wagen der Fahrbereitschaft hätte ihn in fünf Minuten von Tür zu Tür gebracht. Doch

Ferris liebte es, mit seinem Hubschrauber über die in der Nacht glitzernden Champs-Élysées und die illuminierten Tuilerien zu fliegen. Es war die einzige Extravaganz, die er sich leistete.
Zu seiner Überraschung war nur eine kleine Gruppe von Absolventen für den Vortrag Chandrans persönlich nach Paris gekommen, die meisten der angehenden Führungskräfte des Konzerns ließen sich der Veranstaltung virtuell zuschalten. Ferris hatte in enttäuschte Gesichter geblickt, als er sich vorgestellt hatte, die meisten hatten darauf gehofft, den Chef der MIC persönlich kennenzulernen und nicht nur seinen Assistenten. Allein eine junge Frau mit langem schwarzem Haar, eine Absolventin aus Südamerika, musterte Ferris mit unverhohlenem Interesse.
Ferris wandte sich vom Fenster ab und trat in die Mitte des Saals. Niemand hatte ein Wort gesagt, während er hinausgeblickt hatte, alle im Raum warteten stumm, dass er weitersprach. »Sie wissen, dass die MIC einer der fünf größten multinationalen Industriekonzerne ist. Wir vertreiben unsere Produkte weltweit, wir haben Dependancen in allen Staaten und Allianzen, jede Region der Welt ist von uns analysiert und erfasst. Niemand kommt an uns vorbei. Wir haben die Macht.« Aufmerksam sah Ferris in die Gesichter der jungen Männer und Frauen, die ihm gegenübersaßen. Er spürte Konzentration, Hunger nach Anerkennung und den festen Willen, sich in dem gnadenlosen Konkurrenzkampf innerhalb des Konzerns zu behaupten. Die Hierarchie war streng, der Weg nach oben hart, nur die Besten und Rücksichtslosesten schafften es auf die Spitzenpositionen. Seiteneinsteiger wie er waren die Ausnahme.
Mit einem Augenaufschlag scrollte Ferris das auf seine

Netzhaut projizierte Manuskript nach unten, ohne den Text wirklich zu beachten. Er hatte den Vortrag wieder und wieder studiert, so wie er auch die Ideologie Chandrans akribisch und bis ins Detail analysiert hatte. Nur wenn er genau wusste, wie sein Chef dachte und agierte, was er sagen und wie er sich verhalten würde, hatte er eine Chance, sich zu behaupten.

»Zeigen Sie Selbstbewusstsein. Schon jetzt gehören Sie zu den Besten der Besten. Wenn Sie diese Akademie hinter sich haben, werden Sie zur Elite gehören.« Er ballte die Faust. »Gemeinsam bewegen wir die Welt! Ob als Berater einer Regierung oder als Leiter einer Regionaldependance, Sie sind der Garant dafür, dass der Wille der MIC geschieht.«

Ein rothaariger Jüngling in einem perfekt geschnittenen Anzug hob die Hand, er war aus der Dependance der Akademie in Boston zugeschaltet, wie Ferris mit einem Blick auf seine Kenndaten feststellte. Der Jüngling räusperte sich, bevor er sprach. »Sie sagen, dass wir die Macht haben. Aber warum bestimmen dann die Politiker und die Führer der Allianzen, was auf der Welt geschieht?«

Ferris musterte den Rothaarigen kühl. »Meinen Sie wirklich, was Sie sagen? Oder müssen wir an Ihrer Intelligenz zweifeln?«

Die anderen lachten, erleichtert, dass Ferris' Bannstrahl den Rothaarigen und nicht sie traf. Nur die schwarze Schönheit in der ersten Reihe verzog keine Miene.

Der Rothaarige wurde blass und rutschte in seinem Stuhl tiefer.

»Ich werde die Frage trotzdem beantworten. Politiker halten Reden. Sie begegnen sich auf Konferenzen oder den Gipfeltreffen der Allianzen. Sie führen Gespräche, im besten Fall verhandeln sie Verträge oder erlassen

Gesetze. Politiker glauben, dass sie den Rahmen schaffen, in dem wir uns bewegen.« Ferris machte eine Kunstpause, während er durch die Reihen der Absolventen schritt. »Bullshit! *Wir* entscheiden, was wirklich geschieht! Nur weil es uns gibt, dreht sich diese Welt! Ohne uns wäre alles nichts.« Er blieb stehen, während er seine Zuhörer musterte. Niemand sagte etwas, keiner wagte zu widersprechen, obwohl er nicht mehr als ein paar Worthülsen vorgebracht hatte.

Langsam hob sich die Hand des Rothaarigen. Interessiert beugte sich Ferris vor.

»Ich verstehe«, sagte der Rothaarige, »dass unser Geld ein Machtfaktor ist. Ich sehe auch, dass unsere Berater in den Zentralen der Allianzen sitzen. Aber die letzten Entscheidungen treffen nicht wir. Wir sind abhängig von der Politik.«

Ferris ging auf den Jüngling zu. »Es ist genau andersherum. Die Politik ist von uns abhängig. Allein die Größe unseres Imperiums macht es den sogenannten Machthabern unmöglich, gegen uns zu agieren. Unser Geld und unsere Produkte geben uns die Möglichkeit, die Menschen zu steuern, und damit auch die Politik. Ein Fingerschnippen von uns, und nichts läuft mehr. Denken Sie nach! Was können die Politiker schon tun? Der kurze Erfolg einer Gesetzesinitiative, eines bilateralen Vertrages, eines Krieges. Nichts als der hilflose Versuch, Einfluss zu nehmen. Lassen wir ihnen die Illusion.«

Diesmal hielt der Rothaarige seinem Blick stand. »Aber wofür brauchen wir die Politiker, wenn sie doch nur Marionetten sind, wie Sie sagen?«

»Warum stürzen, was für uns nützlich ist? Wir profitieren von dem System, das sie geschaffen haben und das sie am Leben erhalten, damit sie selbst überleben. Vergessen

Sie nicht, die alte Ordnung hat sich überholt! Die jahrzehntelang gültige Einteilung in Erste, Zweite, Dritte und Vierte Welt gibt es nicht mehr. Ein Paradigmenwechsel, durchaus existenzbedrohlich, hätten wir nicht darauf reagiert. Denn wir brauchen eine solche Aufteilung, nur dann funktioniert der Markt, nur dann ist Gewinnmaximierung möglich. Wir brauchen Menschen, die konsumieren, und andere, die die Basis für diesen Konsum schaffen.« Ferris breitete triumphierend seine Arme aus, eine einstudierte Geste, Chandran nutzte sie bei seinen Vorträgen. »Sehen Sie sich an, was wir vollbracht haben: Heute bildet jede Allianz ihre eigene Ordnung, jede Allianz ist ein Mikrokosmos, der sich selbst erhält. Die einen dienen, die anderen konsumieren, und alle sorgen für unseren Profit.«
»Aber machen wir uns nicht abhängig von diesen Mikrokosmen? Warum schaffen wir uns nicht unseren eigenen Kosmos? Ein globales Konstrukt, gesteuert von den fünf größten Konzernen der Welt. Wir haben das Geld, wir haben die Truppen, wir könnten die Macht übernehmen. Das, was sie Demokratie nennen, ist überflüssig.« Der Rothaarige reckte sich, während er sich in seiner Vision sonnte.
Ferris schürzte spöttisch den Mund. »Vor mir sitzt der neue König der Welt …« Die Zuhörer lachten. »Was wollen Sie? Mit Truppenparaden begrüßt und mit Banketten geehrt werden? Im kugelsicheren Wagen durch die Straßen fahren und Ihren Untertanen zuwinken? Das ist gefährlicher Pomp. Gefährlich, weil er uns in das Bewusstsein der Menschen bringt. Glauben Sie mir, der Platz in der zweiten Reihe ist der bessere.«
»Aber …«
Ferris hob die Hand, bevor der Rothaarige etwas ent-

gegnen konnte. »Die Menschen brauchen das Gefühl, dass sich ein anderer für sie abarbeitet. Sie brauchen jemanden, den sie verehren oder, besser noch, jemanden, den sie hassen können. Jemanden, den sie auf den Thron heben, und jemanden, den sie stürzen können. Staaten können implodieren, Allianzen zusammenbrechen. Wir bleiben.«

»Von nun an bis in alle Ewigkeit.«

Ferris fuhr herum. Die schwarzhaarige Schönheit sah ihn herausfordernd an. Kurz scannte er ihre Daten, die das System ihm einspielte: Nerea Goulart, 28 Jahre alt, Absolventin der MIC-Akademie in Rio de Janeiro, nach ihrer Ausbildung zur Journalistin und einer kurzen, steilen Karriere als Model. Fünfsprachig, beste Noten, perfekte Eignungstests, mit nur einem Makel: Sie neigt zum Widerspruch, weniger der Sache wegen als vielmehr aus Lust am Disput.

Ferris betrachtete sie interessiert und ließ ihre Provokation mit einem Lächeln an sich abprallen »Schön, dass wir einer Meinung sind.«

Kurz wirkte sie enttäuscht, dann lachte sie auf. »Eins zu null für Sie.« Sie verstummte, doch ihr Mund formte lautlos ein weiteres Wort, während sie den Blick fest auf ihn gerichtet hielt: »Revanche!« Beiläufig schob sie ihre Knie übereinander, wobei ihr Rock ein Stück zur Seite rutschte und ihre langen, schlanken Beine zeigte.

Ferris wandte sich ab und verriet mit keiner Miene, dass er ihre Aufforderung begriffen hatte. Er ging zurück an das Pult und wandte sich wieder der gesamten Gruppe zu. »Ich kann Sie beruhigen, meine Damen und Herren, vor allem jene unter Ihnen, die nicht glauben wollen, was ich hier sage ...« Er warf dem Rothaarigen einen kurzen scharfen Blick zu, und die Gesichtsfarbe des Jünglings

passte sich an die Farbe seiner Haare an. »Wir testen seit einigen Jahren aus, was es für einen Konzern wie unseren bedeutet, direkte Macht auszuüben. Eine Stadt hier in der europäischen Zone haben wir vor einigen Jahren komplett übernommen.«
»Köln.« Der Einwurf kam von einem blassen Nordländer, der direkt am Fenster saß.
»Richtig. Es wissen nicht viele davon, wir hängen das nicht an die große Glocke. Es ist ein Feldversuch ohne Priorität, mehr nicht. Es gibt Wichtigeres, über das wir im Moment nachdenken.« Ferris aktivierte die im System abgelegte Datei, das Begleitscript seines Vortrages poppte auf den Netzhäuten der Absolventen auf. »Genug geplaudert. Wenden wir uns nun dem ersten Abschnitt zu …«
Die schwarzhaarige Schönheit betrachtete Ferris unverwandt.

*

Zwei Stunden später ließ sich Ferris ächzend zurück auf das Bett sinken. Sein Körper war schweißnass, und er atmete immer noch heftig. Wohlwollend betrachtete er den makellosen nackten Körper der schwarzhaarigen Schönheit neben ihm auf dem zerwühlten Laken.
Die junge Frau musterte ihn amüsiert. »Das war alles?«
Er grinste. »Das könnte ich dich fragen. Ein bisschen wenig Einsatz, wenn man bedenkt, dass du es bis in den Élyséepalast geschafft hast.«
Sie rollte sich auf den Bauch. »Du hast dich amüsiert, also beschwer dich nicht. Außerdem nutzt du mich aus. Du willst nur meinen Körper …« Sie strich sich mit ihren Fingerspitzen über ihre mattglänzende Haut, eine Einladung, wieder zu ihr zu kommen.

Ferris betrachtete sie spöttisch. »Und was willst du? Mich oder den Einfluss meiner Position? Die Frage ist, wer hier wen ausnutzt.«
Er griff nach seinem Morgenmantel, der neben dem Bett lag, und stand auf. Schweigend sah sie zu, wie er zum Tisch ging und sich aus der Karaffe ein Glas Wasser einschenkte. Er bemerkte ihren Blick, zögerte kurz, schenkte dann ein zweites Glas voll und reichte es ihr. »Brauchst du noch etwas, bevor du gehst? Du wirst verstehen, dass du hier nicht die Nacht über bleiben kannst.«
Sie zog sich wortlos an, Ferris half ihr zuletzt, den Reißverschluss ihres Kleides am Rücken zu schließen. Seine Finger berührten ihre Haut, ein fast zärtlicher Moment, der sie erschauern ließ.
Ihr Blick war ernst, als sie sich zu ihm umdrehte. »Du irrst dich, wenn du denkst, dass ich hier bin, weil ich in der MIC nach oben will. Klar will ich das, aber das schaff ich auch, ohne mit dir ins Bett zu gehen. Es gibt noch einen anderen Grund: Ich wollte dich kennenlernen.«
»Den persönlichen Assistenten von Syd Mohan Chandran.«
»Nein. Den Dozenten, den ich in einem Seminar an der Universität von São Paulo gehört habe und dessen Worte mir nicht mehr aus dem Kopf gehen.«
Ferris erstarrte. Eilig scannte er ihr Gesicht und verglich das Bild mit denen, an die er sich aus seiner Zeit in Südamerika erinnerte. Er konnte sich nicht entsinnen, ihr schon einmal begegnet zu sein.
»Bemüh dich nicht, du wirst mich nicht bemerkt haben. Ich habe heimlich zugehört, mein Onkel hat mich in den Hörsaal geschleust. Er ist dort Hausmeister.«
»Und deshalb machst du dich auf den Weg hierher nach Paris?«

»Ich wollte wissen, wie man sich so sehr verändern kann. Du hast dich damals ganz anders angehört.«
Er schwieg, während er fieberhaft nachdachte. Er war davon überzeugt gewesen, alle Spuren getilgt zu haben. Dass eine unbekannte Gasthörerin, die sich unterhalb seines Radars bewegt hatte, ihm gefährlich werden könnte, darauf war er nicht gekommen. »Was denkst du, werde ich jetzt tun?«
»Mich wiedersehen. Zum Beispiel morgen.« Sie betrachtete ihn forschend. »Du warst sehr überzeugend heute Abend, dein Vortrag war wirklich gut. Aber ich glaube noch nicht, was ich sehe.« Sie beugte sich zu ihm, um ihm einen Kuss auf die Wange zu hauchen. »Gib mir ein bisschen Zeit, es herauszubekommen.« Ihr tief ausgeschnittenes Kleid faltete sich auf und zeigte ihm zum letzten Mal ihre nahtlos gebräunten Brüste.
Wortlos wandte sich Ferris ab. Er öffnete die Tür des Apartments und gab dem auf dem Gang postierten Wachmann ein Zeichen, seinen Gast zum Ausgang des Palais zu begleiten.
Die junge Frau wirkte irritiert, als der Wachmann nach ihrem Arm griff, um sie aus dem Gebäude zu bringen.
»Du meldest dich, ja?« Sie schickte, noch während sie sprach, einen Call mit ihren Kontaktdaten.
Ferris verzog keine Miene. »Du hörst von mir.«
Er stand noch lange am Fenster und sah ihr nach, bis ihre Silhouette in der Dunkelheit verschwunden und das Klacken ihrer Absätze auf dem Pflaster verklungen war.

6

Was ihn immer wieder faszinierte, war die Stille, die in der Stadt herrschte. Jeder ihrer Schritte war zu hören, jeder Kieselstein, der unter ihren Sohlen verrutschte, jedes verrottete Metallstück, das er versehentlich zu Seite trat. Ab und zu gab einer der Männer, die ihn begleiteten, ein Kommando, dann stoppten sie und horchten in die Nacht, und er wartete gespannt, was geschah. Doch an diesem Abend blieb es ruhig in der vierten Zone von Köln. Schweigend liefen sie durch die Gassen der Südstadt, erst die beiden Hünen, die vorangingen und den Weg sicherten, dann kam er, allein und mit seiner Tasche in der Hand. Ihm folgten zwei weitere breitschultrige Männer, die es wie ihre Kollegen trainiert zu haben schienen, böse auszusehen. Dr. Mika-Pekka Niklander, Facharzt für genomische Medizin, hatte sich daran gewöhnt. Er war froh, unter dem Schutz des Veedelchefs seine Patienten besuchen zu können.

Zwei Millionen Menschen lebten inzwischen in der Domstadt am Rhein, vielleicht auch mehr, niemand wusste das so genau. Täglich kamen neue Arbeitsuchende hinzu, sie drängten in die Slums, obwohl es dort längst keinen Platz mehr gab. Tagsüber war es laut in den Gassen zwischen den Baracken und Häusern, die Kölner lebten auf der Straße, und sie lebten laut, so wie in keiner anderen Stadt, die er kannte. Doch sobald es dämmerte

und die Sonne unterging, legte sich nicht nur Dunkelheit, sondern auch Stille über die Straßen.
Es gab nur wenige Orte in der Zone 4, an denen sich die Menschen abends versammeln konnten; ein paar Kneipen, ein paar winzige Nachbarschaftsgärten, einige unbewohnbare Ruinen, die von den Jugendlichen des Viertels in Beschlag genommen worden waren. Die meisten Bewohner blieben in ihren Wohnungen und Verschlägen, nicht nur, um sich auszuruhen, sondern auch, um ihre Familien und ihr Hab und Gut zu schützen. Zwar war die Südstadt eines der besser organisierten Viertel, in dem die Bewohner selbst für ihre Sicherheit sorgten, mit einer Schutztruppe, die unter dem Kommando des Veedelchefs stand. Doch auch die nächtlichen Patrouillen boten keine absolute Sicherheit vor den Überfällen umherziehender Banden. Und so leerten sich die Straßen, wenn die Dunkelheit nahte, und in der Stille war der Lärm zu hören, der leise aus der zweiten Zone herüberdrang. Er erinnerte die Menschen daran, dass sie auf der falschen Seite der Mauer lebten: auf jener, in der es dunkel war, und nicht auf jener, in der Licht, Farben, Musik und Lachen die Nacht beherrschten.
Ein Windstoß fuhr durch die Straße und brachte den Duft von Blättern, feuchter Erde und Äpfeln mit sich. Der Volksgarten war nahe, an den Bäumen reifte das Obst, und das Gemüse wuchs trotz der Unwetter der vergangenen Woche gut. Niklander hatte den Garten noch als öffentlichen Park kennengelernt: ein paar Wiesen, ein paar Laubbäume, ein paar Spazierwege, er konnte sich kaum noch daran erinnern, er war ein kleiner Junge gewesen. Jetzt, fand er, passte der Name viel besser.
Niklander versetzte es einen Stich, als er das Haus mit dem roten Erker sah. Er praktizierte einen Tag in der

Woche hier, manchmal auch zwei, es war ein unscheinbares Wohngebäude, das ihm der Veedelchef für seine Arbeit zur Verfügung gestellt und in dem sie eine Praxis eingerichtet hatten. Alle wussten, was hier geschehen war, doch keiner der Männer reagierte, als sie sich dem Gebäude näherten. Erst als er stehen blieb und verkündete, heute Nacht auf dieser Seite der Grenze bleiben zu wollen, entdeckte er eine Gefühlsregung in ihren Gesichtern. Sie tauschten stumme Blicke, dann sprach der Chef des Begleitschutzes. »Wir finden, das ist keine gute Idee.«

Niklander beharrte darauf, in dem Haus zu übernachten.

»Wir sind in zehn Minuten am Grenzübergang. Ihre Wohnung in der Zone 2 ist viel komfortabler.«

Er nickte erneut. »Trotzdem. Ich bleibe hier. Ich hab morgen früh hier zu tun.« Das war gelogen, doch er hatte das Gefühl, einen rationalen Grund für sein Bleiben nennen zu müssen.

Der Chef der Truppe zögerte. »Wir können aber nicht die ganze Nacht auf Sie aufpassen.«

Jetzt begriff er: Die vier Männer bewegte nicht Mitgefühl, sondern die Aussicht, Überstunden machen zu müssen.

Er winkte ab. »Ich brauche Sie nicht. Der Abend ist ruhig, es wird schon nichts passieren. Die Medikamente sind im Safe.«

»Ja. Und Sie kennen den Code. Jeder weiß das.«

Niklander blieb bei seiner Entscheidung. »Es ist schon spät. Es wird kaum jemand mitbekommen, dass ich hier bin.«

Sie drangen nicht weiter in ihn. Stumm sahen sie zu, wie er den Hausschlüssel aus der Tasche zog und den Eingang entriegelte. Er drückte die Tür auf, sie war schwer,

sie hatten damals die Rückseite mit einer Metallplatte verstärkt.
Seiner Frau hatte es nichts genutzt, sie hatte ihrem Mörder die Tür geöffnet.
Noch einmal wandte er sich um. Er dankte den Männern und wünschte ihnen eine gute Nacht. Dann schloss er hinter sich ab und schob die Riegel vor.
Es war still im Haus, noch stiller als draußen. Totenstill. Regungslos blieb er stehen.
Es war seine Schuld gewesen.
Er wusste, dass das nicht stimmte. Und trotzdem sagte er es sich immer wieder, wenn er hier stand und auf die Treppe starrte, dessen unterste Stufe verfärbt war. Hier am Treppenabsatz hatte er sie gefunden, und hier war sie in seinen Armen verblutet. Obwohl er Arzt war, hatte er ihr nicht helfen können, und so war ihm nur geblieben, sie an sich zu pressen und die letzten Minuten ihres Lebens zu halten.
Er hätte, warf er sich vor, nicht fortgehen dürfen. Ein Notruf hatte sie alarmiert, seine Frau, Ärztin wie er, wäre an der Reihe gewesen, den Notfall zu übernehmen. Doch er hatte sie genötigt, im Haus zu bleiben, sie war erschöpft gewesen, und er hatte ihr etwas Gutes tun wollen. Bei seiner Rückkehr starb sie gerade, niedergestochen von einem Unbekannten. Der Mann hatte Betäubungsmittel gesucht, sie war ihm im Weg gewesen.
Wie viele Leben, dachte Niklander, würde er noch retten müssen, bis er sich ihr verlorenes verzieh?
Er seufzte, dann ging er in den Behandlungsraum und begann damit, seinen Arztkoffer aufzufüllen. Der Safe war fast leer, es war weniger als das Nötigste, was ihm zur Verfügung stand. Medikamente waren in der vierten Zone Mangelware, die nächste Lieferung kam erst in

zwei Wochen. Seine Kollegen in der Zone 1 verschrieben eigens für ihre Patienten produzierte Arzneimittel, die exakt zum Gencode des Kranken passten, die Genomic-Industrie war ausgereift und schnell. In der zweiten Zone, in der er seine Praxis hatte, standen ihm immerhin zu jedem Wirkstoff differenzierte Medikamentenvarianten zur Verfügung, die er entsprechend der Gensequenz des Patienten verschrieb. Doch hier in der Zone 4, in der er auch nach dem Tod seiner Frau jede Woche ein paar Tage praktizierte, gab es nur einige wenige Basismittel, die für alle gleichermaßen verwendet werden mussten. Es war, als wäre auf dieser Seite der Mauer die Zeit stehen geblieben: Wie sein Großvater vor 50 Jahren war er hier draußen zu einer therapierenden Medizin gezwungen, obwohl eine vorbeugende Medizin längst für alle Menschen möglich war. Krankheiten mussten nicht mehr ausbrechen, man erkannte sie, bevor sie gefährlich wurden. Doch warum einen Nanobot in die Blutbahn eines Patienten injizieren, wenn der in einem Slum lebte und der Gesellschaft keinen Nutzen brachte?

Niklander seufzte und schloss den Koffer, um ihn für den nächsten Tag bereitzustellen. Er löschte das Licht und verriegelte den Behandlungsraum, dann erklomm er die Stufen zu der kleinen Wohnung, die seine Frau und er sich über der Praxis eingerichtet hatten, damit sie nicht jeden Abend in die zweite Zone zurückkehren mussten.

Die morsche Treppe bog sich unter seinem Gewicht.

Plötzlich hörte er von oben ein Geräusch. Niklander stutzte. »Hallo? Ist da wer?« Er horchte.

Schritte erklangen, es waren die Sohlen nackter Füße, die über den Holzboden liefen.

Sein Herz begann zu klopfen. »Vanessa?«

Es war verrückt, er wusste es, noch während er ihren

Namen aussprach. Sie würde nicht zurückkehren, auch wenn es ihm schwerfiel, das zu akzeptieren.
Wer war dort oben?
»Mika? Bist du das?«
Jetzt erkannte er die Stimme. »Alex.«
Eine kleine schlanke Gestalt stand im Schatten am Ende der Treppe und blickte ihm entgegen. »Hallo, Mika.«
Er stieg die letzten Stufen hinauf. »Mein Gott, hast du mich erschreckt. Wie bist du hier hereingekommen?«
Alex verzog keine Miene. »Ich komme überall rein, wenn ich will.« Sie schob sich eine Haarsträhne hinter das Ohr, während sie ihm einen Schritt entgegenging. Das Licht der Deckenlampe fiel auf sie.
Mika Niklander erschrak. »Was ist passiert?« Ihre Haut glänzte fettig, und ihr Haar stand wirr und in dicken Strähnen von ihrem Kopf ab. Dazu trug sie einen knielangen Mantel, den er noch nie an ihr gesehen hatte, darunter schien sie nackt zu sein. Sie sah erschöpft aus. Doch ihre Augen strahlten. Keck sah sie zu ihm hoch.
Niklander schob sie auf einen Stuhl und betrachtete sie besorgt. »Wo warst du? Was hast du gemacht?«
Unwillig schüttelte sie den Kopf, sie wollte nichts erzählen. »Ich hab das Geld!«, antwortete sie stattdessen. Sie griff in die Tasche ihres Mantels und zog die EC heraus.
Erstaunt sah er die Summe auf dem Display der Electronic-Cash-Folie.
Sie kam seiner Frage zuvor. »Das reicht doch, oder? Kannst du mir das Medikament besorgen?« Gespannt sah sie ihn an.
Er zögerte.
Alex wurde blass. »Ist es zu wenig?«
»Nein. Ich bekomme es einfach nicht.«

»Aber du hast das Medikament schon einmal für sie bekommen.«
»Nein, nicht für sie. Ich hatte noch einen Rest.« Es waren die Tabletten seiner Frau gewesen. Sie hatte sie nicht mehr nehmen können.
Alex war verzweifelt. »Aber du hast gesagt, du hilfst mir!«
Eindringlich sah er sie an. »Ich hab es versucht, glaub mir! Sie geben es mir nicht. Nicht für die vierte Zone.«
Sie sprang auf. »Dann geh in die zweite und hol es dort! Du kommst doch über die Grenze.«
Er blieb ruhig, er verstand ihre Wut. »Antiangiogenese-Mittel sind zuteilungspflichtig. Dafür brauche ich die ID des Patienten. Eines Patienten, der für das Medikament berechtigt ist.«
»Dann finde so einen Patienten, verdammt noch mal!« Alex lief in der Küche umher wie ein Tiger in einem Käfig.
Niklander seufzte. Er verstand ihre Sorge. Doch er konnte ihr nicht helfen, so gerne er es getan hätte. »Selbst wenn ich jemanden finden würde, was soll ich tun? Ihm sein Medikament wegnehmen? Wer zuteilungsberechtigt ist, der braucht es selbst.«
»Dann denk dir einen Patienten aus. Fälsch die ID.«
»Alex, wie soll das gehen? Ich bin Arzt, kein Programmierer.«
Sie blieb stehen. Verzweifelt sah sie ihn an. »Aber der Tumor wächst! Du sagst doch selbst, sie wird sterben, wenn wir nichts tun.«
Er schwieg bedrückt. Kurz musste er an seine Frau denken, an ihren Körper, der immer kälter geworden war, als ihr Herz zu schlagen aufgehört hatte. Schmerz erfasste ihn.

Alex durchbrach sein Schweigen. »Ich muss das Medikament haben!« Ihre Stimme klang entschlossen, und ihr Blick war fest. »Wenn ich's hier nicht kriege, dann werde ich es mir holen. Hilfst du mir dabei?«
Er wandte sich ab, um einen Topf mit Wasser auf den Herd zu setzen. Stumm sah er zu, wie die Flüssigkeit zu rotieren begann.
Als er wieder aufsah, war sie verschwunden.

*

Erst war nur das Ächzen der Kellerstiege zu hören, dann das Geräusch eines altmodischen Schlüsselbunds. Mit einem Klacken sprang der Riegel zurück. Leise huschte Alex in die Wohnung.
Sie hatte nicht lange für den Weg gebraucht, nachdem sie das Haus des Doktors verlassen hatte und über die Dächer hierhergeklettert war. Die Ruine, in der sie lebte, befand sich im selben Viertel nahe dem Volksgarten. Von außen sah das Gebäude heruntergekommen aus, doch mit Hilfe von Ben hatten sie den Keller zu einem wohnlichen und vor allem sicheren Zuhause ausgebaut.
Es war dunkel im Flur, auch durch den Türspalt fiel kein Licht. Schnarchen drang aus der Kammer, in der ihre Großmutter schlief. In der Küche gegenüber quietschte das Feldbett eines der Schlafmieter. Vorsichtig drückte Alex die Tür ins Schloss, schob die Riegel vor und legte die Sperrstange in die Halterung. Dann schlich sie an das Ende des schmalen Ganges. Die Tür zu ihrem Zimmer war nur angelehnt, Alex huschte hinein.
Der Raum, in dem sie wohnte, war sehr klein, Mondlicht fiel auf die beiden Betten, die unter dem Fenster standen. Eine der Decken war zurückgeschlagen, Nachtwäsche

lag bereit. In dem anderen Bett lag eine junge Frau, die Augen geschlossen, sie hatte sich abgedeckt, die Nacht war warm. Alex betrachtete die schmale Gestalt. Es war wie ein Blick in den Spiegel, so, als läge sie selbst dort. Nur war die junge Frau in dem Bett viel zarter als sie, fast zerbrechlich. Und vor allem war sie viel blasser. Alex' Herz wurde schwer.

»Zoé.«

Alex hauchte den Namen ihrer Zwillingsschwester, sie wollte sie nicht wecken, falls sie schon schlief.

Das Bett knarrte, als Zoé sich regte und die Augen öffnete. Sie stutzte, dann richtete sie sich auf. »Was ist denn mit dir passiert?« Erschrocken starrte sie Alex' Haare an.

Alex winkte ab, so, als sei ihr Anblick nicht der Rede wert. »Vergiss es.«

»Gar nichts vergess ich! Was ist passiert?« Ihre Schwester konnte genauso hartnäckig sein wie sie.

Doch Alex schüttelte den Kopf, sie hatte etwas entdeckt, was jetzt wichtiger war. »Ich erzähl's dir morgen. Versprochen.« Sie griff zu der Medikamentenpackung, die auf dem Nachttisch lag, in dem Blister waren noch zwölf Kapseln. »Du hast deine Medizin nicht genommen.« Vorwurfsvoll drückte Alex eine der roten Kugeln aus der Packung, reichte sie ihrer Schwester und füllte Wasser aus der Karaffe in ein Glas. »Du weißt, dass sie nicht wirken, wenn du sie nicht regelmäßig nimmst.«

Wortlos schluckte Zoé die Kapsel, trank, stellte das Glas ab. Eine Weile war es still in dem kleinen Raum, jeder hing seinen Gedanken nach.

Zoé sprach aus, woran beide dachten. »Und was mach ich, wenn die Tabletten aufgebraucht sind?«

Alex zwang sich zu einem Lächeln. »Ich bekomm das Medikament, ich hab alles organisiert. Mach dir keine

Sorgen.« Sie zog ihre Zwillingsschwester an sich, bevor Zoé ihre Lüge bemerkte.

Ihre Schwester quietschte und hielt sie von sich. »Bäh! Geh weg! Du bist ja komplett mit diesem Zeug eingeschmiert.« Sie schnupperte. »Was ist das? Rinderfett?«

Alex nickte grinsend. »Ist sehr nahrhaft. Du darfst mich ablecken.«

Angewidert verzog Zoé das Gesicht. »Das ist ja eklig. Du erzählst jetzt sofort, was du gemacht hast. Sonst …«

»Sonst was?«

»Sonst denk ich mir was ganz Schlimmes aus, das du ganz furchtbar findest.« Zoé ballte entschlossen die Faust.

Alex nickte. »Ja, klar.« Schon immer hatte es ihrer Schwester an Ideen gefehlt, um richtig böse zu sein. Wenn sie in der Schule ihre Lehrer aufs Glatteis führen wollten, war Alex diejenige gewesen, die sich die Streiche ausdenken musste. Wollten sie sich abends mit den Jungs aus dem Viertel treffen, musste Alex den Großeltern eine herzzerreißende Geschichte auftischen. Zoé hatte die Aufgabe gehabt, mit ihrem Engelsblick die Unschuldige zu spielen. Sie waren das perfekte Paar gewesen. Und sie wären es noch heute, dachte Alex, wäre da nicht die Krankheit, die in Zoé die Zellen wuchern ließ und ihr die Kraft raubte, jeden Tag ein bisschen mehr.

»Also, sagst du es mir?«

Alex schüttelte den Kopf. »Morgen. Jetzt musst du schlafen. Und ich auch.« Ohne Zoés Antwort abzuwarten, nahm Alex die alte Decke vom Stuhl und breitete sie vor dem Bett aus. Sie formte den Mantel zu einem Kopfkissen und streckte sich aus. Der Boden war hart, doch es würde gehen, es war ja nur für eine Nacht. Erst am nächsten Morgen, wenn das Wasser an den Zapfstellen

wieder lief, würde sie sich waschen können, und sie wollte mit dem Fett nicht ihr Bettzeug ruinieren. Außerdem mochte ihre Schwester den Geruch nicht, allein das war Grund genug, nicht bei ihr zu liegen.
Der Gedanke, Zoé zu verlieren, zog Alex das Herz in der Brust zusammen.
»Alex?« Zoés Stimme klang zaghaft durch die Nacht.
»Ja?«
»Egal, was passiert. Ich hab dich lieb.«
Alex biss sich auf die Lippen. Sie spürte Tränen in den Augenwinkeln. »Und ich finde dich total furchtbar.«
Sie hörte Zoé kichern.
»Schlaf jetzt! Sonst komm ich und kuschel mit dir.«
Erneut musste Zoé lachen. »Gute Nacht.«
Alex hörte, wie ihre Schwester sich zur Seite drehte und den Kopf auf das Kissen legte. Es dauerte nicht lange, und Zoé war eingeschlafen.
Alex lag noch lange wach.

7

»Guten Morgen, Herr Bachmann. Es ist sieben Uhr. Sie wollten geweckt werden.«
Stöhnend hob David seine Lider. Die Brünette mit den rehbraunen Augen stand vor seinem Bett und lächelte ihn an. »Kann ich noch etwas für Sie tun?« Sie strich sich eine Haarsträhne aus der Stirn und zwinkerte ihm zu.
David ächzte genervt. Er packte sein Kopfkissen und schleuderte es gegen den VI-Projektor, vergeblich, die Brünette ließ sich nicht vertreiben. Erst als er sich hochstemmte und mit seiner Hand den Sensortaster an der Wand berührte, verblasste der Körper der jungen Frau, bis die Gestalt mit einem letzten Flackern verschwand.
David ließ sich auf das Bett zurücksinken. Er hasste es, früh geweckt zu werden, und mochte es schon gar nicht, wenn ihn eine Projektion aus dem Schlaf riss. Das Gefühl, er werde im Bett beobachtet, machte ihn unruhig, auch wenn er wusste, dass der Hotelcomputer das System steuerte und kein Operator.
Eine Weile versuchte er, weiterzudösen, doch ohne Kissen war das Bett ungemütlich, so sehr sich die Matratze auch mühte, seinen Körper aufzunehmen. Schließlich quälte David sich hoch. Mit halbgeschlossenen Augen tastete er sich in die Wet-Zone und setzte sich auf die Klobrille. Sein Kopf dröhnte, der Abend war lang gewesen. David musste grinsen, als er an die vergangene Nacht dachte: Der Fight in der Helios-Halle war der

Hammer gewesen, Piet, so hieß der Rezeptionist, hatte nicht zu viel versprochen. Sie hatten Mühe gehabt, den Tumulten nach dem Kampf ohne größere Blessuren zu entkommen. Auch das Fleisch war echt gewesen, wenn auch viel teurer als angekündigt. Der Abend hatte in einer Kneipe in der Zone 2 geendet, bei zu vielen Gläsern Kölsch, die ihm der Köbes, wie man die Kellner hier nannte, wieder und wieder ungefragt auf den Tisch gestellt hatte.

Das Tonsignal ertönte, David betätigte die Spülung, das Becken klappte zurück in die Wand. Sekunden später gab das Display neben dem Spiegel die Werte der Urinanalyse aus und empfahl ihm ein Schmerzpräparat der Medical Ind Corporation. Ein leises Summen informierte David, als es im Ausgabefach des Apartments für ihn bereitlag.

Eine knappe Stunde später verließ David das Hotel und ging durch die Sicherheitsschleuse hinüber in die Zone 2. Drückende Wärme staute sich auf dem Bahnhofsvorplatz, obwohl es noch früh war, die feuchte, von den Ausdünstungen des nahen Chemiewerkes gesättigte Luft hing schwer über der Stadt. In dichten Pulks verließen die Touristen den Bahnhof und drängten hinüber zum Dom, belebt von der Erwartung, in die Stadt eintauchen zu dürfen, und erfüllt von dem Mantra, dass sie wertvolle Mitglieder der Gesellschaft waren, die konsumierten und ihre Digits verprassten, damit es allen gutging.

David blinzelte in die Sonne, bevor er sich in den Strom der Menschen einreihte und die Treppen zur Domplatte hinaufstieg. Schon nach wenigen Minuten stand ihm der Schweiß auf der Stirn. Er hatte in der Kühle seines Hotelzimmers den Dreireiher gewählt, immerhin wollte er sich seinem neuen Chef seriös präsentieren. Doch nun, in den Gassen der Altstadt, merkte er, dass ein leichter Sommeranzug die bessere Wahl gewesen wäre. Die Hitze zwischen den Häusern wurde zunehmend unerträglich.

Es war voll auf der Hohen Straße. Das Publikum, das am Morgen durch Kölns Innenstadt drängte, war ein anderes als das am Abend zuvor. Die schrillen und freizügigen Partyurlauber waren längst in ihre Hotels zurückgekehrt oder schliefen in den Ausnüchterungszellen ihren Rausch aus. Jetzt prägten wieder die Tagestouristen das Bild, die ersten Züge erreichten kurz nach Sonnenaufgang den Bahnhof der Stadt. Wer nicht den Schwarzen Dom besuchte, stürmte die Läden der Verkaufsketten oder wählte eines der zahlreichen Restaurants, die für jedes E-Cash-Budget das Passende anboten: von Fast Food aus Analogfleisch bis hin zu genomic-zertifizierten High-End-Meals. David konnte nicht begreifen, wie man sich schon am frühen Morgen den Magen derart vollschlagen konnte.

Je weiter David nach Süden kam, desto ruhiger wurde es in den Straßen. Die Kneipen und Geschäfte drängten sich rund um den Dom und in den Gassen der Kölner Altstadt. Weiter südlich war kaum noch ein Mensch unterwegs. Endlich entdeckte er am Rand einer ungepflegten Grünfläche die Reste von St. Pantaleon.

Noch immer war die einstige Pracht des Bauwerks zu erahnen. Die Basilika war verfallen, Bäume wuchsen aus dem Kirchenschiff – nach dem Anschlag der Radikalen Kreationisten vor knapp 20 Jahren hatte das Geld gefehlt, die Kirche wiederaufzubauen. Auch die Nebengebäude, in denen einst ein Wohnstift untergebracht gewesen war, standen leer, das Altenheim war vor Jahren

schon geschlossen worden. Die Senioren der Stadt zogen lieber in die Wohnkuppeln der EuZAG anstatt in Altenwohnanlagen oder Pflegeheime, so, wie es noch vor 20 Jahren üblich gewesen war.
David umrundete den Chor der Basilika und ging auf die angrenzende Häuserreihe zu. Die Bauten am Rand der Grünfläche wirkten schäbig, so, wie er es in einer Zone 2 nicht erwartet hätte. Piet hatte ihm erzählt, dass die Wohngebiete entlang der Zonengrenze nicht sehr beliebt waren. Wer es konnte, verließ die grenznahen Viertel oder am besten gleich die ganze Stadt. David sah, dass viele Häuser leer standen oder zu Hostels umgebaut worden waren, für Backpacker, die sich in das Nachtleben der Partystadt stürzen wollten.
David brauchte eine Weile, bis er sein Ziel fand, die Galileo-Satelliten lieferten ungenaue Daten. Offenbar manipulierte der Staatsschutz die Frequenz, wie es häufiger geschah, wenn eine Terrorwarnung ausgesprochen worden war. David erkannte schließlich das Haus, das er suchte, mit Hilfe des in seiner Cloud gespeicherten Bildes. Es war ein heruntergekommenes klassizistisches Gebäude, nur wenige Meter von der Grenze entfernt. Die Kanzlei von Dr. Andreas Schoop befand sich im obersten Stockwerk. Den Klingelknöpfen nach hatte der Anwalt zwei Wohnungen gemietet.
David läutete. Als sich nichts tat, drückte er die Tür auf und betrat den Hausflur.
Es war dunkel im Inneren, die Beleuchtung funktionierte nicht. Nur durch ein Fenster oberhalb des ersten Treppenabsatzes drang etwas Licht. Eine dicke Staub- und Dreckschicht auf dem Glas dämpfte das Sonnenlicht. David stieg die Stufen bis zur Eingangstür hinauf und klingelte erneut, dann klopfte er. Schritte ertönten, kurz

darauf sah ihm ein rundes, freundliches Gesicht durch den Türspalt entgegen, es war das der Frau, die ihm gestern den Call geschickt hatte. »Ja, bitte?«

David zögerte. »Mein Name ist Bachmann. David Bachmann.«

»Ach, wie schön!« Die Tür wurde aufgezogen, und eine pralle Frau mittleren Alters strahlte ihn an. Ihr Körper steckte in einem engen Schlauchkleid, das jede ihrer üppigen Körperformen betonte, und das blondierte Haar hatte sie zu einer riesenhaften Pyramide aufgetürmt. »Kommen Sie herein! Sie glauben gar nicht, wie sehnsüchtig ich Sie erwarte.« Sie packte seine Hand und zog ihn in das Innere der Kanzlei. Ihre Augen blitzten, und sie wirkte vergnügt. »David – was für ein lustiger Name. Haben Sie schon einen Doktortitel? Chic sehen Sie aus.« Sie musterte seinen Anzug. »Obwohl Sie ja eigentlich ganz normal aussehen für einen Anwalt, oder? Aber normale Anwälte kenne ich nicht.« Ohne ihn loszulassen, zog sie ihn mit sich, wobei sie weiter auf ihn einredete. Sie bot ihm einen Biotic-Drink an und schob ihn auf einen Stuhl, der an ihrem Schreibtisch stand »Also, dann erzählen Sie mal.« Erwartungsvoll sah sie ihn an.

David war verblüfft. »Was soll ich erzählen?«

Seine Frage schien sie zu erstaunen: Nicht zu wissen, was man sagen soll, überstieg offenbar ihre Vorstellungskraft. »Na, zum Beispiel, warum Sie hier sind. Und wo Sie herkommen, wie die Fahrt war, wo Sie wohnen wollen …« Sie ließ keinen Moment den Blick von ihm.

»Tja, also …« David zögerte. »Ich habe in Frankfurt studiert und muss mein Anerkennungsjahr machen. Darum bin ich hier.« Er verstummte. Was sollte er ihr sonst noch erzählen? Sie kannte seine Vita, dort gab es nichts hinzuzufügen. Und sein Privatleben vor ihr auszubreiten, dazu hatte er keine Lust.

Ihr erwartungsfrohes Lächeln verschwand. Sie hob ihre Hand und wedelte resolut mit dem Zeigefinger hin und her. »So geht das nicht. Ich sitze hier seit Wochen und warte auf Sie. Und mehr als zwei Sätze kriegen Sie nicht raus? Erzählen Sie von sich! Sonst fang ich an und erzähl von mir.« Es klang wie eine Drohung. Doch sie zwinkerte ihm dabei zu.

»Verena!« Eine Männerstimme drang aus dem Nachbarraum, der Durchgang war durch eine doppelflügelige Schiebetür versperrt. »Lass den Jungen leben. Schick ihn zu mir.« David erkannte die Stimme, er hatte sie während seiner Recherchen in der juristischen Bibliothek oft gehört. Es war die von Dr. Andreas Schoop.

Die Anwaltsgehilfin zog einen Schmollmund, doch sonderlich erschüttert schien sie durch die Worte ihres Chefs nicht zu sein. Sie trat an die imposante Schiebetür und zog sie einen Spalt weit auf. »Bitte sehr. Die Höhle des Löwen.«

Als David durch die Lücke zwischen den beiden Türen trat, erkannte er, dass die Bemerkung der Assistentin durchaus ihren Sinn gehabt hatte: Es war, als betrete er eine düstere Kaverne. Die Vorhänge vor den Fenstern waren zugezogen, Dämmerlicht erfüllte den Raum. Das Zimmer des Anwalts war vollgestopft mit Büchern, sie standen bis zur Decke in Holzregalen und rochen muffig. Ein schwerer Schreibtisch thronte im Zentrum, davor türmten sich Stapel von Fachzeitschriften auf dem Boden. Wie die Bücher mussten auch die Zeitschriften sehr alt sein, David kannte keinen Verlag, der noch drucken ließ.

Die Gestalt, die hinter dem Arbeitstisch in einem sesselähnlichen Schreibtischstuhl saß, entdeckte er erst auf den zweiten Blick.
Schoop sagte kein Wort. Den Oberkörper zurückgelehnt, die Füße auf einem Zeitschriftenstapel abgestützt, musterte er ihn stumm. David blieb stehen, ohne sich seine Gefühle anmerken zu lassen. Ein Pokerface gehörte zur Grundausstattung eines guten Anwalts; David war fest entschlossen, diese Prüfung zu bestehen.
Doch was er sah, erschütterte ihn. Die hagere Gestalt glich in keiner Weise dem stolzen, hoch aufgerichtet im Gerichtssaal stehenden Anwalt, den er in den Spots und alten Filmaufnahmen gesehen hatte. Schoops Gesicht war grau und eingefallen, seine Haut faltig, und die Augen lagen tief in ihren Höhlen. Er trug ein zerknittertes Hemd, Schweißflecken prangten unter seinen Achseln und entlang der Knopfleiste. Das strähnige Haar schien seit Tagen nicht gewaschen worden zu sein.
Endlich rührte sich Schoop. Er setzte sich auf und tippte ein Passwort in das Eingabefeld auf seinem Schreibtisch. Der VI-Projektor summte auf, ein Dokument öffnete sich, es war seine Bewerbung, erkannte David. Der Anwalt überging die Animationen und scrollte an das Ende der Präsentation. Mit gerunzelter Stirn las er die Textzusammenfassung. »Abschluss mit Auszeichnung. Praxissemester in Singapur, Johannesburg und Oslo. Fünf Fremdsprachen. Ronald-Dworkin-Preis der University of New York.« Mit einer unwilligen Bewegung wischte er die Projektion zur Seite und ließ sich wieder in seinen Sessel fallen. Misstrauisch sah er David an. »Warum bist du hier?«
David beschloss, ehrlich zu antworten, auch wenn ihm die Antwort angesichts der Situation absurd vorkam. »Weil ich lernen will.«

»Von wem? Von mir?« Schoop lachte auf, und sein Lachen klang bitter. Er hustete. »Was willst du hier lernen?« Mit müden Augen sah der Anwalt ihn an. Dann wandte er sich ab und griff zu dem Glas, das vor ihm stand, David bemerkte es erst jetzt. Der Anwalt nahm einen Schluck und hustete erneut. Der Geruch von Alkohol erfüllte den Raum.

Schoop stellte das Glas ab. »Wenn ich gewusst hätte, dass du kommst, hätte ich dir abgesagt.«

David verstand ihn nicht. »Aber Sie wussten es doch.«

»Nein. Ich hab's heute Morgen erfahren.«

David war so verblüfft, dass ihm für einen Moment tatsächlich die Worte fehlten.

Schoop grinste. »Überraschung!« Er trank einen weiteren Schluck, während er David nachdenklich musterte. »Vergiss es einfach. Fahr nach Hause. Hier gibt es keine schicken Partys, und das große Geld verdienst du hier auch nicht.« Er wandte den Kopf ab und hob die Hand zum Zeichen, dass die Audienz beendet war.

Unschlüssig stand David im Raum. Schoop hatte die Augen geschlossen, ein deutliches Signal, dass er nicht mehr angesprochen werden wollte.

Die Schiebetür öffnete sich, die rundliche Anwaltsgehilfin stand im Durchgang und winkte. David zögerte. Nach einem letzten Blick zu Schoop folgte er der Aufforderung.

Verena zog ihn durch den Türspalt und schloss die Schiebetür. »Das reicht fürs Erste.« Sie wich seinem Blick aus, als sie zu ihrem Schreibtisch ging. David sah, dass sie ein schlechtes Gewissen hatte. Ärger stieg in ihm auf.

Sie grinste verlegen. »Ich glaub, ich muss da was erklären …«

»Das glaube ich auch.« Wütend sah David sie an. »Haben

Sie meine Bewerbung gelesen? Und sie im Namen Ihres Chefs angenommen?«

Die Assistentin nickte.

»Ohne Schoop vorher zu fragen?«

»Er hatte gerade keine Zeit …«

»Warum? Weil er sich Schnaps besorgt hat? Oder war er damit beschäftigt, sich zuzuschütten?«

»Reden Sie nicht so über ihn!« Verenas Augen funkelten ärgerlich.

Doch David war viel zu erbost, um sich zusammenzureißen. »Es stimmt doch, was ich sage, oder? Er ist ein Trinker. Ein Wrack, das von seinem guten Ruf lebt. Wahrscheinlich noch nicht einmal das. Und ich bin der einzige Idiot, der das nicht bemerkt hat.« Er bebte vor Wut. Was für ein Desaster! Jetzt hatte er zum Spott seiner Kommilitonen noch das Problem, sich kurzfristig eine neue Stelle für das Anerkennungsjahr suchen zu müssen. Die interessanten Posten waren alle längst vergeben, er durfte nehmen, was übrig geblieben war.

»Warten Sie!«

David war zur Tür gegangen, um die Kanzlei zu verlassen. Die Stimme der Anwaltsgehilfin hielt ihn zurück. Unwillig drehte er sich zu ihr um. »Was ist? Wollen Sie sich entschuldigen? Vergessen Sie's.«

Verena schüttelte den Kopf. »Es gibt nichts zu entschuldigen. Sie haben keinen Fehler gemacht.«

David war verblüfft von ihrer Antwort. »Wenn jemand einen Fehler gemacht hatte, dann ja wohl Sie!«

»Nein. Ich habe Ihre Bewerbung gelesen. Ich weiß, dass Sie hier richtig sind. Geben Sie ihm eine Chance.«

»Wie bitte?« David starrte Verena überrascht an.

»Zwei Tage. Um mehr bitte ich Sie nicht. Wenn Sie dann

immer noch der Ansicht sind, hier falsch zu sein, dann gehen Sie.«
»Warum sollte ich das tun?«
Sie grinste. »Weil ich so ein netter Mensch bin?« Sie gluckste und wurde wieder ernst. »Ich sage Ihnen, warum: weil Schoop ein guter Anwalt ist. Der beste, den ich kenne.«
»Und wie viele kennen Sie? Einen?«
Sie überging seinen Spott. »Zwei Tage. Abgemacht?« Sie streckte ihm die Hand hin.
David zögerte.
Sie grinste verschmitzt. »Ich back auch einen Kuchen.«
Die Schiebetür knarrte. »Den würde ich mir nicht entgehen lassen. Ihr Kuchen ist sensationell.« Schoop hatte die Tür aufgezogen und ging zum Schreibtisch seiner Assistentin, um sich aus einer Kanne Tee in einen Becher zu gießen. »Hab ich was verpasst? Was läuft hier, Verena?«
Die Anwaltsgehilfin beachtete Schoop nicht, sie sah David unverwandt an, die Hand ausgestreckt. »Na los, schlag ein.«
David blickte zu Schoop, der die Situation aufmerksam beobachtete.
Was konnte er schon verlieren?
»Zwei Tage.« Er reichte Verena die Hand.

8

Mika Niklander war überrascht. War das ernst gemeint, was Alex ihm gerade vorgeschlagen hatte? Er warf der jungen Frau, die auf der Fensterbank seines Behandlungszimmers saß, einen forschenden Blick zu. Gespannt wartete sie auf seine Reaktion. Offenbar wollte sie wirklich die Zonengrenze überqueren, um das Medikament für ihre Schwester selbst zu besorgen.

»Du bist verrückt!«

Alex nickte ernsthaft. »Kann schon sein. Was ist jetzt? Machst du mit?«

Der Gegensatz zur gestrigen Nacht hätte nicht krasser sein können. Vor ein paar Stunden noch war Alex ein erschöpftes, verzweifeltes Häufchen Elend gewesen, das ihn um Hilfe angefleht hatte. Jetzt saß dort wieder die selbstbewusste junge Frau, als die er sie kennengelernt hatte. Sie wirkte ruhig, fast kühl in ihrer Selbstbeherrschung. Auch äußerlich erinnerte nichts mehr an die gestrige Nacht: Ihr Haar glänzte frisch gewaschen, und ihr Körper roch nach Seife. Sie trug ein elegantes blaues Kleid, so, als ob heute ein Festtag sei. Allerdings gab es nichts zu feiern, das Kleid war Teil ihres Plans.

Niklander war fassungslos. »Wie stellst du dir das eigentlich vor? Du gehst zur Zonengrenze und sagst: ›Hallo, ich seh zwar nicht so aus, aber ich bin Dr. Niklander.‹ Und dann lassen die dich rein?«

»Über die Grenze komme ich auch ohne deine ID. Ich

brauche deine Kennung, um mich in der zweiten Zone sicher bewegen zu können.«
»Und was ist, wenn sie dich kriegen?«
»Dann sag ich ihnen, ich hab dir die ID geklaut. Keine Angst, ich verrat dich nicht.«
»Ich hab keine Angst um mich, Alex. Ich hab Angst um dich!« Niklander war perplex, wie gefasst sie wirkte. Nur ihr Blick verriet ihm, wie angespannt sie war. Er schüttelte den Kopf. »Nein. Nicht mit meiner ID.«
»Hast du eine bessere Idee?« Ärgerlich sprang Alex von der Fensterbank.
»Auf illegalen Grenzübertritt steht die Todesstrafe!«
»Wenn ich es nicht versuche, stirbt meine Schwester.«
»Und wenn sie dich erwischen, dann stirbst du. Selbst wenn du es über die Grenze schaffst, dann hast du noch lange nicht das Medikament für sie!«
»Lass das meine Sorge sein.« Eindringlich sah sie ihn an. »Bitte, Mika, leih mir deine ID! Es ist die einzige Chance, die Zoé noch hat!«
Er schwieg nachdenklich.
Die gesamte vergangene Woche hatte er versucht, das Mittel, das ihre Schwester so dringend brauchte, auf legalem Weg zu besorgen, doch es war ihm nicht gelungen, auch nur eine Monatseinheit Fluctuasin zu bekommen. Man hatte es ihm unter der Hand erzählt: Die Medical Ind Corporation hielt die Produktion des Mittels künstlich niedrig, um es zu aberwitzigen Preisen in der ersten und zweiten Zone verkaufen zu können. Die Kranken in der vierten Zone gingen leer aus, der Konzern weigerte sich, die Slums mit einer verbilligten Version des Medikaments zu beliefern oder gar einem Konkurrenten zu erlauben, ein billiges Generikum zu produzieren. Der Grund: Die Manager fürchteten, dass die Billigversion

des Mittels zurück in die wohlhabenden Zonen geschmuggelt werden könnte und dort die Preise drückte. Hatte Alex nicht recht damit, es auf ihre Weise zu versuchen?

Er seufzte. »Mein Gott, ich muss verrückt sein …«

Sie lächelte. »Das bist du nicht. Danke.«

Ben, der mit ihr gekommen war, hatte das Gespräch stumm verfolgt, ohne auch nur einmal den Blick von Alex abzuwenden. Jetzt, als Alex sich umdrehte und ihn auffordernd ansah, griff er in die Tasche seiner Jacke und holte ein mobiles Lesegerät hervor. Die Kunststoffverkleidung des Kästchens war aufgeschnitten, Ben hatte den Scanner manipuliert, mit einem winzigen Memristor, den er auf die Mikroplatine geklebt hatte. Er legte Niklander das Lesegerät an den Oberarm und aktivierte den Elektronenstrahl. Momente später signalisierte das Gerät mit einem Fiepen, dass es die Daten aus dem ID-Chip ausgelesen hatte.

»Das war alles?« Niklander wunderte sich, wie einfach es war, seine Identität zu kopieren.

Ben lächelte zufrieden, ohne zu antworten. Mit ein paar Handgriffen verband er den Scanner mit einem FlexCom, das er auf der Behandlungsliege ausrollte. Konzentriert beugte er sich über die Bildschirmfolie. Es dauerte keine 60 Sekunden, bis der Scanner erneut fiepte und eine winzige Diode auf dem Memristor aufglühte.

Niklander hatte fasziniert zugesehen. Die Welt, in der sich Ben so sicher bewegte, war für ihn ein Rätsel. »Und jetzt?«

Alex trat neben ihn. »Jetzt werde ich du.« Sie hielt Ben ihren Arm hin. Niklander spürte, dass sie nervös war. Ben plazierte den Scanner auf der eintätowierten Markierung unterhalb ihrer Schulter und berührte die

Bildschirmfolie. Diesmal dauerte es länger, bis der Scanner mit einem Tonsignal das Ende der Übertragung signalisierte.

Alex rieb sich ihren Arm.

Ben packte den Scanner wieder in seinen Rucksack. »Du hast genau zwölf Stunden.«

Sie nickte, sie wusste Bescheid.

Niklander sah zwischen den beiden hin und her. »Was ist in zwölf Stunden?«

»Dann löscht der ID-Chip automatisch seinen Arbeitsspeicher und lädt die Sicherheitskopie«, antwortete Ben. »Wenn sie bis dahin nicht zurück ist, hat sie ein Problem.«

»Ich schaff das schon.« Alex knuffte Ben grinsend.

Ben wandte sich Niklander zu: »Sie bleiben besser den Tag über hier im Viertel, abseits der zentralen Punkte, die überwacht werden. Wenn Ihre ID gescannt wird, fliegt Alex auf.«

Mika Niklander nickte.

Alex umarmte ihn. »Wünsch mir Glück.« Sie legte ihren Kopf an seine Schulter.

Niklander musste an seine Frau denken, Alex hatte so viel von ihr.

Kurz hörte er noch ihre und Bens Schritte, dann klackte die Tür. Er war allein.

*

Eine Stunde später stand Alex an der Inneren Kanalstraße und wartete. Die geschwungene Kuppel der Zentralmoschee warf ihren Schatten über die Barackensiedlung, die entlang der ehemaligen Ringstraße entstanden war. Menschen drängten sich zwischen den Hütten und

Verkaufsständen. Der Geruch von gegrilltem Analogfleisch wehte herüber, es war Mittagszeit, die Gegend war in ganz Köln für ihre mobilen Garküchen bekannt. Selbst wenn es anderswo nichts mehr zu essen gab, hatten die Bewohner des Viertels immer noch Quellen, die sie belieferten. Sogar Gemüse gab es. Die Preise für eine warme Mahlzeit stiegen und fielen wie die Kurse an der Börse. Alex' Magen knurrte, sie hatte seit dem Morgen nichts gegessen. Doch es gab jetzt Wichtigeres zu tun, und so verdrängte sie ihr Hungergefühl und betrachtete die Passanten, die an ihr vorbeigingen.

Sie solle alleine kommen, hatte der Kontaktmann verlangt, der Transit Guide werde sie ansprechen. Doch niemand beachtete sie, außer Ben, der an einer der Garküchen stand und sie von dort aus unauffällig im Auge behielt.

Plötzlich zupfte jemand an ihrem Kleid. »Damit willst du rübermachen?«

Alex drehte sich um. Ein kleiner, vielleicht elfjähriger Junge stand vor ihr und feixte. Das Grinsen des Jungen wurde breiter, als er ihre Überraschung sah. Er stellte die Tasche, die er bei sich trug, auf den Boden und verschränkte seine Arme vor der Brust. »Na los. Bringen wir es hinter uns.«

»Was?«

»Du fragst dich, ob ich nicht zu jung bin für so was, oder ob das nicht zu gefährlich für mich ist. Oder willst du wissen, wie oft ich das schon gemacht habe? Vielleicht willst du mir auch sagen, dass ich besser zur Schule gehen soll, um was zu lernen, anstatt solche Sachen zu machen. Vielleicht glaubst du auch, dass ich dich verarsche und gar nicht der Guide bin. Oder du fragst dich, wie jemand wie ich zu einem solchen Job kommt.«

Alex schüttelte den Kopf. »Ich frag mich, wann du endlich die Klappe hältst, damit wir losgehen können.«
Kurz wirkte der Junge aus dem Tritt, mit der Antwort hatte er nicht gerechnet. Doch seine Neugier brachte ihn wieder auf die Spur. »Sag mal, stimmt es, dass du gestern die Krake plattgemacht hast?« Gespannt sah er sie an.
Alex nickte nur.
»Cool.« Er zwinkerte ihr zu, als wäre er zehn Jahre älter. »Ist mir eine Ehre, dir zu helfen. Wenn du noch irgendwelche Fragen hast …«
»Ja. Wirst du fürs Reden bezahlt oder für den Transit?« Sie musterte ihn kühl.
Beleidigt verzog der Junge seinen Mund. Er bedeutete ihr wortlos, ihm zu folgen. Alex warf einen unauffälligen Blick zu Ben, bevor sie dem Jungen nacheilte.
Sie ließen die Moschee und den Duft der Garküchen hinter sich. Die Straße Richtung Zonengrenze verlief schnurgerade gen Westen, eine Schneise in einem wuchernden Labyrinth aus Zelten, Baracken und Mindboards, die mit großen Lettern die Menschen daran erinnerten, wie sicher das Leben in der vierten Zone war. Jeder Zentimeter links und rechts des Weges war bebaut, selbst an den Rückseiten der flimmernden Boards, von denen der europäische Präsident herablächelte, lehnten windschiefe Hütten. Baumstümpfe markierten die Allee, die einst an dieser Stelle in das Zentrum geführt hatte. Die Bäume waren lange schon abgeholzt und zu Baumaterial oder Brennstoff verarbeitet worden, genau wie das Gehölz der Grünanlage, auf dessen Grund der Slum entstanden war.
Das einzige Grün befand sich abseits des Weges hinter einem meterhohen Elektrozaun, in dessen Schutz vier verkrüppelte Bäume wuchsen. Der Zaun galt nicht den

Pflanzen, das stachelbewehrte Monstrum umgab vielmehr die Kaserne des europäischen Staatsschutzes. Zwar war der ESS mit seiner hochgerüsteten Eingreiftruppe gefürchtet, doch in der Bevölkerung kochte die Wut ob der Willkür und der Gewalt, mit der die Soldaten die Macht des europäischen Präsidenten sicherten. Erst kürzlich, als für einige Wochen die Versorgung der Slumbewohner ins Stocken geraten war, hatte es Proteste und Ausschreitungen gegeben, die die Eingreiftruppen nur mit Mühe hatten niederschlagen können.

Alex warf einen unauffälligen Blick hinüber zum Zaun, der hinter der letzten Barackenreihe des Slums aufragte. Der Komplex, in dem die Soldaten lebten, bestand aus Lagerhallen, Bunkern und einer Reihe von Mannschaftsquartieren, acht flache, gestreckte Gebäude, die sich im Zentrum der umzäunten Fläche duckten. Wachen patrouillierten entlang der Einfriedung.

»Glaubst du, es ist eine gute Idee, gerade hier entlangzulaufen?«

Der Junge reagierte nicht auf Alex' Frage. Aufmerksam beobachtete er die Umgebung, während er voranschritt. An der öffentlichen Wasserzapfstelle bog er ab, um in das Slumgebiet einzutauchen. Alex hatte Mühe, ihn in dem Durcheinander nicht zu verlieren. Eilig drängte sie sich durch die mit ihren Wasserkanistern anstehende Menschenmenge. Die Slumbewohner beäugten sie misstrauisch: Das Kleid, das sie trug, verriet, dass sie nicht hierher gehörte.

Der Pfad, dem sie nun folgten, war unbefestigt, scheinbar willkürlich schlängelte er sich zwischen den Baracken hindurch. Es wurde lauter und enger, je tiefer sie in das Viertel vordrangen. Fauliger Geruch schlug Alex entgegen. Die Bewohner des Slumgebietes lebten davon, den Müll zu sortieren, der von den Bewohnern der zweiten Zone über die Stahlwand gekippt wurde.

Endlich, vor einem mit Blech und Plastikresten verkleideten Verschlag, blieb der Junge stehen. Kurz sah er sich um, dann drückte er die Tür der Hütte auf und zwängte sich durch den Spalt. Alex wartete einen Moment, bevor sie ihm folgte.

Im Inneren der Hütte war es schummerig, sie brauchten eine Weile, bis sich ihre Augen an das Licht gewöhnten. Der Junge ging zum zugenagelten Fenster und blinzelte durch eine Lücke zwischen den Brettern. »Hat dich jemand beobachtet?« Er wirkte nervös, alles Coole war von ihm abgefallen.

Alex schüttelte den Kopf.

Im gleichen Moment schob sich eine Hand in den Türspalt, jemand drückte von außen die Tür auf. Der Junge wich zurück, er war blass geworden. Gehetzt sah er sich um. Alex packte seinen Arm, bevor er fliehen konnte. »Ganz ruhig. Der gehört zu mir.« Sie nickte Ben zu, der die Hütte betreten hatte und nun die Tür sorgfältig hinter sich verriegelte.

»Scheiße! Ich lass mich nicht verarschen!« Ärgerlich schüttelte der Junge Alex' Hand ab. »Das war nicht abgemacht! Ich bring *dich* rüber. Von dem Typen war nicht die Rede.«

»Ich will nicht über die Grenze«, entgegnete Ben, bevor Alex etwas sagen konnte. »Ich pass nur auf, dass ihr nichts passiert.« Er musterte den Jungen misstrauisch. »Wer sagt mir, dass du sie nicht im Stich lässt, wenn es gefährlich wird?«

Beleidigt fuhr der Junge herum. »Tickst du noch ganz sauber? Ich bin ein Guide! Ich lass niemanden im Stich!«

»Ach ja?« Ben lachte abfällig. »Wolltest du nicht gerade

fliehen? Ich werde mitkommen und dich im Auge behalten.«

Der Junge spuckte aus. »Leck mich doch. Ohne mich findet ihr den Weg nie.« Und er drängte sich an Ben vorbei, um die Hütte zu verlassen.

Alex hatte den beiden zunehmend ärgerlich zugehört, jetzt platzte ihr der Kragen. »Stopp! Hört auf damit! Alle beide!« Sie packte den Jungen und zog ihn zurück. »Du bleibst hier!« Sie funkelte Ben an. »Und du sagst kein Wort mehr. Ich kann gut für mich alleine reden.« Alex holte tief Luft, um ihre Wut zu zügeln. »Ich habe erlaubt, dass du mich bis zur Grenze begleitest, Ben. Aber bitte mach mir das hier nicht kaputt. Ich werde mit ihm rübergehen, egal, was du sagst.«

»Ich mach mir doch nur Sorgen um dich!«

»Spar dir das«, unterbrach sie ihn. »Es geht um meine Schwester, nicht um dich oder mich.«

Der Junge war dem Gespräch der beiden stumm gefolgt, jetzt verzog er sein Gesicht, als habe er Zahnschmerzen. »Ist das hier ein Ehekrach, oder was?« Er grinste spöttisch. »Na gut, er kann mitkommen. Aber nur bis zum Nullpunkt. Danach musst du alleine weiter.«

Ohne Alex oder Ben weiter zu beachten, schob der Junge einen fleckigen Teppich zur Seite und entriegelte die Bodenklappe, die sich darunter verbarg. Er hatte Mühe, sie zu öffnen, Ben half ihm dabei. Die Hütte zitterte, als die Klappe gegen die Wand schlug.

Alex beugte sich vor und blickte hinab in die Dunkelheit. Unter der Luke befand sich eine viereckige Öffnung, es war der Eingang zu einem Schacht, der senkrecht in die Tiefe führte. Flechten bedeckten die Betonwände. Alex sah Leiterstiegen, sie waren verrostet und wirkten wenig vertrauenerweckend.

Ben gab dem Jungen ein Zeichen. »Du zuerst.«
Der Junge verschränkte seine Arme vor der Brust. »Bist du der Guide oder ich?«
»Ben!« Alex' Augen funkelten ärgerlich.
Ben kniff die Lippen aufeinander.
Der Junge grinste zufrieden. Auffordernd trat er zur Seite. »Ihr klettert zuerst runter. Sobald ihr unten seid, komme ich nach.«
Alex nickte. Sie schwang ihre Beine über den Rand der Öffnung und machte sich an den Abstieg.
Der Schacht war tiefer, als sie es erwartet hatte. Bedrohlich bogen sich die Eisensprossen unter ihrem Gewicht. Die Leiter endete in einem Gang, zumindest vermutete Alex, dass es ein Gang war, sie konnte in dem Schummerlicht, das durch die Öffnung fiel, kaum etwas erkennen. Wenig später hatte auch Ben das Ende der Leiter erreicht. Über ihnen fiel krachend die Klappe auf die Öffnung des Schachts, es wurde dunkel. Kurz schoss Alex der Gedanke durch den Kopf, dass Ben recht haben könnte und sie hier unten gefangen waren, doch nur Sekunden später war der Junge zu hören, er kletterte zu ihnen herab und sprang von der letzten Leitersprosse. Alex hörte, wie er in seine Tasche griff, dann ertönte ein Knacken. Eine Diodensäule flammte in der Dunkelheit auf, der Junge hatte den Energiekern im Inneren des Stabes aktiviert. Geblendet kniff Alex die Augen zusammen.
»Kommt.« Der Junge wandte sich um und lief los. Alex und Ben eilten ihm nach.
Der Gang, dem sie folgten, war schmal und niedrig, Risse durchzogen den bröckelnden Beton, der Schacht musste schon sehr alt sein. Schwere Tropfen hingen an der Decke, sie fielen herab, als sie sich unter den

Vorsprüngen und abgesackten Betonplatten hindurchduckten.
»Wo sind wir hier?«, fragte Ben.
Der Junge antwortete nicht.
Der Weg endete vor einer rostüberzogenen Metallwand, die den gesamten Gang versperrte. Der Junge dimmte das Licht und horchte in die Dunkelheit. Ein leises Heulen füllte die Stille, es war ein stetiger Windzug, der sich irgendwo in der Ferne an einer scharfen Kante brach. Das Geräusch schien den Jungen zu beruhigen.
»Los, fasst mit an.« Mit aller Kraft stemmte er sich gegen das Metall. Ächzend gab die Wand ein wenig nach. Als auch Alex und Ben drückten, bewegte sich die Metallplatte wie eine Tür und klappte ein Stück zurück. Das Heulen war nun lauter zu hören, dazu das unruhige Sirren einer Leuchtgasplatte, deren Elektroden sich immer wieder zischend entluden. Flackerndes Licht drang durch den Spalt.
Ben wollte etwas sagen, doch der Junge legte seinen Finger auf die Lippen und horchte eine Weile. Schließlich zwängte er sich durch die Öffnung. Alex folgte ihm, darauf bedacht, ihr Kleid nicht zu zerreißen. Ben ging als Letzter.
Es war dunkel auf der anderen Seite, bis auf das nervöse Flackern der Lichtdecke, es erhellte die Finsternis wie Blitze eine Gewitternacht. Erschrocken wich Alex zurück. Im zuckenden Licht grinsten ihr grellbunte Wesen entgegen: Menschen mit feisten Gesichtern und großen Nasen, breiten Mündern und weit aufgerissenen Augen, mit fetten, eigenartig verrenkten Körpern, die meisten halb nackt, mit herausquellenden Brüsten oder heruntergelassenen Hosen, über denen riesige Gemächte baumelten. Alles war in der Bewegung erstarrt, doch

zugleich wirkten die Figuren so lebendig, dass Alex ihr irres Gekicher zu hören glaubte.
»Scheiße, was ist das hier?« Erschrocken sah sie sich um. Auch Ben war überrascht von dem Anblick.
Der Junge musste grinsen. »Noch nie was vom Karneval gehört? Das sind die schönsten Stücke vom letzten Umzug. Sie bewahren sie hier auf.« Er klopfte auf die Kunststoffhaut einer der Figuren. Ein hohles Pochen war zu hören.
Neugierig trat Alex näher. Natürlich kannte sie den Kölner Karneval, auch in ihrem Veedel wurde er gefeiert. Es war der Höhepunkt des Jahres und eine Chance, wenigstens für eine Zeitlang mit bunten Kostümen und viel Musik das bedrückende Leben in der Zone 4 zu vergessen. Ihr Viertel war bekannt für seine Tanzgruppen, dank der zugewanderten Portugiesen und Spanier, die aus den Wüstengebieten der Iberischen Halbinsel gen Norden geflohen waren und mit denen ein wenig Feuer in die behäbige Karnevalszeit gekommen war. Erst vor wenigen Wochen hatte der Aschermittwoch die närrischen Tage beendet. Das Weinen ihrer Nachbarn bei der Nubbelverbrennung war echt gewesen.
Doch das hier kannte Alex nicht.
»Die veranstalten Umzüge mit diesen Puppen«, erklärte der Junge, »dabei singen und tanzen sie. Und sie werfen mit Süßigkeiten und mit Blumen.«
Alex runzelte die Stirn. »Du verarschst uns, oder?«
»Nein! Sie werfen sie auf die Straße. Während sie mit den Wagen und den Puppen durch ihre Zone fahren.«
Fassungslos sah Alex ihn an. Dass jemand solche Puppen schuf, um mit ihnen Karneval zu feiern, war schon schwer zu glauben. Aber der Gedanke, dass jemand mit Essen oder gar mit Pflanzen warf, war für sie unvorstellbar.

Doch der Junge beteuerte, dass er die Wahrheit sage. Einer der Transitreisenden, den er zur Karnevalszeit über die Grenze gebracht hatte, habe es ihm erzählt.
Schweigend gingen sie zwischen den Karnevalsfiguren hindurch. Mit großen Augen betrachtete Alex die bizarren Skulpturen. Ein besonders exponiertes Exemplar weckte ihre Aufmerksamkeit, es war das grotesk übertriebene Abbild einer nackten Frau, die sich auf dem ücken rekelte, während sich drei winzige Männer mit herabgelassenen Hosen zwischen ihren geöffneten Schenkeln drängelten. Auch Ben starrte die Figur an, wie Alex mit einem Seitenblick bemerkte.
Der Junge kicherte leise.
Sie ließen die Puppen hinter sich. Im Licht des Leuchtstabes tauchten nun Schränke und Kleiderboxen auf, sie waren in scheinbar endloser Folge entlang der Wand aufgereiht. Es wurde etwas heller, das Licht kam aus einem der Leuchtfelder, das in der Decke als Notbeleuchtung glomm, ein Stück weiter war ein zweites Lichtfeld zu sehen. Nun konnte Alex auch erkennen, wo sie sich befanden: Sie gingen durch einen langen Tunnel, um ein Vielfaches höher und breiter als der Schacht, durch den sie gekommen waren. Die Wände waren halbhoch mit Metallplatten verkleidet, darüber verliefen Kabel und Rohre an der nackten betonierten Wand. Irgendwo plätscherte Wasser. Aufgescheucht durch ihre Schritte, huschten Ratten vor ihnen davon. Ein besonders fettes Exemplar flüchtete sich auf einen der Schränke, um sie misstrauisch zu beäugen.
Alex musterte den Tunnel aufmerksam. Sie hatte keine Ahnung, wofür der Stollen einst gedacht gewesen war. Auch Ben sah sich neugierig um, während er den Jungen anstupste. »Es hat keinen Sinn, dich zu fragen, was das hier ist, oder?«

Der Junge grinste nur, ohne zu antworten.
Schweigend gingen sie weiter.
Nach einer Weile bemerkte Alex die Schwellen, die sich auf dem Tunnelboden verbargen, ab und zu lugte eine von ihnen unter der Schicht aus Staub und Dreck hervor. Jetzt ahnte sie, wo sie sich befanden. Kurz darauf wurde ihre Vermutung zur Gewissheit: Der Tunnel öffnete sich zu einer Halle, mit Plattformen an beiden Seiten, darauf am Boden festgeschraubte Sitze, Mülleimer, Automaten, an einer Säule eine Notrufbox. Plakate vergilbten an den Wänden. Ein Stück weiter stand ein Kiosk mit zerbrochenen Fensterscheiben, die Einrichtung zertrümmert, er war vor Jahrzehnten geplündert worden.
»Das ist ein U-Bahnhof«, sagte Ben. Er war auf eine der Plattformen geklettert und sah sich mit großen Augen um. »Die nutzen die alten Tunnel als Lagerfläche! Ich dachte, die hätten das ganze U-Bahn-System geflutet.«
Der Junge schüttelte den Kopf. »Nicht alles. Nur die Tunnel, die sie schon vor dem Aufstand stillgelegt hatten. Die in den Außenbezirken.« Der Junge erzählte, dass die alten Gleistunnel unter der Innenstadt dafür verwendet wurden, die Hotels und Geschäfte unterirdisch zu versorgen, damit die Touristen tagsüber ungestört einkaufen und nachts auf den Straßen feiern konnten. »Dieser Tunnel hier gehört zu dem inneren U-Bahn-System. Würden sie ihn fluten, würden alle Tunnel unter der Zone 2 volllaufen.«
»Das heißt, wir wandern hier einfach weiter, bis wir in der zweiten Zone sind?« Gespannt sah Ben den Jungen an.
»Fast.« Der Junge hob den Leuchtstab und richtete ihn auf eine Wand aus Beton und Stahl, die im Licht auftauchte. Sie teilte den U-Bahnhof in zwei Hälften. Ein

großes, nur von der gegenüberliegenden Seite zu öffnendes Tor war in den Stahl eingelassen, die Tür schloss bündig, ein schmaler Spalt markierte ihren Rand.
Alex trat an die Barriere und legte die Hand auf das Metall. »Die Zonengrenze«, flüsterte sie.
Der Junge nickte.
Ben strich ratlos über den Türspalt. »Und jetzt?« Er hatte keine Ahnung, wie sie durch diese Tür kommen sollten. Auch Alex entdeckte keinen Weg auf die andere Seite der Grenzmauer.
Der Junge grinste breit und verschränkte seine Arme vor der Brust.
Ben stöhnte auf. »Ja, ja, ich hab's ja kapiert. Du bist der Guide, nicht ich. Jetzt sag schon, wie es weitergeht.«
»Für dich gar nicht«, antwortete ihm der Junge. »Das hier ist der Nullpunkt. Ich bring sie alleine rüber. Und du wartest hier, bis ich zurück bin.«
Ben wollte protestieren, doch ein Blick von Alex ließ ihn innehalten. Beruhigend legte sie ihm die Hand auf den Arm. »Wird schon gutgehen.«
Ben seufzte und öffnete die Innentasche seiner Jacke. Vorsichtig holte er den mobilen Scanner hervor. »Du weißt, wie das Ding funktioniert?«
Alex versuchte ein Grinsen. Ben spürte, dass sie nervös war. »Wie oft hast du mir es erklärt? 100- oder 200-mal?«
Ben blieb ernst. Er zögerte, ihr den Scanner zu geben, doch dann legte er das Kästchen in ihre Hand. »Sei vorsichtig. Und erwisch den Richtigen. Du brauchst die ID von jemandem, der die Grenzen überschreiten kann.«
Der Junge spitzte die Ohren: »Sagt bloß, ihr wollt jemandem die Identität klauen?«
Ben ignorierte die Frage. Unverwandt sah er Alex an. »Such dir jemanden aus der Zone 1. Die dürfen in jedem

Fall auch die dritte Zone betreten. Kopier seinen Chip, und dann löschst du seine Kennung. Vergiss das nicht! Sonst merken die Scanner sofort, dass was nicht stimmt. Erst wenn sein Chip nicht mehr sendet, spielst du seine Daten in deinen ID-Chip ein.«

Alex nickte. Angespannt strich sie sich über ihr blaues Kleid.

»Und denk dran: Derjenige, dessen Identität du stiehlst, ist danach erledigt. Also such dir jemanden, der es verdient.«

Abschätzig verzog Alex den Mund, während sie den Scanner in ihre Tasche schob. »Jeder, der in der ersten Zone lebt, hat es verdient.«

Ben ergriff ihre Hand und hielt sie fest, während er Alex besorgt betrachtete. »Sei vorsichtig.«

Alex lächelte aufmunternd. »Wird schon klappen.«

Ben nickte stumm.

»Seid ihr fertig?« Der Junge hatte ihnen zunehmend ungeduldig zugesehen, jetzt holte er zwei Stoffbündel hervor, es waren Kapuzen, schwarz und blickdicht. Er gab eine davon Alex. »Setz das auf.«

»Warum?«

»Es ist besser, wenn du nicht weißt, wie du über die Grenze gekommen bist. Falls sie dich kriegen.« Der Junge grinste verkniffen.

Zögernd nahm Alex die Kapuze.

Auch Ben bekam eine Kapuze gereicht. Er betrachtete sie irritiert. »Was soll das?«

»Hab ich doch gesagt. Je weniger ihr wisst, desto besser.«

»Ohne mich.« Entschieden schüttelte Ben den Kopf. »Ich setz das nicht auf. Entweder du vertraust uns, oder …«

»Ben!« Alex war wütend herumgefahren.

Der Junge seufzte. »Alles easy, Leute, es geht auch anders.« Er winkte Alex zu. »Setz das Ding auf und kümmer dich nicht um ihn.«

Alex warf Ben einen ärgerlichen Blick zu, bevor sie die Kapuze über ihren Kopf streifte. Der Junge griff in seine Tasche, diesmal holte er eine dunkle Schutzbrille hervor. »Bist du so weit?«

Alex nickte.

»Okay. Dann geht's los.« Er schob die Schutzbrille vor seine Augen.

Gespannt beobachtete Ben, was geschah.

Dann ging alles ganz schnell: Der Junge hob den Leuchtstab und aktivierte den Energiekern, der Stab summte auf. Ein Druck auf den Taster, schlagartig glühten die Dioden sonnenhell. Ben schrie auf und kniff die Augen zusammen. »Spinnst du? Verdammt!« Geblendet stolperte er zur Seite.

In der gleichen Sekunde, der Junge musste ein Signal gesendet haben, verlosch das Licht auf dem Bahnsteig, und es war stockfinster. Ben hörte, wie sich die Schritte des Guides entfernten, gemeinsam mit denen von Alex, sie stolperte dem Jungen hinterher, offenbar zog er sie mit sich. Ein Klacken war zu hören, dann ein Quietschen, Metall schabte über Metall. Danach war es still.

Sekunden später war ein leises Sirren zu hören, die Notbeleuchtung flackerte wieder auf.

Es dauerte etwas, bis die Lichtblitze vor Bens Augen abgeklungen waren und er sich an das Dämmerlicht gewöhnt hatte. Er sah sich um: Der U-Bahnhof war leer, Alex und der Junge waren fort.

9

David sah sie sofort, als er die Schleuse verließ.
Er war gleich nach seinem Antrittsbesuch in Schoops Kanzlei in sein Hotel in der ersten Zone zurückgekehrt, um den viel zu warmen Anzug loszuwerden. Nachdem er sich geduscht und umgezogen hatte, war er eine Weile in der Stille seines Zimmers geblieben, um über das Geschehene nachzusinnen. Der Gedanke, vielleicht einen Fehler gemacht zu haben, bohrte in ihm. Doch er würde zu seinem Wort stehen und die paar Tage bei Schoop bleiben. Auf der Suche nach Ablenkung war David schließlich aufgebrochen und eine Weile durch die verlassenen Straßen der ersten Zone gestreift. Die Leere bedrückte ihn, und so beschloss er, hinüber in die zweite Zone zu gehen.
Die junge Frau saß auf einem Mauervorsprung im Schatten der Bahnhofshalle, direkt gegenüber der Schleuse, durch die David die erste Zone verließ. Er erkannte sie, obwohl sie anders als am Abend zuvor aussah: Sie wirkte schmaler, weiblicher, fast ein wenig schüchtern in ihrem hochgeschlossenen blauen Kleid. Nur ihr Blick war der vom Vorabend, als sie der Schwarzen Krake gegenübergetreten war: entschlossen und kühl. Sie sah kurz zu ihm hin, als die äußere Tür der Schleuse zur Seite glitt, dann stand sie auf und ging scheinbar teilnahmslos quer über den Platz. Ihr Ziel war die Treppe hinauf zur Domplatte.

David war irritiert. Hatte sie ihn wirklich angesehen? Oder war ihr Blick Zufall gewesen, eine achtlose Aufmerksamkeit, die man einem vorbeigehenden Passanten schenkt, ohne ihn wirklich zu bemerken? Einen Lidschlag lang hätte er schwören können, dass sie auf ihn gewartet hatte. Doch das konnte nur ein Irrtum sein: Wieso sollte die Kämpferin, die er am Abend zuvor in der Helios-Halle im Ring hatte siegen sehen, gerade ihn abpassen wollen? Ohnehin war es verblüffend, sie hier in der zweiten Zone anzutreffen.

Fünf Minuten später sah er sie wieder. Sie stand im Schatten des Doms und beobachtete die Rolltreppe, auf der er zur Domplatte hinauffuhr, es war der einzige Weg vom Bahnhofsvorplatz in das Stadtzentrum. David tat, als bemerke er sie nicht. Aus den Augenwinkeln sah er, dass sie ihm nachblickte. Als er sich nach einer Weile umschaute, entdeckte er ihr blaues Kleid in der Menschenmenge. Es gab keinen Zweifel: Sie ging ihm nach.

David setzte sich auf die Terrasse eines Cafés in Sichtweite des Doms und wählte auf dem Orderscreen seines Tisches einen Biotic-Drink. Anschließend tat er so, als rufe er seinen Social Circle auf, danach starrte er regungslos ins Leere. Er wirkte nun genauso abwesend wie die anderen Cafébesucher, die die Projektionsebene ihrer Kontaktlinsen angewählt hatten und die Spots und Tracks betrachteten, welche auf ihre Netzhaut projiziert wurden. Doch aus den Augenwinkeln beobachtete David seine Verfolgerin. Sie musterte ihn unauffällig, ging ein paar Schritte, blieb vor dem Schaufenster eines nahen Flagstores stehen. Nun nutzte sie die Spiegelung der Scheibe, um ihn zu betrachten.

Was wollte sie von ihm?

Kurz überlegte er, einfach aufzustehen und sie anzusprechen. Doch er blieb sitzen. Etwas in ihrem Blick ließ ihn zögern.

Langsam kam sie näher. Der Ausströmer einer Klimaanlage ließ ihr Haar aufwehen, auch das schmal geschnittene Kleid bauschte sich ein wenig auf, ohne mehr von ihrem Körper zu zeigen. David musste an ihren Auftritt am Vorabend denken, an die selbstbewusste halbnackte Frau, die durch die tobende Menge zum Ring geschritten war. Ihr Haar hatte wild zu allen Seiten abgestanden, und ihre Haut hatte im Licht der Scheinwerfer geschillert. Sie hatte zerbrechlich gewirkt, als sie durch den Ring getänzelt war, mit ihrer schmalen Taille, den schlanken Hüften, den kleinen festen Brüsten. Doch ihr Kampf hatte etwas Animalisches an sich gehabt. In seiner Faszination für den Fight hatte David einen Moment gebraucht, bis er begriffen hatte, was ihn beeindruckte: Sie nahm keine Rücksicht, nicht auf den Gegner, aber vor allem auch nicht auf sich selbst. Was sie sich vorgenommen hatte, zog sie durch, koste es, was es wolle.

Warum verfolgte sie ihn?

Sie war vor dem Bild eines Pflastermalers stehen geblieben, keine 15 Meter von David entfernt, scheinbar interessiert betrachtete sie einen mit Leuchtkreide gezeichneten Erzengel. Aus der Nähe sah er, dass ihre Gesichtszüge scharf geschnitten waren, doch die geschwungenen Lippen nahmen ihrem Gesicht die Härte. David konnte nun auch die blauen Flecken auf ihren Armen und Beinen erkennen, ihre Trophäen des gestrigen Abends, sie hatte sie leidlich überschminkt. Eine Schramme zog sich quer über ihre Wade.

Unvermittelt blickte sie auf, nun sah sie ihn direkt an. David zuckte zusammen. Eilig berührte er die Touchzone seines Taggers, so, als scrolle er durch seine Spots und

Tracks. Sie betrachtete ihn prüfend. David zwang sich, ruhig zu bleiben. Ganz sicher bemerkte sie nicht, dass auch sie beobachtet wurde. Langsam kam sie auf ihn zu, Schritt für Schritt. Ihre Hand schob sich in ihre Jackentasche.

Plötzlich teilte sich die Menschenmenge, Passanten schrien auf und stoben zur Seite. Das Geräusch von genagelten Stiefelsohlen hallte von den Häuserwänden zurück, es wurde lauter, kam schnell näher. Auch die Cafébesucher waren aufgesprungen, Stühle stürzten um, Glas zerschellte klirrend auf dem Pflaster. Stahlgraue Uniformen blitzten in der Menge auf. Panik brach aus.

Die Männer des ESS kamen von zwei Seiten, sie verteilten sich auf dem Platz und umkreisten das Café. David sah sich erschrocken um. Es gab keine Chance zur Flucht. Auch der Mann am Nebentisch war blass geworden, er wirkte gehetzt wie ein Tier, das in die Enge getrieben war. Als er begriff, dass die Männer von allen Seiten kamen, schloss er resignierend die Augen und sank auf die Knie, um sich flach auf den Boden zu legen, die Arme und Beine weit von sich gestreckt.

Die heranstürzenden Soldaten beachteten ihn nicht, genauso wenig wie David oder die anderen Besucher des Cafés. Sie stürmten an ihnen vorbei und umringten mit gezogenen Waffen die junge Frau, die David gerade eben noch beobachtet hatte.

»Auf den Boden! Hände über den Kopf. Beine auseinander.«

Der Anführer des Einsatztrupps rammte der Frau den Knauf seines E-Schockers in den Rücken. Sie ächzte und ging zu Boden. Einer der Soldaten zwang ihre Schulter mit dem Tritt seines Stiefels auf das Pflaster, während seine Kameraden ihre Arme und Beine auseinanderrissen und ihren Körper abtasteten.

»Keine äußeren Waffen. Sie ist sauber.«
Brutal zerrten sie ihre Arme auf den Rücken und fesselten sie, ohne den Druck auf ihre Schultern zu vermindern.
David beobachtete erschrocken die Szene. Die Unbekannte hatte ihren Kopf zu ihm gedreht, mit großen dunklen Augen sah sie ihn an, während die Soldaten ihren Körper scannten.
Sie hatte zu ihm gewollt. Jetzt brauchte sie seine Hilfe.
David holte tief Luft. Sein Herz klopfte heftig, er hoffte, niemand würde es merken. Mit festen Schritten ging er auf die Soldaten zu. »Was geht hier vor sich?« Er mühte sich, seriös zu wirken – zu ärgerlich, dass er seinen Anzug im Hotel gelassen hatte.
Einer der Männer hielt ihn auf, mit ausgestreckter Hand. »Besser, Sie gehen. Das ist ein Polizeieinsatz.«
David lächelte, während er sein Kinn ein wenig vorschob, ihr Persuasions-Trainer hatte Situationen wie diese mit ihnen geübt. Selbstbewusst legte er seine Hand auf den Arm des Soldaten. »Ich weiß, was das ist. Ein Zugriff nach Paragraph 394 des Notstandgesetzes. Gut, dass Sie hier sind.« Er reckte sich ein wenig und sah dem Soldaten direkt in die Augen. Der Mann zögerte. Bevor der Uniformierte einen Gedanken fassen konnte, trat David einen Schritt zur Seite. »Bitte informieren Sie Ihren Vorgesetzten, dass ich hier bin.« Er griff nach seinem Tagger und schickte sein ID-Signal an den Tagger seines Gegenübers. Fiepend quittierte das Gerät des Soldaten den Empfang. Es funktionierte: Mit einer neuen Aufgabe betraut, hielt ihn der Uniformierte nicht mehr auf. Stattdessen verriet er David den Boss der Einsatztruppe, durch einen Blick, den er seinem Staffelführer zuwarf. Jetzt kannte David den Soldaten, mit dem er sich wirklich auseinandersetzen musste.

David ging direkt auf den Mann zu. »Ich hoffe, Sie haben einen guten Grund für Ihren Einsatz.«
Der Staffelführer musterte ihn kühl. Er trug die Uniform eines gewöhnlichen Soldaten, nur ein zusätzliches Kameraauge auf seiner Brust markierte ihn als den Kopf der Truppe. »Wer sind Sie, dass Sie das hoffen?«
»David Bachmann. Jurist der Elite School of Justice and Law.« David wies auf die junge Frau. »Ich bin ihr Anwalt, ich vertrete sie. Was wird ihr vorgeworfen?«
Einen Augenblick starrte der Staffelführer ins Leere, offenbar überprüfte er Davids ID. Das System bestätigte Davids Status.
»Sie hat sich verdächtig verhalten. Die Sensoren haben ein abnormales Bewegungsprofil registriert. Das berechnete Gefährdungspotenzial liegt bei 80 Prozent.«
»Das ist lächerlich.«
»Das System irrt sich nicht.«
David überlegte fieberhaft. Er wusste, dass die Analyse des Computersystems korrekt war: Die Frau hatte ihn verfolgt, nachdem sie vor der Schleuse auf ihn gewartet hatte. Doch das war kein Grund, sie brutal zu überwältigen und zu Boden zu zwingen.
Oder ging wirklich eine Gefahr von ihr aus?
Die junge Frau lag auf dem Pflaster vor dem Café auf dem jetzt verschmierten Bild des Erzengels. Die Leuchtkreide hatte ihre Wange und ihr Haar verfärbt. Unverwandt sah sie ihn an.
Was wollte sie von ihm?
»Überprüfen Sie bitte Ihre Daten«, entgegnete David. »Ich bin mir sicher, hier liegt ein Irrtum vor.«
Der Staffelführer beugte sich zu der Frau herab und las ihren Tagger aus. David klinkte sich unauffällig in den Ableseprozess ein und speicherte eine Kopie ihrer ID.

»Sie sehen, alles ist harmlos«, sagte er und lächelte, während er gleichzeitig die Daten studierte, die das System in seine Kontaktlinsen einspielte. »Dr. Niklander berät mich in einem aktuellen Fall. Sie ist ein wertvolles Mitglied unserer Gesellschaft. Und sie genießt Informantenschutz nach Paragraph 116 NstG. Das bedeutet, dass sie nicht festgenommen werden darf.«
Auch der Staffelführer hatte die Daten geprüft, jetzt gab er seinen Männern ein Zeichen, die Frau loszulassen. Einer der Soldaten löste den Gurt, der sie fixiert hatte. Sie stand auf, rieb sich die Arme. »Gehen Sie immer so ran, wenn Sie eine Frau kennenlernen wollen?«
Der Staffelführer musterte sie misstrauisch. »Mika, ist das nicht ein Männername?«
»Ja, in der nordischen Allianz. Aber nicht in Asien.« Sie strich sich ihr Kleid glatt und lächelte, so, als hätte sie nicht gerade gefesselt am Boden gelegen. »Ich bin in Tokio geboren.«
Der Soldat sah sie misstrauisch an. »Sie sehen aber gar nicht asiatisch aus.«
»Das findet mein Vater auch. Und glauben Sie mir, er ist nicht froh darüber. Seit meiner Geburt bewacht eine Gesellschaftsdame meine Mutter, wenn er auf Geschäftsreisen ist.«
Wider Willen musste der Soldat grinsen.
David betrachtete die junge Frau fasziniert. So wie sie es sagte, war es absolut glaubhaft.
Sie wandte sich ihm zu. »Ich wäre dann so weit, wir können gehen. Oder gibt es hier noch etwas zu erledigen?« Sie strich sich das Haar aus der Stirn und legte den Kopf ein wenig schief, als plaudere sie mit ihm auf einer Cocktailparty. Nur ihr Blick war angespannt.
David trat neben sie. Noch einmal wandte er sich dem

Staffelführer zu. »Ich muss leider eine Überprüfung des Einsatzes beim ESS veranlassen. Ich hoffe, das hat keine Konsequenzen für Ihre Karriere.« Er lächelte mit gespieltem Bedauern. »Sie könnten natürlich auch das Einsatzprotokoll löschen. Und alle Bild- und Tonaufzeichnungen ...« David hoffte, dass die Furcht des Soldaten vor den unwägbaren Folgen eines Fehlers ihnen half.

Der Staffelführer betrachtete sie nachdenklich. Schließlich löschte er mit ein paar Berührungen des Bedienfeldes seines Taggers die Protokolldaten. »Abzug, Männer. Das war eine Übung.«

Die Soldaten verzogen keine Miene. Sie formierten sich, dann marschierte der Einsatztrupp durch die Menge der Gaffer davon. David stieß erleichtert die Luft aus, während er in die entgegengesetzte Richtung wies. »Gehen wir, bevor sie es sich anders überlegen.«

Die junge Frau nickte stumm. Gemeinsam verließen sie das Café.

»Wir sollten eine Weile zusammenbleiben«, ergänzte David. »Sie werden uns orten, um zu prüfen, was wir tun.« Er grinste. »Immerhin sind wir verabredet, oder?«

Sie antwortete nicht.

David musterte sie von der Seite. Ihr dunkles Haar schillerte, die Leuchtkreide des Pflasterbildes hatte sich auf ihrem Kopf und einem Teil ihres Kleides verteilt. Die Farbpigmente changierten in der Sonne. Auch auf ihren geschwungenen Augenbrauen und ihren Lidern blitzten Kreidepartikel auf.

»Du bist also Mika-Pekka Niklander.« David las noch einmal die Informationen, die das System ihm bereitstellte. »Spezialist für genomische Medizin. Im Lebenslauf steht, Dr. Niklander kommt aus Finnland. Von dort, wo Mika ein Männername ist ...«

Sie entgegnete nichts. David spürte, dass sie fieberhaft nachdachte.
»Okay, fangen wir einfach noch mal von vorne an. Ich bin David. Wer bist du, wenn du nicht in der Helios-Halle die Schwarze Krake plattmachst?«
Überrascht blieb sie stehen. »Woher weißt du das?«
»Ich war gestern Abend da. Du warst unglaublich.«
Sie winkte ab, doch in ihrer Stimme schwang Stolz mit. »Von wegen. Ich hab unglaubliches Glück gehabt.«
David grinste. »Na klar. Der Dicke ist ja auch von selbst umgefallen.«
Sie musterte ihn forschend. David wurde ein wenig unruhig unter ihrem prüfenden Blick. Sie lächelte, als sie es bemerkte. »Du warst auch nicht schlecht, gerade eben. Schätze, ich muss mich bedanken.«
»Nur zu! Bedank dich mit deinem richtigen Namen. Meinen weißt du ja schon.«
Sie ignorierte seine Aufforderung. »Was macht jemand wie du in der ersten Zone?«
»Und was machst du hier in der zweiten?«
Ihr Lächeln verschwand. Sie wandte sich ab, ging stumm weiter.
David eilte ihr nach. »Jetzt warte doch. Ich hab's ja kapiert, dass du nichts sagen willst. Komm, lass uns was trinken gehen. Ich lad dich ein.«
Sie drehte sich um. »Zu einem Kaffee?« Der Gedanke schien ihr zu gefallen.
David zögerte. Ein echter Kaffee würde ein tiefes Loch in sein Monatsbudget reißen. Seit den anhaltenden Dürren in den Anbaugebieten südlich des Äquators waren die Preise für geröstete Kaffeebohnen in astronomische Höhen geschnellt.
Er seufzte. »Na gut.«

Sie gingen zu einer Kaffeebar abseits der Hauptstraße und setzten sich an einen der Tische, die vor dem Eingang aufgestellt worden waren. Der Kaffee, den ihnen der Cupjockey servierte, war warm, süß und stark.
»Ich heiße übrigens Alex.« Sie sprach, ohne ihn anzusehen. Tief sog sie den Duft auf, der aus ihrer winzigen Tasse stieg. Dann trank sie einen Schluck.
»Alex … und weiter?«
»Nur Alex.«
»Aha.« David blickte sie forschend an. »Und was machst du hier?«
»Kaffee trinken?«
Er grinste. »Na klar. Und du atmest, lachst, redest, na ja, zumindest manchmal.« Er betrachtete sie forschend. »Du hast auf mich gewartet und bist mir nachgegangen, seit ich hier bin. Warum?«
Alex warf ihm einen stummen Blick zu, während sie ihre Tasse abstellte. Ihre Hand schob sich in die Jackentasche, sie holte ein Kästchen hervor, David erkannt ein kleines mobiles Lesegerät. Ihre Finger schlossen sich um das Gerät. »Es ist wegen meiner Schwester. Sie braucht meine Hilfe.«
»Und dafür brauchst du mich.«
Nachdenklich sah sie ihn an. »Vielleicht habe ich mich auch geirrt.«
»Worin geirrt?«
Sie lächelte verkniffen, ohne seine Frage zu beantworten. Langsam schob sie das Lesegerät wieder zurück in ihre Tasche. »Tut mir leid, dass ich …« Sie lächelte, fast wirkte sie verlegen. »Ich muss los. Mach's gut. Danke noch mal.« Sie legte ihre Hand auf seinen Unterarm, eine Berührung wie ein Hauch. Ohne eine Antwort oder auch nur eine Reaktion von ihm abzuwarten, eilte sie davon.

»Warte!« Auch David war aufgesprungen, er wollte ihr nachlaufen, doch der im Eingang des Cafés stehende Cupjockey schnitt ihm den Weg ab. »Hey, erst zahlen, Kollege!«

David gab seinen ID-Account frei, ärgerlich darüber, aufgehalten zu werden. Umständlich tippte der Cupjockey seinen Code in den Tagger. Als der Betrag endlich gebucht war, hatte die Menschenmenge Alex verschluckt. Enttäuscht blieb David am Straßenrand stehen. Er kletterte auf einen Poller und blickte über die Köpfe der Menschen hinweg, er hoffte, irgendwo ihre kreidebedeckten Haare aufblitzen zu sehen.

Doch er hoffte vergeblich. Alex war verschwunden.

10

Es war schon dunkel, als die Schutzschilde vor den Fenstern zur Seite glitten und den Blick auf Köln freigaben. Der Zug aus Paris hatte Verspätung: Terroristen hatten in der baumlosen Einöde der Champagne die Gleise blockiert und den Interzonen-Express zu einem stundenlangen Umweg über Brüssel gezwungen. Keiner der Passagiere hatte sich beschwert, jeder war froh gewesen, dass die Streckendrohnen die Gefahr rechtzeitig erkannt und den Zug umgeleitet hatten. Zwar waren die Wagen des IZE dafür gebaut, Angriffen standzuhalten, bis die Eingreiftruppe der EuroBahn zur Stelle war. Doch das machte einen Überfall auf freier Strecke nicht angenehmer.

Nachdenklich blickte Uwe Rosner aus dem Fenster. Sie hatten die Zone 5 hinter sich gelassen und näherten sich nun der Stadt von Westen, gerade passierte der Zug die verlassene Autobahn, dahinter strahlten die Lichttürme des Müngersdorfer Stadions in der Dunkelheit. Das Schreien der Massen auf den Tribünen war selbst im Inneren des Zuges noch zu hören, trotz der Nanokompósithülle, die die Passagiere vor der Außenwelt schützte.

Im Schwarz der Zone 4, das das Stadion umgab, flackerte ein Lichtpunkt auf, es war ein Feuerfass, das die Bewohner an einer Straßenkreuzung aufgestellt hatten und nun entzündeten. Ein zweites Feuer flackerte auf, dann ein drittes ein paar Straßen weiter. Es war wie ein Signal,

das weitergegeben wurde, ein Lauffeuer, das von Kreuzung zu Kreuzung huschte. Bald hatte sich ein Netz leuchtender Orientierungspunkte über die vierte Zone von Köln gelegt, überall dort, wo sich die Menschen zu Veedel-Clans zusammengeschlossen hatten und selbst für ihre Sicherheit sorgten. Dort, wo es dunkel blieb, herrschten Chaos und Gewalt.
Rosner hatte für das Schauspiel kein Auge. Schon seit Stunden grübelte er darüber nach, was er tun sollte. Alles war in Ordnung, sagte er sich wieder und wieder. Er hatte ihre Forschungsergebnisse dem Konzernchef der Medical Ind Corporation in Paris persönlich übergeben, und Chandran war zufrieden gewesen. Chandran hatte ihn sogar in seinem Haus übernachten lassen. Er brauchte sich keine Sorgen zu machen.
Und doch bohrte tief in ihm ein ungutes Gefühl, seit er das Anwesen des Konzernchefs verlassen hatte. Rosner besaß ein feines Gespür dafür, was Menschen wirklich bewegte, selbst wenn sie sich zu verstellen versuchten – schon als Kind war das so gewesen, und über diese Gabe verfügte er bis heute, auch wenn er als Wissenschaftler rational zu denken gelernt hatte. Was er bei Syd Mohan Chandran gefühlt hatte, irritierte ihn: Der Chef der MIC war alarmiert gewesen.
Anfangs hatte Chandran ehrlich begeistert gewirkt, Rosner war sich dessen sicher, trotz der coolen Maske, hinter der sich der Konzernchef versteckt hatte. Doch dann hatte sich die Stimmung verändert, und zwar nach der Bemerkung, dass sie Esombas Verfahren verwendet hatten. Rosner verstand das nicht: Es war üblich, auf die Forschungsergebnisse von Kollegen zurückzugreifen, nur so ging es in der Wissenschaft voran. Das Medikament, das sie entwickelt hatten, würde Hundert-

tausenden von Menschen das Leben retten, vielleicht sogar Millionen, die ganze Welt wartete auf sie. Was konnte falsch oder gar bedrohlich daran sein?

Der Zug verlangsamte das Tempo am Rand der Zonengrenze und fuhr in die Sicherheitsschleuse ein, sie stoppten für einen Moment, dann glitten die Wagen weiter in die Zone 2. Es wurde hell vor den Fenstern, die Stadt draußen schien zu flimmern. Der Straßenbelag luminesziertе, Leuchtsäulen flankierten die Wege, in den Geschäften und auch hinter den Fenstern der Wohnhäuser brannte Licht. Je weiter sie sich dem Zentrum näherten, desto heller wurde es. Leuchtfolien, die über die Fassaden gespannt worden waren, strahlten und blinkten, Lichtbilder tanzten durch die Nacht, und überall schwebten Merksätze, um die Besucher der Stadt daran zu erinnern, was wertvolle Mitglieder der Gesellschaft auszeichnet. Die Menschen flanierten entspannt durch die Gassen oder saßen vor den Restaurants und Cafés. Gläser, Teller, Besteck glitzerten im Schein der E-Flames. In einigen Hauseingängen flackerten bunte Lichtblitze auf, die ersten Diskotheken öffneten ihre Türen. Schließlich, kurz vor dem Halt, wurde es taghell, als der Zug einen Wasserfall aus Laserpunkten durchquerte. Es war die Lichtinstallation einer internationalen Künstlergruppe, die das VI-Bild des Präsidenten mit einem Strahlenkranz umgab.

Rosner aktivierte seine Kontaktlinsen und checkte kurz die Nachrichten, die das System in das Projektionsfeld einspielte. Dann griff er nach seiner Aktentasche, er hatte sie neben sich auf den Sitz gestellt und während der gesamten Fahrt nicht aus den Augen gelassen. Im Inneren war das Duplikat der Akte, die er Chandran übergeben hatte. Einer Eingebung folgend, hatte er seine

Forschungsergebnisse kurz vor der Abreise nach Paris auf den Kopierer seines Großvaters gelegt, ein altes Gerät, das noch autark funktionierte und nicht mit dem W-Net verbunden war. Behutsam strichen Rosners Finger über die Kante des Papierstapels. Was, wenn seine Angst unbegründet war? Machte er sich gerade mit seiner Furcht lächerlich? Er wusste es nicht. Trotzdem: Es konnte nicht verkehrt sein, den Inhalt der Tasche sicher zu verwahren.

Der Zug stoppte. Sorgfältig zog Rosner den Verschluss zu und schob die am Griff befestigte Sicherheitsschlaufe der Tasche über sein Handgelenk. Dann stieg er aus, nahm die Rolltreppe hinab in den Bahnhof und durchquerte die Halle, ohne sich ablenken zu lassen. Wenig später verließ er das Gebäude durch den Haupteingang, sein Ziel war die gegenüberliegende Schleuse in der Zonengrenze.

Er hatte lange überlegt, wo er das Duplikat der Forschungsergebnisse verwahren könnte. Sein Büro war ungeeignet, ebenso seine Wohnung in der ersten Zone, dort würden sie zuerst suchen, falls sie von der Kopie erfuhren. Ein Versteck irgendwo innerhalb der zweiten Zone kam ebenfalls nicht in Frage, er hielt sich dort sonst nie auf, und sie würden sofort Verdacht schöpfen, wenn er seine gewohnten Wege verließ. Es gab nur einen Ort, an dem er die Unterlagen sicher verwahren konnte, ohne dass es jemandem auffiel.

Routiniert durchquerte Rosner die Sicherheitsschleuse und betrat die Zone 1 der Stadt. Dass er hier lebte, war eines der Privilegien seiner Arbeit. Doch er ging nicht nach Hause, sondern sein Ziel war das *Cologne Zone One*, das einzige Fünf-Sterne-Hotel der Stadt. Er war oft dort, um nach der Arbeit in der Bar einen Drink zu nehmen, aus Gewohnheit, nicht, weil er die Bar mochte. Es kam häufig vor, dass er bis in die frühen Morgenstunden in seinem Labor auf der anderen Rheinseite arbeitete, um eine Testreihe zu beenden oder eine Analyse zu starten. Fuhr er dann nach Hause, waren die Restaurants, die er am Wochenende besuchte, schon geschlossen. Nur die Hotelbar des *Zone One* war rund um die Uhr geöffnet. Mit der Zeit hatte er sich angewöhnt, dort vorbeizuschauen, bevor er in sein kleines, stilles Apartment im Vierscheibenhaus am Appellhofplatz ging.

Der VI-Concierge vor dem Eingangsportal des *Cologne Zone One* begrüßte ihn mit seinem Namen, das Bild des lächelnden Pagen flackerte, der Projektor war nicht richtig kalibriert. Ohne die Projektion zu beachten, betrat Rosner das Hotel. Es war ruhig im Foyer, er sah keine Gäste in der Halle, der Angestellte hinter der Rezeption langweilte sich. Auch in der Hotelbar im ersten Stock herrschte wenig Betrieb. Nur ein junger Mann hockte in einem der Klubsessel und blickte aus den deckenhohen Fenstern hinaus zum Dom.

Der Barkeeper begrüßte Rosner mit einem Kopfnicken und goss ungefragt einen doppelten Mint-Scotch in ein Glas. Rosner dankte mit einem Lächeln. Er ließ das Glas unberührt und holte stattdessen die Kopien aus seiner Tasche, um sie vor sich auf die Theke zu legen. Nachdenklich sah er sie durch, Blatt für Blatt: Vor ihm lag der Beweis für ihre erfolgreiche Arbeit der vergangenen Jahre. Stolz erfüllte ihn. Das neue Medikament war ein wichtiger Schritt, unkontrollierte Zellwucherungen in den Griff zu bekommen – ihm und seinem Team war etwas Großartiges gelungen. Endlich würde es möglich sein, entstehende Tumorherde effektiv und gefahrlos zu

vernichten, ohne dass aufwendige Behandlungen und Therapien notwendig waren. Die Volkskrankheit Krebs würde endgültig ihren Schrecken verlieren.
»Noch Arbeit mitgebracht?« Der Barkeeper sah ihn mitleidig an.
Rosner blickte auf. »Nein. Ist ein altes Projekt.« Er gab seiner Stimme einen beiläufigen Klang.
Der Barkeeper, der hinter der Theke Gläser spülte, nickte verstehend. »Papier. Benutzt ja heute niemand mehr.« Er rieb eine Hand an seinem Jackett trocken und betastete interessiert einen der Bögen, wobei er einen Wasserfleck auf einer Rechentabelle hinterließ.
Rosner unterdrückte den Impuls, den Bogen wegzuziehen. Er wollte nicht, dass sein Gegenüber die Bedeutung der Unterlagen begriff. Sich gelassen gebend, stapelte Rosner die Kopien wieder übereinander und schob sie zurück in ihre Hülle. Dabei hielt er kurz inne, so, als ob ihm gerade eine Idee gekommen wäre. »Könnten Sie das für mich aufbewahren?« Fragend sah er den Barkeeper an. »Ist nur für ein paar Tage«, schob er eilig nach, als er das Zögern des Mannes sah. »Meine Wohnung wird renoviert, in dem Chaos könnten die Blätter verloren gehen. Und das wäre schade. Es hängen ein paar nette Erinnerungen dran.« Er lächelte, während er den Barkeeper unauffällig beobachtete.
»Warum nicht?« Der Mann hinter der Theke trocknete seine Hände ab und griff nach der Hülle. Kurz überlegte er, dann öffnete er eine der Schubladen und steckte den Kopienstapel hochkant hinter eine Reihe von Likörflaschen.
Rosner runzelte die Stirn. »Ist das ein guter Platz?«
Der Barkeeper lachte. »Sie sind der Einzige, der Likör trinkt. Einen besseren Platz gibt es nicht. Noch einen?«

Rosner nickte und trank das erste Glas leer. Der Barkeeper füllte ein neues Glas mit Mint-Scotch und schob es ihm zu, Rosner dankte ihm und gab seinen ID-Account frei, damit der Rechnungsbetrag abgebucht werden konnte. Er verdoppelte die Summe als Trinkgeld. Der Barkeeper quittierte die Buchung mit einem verschwörerischen Grinsen.

Nachdenklich nahm Rosner sein Glas. Er trank einen Schluck und drehte sich um, einen Ellbogen auf die Theke gestützt. Der junge Mann auf der anderen Seite des Raums hatte zu ihm herübergeschaut, er sah zur Seite, bevor sich ihre Blicke kreuzten. Kurz war Rosner misstrauisch, doch dann tadelte er sich selbst: Dachte er wirklich, er würde überwacht? Er musste lachen. Wahrscheinlich war das, was er gerade getan hatte, vollkommen überzogen. Morgen früh würde er weiterarbeiten, so wie jeden Tag, die klinischen Tests mussten vorbereitet werden. Bald würden sie das neue Medikament auf den Markt bringen.

Zufriedenheit breitete sich in ihm aus.

*

Zur gleichen Zeit betrat Syd Mohan Chandran den Konferenzraum seines Anwesens in Paris. Sein Assistent erwartete ihn bereits. Ungefragt startete Ferris die Übertragung, der VI-Projektor begann zu summen und warf das Bild eines korpulenten Mannes mittleren Alters in den Raum. Es war Dr. Akuma Yun Lee, der Patentanwalt der Medical Ind Corporation. Lee, bekannt für seinen analytischen Verstand und sein herausragendes Golfhandicap, bereitete gerade mit seinem Team in Kapstadt die feindliche Übernahme eines Konkurrenten vor.

Chandran justierte die Frequenz seiner Kontaktlinsen, bis das Bild dreidimensional war, dann gab er seine eigene Projektion frei.

Lee lächelte, als er den Konzernchef sah.

»Was haben Sie herausbekommen?« Chandran sparte sich die Begrüßung.

Der Anwalt blickte in die Notizen, die er in seiner Hand hielt. »Erst einmal: Wir können das Verfahren Dr. Esombas nutzen. Die wollten es damals patentieren lassen, aber die World Health Organisation hat das Verfahren in die Liste der unentbehrlichen Medizintechniken aufgenommen, so dass wir es gegen Lizenzzahlungen anwenden können. Ich habe es durchgerechnet: Die Einnahmen übersteigen die Ausgaben bei weitem.«

Chandran nickte zufrieden. »Das ist alles?«

»Nein, leider nicht.« Lee blätterte um, bevor er weitersprach. »Es gibt einen Punkt, den Sie wissen müssen: Wenn wir die Produktion eines neuen Medikaments auf ein Verfahren wie das von Esomba aufbauen, also auf ein Verfahren, das als unentbehrlich klassifiziert worden ist, dann besteht die Gefahr, dass unsere Forschung in den gleichen Status erhoben wird.«

»Sie meinen, die WHO könnte unser neues Medikament ebenfalls als unentbehrlich einstufen?«

Lee nickte. »Das ist wahrscheinlich.«

»Was hätte das für Folgen?«

»Dass jeder unserer Konkurrenten das Medikament herstellen kann, vom ersten Tag, an dem wir es auf den Markt bringen.«

»Gegen Lizenzzahlungen.«

Ein schmales Lächeln umspielte Lees Mundwinkel. »Eine unerhebliche Summe. Sie würden sie in der Bilanz nicht einmal bemerken.«

Chandran runzelte die Stirn. »Gibt es weitere Folgen für uns?«

»Ja.« Der Anwalt nahm einen der anderen Notizzettel zur Hand. »Es betrifft unser Antiangiogenese-Mittel Fluctuasin. Es wird in Köln hergestellt.«

»Ich weiß. Was ist damit?« Chandran ahnte, worauf Lee hinauswollte.

»Wenn es tatsächlich gelingt«, fuhr Lee fort, »mit dem neuen Medikament Nanopartikel in Krebszellen anzureichern, um sie zu zerstören, dann wird es künftig möglich sein, Krebswucherungen schon im Anfangsstadium gezielt zu vernichten. Unser Medikament Fluctuasin hat einen anderen Ansatz: Es setzt darauf, dass Tumorherde nicht durchblutet werden und deshalb nicht weiter wachsen. Gibt es keine Tumorherde mehr, weil sie kurz nach ihrem Entstehen bekämpft werden, dann wird Fluctuasin überflüssig. Und zwar umso eher, je schneller sich die neue Therapie durchsetzt.« Lee verstummte.

Auch Chandran schwieg, es war alles gesagt. Er dankte dem Anwalt und unterbrach die Verbindung.

Ferris sah ihn abwartend an.

Der Konzernchef hatte sich während des Vortrags von Dr. Lee in einen der Sessel gesetzt, jetzt gab er seinem Stuhl einen Stoß und drehte ihn zum Fenster. Eine Weile starrte er hinaus in den Garten. »Wer weiß von den Forschungsergebnissen?« Er sprach, ohne sich umzudrehen.

Ferris überlegte kurz. »Nur Dr. Rosner und sein Team, das sind fünf Leute.« Er tippte einige Befehle auf dem Display seines FlexComs, das er auf der Handfläche aufgerollt hatte. Kurz darauf erschienen im Projektionsfeld von Chandrans Kontaktlinsen die Fotos und Kurzbiografien der sechs Wissenschaftlerinnen und Wissenschaftler.

»Und das sind alle, die Rosners Arbeit kennen?«
»Nein. Auch Sie wissen davon, außerdem Dr. Lee und ich.«
Chandran warf seinem Assistenten einen vorwurfsvollen Blick zu. Ferris' Stimme war ohne Ironie gewesen, und auch sein Gesichtsausdruck war undurchsichtig wie der eines Pokerspielers. Es war einer der Momente, in denen Chandran seinen Assistenten hasste. Zwar hatte er sich für viel Geld Ferris' Anwesenheit gekauft, seine schnelle Auffassungsgabe, sein Organisationstalent. Doch was sein Assistent wirklich dachte, wurde Chandran klar, das wusste er nicht.
War es ein Fehler gewesen, ihn an seine Seite zu lassen? Chandran unterdrückte den Wunsch, mehr über Ferris' Gedanken zu erfahren, es gab im Moment wichtigere Fragen. »Wo ist Dr. Rosner jetzt?«
Erneut tippte der Assistent auf dem Display seines FlexComs. Momente später erschien vor Chandrans Augen der Stadtplan von Köln, darin blinkte ein Punkt. Ferris vergrößerte den Ausschnitt. »Rosner ist im *Cologne Zone One.*« Der Assistent las die Protokolldatei neben Rosners Namen. »Laut Bewegungsprofil besucht er regelmäßig die Hotelbar.«
»Können wir sehen, was er macht?«
Ferris schüttelte den Kopf. »Das *Zone One* gehört nicht zu unserer Firmengruppe. Wir haben keine Zugriffsrechte. Wenn Sie möchten, könnte ich versuchen, mich in das Überwachungssystem einzuhacken.«
»Nein.« Chandran winkte ab. »Es spielt keine Rolle, was er tut. Es gibt ohnehin nur eine Lösung für unser Problem.«
Ferris runzelte die Stirn. Zum ersten Mal zeigte er eine Gefühlsregung.
Chandran sah es zufrieden. »Passt Ihnen etwas nicht?«

Das Gefühl, einen Gedanken seines Assistenten zu kennen, war für ihn eine Genugtuung. »Informieren Sie Steve Huskin. Er soll sofort nach Köln kommen und sich um die Sache kümmern.«
Für einen Augenblick sah es so aus, als wollte Ferris widersprechen. Doch dann deutete er nur ein Nicken an und verließ den Raum.

*

Der Dunst, den die am Ufer des Huangpu Jiang aufgereihten Fabrikschlote über die Stadt gelegt hatten, war in sich zusammengesunken und zwischen die Häuser gekrochen, glühenden Feuerdornen gleich ragten die Türme der Megacity aus den Nebelschwaden empor. Auf dem obersten der mit Laserpunkten markierten Airways war die Sicht frei, die wenigen Helis und Jet-Booster der Privilegierten, die diese Ebene nutzen durften, glitten zügig durch die Nacht. Auf den unteren Flugkorridoren hingegen, dort, wo das gemeine Volk die Straßen der Stadt verstopfte, herrschte das übliche Verkehrschaos, für das Schanghai berüchtigt war.
Im 175. Stockwerk des Tian'anmen-Building, fast 900 Meter oberhalb der Slums, hörte man nichts von dem Lärm, der die Fassaden der Hochhaustürme hinauflief. Nur das Säuseln der Klimaanlage und das Surren der Servomotoren an den Lamellen vor den Fenstern störte die den Raum füllende Musik, ein Konzert des indischen Sitarji-Meisters Ash Rajan, der für seine suggestiven Klangbilder weltbekannt war.
Steve Huskin stand vor dem Panoramafenster an der Westseite seines Apartments und blickte über die Stadt. Der Mond, groß und rot durch Milliarden von in der

Luft schwebenden Staubpartikeln, hob sich aus dem Meer gigantischer Wolkenkratzer, das sich von der Küste des Ostchinesischen Meeres einige hundert Kilometer weit in das Landesinnere hinein ausgebreitet hatte. Der Moloch, auf den Huskin hinabblickte, gehörte zu den fünf größten Städten der Welt, über 70 Millionen Menschen lebten hier, zumindest waren das die offiziellen Zahlen. Wie viele Einwohner Schanghai wirklich hatte, wusste niemand, es war unmöglich, die Tag für Tag in die Stadt strömenden Menschen zu erfassen und zu zählen. Anders als die Europäer, die ihre Allianz in Zonen eingeteilt und sich für räumlich getrennte Gettos entschieden hatten, setzten die Machthaber des Großchinesischen Reiches auf eine vertikale Lösung: Je höher ein Bewohner lebte, desto höher war auch seine Stellung und sein finanzieller Status im Reich. Ganz oben, in den Penthäusern der Wolkenkratzer, wohnte die Elite, schwerreiche Magnaten und reich geborene Familienmitglieder der Herrschaftsschicht. Eigene Verkehrswege verbanden diese Ebene, in der Nacht glitzernde Airways, auf denen luxuriöse Booster und Helikopter ungestört ihrem Ziel entgegenfliegen konnten. Gleich darunter lebten jene, die einfach nur reich waren, durch Handel, Bestechung, Verbrechen. In der nächsten Ebene wohnte die Mittelschicht, je tiefer, desto weniger begütert, gefolgt von den Aufsteigern, die Tag und Nacht dafür arbeiteten, ihren Platz knapp oberhalb der Nebelschwaden behaupten zu können. In den unteren Stockwerken der Häuser, eingehüllt von sich niemals verziehenden Dunst- und Nebelwolken, lebten in Wohnschachteln die Angestellten und die Arbeiter mit ihren Familien, um mit ihrer Arbeitskraft für den Wohlstand der Menschen über ihnen zu sorgen. Die Eingangshallen schließlich, im Basement, waren quadratmeterweise vermietet, fliegende Händler verwandelten die einst prachtvollen Entrees in Märkte und Basare. Darunter, in den Hohlräumen der Fundamente, gab es in Gemeinschaftsunterkünften für all jene ein Bett, denen es gelungen war, den Slums draußen in den Straßenschluchten zu entfliehen. Doch es ging noch tiefer: in die Kanalisation der Städte weit unterhalb der Wolkenkratzer, wo in Gängen und Schächten die Ausgestoßenen der Gesellschaft dahinsiechten, eine eigene Welt, die kaum jemand kannte und von der niemand wissen wollte, was in ihr geschah.

Steve Huskin hatte es längst bis an die Spitze eines der Wolkenkratzer geschafft. Es war nicht nur sein Reichtum, der ihm diesen Status verschaffte. Vor allem sein Wissen über die Geschäfte der Mächtigen hatte seinen Weg nach ganz oben befördert. Er war gefragt, wenn es darum ging, Dinge in Ordnung zu bringen, die aus dem Ruder zu laufen drohten. Er arbeitete diskret und beharrlich und war dafür bekannt, sich niemals gegen seine Auftraggeber zu stellen, egal, was ihm die Zielobjekte als Kompensationszahlung boten. Ein langfristig sicherer Verdienst war ihm wichtiger als der kurze Gewinn. Huskin legte Wert auf eine nachhaltige Geschäftspolitik.

Sein Tagger vibrierte und signalisierte ihm ein eingehendes Gespräch, Huskin prüfte die Identität des Anrufers und gab die Verbindung frei. Der VI-Projektor summte auf, Momente später materialisierte sich das Bild von Ferris im Raum. Der Chefassistent der MIC wirkte beherrscht wie immer, doch Huskin hatte den Eindruck, er war angespannt.

»Was gibt es?« Huskin verbarg nicht seinen Ärger, gestört worden zu sein.

»Wir haben einen Crasher.«

»Hat das nicht Zeit bis morgen?«

»Er sitzt an einer wichtigen Position. Mr. Chandran persönlich hat mich beauftragt, Sie zu informieren.«

Ein helles Läuten signalisierte den Eingang eines Datenpakets. Huskin rief die Daten ab und warf einen Blick auf die Informationen. Es waren eine ID und das Bild eines Wissenschaftlers an seinem Arbeitsplatz, offenbar in einem Labor der MIC. »Was soll an der Sache so dringend sein?«

»Mehr darf ich Ihnen im Moment nicht mitteilen. Nehmen Sie den Auftrag an?«

»Sie kennen meine Konditionen.«

»Natürlich. Ich werde den Transfer morgen früh in die Wege leiten.«

»Ihnen ist bewusst, dass ich erst mit der Arbeit beginne, wenn die Summe meinem Konto gutgeschrieben ist?« Es war eine rhetorische Frage, sie beide kannten die Regeln, nach denen Huskin arbeitete.

Ferris verzog keine Miene. »Es ist Ihre Entscheidung, wie Sie sich bei einem persönlichen Auftrag von Mr. Chandran verhalten.«

Huskin bleckte die Zähne, es war die Andeutung eines Lächelns. »Es ist Ihre Entscheidung, zu welchem Zeitpunkt Sie Ihre Bank beauftragen, das Geld zu transferieren.« Er deutete ein Nicken an, das mit etwas Wohlwollen als Verabschiedung zu deuten war, und unterbrach die Verbindung. Die Projektion von Ferris flackerte kurz und verschwand.

Huskin trat an die Bar der offenen Küche und zapfte sich ein Glas Wasser. Das Gespräch hatte ihm schlechte Laune bereitet. Er wollte diesen Job nicht, er hatte sich auf ein paar freie Tage in der Ruhe seines Penthauses gefreut. Doch er konnte schwerlich einen Auftrag des Chefs der

MIC ablehnen. Kurz überlegte er, sofort mit der Arbeit zu beginnen, mit etwas Glück war die Sache einfach und noch in dieser Nacht erledigt. Doch dann beschloss Huskin, zu warten, bis ihm der Kontoscrawler den Eingang der Überweisung signalisieren würde. Er hatte seine Prinzipien, und er würde sie nicht aufgeben, für niemanden auf dieser Welt.
Er stellte sein Glas in die Spüle, rückte seine Manschettenknöpfe zurecht und trat wieder an das Fenster.

*

Rosner holte tief Luft, als er das Hotel verließ. Er fühlte sich erleichtert, so, als sei eine Last von ihm abgefallen. Vielleicht, dachte er, lag das nur an den drei doppelten Mint-Scotchs, die er getrunken hatte, mehr als sonst, ihm war danach gewesen. Auf jeden Fall war es ein gutes Gefühl, die Kopien seiner Forschungsergebnisse sicher verwahrt zu wissen.
Kurz stieg vor Rosners innerem Auge ein Bild auf, das ihn erschreckte: das Bild eines Putzmannes, der mit Elan die Hotelbar reinigte und dabei die Papiere entsorgte. Gab es nicht Geschichten von sauberkeitsbesessenen Putzkolonnen, die wertvolle Kunstwerke vernichtet hatten? Rosner schob den Gedanken fort: Der Barkeeper würde niemals jemanden an seine Bar heranlassen, keinen Reinigungsroboter und schon gar nicht einen Menschen, der ihm seine heilige Ordnung durcheinanderbringen könnte. Rosner musste grinsen: In seinem Labor hielt er es genauso. Er nahm es als gutes Omen.
Wie immer nach seinen Besuchen im *Cologne Zone One* wollte Rosner direkt nach Hause gehen, doch einem spontanen Entschluss folgend, schlenderte er die Straße

hinab Richtung Grenzübergang. Er hatte immer schon vorgehabt, abends auf den Turm des Doms zu steigen, der Blick über die nächtliche Stadt mit den Feuerfässern der Zone 4 musste großartig sein. Warum nicht jetzt? Alles war anders heute, es war der perfekte Moment, Gewohnheiten zu durchbrechen. Rosner blickte auf die Uhr: Der letzte InterZonenExpress verließ Köln in weniger als einer Stunde, es würde am Aufgang zum Südturm kein Gedränge mehr geben. Wer jetzt noch in der Stadt war, der wollte feiern und nicht den Ausblick über die Häuser genießen. Gut gelaunt ging Rosner auf die Grenze zu.

Er sah sie sofort, als er die Schleuse in der Zonengrenze verließ: eine junge Frau in einem blauen Kleid, sie saß auf einem Mauervorsprung und beobachtete den Ausgang des Grenzübergangs. Ihr Blick wirkte beiläufig. Sie stand auf und ging zu der Treppe, die hinauf zur Domplatte führte. Rosner beachtete sie nicht weiter: Der Platz war voller Menschen, die aus der Stadt zum Bahnhof strömten – der Versuch, sich ohne Kollision einen Weg durch die Menge zu bahnen, verlangte Rosners gesamte Konzentration.

Er sah die junge Frau noch einmal, als sie vor ihm die Rolltreppe hinauffuhr und sich kurz zu ihm umdrehte. Jetzt stutzte er: Hatte sie ihn gerade eben angeschaut? Rosner schloss die Augen. Es war nicht wichtig, nicht an diesem Abend, nicht mit dem Alkohol von drei doppelten Mint-Scotchs im Blut.

Sein Herz klopfte, als er daran dachte: Das neue Verfahren, das sie entdeckt hatten, würde vielen Menschen das Leben retten. Tausenden, nein, Millionen Menschen. Immer hatte er von diesem Moment geträumt.

Rosner lächelte, während er weiterging.

Die Frau in dem blauen Kleid folgte ihm.

11

Das Treppenhaus roch so muffig wie am Vortag, und trotz der strahlenden Sonne, die sich am Morgen aus dem Dunst der Zone 3 geschoben hatte, war es im Inneren des Gebäudes schummerig und düster. David ging die Treppe hinauf. Er trug diesmal eine leichte Sommerhose und ein Poloshirt, angesichts der Kanzlei von Schoop war ihm ein Anzug übertrieben vorgekommen. Zur Sicherheit hatte er ein Jackett dabei, in einem Vacubag, den er sich im Hotel ausgeliehen hatte.

Die Anwaltsgehilfin öffnete ihm. Sie grinste, als sie ihn sah. »Ah, ein normaler Mensch mit normalen Klamotten.« Sie stieß die Tür auf und ließ ihn eintreten, während sie ihn kritisch musterte. »Ein bisschen spießig vielleicht. Wir können zusammen einkaufen gehen, wenn Sie wollen.«

David musterte das knappe knallbunte Kostüm, in das sie sich gezwängt hatte. Sie schien ein Faible für eng anliegende Kleidungsstücke und schrille Farben zu haben. Er schüttelte den Kopf. »Besser nicht.« Er lächelte, um seiner Bemerkung die Härte zu nehmen. Dann sah er sich suchend um. »Wo kann ich mich hinsetzen?«

Sie klopfte auf den Rand ihres Schreibtisches, der gegenüber der Eingangstür stand. »Hier?« Sie musste kichern, als sie seinen entgeisterten Blick sah. »Ich heiße übrigens Verena. Wir duzen uns doch jetzt, oder?« Sie wartete seine Antwort nicht ab, sondern wies mit dem Kopf auf eine kleine Tür. »Dort drüben ist ein Büro. Du kannst es benutzen, wenn du willst.«

Neugierig drückte David die Klinke hinab und betrat den Raum. Überrascht blieb er stehen. Das Büro war nicht mehr als ein etwas größerer Abstellraum, ein Verschlag mit einem Küchentisch als Arbeitsplatz, darauf eine Schreibtischlampe, dahinter ein schlichter Stuhl. An der Wand lehnte ein Regal. Es gab kein Fenster, nur ein schmales Oberlicht aus Glasbausteinen, von denen man einen zur Seite kippen konnte, um den Raum zu belüften.

Verena war neben ihn getreten. »Ist nicht toll, ich geb's ja zu.« Sie grinste verlegen, es war ihr unangenehm, David diese Kammer anbieten zu müssen. Eilig redete sie weiter. »Wenn du länger bleibst, räumen wir eines der anderen Zimmer für dich leer.« Sie zog ihn mit sich zu der kleinen Pantryküche, goss ihm einen Biotic-Drink ein und reichte ihm das Glas.

David trank einen Schluck, während er sich in der Kanzlei umsah. Von dem langgestreckten Flur gingen mehrere Räume ab. Eine doppelflügelige, reichverzierte Schiebetür führte in Schoops Büro, jene düstere Höhle, die er gestern betreten hatte. Im hinteren Teil des Korridors waren weitere Türen zu sehen, etwas kleiner, aber ebenfalls dem Baustil des Hauses entsprechend verziert. Die erste war nur angelehnt, David stieß sie auf: Er blickte in ein Chaos aus Regalen, Kisten und vollgestopften Schränken, daneben waren vergilbte Kartons mit unbedrucktem Papier aufgestapelt. Offenbar sah die gesamte Kanzlei so aus wie Schoops Büro.

»Er kann nichts wegschmeißen. Und er will alles auf Papier. Alles! Kannst du dir das vorstellen?« Verena war ihm nachgegangen und schloss die Tür wieder, bevor David den Raum betreten konnte.

»Wo ist Schoop? Ist er noch nicht da?«
»Kann man so sagen.« Sie wechselte das Thema, bevor David nachfragen konnte. »Du musst jetzt los.«
»Wohin?«
»Es ist kurz vor neun. Gleich beginnt die ›blaue Stunde‹.«
David verstand kein Wort.
»Um neun beginnt der Amtsarzt damit, in den Arrestzellen die Schnapsleichen der vergangenen Nacht nüchtern zu spritzen«, erklärte Verena. »Unsere Kanzlei vertritt sie.« Sie ging zu ihrem Schreibtisch und berührte das Eingabefeld, um die Koordinaten des Arrestgebäudes an Davids Tagger zu schicken. Fiepend quittierte das Gerät den Empfang.
David war überrascht. Er konnte nicht glauben, dass sich eine Koryphäe wie Schoop mit solchen Lappalien beschäftigte. »Gibt es hier nichts Wichtigeres zu tun?«
Verena musterte ihn kühl. »Wir sind verantwortlich für diese Menschen. Indem wir dokumentieren, dass sie verhaftet worden sind, schützen wir ihr Leben. Seitdem Schoop dem ESS auf die Finger schaut und jeden einzelnen dieser Fälle übernimmt, ist niemand mehr im Arrest spurlos verschwunden.«
David wollte nachfragen, doch die Anwaltsgehilfin winkte ab. »Du musst los. Das Arrestgebäude liegt in der Zone 4. Nimm den Grenzübergang am Zülpicher Platz. Von dort aus brauchst du zu Fuß gut zehn Minuten.«
David griff nach seinem Vacubag, um sein Jackett herauszuholen, doch Verena hielt ihn zurück, bevor er Luft in den Kleidersack lassen konnte. »Nimm deinen Kopf mit, das reicht.«
David zögerte, dann nickte er und trank seinen Biotic-Drink aus, während Verena ihn mit weiteren Informa-

tionen über sein Ziel an diesem Morgen versorgte. Einen Augenblick lang wusste er nicht, wohin er das leere Glas stellen sollte, doch nach einem Blick von Verena brachte er es zurück in die Pantryküche.

Verena lächelte. »Danke. Dann bis später.«

David grinste verkniffen, während er durch den Flur zum Ausgang ging. Mit einem kurzen Gruß verließ er die Kanzlei.

Die Schiebetür knarrte, kaum dass David im Treppenhaus verschwunden war. Schoop blickte aus seinem Zimmer, seine Augen waren verquollen. »Wo geht er hin?«

Verena warf ihm einen Blick zu, ohne seine Frage zu beantworten. Sie schnupperte und verzog ihr Gesicht. »Sie riechen. Sie sollten sich waschen. Wenn Sie es schon nicht für sich oder für mich machen, dann tun Sie es wenigstens für ihn.«

Ohne Schoop weiter zu beachten, setzte sie sich hinter ihren Schreibtisch und begann mit der Arbeit.

Der Anwalt betrachtete sie einen Moment, ohne etwas zu entgegnen. Leise schloss er die Schiebetür.

*

Das Arrestgebäude, zu dem Verena ihn geschickt hatte, lag im Süden der Stadt, ein sternförmig gebautes Hochhaus, das inmitten der Slums der vierten Zone mehr als 100 Meter in die Höhe ragte und von einem doppelten Elektrozaun gesichert wurde. Die Hütten und Baracken, die sich die Bewohner im Schatten des ehemaligen Justizgebäudes gebaut hatten, wirkten angesichts des imposanten Kolosses noch kleiner und ärmlicher, als sie es ohnehin schon waren.

David kannte das Viertel bereits. Er hatte eine Weile gebraucht, bis er merkte, dass er schon einmal hier gewesen war: am vergangenen Abend, als sie das illegale Restaurant gesucht und es im Keller eines ehemaligen Universitätsinstituts ganz in der Nähe gefunden hatten. Es war eine gefährliche Gegend, Piet, sein Begleiter aus dem Hotel, war nervös gewesen. Bewaffnete Gangs kontrollierten nachts das Viertel, anders als in der Südstadt oder auch in Ehrenfeld, wo Bürgerwehren durch die Straßen patrouillierten. Die Mindboards, die auch hier das sichere Leben in der Zone 4 priesen, wirkten angesichts der Gewalt auf den Straßen wie Hohn.
Jetzt, am Tag, wirkte der Slum auf David noch bedrückender als in der Nacht zuvor. Zwischen den gefledderten Ruinen der einstigen Universität quetschten sich dicht an dicht die Baracken, die sich die Slumbewohner hier gebaut hatten. Auch die Ruinen selbst waren bewohnt: Flüchtlinge, die in die Stadt gezogen waren, hatten die Häuser wieder hergerichtet, nachdem der Campus bei den Ausschreitungen vor dem Mauerbau fast komplett zerstört und von seinen Bewohnern verlassen worden war. Inzwischen wurde jeder Winkel genutzt, der Schutz vor Regen bot und im Winter geheizt werden konnte, und jeder noch so schäbige Unterstand war zu einem Schlafplatz ausgebaut worden. Auch auf den ehemaligen Grünflächen der Universität drängten sich die Baracken, meist notdürftige Verschläge aus Plastikfolien und Holzlatten, das Baumaterial war knapp. Heute lebten auf der »schäl Sick«, der falschen Seite der Grenzmauer, mehr Menschen als je zuvor. Der Geruch von Abwasser und Faulgasen waberte durch das Viertel.
Mühsam suchte sich David seinen Weg durch das Chaos aus Menschen, Dreck und Gestank. Der Slum war nicht

kartografiert, der Navigationsmodus seines Taggers lieferte keine Daten. Doch sein Ziel ragte gut sichtbar über die Hütten hinaus, so dass er die Hoffnung hatte, das Arrestgebäude auch ohne technische Hilfe zu erreichen. Die Gassen, denen David folgte, waren voller armseliger Gestalten, Menschen mit ausgemergelten Gesichtern und müden Augen, die ihn misstrauisch ansahen. Ein alter Mann zerrte mit einem Handkarren Altmetall voran, ein Mädchen verkaufte aus einem Weidenkorb Sojamilch und aschgraue Brotfladen. Es war offensichtlich: Den Bewohnern dieses Slums mangelte es an allem, was es auf der anderen Seite der Zonengrenze im Überfluss gab. Eine Bö wehte Sand durch die Straße, David musste husten, und er kniff die Augen zusammen. Der feine Sandstaub, den Tausende von Füßen aufwirbelten, trieb in Wolken zwischen den Hütten hindurch. Viele, denen David begegnete, trugen Tücher über Mund und Nase.

Erst nach einer Weile bemerkte David, dass er fast nur Alte, Jugendliche und Kinder sah. Die Alten hockten vor den Verschlägen und wärmten sich in der staubblassen Sonne, während die Kinder durch die Gassen tobten, die Körper dürr, die Augen groß. Die Jugendlichen machten die Arbeit: Sie reinigten die Häuser und die Straßen davor, sie wuschen Wäsche, schafften selbstgefertigte Waren zum Markt oder trugen Einkäufe nach Hause. Viele bewahrten sich einen Rest von Würde und achteten darauf, dass ihre Kleidung sauber und unversehrt war. Doch nicht wenige im Veedel hatten sich aufgegeben, sie hockten vor ihren Hütten und starrten mit stumpfem Blick vor sich hin.

Eine Gruppe ausgemergelter Männer und Frauen kam David entgegen, sie gingen die Straße entlang, die Kleidung verdreckt, die Haut blass und faltig, und sie hielten den Blick gesenkt. In den Fabriken auf der anderen Rheinseite war Schichtwechsel, ein Teil der Arbeiter kam nach Hause, ihre Kinder erwarteten sie schon. David wusste, dass die Männer und Frauen, die sich in den Fabriken der MIC verdungen hatten, ihre Gesundheit gegen das Überleben ihrer Familie eintauschten. Es zu wissen, war eines, in die Gesichter der erschöpften Arbeiter zu blicken, war etwas ganz anderes. Argwöhnisch blickten die Arbeiter zurück, bevor sie sich an ihm vorbeischoben und in dem Gewirr aus Baracken und Hütten verschwanden.

Sirenen ertönten, die Menschen stoben zur Seite, eine Staubwolke wälzte sich die Straße hinab. Mehrere Busse näherten sich und stoppten auf einem Halteplatz, es waren schwergesicherte Fahrzeuge für den Personentransfer zwischen den einzelnen Zoneninseln. Statt Glasscheiben bedeckte Stahl die Fensteröffnungen, auch die Reifen waren durch vorgeschweißte Platten gegen Angriffe geschützt. Zwei Radpanzer des ESS begleiteten den Konvoi, jetzt sprangen die Männer aus ihren Fahrzeugen und öffneten die Türen der Busse. Blinzelnd stolperten die Fahrgäste in das Licht. David konnte, während er weiterging, die Begrüßungsworte des Kommandanten hören, er beruhigte die Neuankömmlinge mit den Worten, dass sie an ihrem neuen Zuhause angekommen und hier in der Stadt nun in Sicherheit seien.

Wut breitete sich in David aus: Wut auf den autokratisch herrschenden Präsidenten, Wut auf die multinationalen Konzerne. Und Wut auf sich selbst, auf seine Freunde, auf alle, die in der zweiten und ersten Zone lebten. Jeder von ihnen wusste, wie nahe das Leid war, sie alle kannten die Not der Menschen, auf dessen Kosten sie lebten. Das Leid war nur eine Grenzmauer weit entfernt. Vor

fünfzig Jahren noch waren die Zonen deutlich getrennt gewesen, man hatte von der Ersten, der Zweiten, der Dritten Welt gesprochen, manche hatten die ärmsten Länder der Erde auch als Vierte Welt bezeichnet. Doch obwohl es diese Aufteilung längst nicht mehr gab, verhielten sich die Menschen so wie einst: Sie verdrängten das Elend der anderen aus ihrem Bewusstsein. Auch er hatte es getan. Vielleicht war es ein Reflex, um sich selbst zu schützen. Doch hier inmitten der Not wollte David diese Erklärung nicht als Entschuldigung annehmen.
Zum ersten Mal hatte er das Gefühl, es war die richtige Entscheidung gewesen, nach Köln zu kommen.
Er brauchte fast eine halbe Stunde, bis er das Hochhaus endlich erreichte. Die Ersten, die sich regten, als er sich dem Arrestgebäude näherte, waren die Hunde im Inneren der Anlage, genetisch optimierte Dobermänner, deren Biss tödlich war und die nur durch eine in das Hirn eingesetzte Sonde beherrschbar blieben. Knurrend und geifernd hetzten sie heran und sprangen am Zaun hoch, bereit, David die Kehle durchzubeißen, wenn er in ihre Nähe käme. Messerscharfe Reißzähne blitzten auf. David spürte, wie sich tief in ihm Angst ausbreitete, ein archaisches Gefühl, er musste sich zusammenreißen, um es zu kontrollieren. Er merkte, wie ihm der Schweiß ausbrach. Auf solche Situationen hatte man ihn im Studium nicht vorbereitet. Sie hatten Prozessstrategien trainiert, internationale Rechtsverfahren, die eloquente Auseinandersetzung mit intellektuell geschulten Gegnern. Keiner der Professoren der »Elite School« in Frankfurt wäre jemals auf die Idee gekommen, dass einer ihrer Schüler ein Gefängnis in der Zone 4 betreten könnte.
David zwang sich, ruhig weiterzugehen. Ein Grundsatz

ihres Studiums galt auch hier: Merkte der Gegner, dass man unsicher war, hatte man verloren.
Die Männer in der Wachstation ließen die Hunde noch eine Weile gewähren, bis sie endlich mit Hilfe ihrer Control-Unit die Tiere zum Schweigen brachten. Abwartend sahen sie ihm entgegen.
David trat in die Sicherheitsschleuse und hielt seinen Tagger an den Scanner. Das Licht über dem Mikrofon leuchte auf, David beugte sich vor. »Mein Name ist Bachmann. Ich bin Anwalt. Ich komme im Namen von Dr. Andreas Schoop.«
Der Soldat hinter dem Panzerglas wirkte enttäuscht, als er Schoops Namen hörte. Missmutig studierte er Davids Daten. »Neu, was?« Mit dem Kopf wies er auf den Körperscanner, David stellte sich auf die markierte Bodenfläche und hob seine Arme, während ihn die Scannerköpfe wie zwei lauernde Schlangen umkreisten. Der Soldat studierte das Bild auf seinem Monitor, bevor er die Tür auf der gegenüberliegenden Seite öffnete und David in den Empfangsraum ließ.
David trat an den Tresen. »Ich bin ein bisschen zu spät, entschuldigen Sie bitte. Haben Sie die Liste der Festgenommenen?«
Der Soldat griff sich drei dicht bedruckte Papierseiten, die in einem Ablagekasten bereitlagen, und schob sie David zu.
Der nahm sie erstaunt. »Was soll das?«
»Sie wollten doch die Liste. Das ist sie.«
»Auf Papier?«
Der Soldat zuckte mit den Schultern. »Ihr Chef will das so.«
»Ich aber nicht.« David schob die Blätter zurück. »Überspielen Sie mir die Liste in meinen Tagger.«

Unwillig verzog der Soldat das Gesicht. »Das dauert aber. Ich muss das erst vorbereiten.«
»Kein Problem. Ich nehme die Liste auf dem Rückweg mit.«
»Auf welchem Rückweg?«
»Nachdem ich bei meinen Mandanten war. Könnten Sie mir den Weg zeigen?« Wenn er schon, dachte David, eine idiotische Aufgabe wie diese übernahm, dann würde er sie auch richtig machen. Außerdem interessierte es ihn, das Innere des Gebäudes zu sehen.
Der Soldat sah David an, als wäre er ein Schaf mit zwei Köpfen. Dann rief er einen jungen Kameraden zu sich und forderte ihn auf, David in den dritten Stock zu bringen.
Die Haftanstalt erstreckte sich über die untersten fünf Stockwerke des Hauses, die Zellentrakte belegten die gesamte Geschossfläche. Von den sternförmig auseinanderlaufenden Gängen gingen Hunderte Türen ab. David wusste, dass die aus einem Provisorium entstandene Anlage das Durchgangsgefängnis der Stadt war, sie diente dem tagtäglichen Gebrauch. Kaum ein Inhaftierter blieb länger als 24 Stunden hier. Vor allem in den Nächten wurde der Arresttrakt benötigt, wenn sich die Partyurlauber in der zweiten Zone bis zur Besinnungslosigkeit mit Alkohol und Chemo-Pops stimulierten und zum Ausnüchtern hierhergebracht wurden. Auch für die Bewohner der vierten Zone wurde das Gefängnis genutzt, bei den Massenschlägereien nach Sportveranstaltungen im Müngersdorfer Stadion oder auch bei Aufständen und Protesten, so wie erst kürzlich, als die Versorgung mit Nahrungsmitteln für einige Wochen ins Stocken geraten war. Verena hatte ihm erzählt, dass die Soldaten des ESS das Durchgangsgefängnis im ehema-

ligen Justizhochhaus dem in die Jahre gekommenen Gefängnisbau in Ossendorf vorzogen, aus dem einfachen Grund, weil hier die Zellen dafür vorbereitet waren, randalierende Häftlinge ohne Aufwand zu fixieren. Es ging das Gerücht, dass sich unter dem Gebäude weitere Hafträume befanden. Doch das, hatte Verena gesagt, wusste niemand genau, und die, von denen man glaubte, dass sie es wissen konnten, waren verschwunden.

Das Büro des Wachhabenden befand sich im dritten Geschoss, der junge Soldat, kaum älter als David, fuhr mit ihm hinauf. Sie nahmen den Aufzug, der für die Bediensteten und Besucher gedacht war – die Gefangenen wurden mit dem Lastenaufzug hinauftransportiert, der Lift befand sich direkt neben der Laderampe, an der die Gefangenentransporter stoppten. David las auf dem Display neben dem Bedienfeld, dass die fünf Geschossflächen über dem Gefängnistrakt der Brüsseler Zentralregierung als Regionalsitz dienten, darüber hatte die MIC ihre Kontaktstelle eingerichtet. Die obersten beiden Stockwerke trugen keine Bezeichnung, der Soldat wurde wortkarg, als David ihn danach fragte.

Im Zellentrakt hatte der Amtsarzt schon mit seiner Arbeit begonnen. David begrüßte den wachhabenden Offizier, der die blaue Stunde leitete und der ein wenig angestrengt wirkte, als er Davids Tagger ausgelesen und ihn als Anwalt erkannt hatte. »Was wollen Sie denn hier oben? Haben Sie unten die Liste nicht bekommen?«

»Ich bin hier, um meine Mandanten zu sehen.« David gab sich entspannt, doch sein Herzschlag ging schneller als sonst.

Der Offizier musterte ihn mit zusammengezogenen Augenbrauen. »Das ist nicht üblich. Wir machen das sonst nie.«

»Schön.« David lächelte entwaffnend. »Eine kleine Abwechslung für uns alle.« Ohne die Reaktion des Wachhabenden abzuwarten, ging David in den Gang hinein. Der Offizier seufzte und folgte ihm.
Die ersten 15 Verhafteten der vergangenen Nacht waren schon bei Bewusstsein, sie standen im Gang und starrten mit glasigen Augen ins Leere. Sie schienen nicht zu begreifen, wo sie waren. Je näher David kam, desto intensiver wurde der säuerliche Geruch, der in der Luft hing. Er drang aus den offen stehenden Zellentüren und aus der Kleidung der Häftlinge. Ein Säuberungstrupp hatte damit begonnen, mit Hochdruckreinigern die Hafträume auszuspritzen.
»Guten Morgen.« Mit einer knappen Verbeugung stellte sich David dem Amtsarzt vor. Der Mann wirkte wie aus dem Lehrbuch für vertrauenswürdige Psychiater entsprungen, mit weißem Wallehaar und einem knappgeschorenen grauen Vollbart. Nur seine Augen waren kalt, er erledigte seinen Job wie am Fließband.
David wies auf den Auto-Injektor. »Was spritzen Sie da?«
»Wüsste nicht, was Sie das angeht«, antwortete der Mann mit knurriger Stimme, während er das Gerät am Hals des nächsten Häftlings ansetzte.
David griff nach einer der bereitliegenden Patronen und las die Aufschrift. »Das ist ein Kombi-Präparat«, beantwortete er seine eigene Frage. »Es reduziert nicht nur den Gehalt von Alkohol und Drogen im Blut, sondern dämpft auch die Erinnerung.«
»Ja, und?«
»Das ist gegen das Gesetz.«
Der Amtsarzt lächelte überheblich. »Welches Gesetz? Das NstG gibt uns in allen Belangen der Haftführung freie Hand.«

David lächelte zurück, auch wenn er dem Arzt lieber seine Faust in den Magen gerammt hätte. »Ich kenne das Notstandsgesetz. Kennen Sie auch die Worte unseres Präsidenten?«
Misstrauisch blickte der Amtsarzt auf. »Was wollen Sie damit andeuten? Dass ich kein wertvolles Mitglied unserer Gesellschaft bin?«
»Sie können es gerne nachlesen. Am 4. Juli des vergangenen Jahres hat unser Präsident vor den Vereinten Allianzen gesagt, dass die Erinnerung der Menschen in Europa unantastbar ist. Laut Paragraph 27 NstG haben die Worte des Präsidenten in Zeiten des Notstandes Gesetzescharakter. Wollen Sie sich gegen den Präsidenten stellen?« David hielt den Atem an. Sie hatten diesen Schachzug in einem Seminar entwickelt, und er war gespannt, ob die Strategie funktionierte.
Der Arzt, der schon die nächste Auto-Injektion bereit gemacht hatte, ließ seine Hand sinken. »Nein, also ... natürlich nicht.« Er war blass geworden.
David lächelte. »Wunderbar. Dann sind wir uns also einig, dass Sie meinen Mandanten ihre Erinnerung lassen.«
Der Amtsarzt nickte stumm.
»Sind Sie sicher, dass Sie Ihren Mandanten damit einen Gefallen tun?« Der Wachhabende grinste. »Die sind doch froh, wenn die sich nicht mehr an die letzte Nacht erinnern.«
David musterte ihn kühl. »Ich werde jeden meiner Mandanten befragen, wie er hier behandelt wurde. Falls ich irgendwelche Unstimmigkeiten entdecken sollte, weiß ich, wo ich Sie finden werde.« Mit einem Griff an seinen Tagger speicherte David den Track, er hatte seinen Besuch der blauen Stunde mitgeschnitten. Der Soldat sah es

überrascht. David nickte ihm zu, bevor er sich umdrehte und davonging, dem Fahrstuhl entgegen.
Der diensthabende Wachsoldat stand am Empfangstresen und erwartete ihn, als David den Ausgang erreichte; er hatte den Geber schon vorbereitet, um die Liste der Festgenommenen zu überspielen. Mit einem Fiepen quittierte Davids Tagger den Empfang des Datenpaketes.
David ließ sein FlexCom aufschnellen, um die Namen und Daten der Inhaftierten zu überprüfen. Die Liste schien vollständig zu sein. Er wollte die Displayfolie gerade wieder einrollen, als ihm am Ende der Tabelle etwas auffiel. »Hier fehlt ein Name.«
Der Soldat beugte sich über den Tresen und sah auf die Folie. »Das ist ein Hardcorer.«
David fragte nach.
»Hardcorer sind Bewusstlose, von denen wir nicht wissen, wer sie sind. Die zerschießen sich im Rausch ihren ID-Chip. Passiert immer wieder, vermutlich beim E-Dart.«
David tippte auf den Eintrag. »Aber hier steht doch eine ID-Nummer. Woher haben Sie die Nummer, wenn die Identität der Person unbekannt ist?«
Der Soldat grinste verschwörerisch. »Die ID haben wir selber vergeben.« Eigentlich, erklärte er, müssten sie ein aufwendiges Verfahren einleiten, um die Namen der unidentifizierbaren Festgenommenen festzustellen. Niemand habe Lust auf die sinnlose Arbeit. »Mit der geliehenen ID können wir die Typen ins System einbuchen, bis wir sie wieder in die Zone 2 zurückbringen. Danach wird die ID automatisch wieder an uns zurückübertragen.« Er kicherte zufrieden.
Als David nicht mitlachte, verstummte der Soldat und

öffnete die Sicherheitsschleuse. David betrat den schmalen Raum und ließ den Körperscanner seine Arbeit erledigen. Sekunden später waren die Scanköpfe wieder in der Bodenöffnung verschwunden. Doch der Uniformierte zögerte, die zweite Schleusentür zu öffnen. Er beugte sich über sein Mikrofon. »Morgen früh, kommen Sie da, oder kommt Ihre Kollegin?«
»Welche Kollegin?« David war erstaunt.
»Na, diese nette, üppige …« Der Soldat deutete zwei große Brüste an, während ein Lächeln um seinen Mund spielte. Als er Davids Blick sah, nahm er eilig seine Hände herunter.
David ahnte, wen der Mann meinte. Er verbarg seine Überraschung. »Warum interessiert Sie das? Sie bedienen gerne den Körperscanner, nicht wahr?«
Der Soldat starrte ihn an, ohne zu antworten. Er wurde nervös unter Davids Blick. Eilig öffnete er die Schleusentür.
David war nachdenklich, als er das Gebäude verließ. Verena würde ihm einiges erklären müssen.

12

Scheiße! Lass uns die Sache abbrechen!« Ben schob die Pappe, die das Fenster verdeckte, ein Stück zur Seite und spähte hinaus. Er war besorgt.

Alex tat so, als ob sie entspannt sei. »Wir warten noch einen Moment. Er wird schon auftauchen.« Doch auch sie machte sich Sorgen, wo der Junge blieb.

Ben stellte die Pappe zurück vor die Fensteröffnung. »Warten! Was ist, wenn er aufgeflogen ist?«

»Jetzt entspann dich! Dann hätten die uns längst schon abgegriffen.«

»Wir können nicht das Risiko eingehen, dass er uns verrät. Wir müssen weg hier!«

Alex sah Ben nachdenklich an. Schließlich nickte sie. »Okay.«

Erleichtert wandte sich Ben dem Ausgang der Hütte zu, doch Alex folgte ihm nicht: Sie schlug den Teppich, der die Öffnung im Boden verbarg, zurück und zog die Klappe auf. »Wir gehen ohne ihn.«

»Du spinnst!« Ben starrte Alex entsetzt an. »Jetzt mach keinen Scheiß!«

Alex unterband seinen Protest. »Lass gut sein, Ben. Du wirst mich nicht aufhalten.« Sie schwang ihre Beine über die Kante und begann mit dem Abstieg.

Nach kurzem Zögern kletterte Ben ihr nach.

Am Abend zuvor war Alex wieder in der vierten Zone eingetroffen, nur kurze Zeit bevor sich ihr Chip resettet hätte. Sie hatte tatsächlich eine Zone-1-ID mitgebracht, und Ben hatte die ganze Nacht gearbeitet, die Kennung so zu modifizieren, dass er sie in ihren ID-Chip übertragen konnte. Das Lesegerät, mit dem er die Daten überspielen würde, verwahrte er in seiner Tasche, einmal mehr tastete er mit der Hand danach, wie um sich zu vergewissern, dass er in den zurückliegenden Stunden keinen Fehler gemacht hatte.

Sie erreichten das Ende der Leiter, Alex aktivierte den LED-Cluster, den sie eingesteckt hatte. Das Licht flackerte, der Cluster war alt, es war eines der Geräte, die aus dem Müll der zweiten Zone stammten und die hier aufgearbeitet wurden. Alex hob die Lampe über ihren Kopf, bis das Licht der Dioden den Gang vor ihnen leidlich ausleuchtete. Ihr enggeschnittenes Shirt wechselte im Kunstlicht seine Farbe.

Sie folgten dem schmalen Tunnel, Alex ging voran, Ben blieb dicht hinter ihr. Nervös starrte er in die Dunkelheit. »Ich versteh dich nicht, Alex. Du bist verrückt!«

»Ich hab es dir doch erklärt!«

»Das macht es auch nicht besser. Du weißt, was passiert, wenn sie dich kriegen.«

»Hör auf, Ben!«

Doch Ben blieb beharrlich. »Ich hab ja kapiert, dass es für deine Schwester ist. Aber wenn du in die dritte Zone willst, dann geh doch direkt rüber. Tausende aus unserem Viertel arbeiten bei der MIC. Über die Südbrücke ist es ganz leicht.«

»Und was ist mit den Kontrollen? Niemand schmuggelt auch nur eine Pille rüber. Ich brauche den Zone-1-Zugang!« Sie blieb stehen und wandte sich ihm zu. »Ben, ich weiß, dass du dir Sorgen machst. Aber damit hilfst du mir nicht. Okay?«

Ben nickte stumm.
Nach einer Weile erreichten sie die Metallwand am Ende des Ganges. So wie beim ersten Mal war ein leises Heulen zu hören, Zugwind strich über ihre Gesichter. Alex tastete die Wand ab, bis sie die Kante der beweglichen Platte unter ihren Fingerspitzen spürte. Luft strömte aus der Ritze. Alex löschte das Licht und legte ihre Hände auf das Metall, Ben trat neben sie, und gemeinsam drückten sie die Platte ein Stück zurück, bis ein Spalt in der Wand klaffte, groß genug, um hindurchzuklettern. Alex zwängte sich durch die Öffnung.
Der Tunnel auf der anderen Seite lag im Dunkeln da, die Lichtdecke, die bei ihrem ersten Besuch noch geflackert hatte, war erloschen. Alex lauschte in die Finsternis. Es raschelte hinter ihr, dann war auch Ben in den alten U-Bahn-Schacht geklettert. Schweigend standen sie nebeneinander und horchten. Bis auf das leise Heulen des Windes war nichts zu hören.
»Komm.« Alex aktivierte den Cluster. Im Licht des LED-Bündels leuchteten die Karnevalsfiguren auf, jene Plastikmonster, die sie bei ihrem ersten Besuch so sehr erschreckt hatten und die ihr jetzt nur noch lächerlich vorkamen. Die bunte Haut der Puppen glänzte. Alex duckte sich unter den Beinen einer Garde nackter Tanzmariechen hindurch und trat in die Mitte des Ganges. Ben folgte ihr. Sie ließen die Figuren hinter sich und wanderten schweigend an den Schränken und Kleiderboxen vorbei. Das Licht des Clusters reichte nicht aus, um die gesamte Wölbung des Tunnels auszuleuchten, doch sie konnten sehen, wohin sie traten, und das reichte aus, den Weg zu finden. Die Ratten begleiteten sie, es waren mehr als bei ihrem ersten Besuch. Alex sah sie davonhuschen, wenn der Lichtschein sie traf, und sie hörte sie hinter sich

zurück in den Gang trippeln. Sie versuchte, die Tiere nicht zu beachten: Die Vorstellung, dass ihnen ein Heer hungriger Ratten folgte, fand sie nicht sehr angenehm.
Endlich erreichten sie den U-Bahnhof. So, wie im gesamten Schacht, brannte auch hier kein Licht, vermutlich hatten die Karnevalisten alles verstaut, was bis zur nächsten Session hier aufbewahrt werden sollte, und daraufhin die Deckenlampen im Tunnel gelöscht. Alex trat an die Grenzmauer, die den Bahnhof in zwei Hälften teilte, und tastete sorgfältig die glatte Fläche ab. Bis auf das bündig in seiner Öffnung sitzende Tor erspürten ihre Hände keine Ritze, die einen weiteren Durchgang in der Grenzmauer markierte.
Ben hatte sich auf einen der an die Wand montierten Plastikstühle gesetzt. »Und jetzt? Wie willst du ohne den Jungen den Durchgang finden? Gib endlich auf!«
Alex antwortete nicht. Stattdessen lauschte sie. Auch hier im U-Bahnhof war das Heulen des Windes zu hören, ein leises ungleichmäßiges Jammern, irgendwo brach sich ein Luftzug an einer scharfen Kante. Es musste eine Öffnung geben, durch die der Wind in den Tunnel eindrang.
»Lass uns zurückgehen, Alex.« Ben sah sich nervös um. »Wir kommen hier sowieso nicht weiter.«
Mit einer ärgerlichen Handbewegung brachte Alex ihn zum Schweigen. Sie horchte konzentriert, folgte dem Geräusch weg von der Mauer, an Ben vorbei bis zu den Resten des geplünderten Kiosks. Endlich hatte sie die Stelle gefunden: Das Pfeifen kam hinter einem Werbeplakat hervor. Als sie die Hand an den Ritz zwischen Rahmen und Wand hielt, spürte sie einen Luftzug auf ihrer Haut.
Ben war ihr gefolgt. Er war erstaunt. »Du glaubst, dass dort der Durchgang ist?«

Alex antwortete nicht. Sorgfältig tastete sie den Rand des Werbeplakates ab, bis ihre Finger einen dünnen Metallstift spürten, er ragte zwischen Wand und Plakat hervor. Sie drückte und zog, ohne dass etwas geschah. Doch als sie den Stift zur Seite kippte, war ein leises Klacken zu hören. Das Pfeifen veränderte sich, es wurde dunkler und leiser. Zwischen Wand und Plakat klaffte ein fingerbreiter Spalt. Alex sah kurz zu Ben, dann schob sie ihre Hand in den Spalt und zog. Das Plakat schwang ein Stück zur Seite, ein Hohlraum war dahinter zu erkennen.

»Wahnsinn.« Ben starrte fasziniert auf den Wanddurchbruch. Er zögerte. »Ich war noch nie in der Zone 2. Ich könnte doch …«

Alex fuhr herum. »Denk nicht mal dran! Wenn ihre Scanner dich erfassen, bist du erledigt! Du kannst nicht mit.«

Ben seufzte. Er holte das mobile Lesegerät hervor, schob Alex' Pulloverärmel hoch und presste den Scankopf an der eintätowierten Markierung gegen ihren Oberarm. Ein leises Summen ertönte, danach ein Fiepen, als die im Lesegerät gespeicherte Kennung übertragen worden war. Ein Name tauchte auf dem Display des Gerätes auf: »Dr. Uwe Rosner«. Ben grinste nervös. »Du solltest besser nicht noch einmal in eine Kontrolle geraten. Niemand wird dir glauben, dass du Uwe heißt.«

Alex zuckte mit den Schultern. »Wird schon schiefgehen.«

»Warte!« Ben griff in seine Tasche und holte ein buntes Armband hervor, eine schlichte Arbeit aus verschiedenfarbigen aneinandergereihten Metallperlen. »Für dich, von mir und den anderen. Ein Oshua.« Behutsam legte er es um ihr Handgelenk, er ließ den Verschluss einrasten und arretierte ihn mit einer Vierteldrehung. Die Perlen lagen fest auf ihrer Haut.

Alex musste lächeln. »Ein Glücksarmband. Wusste gar nicht, dass du an so etwas glaubst.«

»Das tu ich auch nicht. Das ist ein Notfallsender, der Transponder ist in der größten Kugel verborgen. Sobald der Verschluss geöffnet wird oder jemand das Armband abreißt, sendet er ein Signal mit deinem Standort.«

Alex strich mit ihren Fingerspitzen über die Metallkugeln und gab Ben einen Kuss auf die Wange. »Danke.«

Ben lächelte traurig. Für einen Augenblick sah es so aus, als wolle er ihr etwas sagen. Doch dann umarmte er sie nur, bevor er sie wieder losließ und einen Schritt zurücktrat. »Denk dran, du hast zwölf Stunden, bis sich der Chip resettet, bis dahin musst du wieder hier sein. Viel Glück.« Er sah bedrückt aus, während er zusah, wie Alex sich auf die Kante der Öffnung setzte und ihre Beine auf die andere Seite der Mauer schwang. Sie griff nach der Lampe, die sie neben dem Plakat auf dem Boden des Bahnsteigs abgestellt hatte, und holte sie zu sich herüber. Ein letztes Mal nickte sie Ben zu, bevor sie sorgfältig das Plakat von innen vor die Öffnung zog. Mit einem Klacken schnappte der Riegel ein.

Dunkelheit umgab Ben.

Er spürte es im selben Moment, und es war mehr als nur eine Ahnung: Es war ein Fehler, sie gehen zu lassen.

*

Regungslos horchte Alex in das Dämmerlicht, das den Gang vor ihr erfüllte. Ein leises Rascheln war zu hören, dann ein Trippeln, etwas huschte durch die Finsternis. Alex justierte den Energielevel des Clusters, bis das Licht den Gang vor ihr ausleuchtete. Ihr fiel ein, dass sie nicht wusste, ob Ben eine eigene Lampe mitgebracht hatte. Sie schob den Gedanken beiseite: Die Zeit war knapp, ihr blieben nur wenige Stunden. Er würde schon zurechtkommen.

Gespannt sah sie sich um. Als sie das erste Mal hier gewesen war, hatte sie eine schwarze Kapuze über dem Kopf getragen, ohne zu wissen, wo sie sich befand. Jetzt erkannte sie, dass sie in einem Versorgungsgang stand. Starkstromkabel führten an der Wand entlang, ein Stück weiter sah sie klobige Schaltkästen, an denen gelbe Warntafeln prangten.

Leise ging sie den Gang hinab. Anders als bei ihrem ersten Besuch der zweiten Zone trug sie ein schmales Shirt aus elastischer Kunstfaser und eine Hose, in der sie sich gut bewegen konnte. Die Kappen ihrer Schuhe waren metallüberzogen, sie glänzten matt im Licht des Clusters. Der Tunnel endete an einer Stahltür, die unverschlossen und nur angelehnt war. Alex dimmte die LEDs, bis der Cluster nur noch ein wenig glimmte. Vorsichtig zog sie die Tür einen Spalt weit auf und verharrte horchend. Bis auf das Pfeifen des Windes blieb es still. Niemand schien hier unten zu sein.

Alex schob ihren Körper durch den Türspalt und ließ den Cluster aufleuchten. Im Licht der Dioden tauchten Schaltpulte und Monitore auf, totes Metall, dick mit Staub bedeckt, die Pulte waren seit Jahren unbenutzt. Das hier musste die Leitstelle gewesen sein, erkannte Alex, von hier aus war einst der U-Bahn-Verkehr der Stadt überwacht worden.

Doch die Bahnen fuhren schon lange nicht mehr, sie verrotteten in den Depots seit der Zweitausendjahrfeier Kölns. In jenen Tagen hatte der Rat der Stadt beschlossen, die Bewohner der Hochhaussiedlungen und Wohngettos an der Peripherie während des Festaktes aus dem Stadtzentrum fernzuhalten. Der Grund: Die Besucher der Feierlichkeiten sollten nicht durch das Prekariat der Stadt belästigt werden. Es war ein folgenschwerer Entschluss, der zündende Funke eines lange schon schwelenden Konflikts: Aus den zunächst friedlichen Protesten gegen die Entscheidung des Rats entwickelten sich bald Straßenschlachten, wie sie niemand für möglich gehalten hatte. Nacht für Nacht zogen jugendliche Gangs durch die Innenstadt, brannten Autos ab und bekämpften die Einsatzkräfte. Immer mehr junge Menschen schlossen sich den Aufständischen an, von außen kamen militante Autonome dazu, die Auseinandersetzungen wurden immer brutaler. Geschäfte wurden geplündert, bald darauf griffen die Kämpfe auf die anderen Viertel der Stadt über. Das öffentliche Leben Kölns brach komplett zusammen. Erst das Militär konnte das Stadtzentrum rund um den Dom räumen und die Gangs in die benachbarten Viertel zurückdrängen. Der Schutzzaun, den die Soldaten damals errichtet hatten, war der Vorläufer der jetzigen Zonengrenze gewesen.

Alex durchquerte den Raum. Neben den Arbeitsplätzen lagen aufgeschlagene Tabellen und Pläne, jemand hatte seine Lesebrille vergessen. Die Leitstelle musste seinerzeit überstürzt verlassen worden sein. Eine vergilbte Boulevardzeitung, die an einem der Schaltpulte neben einer verrosteten Coladose lag, kündete in großen Lettern von den Ereignissen jener Zeit. Alex beachtete die Relikte der Vergangenheit nicht, ihre Aufmerksamkeit galt allein dem Ausgang auf der anderen Seite des Raumes. Ein grünes Exit-Schild verblasste über dem Türholm. Vorsichtig drückte sie die Klinke. Die Tür war verschlossen, es gab keinen Schlüssel, sie zu öffnen. Nach etwas Suchen fand Alex den Hebel, mit dem der Schließmechanismus bedient wurde: Er befand sich am Türrahmen, jemand hatte die Mechanik nachträglich angebracht, um den Durchgang von innen versperren zu können. Alex legte den Hebel um, klackend glitten die Riegel zurück, die Tür sprang ein Stück auf. Licht drang durch den Spalt. Eilig löschte Alex ihren Cluster. Eine Weile horchte sie in die Stille. Endlich, als sich nichts rührte, zog sie die Tür auf und trat über die Schwelle.

Sie erkannte den Gang sofort, der Junge hatte hier die Kapuze von ihrem Kopf gezogen: Sie befand sich auf der anderen Seite der Grenzmauer am Ende des zweigeteilten U-Bahnhofs. Dies hier war die Zone 2. Eine Notbeleuchtung erhellte die Halle leidlich. Kein Mensch war zu sehen.

Sorgfältig verstaute Alex den Cluster in ihrer Jackentasche, bevor sie den Bahnhof hinter sich ließ und dem Tunnel weiter folgte. Jetzt war es leicht, sie kannte den Weg, der Junge hatte ihn ihr gezeigt. Hier unten gab es keine Kameras und auch keine Scanner, hatte er ihr versichert, solange sie niemandem begegnete, herrschte keine Gefahr.

Der Schacht machte eine sanfte Kurve, es wurde heller, ein leises Summen legte sich über das Geräusch ihrer Schritte. Das Summen wurde lauter, es kam von einem Transportband, das den Tunnel querte und in einer Öffnung in der Wand verschwand; große Kästen glitten darauf vorbei. Köln war die erste Stadt Europas gewesen, die den motorisierten Verkehr aus den Straßen der Zone 2 verbannt und die Versorgung der Bevölkerung komplett in den Untergrund verlegt hatte. Der Junge hatte es Alex erklärt: In den Geschäften rund um den

Dom lagerten keine Waren mehr, es gab nur noch Flagstores mit aufwendig inszenierten Showrooms, in denen die Produkte begutachtet und dann bestellt werden konnten. Auch sonst ging niemand mehr einkaufen, man orderte die Waren zu den Deliver-Points oder direkt in die Cool-Zone seines Apartments. Die meisten Bewohner der Stadt ließen sich inzwischen mit Artikeln des täglichen Bedarfs automatisch beliefern, viele orderten personalisierte Komplettmahlzeiten, was den Vorteil hatte, dass auf Basis der täglich ausgelesenen Körperdaten die Nahrung perfekt zusammengestellt wurde. Ein Algorithmus sorgte im täglichen Speiseplan für eine geringe Abwechslung, die gerade noch als angenehm empfunden wurde.
Alex ging zu der Tür, die der Junge ihr gezeigt hatte, dort führte eine Treppe an die Oberfläche. Sie hatten sich hier getrennt, Alex war alleine hinaufgegangen, ohne den Jungen, der nur hier unten sicher war. Doch gerade als sie die Hand auf die Türklinke legte, stutzte sie: Ein im Halbdunkel leuchtendes Rechteck weckte ihre Aufmerksamkeit. Es war ein Monitor im Inneren einer Transportbox, sie war auf der anderen Tunnelseite auf einem Nebengleis abgestellt. Die Seitenklappe der Box stand offen, ein Streckenplan leuchtete auf dem Bildschirm. Kurz entschlossen kroch Alex unter dem Fließband hindurch und stieg auf die unterste Sprosse der an der Seitenwand angebrachten Leiter. Vorsichtig zog sie die Tür weiter auf. Im Inneren der Box war ein Sitz ausgeklappt, auf dem Boden davor stand eine offene Werkzeugkiste. Der Monitor an der vorderen Wand leuchtete, direkt darüber prangte das in Stahl geprägte Logo der MIC. Die Abdeckung der Transportlore war zurückgeschoben.

Alex kletterte in die Box und beugte sich über den Bildschirm. Der bunte Plan auf dem Touchscreen zeigte das Streckennetz, das die Transportbänder unter dem Stadtzentrum bildeten. Vielleicht, dachte Alex, war das ein Weg, gefahrlos und vor allem unentdeckt bis dicht vor ihr Ziel zu kommen: Solange sie in den unterirdischen Gängen blieb, würden die Scanner sie nicht erfassen können, und das hieße, dass der Zentralrechner ihren Weg nicht mit dem Bewegungsprofil jenes Mannes verglich, dessen Identität sie gestohlen hatte. Sie durfte auf keinen Fall noch einmal die Aufmerksamkeit des Überwachungssystems wecken.

Alex war noch dabei, sich auf dem Netzplan zu orientieren, als sie plötzlich Stimmen hörte. Zwei Arbeiter näherten sich, einer von ihnen trug einen Werkzeuggürtel in der Hand, die beiden diskutierten, offenbar hatten sie einen Fehler nicht beheben können. Eilig duckte sich Alex, bis ihr Kopf nicht mehr über den Rand der Lore hinausragte. Ihr Herz klopfte. Sie saß in der Falle! Die beiden Arbeiter kamen direkt auf sie zu, sie würden sie sehen, wenn sie die Box verließe. Ihr blieb nicht viel Zeit, einen Ausweg zu finden.

Alex' Blick fiel auf den Monitor. Es musste möglich sein, die Box in Bewegung zu setzen! Doch weder entdeckte Alex einen Hebel oder einen Startknopf, noch gab es eine Lesefläche oder gar Nummerntasten, um einen Steuercode einzutippen. Die Männer kamen näher, inzwischen konnte sie die Stimmen der beiden unterscheiden. Auf gut Glück tippte Alex auf das Abbild des Streckennetzes, das auf dem Monitor leuchtete. Der markierte Punkt glühte auf, die Servomotoren der Transportbox begannen zu summen, die Kabine vibrierte. Ächzend setzte sich die Lore in Bewegung.

»Hey, sieh mal.« Einer der Männer war aufmerksam geworden.
»Verdammt! Hast du sie nicht ausgeschaltet?«
Die Kabine glitt zügig voran bis an das Ende des Nebengleises, verlangsamte ihr Tempo wieder und stoppte an der Abzweigung zur Hauptstrecke, um auf eine Lücke in dem vorbeigleitenden Strom von Transportboxen zu warten. Nervös duckte sich Alex unter den Rand der Abdeckung. Schritte näherten sich, jetzt konnte sie ein Schnaufen hören, es war der Dickere der beiden, er rannte der Lore hinterher. Schotter knirschte unter seinen Füßen.
»Schlaf nicht ein, dann kriegst du sie noch!« Der andere Arbeiter lachte keckernd.
Hastig berührte Alex den Bildschirm, erneut leuchtete der Punkt unter ihrer Fingerspitze auf. Der Transporter rührte sich nicht. Sie versuchte es noch einmal, vergeblich, die Servomotoren blieben stumm. Der Dicke hatte die Lore fast erreicht, sein Atem rasselte, Alex hörte ihn husten. In dem Moment entdeckte sie ein kleines blau umrahmtes Feld auf dem Monitor: »Vorrang«. Alex berührte das Feld. In der gleichen Sekunde bremsten die Transportboxen auf der Hauptstrecke, und es öffnete sich eine Lücke im Strom. Alex' Lore schoss nach vorn und glitt auf das Band. Von der plötzlichen Bewegung überrascht, taumelte Alex in eine Ecke der Kabine. Der Werkzeugkasten rutschte ihr hinterher und prallte schmerzhaft auf ihren Oberschenkel. Sie verbiss sich einen Schrei. Die Lore nahm Fahrt auf, unruhig schwankend, immer schneller glitt sie voran, bis ihr Tempo konstant blieb. Das Schaukeln ließ nach. Alex richtete sich auf und spähte vorsichtig über die Kante der Kabine: Kurz sah sie noch das fassungslose Gesicht des dicken

Arbeiters, dann, an der nächsten Abzweigung, verließ die Lore die Hauptstrecke und tauchte in die Tiefe des unterirdischen Streckennetzes ein.
Die Box durchquerte menschenleere Tunnel, große und breite, die früher von den U-Bahnen genutzt wurden und in denen mehrere Transportbänder nebeneinander verliefen, sowie niedrige Schächte, kaum breiter und nur wenig höher als der Korpus der Box. Die niedrigen Stollen waren beim Bau des Transportnetzes eigens für die Laufbänder gegraben worden. Weichen und Abzweigungen verbanden die einzelnen Strecken miteinander, mit Hilfe ihrer Servomotoren wechselten die Loren die Bahnen. Obwohl der Verkehr chaotisch schien, stieß keine der Transportboxen mit einer anderen zusammen, die einzelnen Boxen waren codiert und wurden vom Logistikprogramm automatisch zu ihrem Ziel geleitet.
Es dauerte nicht lange, bis Alex mit dem Bedienmodul zurechtkam. Verschiedene Farben auf dem Streckenplan markierten Kreuzungen und Weichen, Haltepunkte und Ladezonen, Ausgänge waren mit Nummern markiert. Nach kurzem Überlegen berührte Alex eine Ziffer am nördlichen Rand des Streckennetzes, es war ein Haltepunkt nahe der Zentrale der Medical Ind Corporation zwischen Rheinufer und Dom. Von dort aus war es nicht weit bis zur Hohenzollernbrücke; auf der anderen Seite des Flusses begann die Zone 3. Die Ziffer unter Alex' Finger leuchtete auf. Leise jaulten die Servomotoren, als die Transportbox eine Weiche passierte, auf eine andere Strecke wechselte und, wie von unsichtbarer Hand geleitet, ihrem Ziel entgegenglitt. Alex hockte gebückt auf dem Boden der Kabine, darauf achtend, dass ihr Kopf nicht über den Rand der Seitenwände hinausragte: Jederzeit konnte sie einen Arbeitstrupp passieren oder einer

anderen Lore begegnen, in der Fahrgäste anstatt Waren transportiert wurden.
Nach einer Weile war ein Dröhnen zu hören, es wurde lauter, gleichzeitig verlangsamte der Wagen sein Tempo und stoppte. Alex brauchte einen Moment, das Geräusch zu identifizieren: Das Dröhnen stammte von einem Verbrennungsmotor, das tieffrequente Brummen ließ das Chassis der Lore vibrieren. Vorsichtig spähte Alex über die Kante der Box: Sie hatten mitten auf der Strecke gehalten, nahe einer Abzweigung, die in eine unterirdische Lagerhalle führte. Die Loren, die in die Halle abbiegen sollten, um dort neue Waren aufzunehmen, stauten sich bis auf das Hauptgleis und verhinderten die Weiterfahrt. Durch das Tor waren die gepanzerten Trucks eines Internzonen-Konvois zu sehen, acht Fahrzeuge, deren Seitenwände weit geöffnet waren und die von automatischen Laderaupen entladen wurden. Alex orientierte sich auf dem Streckenplan: Sie befand sich dicht vor ihrem Ziel, die Lagerräume, aus denen die Bewohner der Zonen 1 und 2 versorgt wurden, mussten sich direkt unter dem Bahnhofsplatz befinden. Nirgendwo war ein Mensch zu sehen.
Endlich löste sich der Stau auf, und ihre Lore setzte sich wieder in Bewegung. Schlingernd glitt sie weiter, beschleunigte kurz, noch zwei Kurven, dann fuhr der Wagen auf ein totes Gleisende und stoppte. Die Servomotoren, die die Kabine vom Transportband gelenkt hatten, verstummten. Alex wartete, ob sich etwas rührte, doch bis auf das Summen des Laufbandes blieb es still.
Behutsam öffnete sie die Tür der Box und spähte hinaus. Der Gang, in dem das Haltegleis endete, war verlassen, nichts rührte sich, noch nicht einmal Ratten huschten durch das Dämmerlicht. Unweit des Haltepunktes ent-

deckte sie eine Tür in der Wand des Schachtes, dort musste der Ausgang sein, der auf dem Plan eingezeichnet war. Die Tür war unverschlossen, auf der anderen Seite entdeckte Alex ein Treppenhaus. Leise schlich sie die Stufen bis zum Ende der Treppe hinauf und horchte an der Tür, die den Ausgang versperrte. Sie hörte Stimmen, das Geräusch von Absätzen, dazu langgezogene Töne wie von sphärischer Musik.

Alex wartete, bis sich ihr Atem beruhigt hatte, sie strich sich ihre Kleidung glatt und richtete den Sitz ihrer Haare. Dann zog sie die Tür auf. Überrascht blieb sie stehen. Sie stand nicht auf der Straße, wie sie es erwartet hatte, sondern in einer von schweren Betonsäulen getragenen Halle, ein breiter niedriger Raum mit einem halbrunden Empfangstresen in der Mitte. Eine mit Glas verkleidete Empore schwang sich über die gesamte Breite des Foyers, das Logo der Medical Ind Corporation prangte an der spiegelnden Oberfläche. Alex schloss die Tür hinter sich und ging mit ruhigen Schritten Richtung Ausgang. Die Besucher und Angestellten, die die Eingangshalle durchquerten, warfen ihr uninteressierte Blicke zu. Noch hatten die uniformierten Männer hinter dem Tresen sie nicht bemerkt. Jetzt sah einer von ihnen auf und blickte zu ihr. Kurz verspürte Alex den Impuls, sich umzudrehen und zurück zur Tür zu fliehen. Doch sie unterdrückte die Regung und ging ruhig weiter. Endlose Augenblicke später wandte sich der Pförtner wieder seinem Monitor zu, offenbar hatte nichts an ihr sein Misstrauen geweckt. Alex trat in die Schleuse und wartete mit klopfendem Herzen, bis sich die Türen öffneten und sie das Gebäude verlassen konnte. Sie musste blinzeln, das Licht der Sonne blendete sie.

Schwarz und düster ragte direkt vor ihr der Schwarze

Dom in die Höhe. Kolkraben umkreisten krächzend den Chor, sie nisteten auf dem Strebewerk der Fassade und ernährten sich von den Ratten, die von den Terriern des Domkapitels erlegt und dann achtlos liegen gelassen wurden. Alex warf nur einen kurzen Blick in die Höhe, sie wollte nicht auffallen. Niemand hier beachtete die Kathedrale, jedem war der Anblick vertraut.

Es waren nur wenige Schritte bis zum Rhein, der Aufgang zur Hohenzollernbrücke grenzte direkt an die Gebäude der MIC. Der weitläufige Bürokomplex war mehrere Straßenzüge groß, das wellenförmig geformte Dach des Hauptgebäudes, in dem der multinationale Konzern residierte, war unter Architekturliebhabern bekannt. Vor dem Konkurs der Stadt war hier ein Konzertsaal untergebracht gewesen.

Alex lächelte einem Wachmann zu, der auf dem Platz oberhalb des Flusses patrouillierte. Ein Windstoß erfasste sie, als sie die Brücke betrat. Alex widerstand dem Drang, stehen zu bleiben, sie durfte keine Zeit verlieren. Mit festen Schritten ging sie dem anderen Ufer entgegen. Alex mühte sich, entspannt zu wirken, so, als ob sie jeden Tag diesen Weg zurücklegen würde. Doch ihr Herz klopfte, sie war nervös. Sie wusste, dass die optischen Scanner sie längst erfasst hatten und Analyseprogramme ihren Gesichtsausdruck und ihr Verhalten mit der abgespeicherten Norm verglichen. Alex lächelte ein wenig, als hätte sie einen angenehmen Gedanken, und drehte ihren Kopf, damit der Wind ihr die Haare ins Gesicht blies. Sie wollte es der biometrischen Software nicht zu einfach machen.

Unbehelligt erreichte sie das Ende der Brücke und näherte sich dem Grenzgebäude, einer automatisierten Durchgangsschleuse der Kategorie M, in der auch in

Stoßzeiten die leitenden Angestellten der MIC zügig abgefertigt wurden. Die Öffnung der Scanröhre war mit einem Gitter gesichert, ein farbiges Licht signalisierte, ob der Zugang frei oder gesperrt war. Gerade passierte eine Gruppe von Technikern das mannshohe Drehkreuz, sie trugen ihre Laborkittel, vermutlich hatten sie auf der anderen Rheinseite ihre Mittagspause verbracht. Alex hörte sie lachen.

Dann war sie an der Reihe. Das Licht über dem Tunneleingang leuchtete grün, das Drehkreuz gab den Weg frei. Alex legte ihre Hand auf das Metall und drückte gegen einen der Flügel, das Kreuz bewegte sich quietschend. So wie sie es von den Grenzgängern vor ihr gesehen hatte, betrat Alex die Röhre, den Kopf erhoben, die Hände links und rechts vom Körper abgestreckt. Die gebogenen Wände vibrierten, während die hinter der Verkleidung montierten Scanköpfe zu rotieren begannen. Ruhig ging Alex weiter, den Blick unverwandt auf das grüne Licht über dem Ausgang gerichtet. Noch zwanzig Schritte, noch fünfzehn, noch zehn. Alles würde gut werden.

Plötzlich ertönte eine Sirene, das Licht über dem Ausgang wechselte seine Farbe. Erschrocken fuhr Alex herum. Auch das Licht über dem Eingang des Tunnels leuchtete rot. Alex zögerte keinen Augenblick: Sie sprintete los und rannte auf den Ausgang zu. Sie versuchte erst gar nicht, das Drehkreuz zu bewegen, sondern lief mit vollem Tempo an der halbrunden Tunnelwand hinauf, ein kurzes Stück nur, bevor die Wand zu steil wurde, aber der Weg hinauf reichte, um von dort aus auf die Abdeckung des Drehkreuzes zu springen. Schreie ertönten, aufgeregte Rufe. Alex strauchelte und rutschte ungebremst gegen das Gitter, das an den Seiten und auch

oberhalb des Drehkreuzes montiert war. Schmerzhaft prallte ihre Schulter gegen das Metall. Alex zerrte an den Streben, sie waren aus massivem Stahl – keine Chance, sie aufzubiegen. Aber die Verblendung der Schachtwand zitterte. Verzweifelt warf sich Alex gegen die Wand, wieder und wieder, dann hielt sie sich mit den Händen am Gitter fest und sprang mit beiden Füßen gegen die Verkleidung. Die Wand schien unter dem Aufprall leicht nachzugeben. Alex sprang erneut, mit aller Kraft rammte sie ihre Füße gegen die aus einzelnen Segmenten gefügte Innenwand der Scanröhre. Beim dritten Sprung peitschte ein Riss durch den Kunststoff, beim fünften brach das Segment ein. Die Schienen, auf denen die Scanner hinter der Verkleidung entlangliefen, blitzten auf. Mit der Kraft der Verzweiflung vergrößerte Alex die Öffnung, bis der Spalt zwischen Gitter und Tunnelverkleidung groß genug war, um hindurchzukommen. Alex quetschte sich durch die Öffnung, mit dem Rücken zur Wand, den Kopf zur Seite gedreht. Sie merkte kaum, wie ein herausstehendes Stück der Kunststoffverkleidung ihre Wange aufriss. Blut lief an ihrem Hals herunter.
Dann war sie auf der anderen Seite. Gehetzt sah sie sich um. Die Männer in den Laborkitteln starrten sie erschrocken an. Keiner von ihnen rührte sich. Alex sprang zu ihnen hinunter, während sie ihnen zuschrie, sie sollten zur Seite gehen. Die Männer wichen zurück und gaben ihr den Weg frei, sie waren blass geworden. Erst jetzt bemerkte Alex, dass sie blutete, ihr Anblick musste furchtbar sein. Ohne innezuhalten, rannte sie den Weg hinunter, am Bahndamm entlang und weiter bis zu einer Straße, die die Bahngleise unterquerte.
Ein Wagen des Wachschutzes der MIC jagte heran, mit jaulender Sirene, auf dem Dach ein zuckendes Blaulicht.

Sie erreichten die Unterführung fast gleichzeitig. So schnell sie konnte, sprintete Alex um die Ecke, der Wagen war dicht hinter ihr, er überholte und stoppte vor ihr mit quietschenden Reifen, das Heck brach aus, das Fahrzeug drehte sich. Alex versuchte dem Hindernis auszuweichen, sie warf sich auf die Motorhaube, um auf die andere Seite zu gleiten. Doch im selben Moment wurde die Tür des Wagens aufgerissen, der Fahrer hechtete ihr in den Weg. Alex spürte, wie der Körper des Mannes sie traf, sie fühlte die Wucht, mit der sie zu Boden gerissen wurde.

Das Letzte, was sie wahrnahm, war der Schmerz, als ihr Kopf auf den Asphalt prallte. Dann wurde es schwarz vor ihren Augen.

13

Zwei Stufen auf einmal nehmend, lief David die Treppe hinauf. Im Haus roch es muffig, jemand kochte, das Essen war angebrannt. David beachtete es nicht. Während des Weges vom Arrestgebäude zurück in die zweite Zone hatte er darüber nachgedacht, warum ihm Schoops Assistentin nicht die ganze Wahrheit gesagt haben könnte. Er war neugierig darauf, wie Verena seine Fragen beantworten würde.

Die Lampe auf dem dritten Treppenabsatz war ausgefallen, düster wölbte sich der Stuck über dem Eingangsportal. Die Tür der Kanzlei war nur angelehnt, sie knarrte, als David sie öffnete. Der Schreibtisch der Anwaltsgehilfin war verwaist.

»Verena?« David stellte seine Tasche ab und warf einen Blick in die Küche. Sie war verlassen, genau wie die winzige Kammer, in der sein Schreibtisch stand. Die Türen zu den übrigen Räumen waren verschlossen, David zögerte, sie zu öffnen. Nichts rührte sich.

Einen Moment lang stand er unschlüssig im Flur. Dann lockte ihn ein glimmender Punkt zum Empfangspult, es war der Cursor im Projektionsbereich oberhalb des Eingabefeldes, eine winzige Sonnenblume, Verena hatte ihren Account nicht geschlossen. David setzte sich und aktivierte den 3-D-Projektor. Wenn sie tatsächlich die Aufgaben ihres Chefs übernahm, was David vermutete, dann würde er in ihren Aufzeichnungen einen Hinweis darauf finden.

Er wischte ein paar herumtollende Hundewelpen beiseite und scrollte sich durch ihre Einträge, sie hatte im Hauptfenster ein Schulungsprogramm für Jurastudenten geöffnet. Endlich stieß er auf ihren Kalender. Er hatte ihn gerade angewählt, als ihn eine ärgerliche Stimme unterbrach. »Kannst du mir mal erklären, was das hier soll?« Verena stand in der offenen Tür, in der Hand eine Klappbox mit Akten, sie war vom Dachboden heruntergekommen und starrte ihn ärgerlich an.
David lehnte sich seelenruhig zurück. »Ich denke, du hast eher mir was zu erklären.« Er musterte sie kühl wie ein Richter seinen Angeklagten.
Verena ließ sich nicht aus dem Konzept bringen. Wütend knallte sie die Klappbox auf den Empfangstresen, so dass eine Staubwolke aus den vergilbten Papieren aufstieg. »Hör auf mit dieser blöden Anwaltsmasche, die zieht bei mir nicht. Du bist in meinem Account, und das ist echt daneben. Da kannst du mich noch so lange abfällig ansehen.« Sie schob ihn zur Seite und schloss ihren Kalender. Die Projektion simulierte einen pulsierenden Lichtkranz, in dem das Programm verschwand, dann stürmten die beiden Hundewelpen zurück auf die Projektionsfläche und begannen miteinander zu spielen. Die Anwaltsgehilfin beachtete sie nicht. »Ich hoffe, du hast eine gute Erklärung.«
David gab sich keine Blöße. »Wie soll ich dich nennen? Verena oder lieber ›Frau Kollegin‹?«
»Was soll das denn jetzt?«
»Das kann ich dir sagen. Du gibst dich als Anwältin aus. Du bist es, die jeden Morgen in die Luxemburger Straße geht und für die Schnapsleichen sorgt. Nicht dein großartiger Chef.«
Die Anwaltsgehilfin zuckte mit den Schultern. Sie wirkte

kein bisschen schuldbewusst. »Und wenn schon. Das sind Hilfsarbeiten.«
David spürte Ärger in sich aufsteigen. »Tatsächlich? Was machst du noch außer Hochstapeln und über Bewerbungen entscheiden?«
»Biotic-Drinks zusammenrühren. Das ist die Aufgabe einer Assistentin, nicht wahr?« Verena ging in die Pantryküche.
David folgte ihr. »Gib es zu, du schmeißt hier den Laden. Weil Schoop es nicht mehr auf die Reihe kriegt.«
»Unsinn. Wie sollte ich das schaffen?«
»Du schaffst es ja auch nicht. Deshalb hast du mich eingestellt. Du willst, dass ich bleibe. Schoop ist am Ende. Und ich soll hier retten, was noch zu retten ist.«
Verena schenkte ein Glas Wasser ein und hielt es David hin. »Jetzt beruhige dich. Trink einen Schluck.«
»Ich will aber nichts trinken.« David war nun wirklich sauer. Er nahm ihr das Glas ab und kippte den Inhalt in den Ausguss. »Ich will, dass du mir die Wahrheit sagst.«
Schweigend füllte sich Verena einen Becher mit Tee und ging zurück zu ihrem Arbeitsplatz. David zog sich einen Stuhl heran und setzte sich ihr gegenüber. »Also?«
Die Anwaltsgehilfin seufzte. Sie betrachtete die beiden Hundewelpen, die sich auf der Projektionsfläche balgten, dann blickte sie David direkt in die Augen. »Schoop ist ein guter Anwalt, egal, was du sagst. Auch jetzt noch.« Sie zögerte. »Er hat nur eine schwierige Phase.«
»Und deshalb machst du seine Arbeit und gehst jeden Morgen in den Knast.«
»Schoop weiß nichts davon. Ich habe das selber übernommen. Von irgendwas müssen wir ja leben.«
David lachte bitter auf, er fühlte sich hintergangen. »Und du erzählst mir was von Verantwortung und von Men-

schen, die sonst im Gefängnis verschwinden! Dabei brauchst du nur Kohle, damit Schoop sich volllaufen lassen kann.«
Verenas Augen blitzten ärgerlich. »Hör auf, so über ihn zu reden. Du warst noch im Kindergarten, da hat er schon Geschichte geschrieben. Du hast kein Recht, ihn zu verurteilen.«
David schwieg. Es war richtig, was sie sagte. Doch hatte er deshalb kein Recht, wütend zu sein?
Verena seufzte erneut. »Keine Ahnung, warum ich deine Bewerbung angenommen habe. Irgendwas daran hat mich an ihn erinnert. Vielleicht die Art, wie du geschrieben hast.« Sie hob hilflos die Schultern. »Vielleicht fand ich es auch einfach nur irre, dass sich jemand bei Schoop bewirbt anstatt bei den Multis, um dort Karriere zu machen.«
David lachte bitter. »Irre, das ist richtig.«
»Irre gut, du Idiot.« Sie grinste. »Ich fand's einfach klasse. Wer macht so etwas heutzutage noch?«
David erwiderte ihr Lächeln, auch wenn ihm nicht zum Lachen zumute war. Langsam schüttelte er den Kopf. »Ich will was lernen. Und nicht Säufer beschützen oder dir dabei helfen, dieses Aktenchaos zu durchwühlen. Ich will weiterkommen, verstehst du das?«
Ein rasselndes Husten unterbrach ihr Gespräch. Schoop stand in der Tür seines Arbeitszimmers, das Haar strähnig, das Hemd verknittert. Er musterte David abfällig. »Du willst weiterkommen, natürlich. Hab ich gemerkt. Wem bist du denn in den Arsch gekrochen, um das Mandat zu kriegen?«
David verstand kein Wort. »Ich weiß nicht, wovon Sie reden.«
»Ach ja?« Schoop warf ihm einen Dis-Chip zu. »Ist

gerade übertragen worden. Sie haben dich angefordert. Als Pflichtverteidiger.«
»Mich?« David war verblüfft. »Für wen?«
Schoop hob seine Schultern. »Keine Ahnung. Jemand hat versucht, illegal die Zonengrenze zu überqueren. Das Gericht hat ausdrücklich deinen Namen genannt.«
»Aber ich habe mich noch nicht einmal bei Gericht registrieren lassen. Woher wissen die, dass ich hier bin?«
»Sag ich doch. In welchen Arsch bist du gekrochen?«
David hielt ärgerlich den Dis-Chip an seinen Tagger und übertrug die Daten in den Memristor, bevor er das Plättchen zerknüllte und in den Mülleimer warf. Ohne ein weiteres Wort zu sagen, nahm er seine Tasche und verließ die Kanzlei.
»Warte!« Verena rief ihn zurück. Eilig rannte sie in seine Kammer und kam mit dem Vacubag zurück, in dem David am Morgen sein Jackett transportiert hatte. Zischend strömte die Luft in die Hülle. Verena öffnete den Verschluss und holte das faltenlose Kleidungsstück hervor. »Das wirst du brauchen.« Sie half ihm dabei, es anzuziehen.
»Danke.« David lächelte die Anwaltsgehilfin kurz an. Nach einem letzten Blick auf Schoop verließ er die Kanzlei.
Schoop hatte David ungerührt zugesehen. Jetzt löste er sich vom Türrahmen. »Was für ein Idiot.«
Verenas Blick war traurig. »Sie irren sich. Der Idiot sind Sie.« Verena ließ ihren Blick an ihm herabwandern, so, als sehe sie ihn das erste Mal. Sie seufzte, dann ging sie in die Pantryküche und kam kurz darauf mit einem Becher Tee heraus. Sie reichte ihm den Mug. »Duschen Sie sich endlich!« Sie wandte sich ab und setzte sich an ihren Arbeitsplatz.

Schoop stand unschlüssig im Flur, den Becher in der Hand. Er trank einen Schluck und hustete. Sein Blick fiel auf den Mülleimer, auf dessen Boden der Dis-Chip lag. Er griff danach, glätte ihn und steckte das Plättchen in die Tasche, bevor er den Flur hinabschlurfte und im Bad verschwand.

*

Niklander schob das Lichtmikroskop zur Seite und lächelte aufmunternd. »Das wird schon. Die Wunde ist tief, aber nicht gefährlich. Spätestens in einer Woche kannst du wieder herumtoben.« Er zwinkerte dem Mädchen, das auf der Liege seines Behandlungszimmers saß, aufmunternd zu und trat an den Germinator, um die Oberfläche seiner Hände zu entkeimen.

Das Mädchen sah ihn mit großen Augen an. »Erst in einer Woche? Das geht nicht!«

»Das muss gehen.« Behutsam zog Niklander den klaffenden Schnitt am Fuß des Mädchens auseinander und injizierte den hyaluronbasierten Wirkstoff tief in die Öffnung. »Du solltest die Wunde wenigstens ein paar Tage lang in Ruhe lassen.«

»Aber dann verliere ich meinen Job. Ich bin die Einzige in der Familie, die Arbeit hat.« Tränen schossen ihr in die Augen.

Niklander betrachtete das Mädchen bedrückt. Sie war höchstens zehn oder elf Jahre alt, auch wenn sie älter wirkte, die Schinderei in den Hallen der MIC forderte ihren Tribut. Der Arzt seufzte. »Na gut. Ich krieg das schon hin. Du wirst gleich keinen Schmerz mehr spüren, aber deshalb bist du noch lange nicht gesund.« Er legte die Ampulle, die er hatte benutzen wollen, wieder zurück an ihren Platz und wählte aus dem Schub ein Adhäsionspräparat, das mit einem starken lokal wirkenden Depot-Narkotikum kombiniert war. Behutsam injizierte er das Gel auf die Ränder der Schnittwunde und presste die Flächen aufeinander. Kurze Zeit später hatte sich das zerschnittene Gewebe wieder verbunden, nur noch ein schmaler Strich verriet die Verletzung.

»Vergiss nicht, die Wunde ist noch nicht geheilt. Du musst vorsichtig sein, sonst reißt sie wieder auf.«

Zögernd glitt das Mädchen von der Liege und stellte ihren Fuß auf den Boden. Sie ging ein paar Schritte, lächelte überrascht. »Wow. Das ist ja irre.« Sie umarmte den Arzt und gab ihm einen Kuss auf die Wange.

Schmunzelnd entsorgte Niklander die Verpackungen im Mülleimer und zog mit einem Ruck die Schutzschicht, die der Germinator über seine Hände gelegt hatte, von der Haut. »Komm in einer Woche noch einmal vorbei, okay?« Er öffnete die Tür. »Und pass auf dich auf!«

Das Mädchen nickte und verließ den Behandlungsraum, sie lief viel zu schnell, wie Niklander bemerkte, seine kleine Patientin schien ihre Wunde schon vergessen zu haben. Kurze Zeit später fiel die Haustür ins Schloss.

Es klopfte leise, Niklanders Assistentin streckte ihren Kopf ins Behandlungszimmer. »Herr Doktor? Draußen auf der Straße wartet ein junger Mann. Er sagt, er muss sofort zu Ihnen.«

»Ein Patient?«

»Würde er dann draußen stehen?« Entrüstet sah sie Niklander an. »Der ist total durch den Wind. Ich glaub, der ist auf Droge.« Die Assistentin verstummte bedrückt.

Niklander wusste, dass sie an seine Frau dachte. »Danke.«

Ruhigen Schrittes, sich seine Anspannung nicht anmer-

ken lassend, ging er durch den Flur bis zur Tür, vorbei an dem Fleck auf der untersten Treppenstufe; Niklander mühte sich, nicht hinzusehen. Er schob die Abdeckung des Sichtschlitzes zur Seite und blickte hinaus. Niklander erkannte Ben sofort.
»Wissen Sie, wer das ist?« Die Assistentin sah ihn gespannt an.
Der Arzt nickte. »Sagen Sie den Männern draußen, sie können ihn vorbeilassen. Schicken Sie ihn zu mir nach oben.«
Kurze Zeit später betrat Ben die kleine Küche im ersten Stock des Hauses. Er stand nicht unter Drogen, wie Niklander sofort sah, er war nur furchtbar nervös.
»Was ist passiert?«
Ben strich sich fahrig die Haare aus der Stirn. »Es ist wegen Alex. Ich glaube, sie haben sie verhaftet.«
»Woher willst du das wissen?«
»Sie ist nicht zurückgekommen.«
»Das muss nichts bedeuten. Vielleicht versteckt sie sich.«
»Im Regionalgericht?«
Niklander runzelte die Stirn. »Woher weißt du, dass sie dort ist?«
Ben zögerte, doch dann erzählte er Niklander von dem Transponder in Alex' Oshua. »Der Sender ist aktiviert worden. Ich habe das Signal im Gerichtsgebäude geortet.«
Stille breitete sich in der kleinen Küche aus, nur durchbrochen durch das lauter werdende Säuseln des Wassers, das im Kocher rotierte.
Niklander sah auf. »Und jetzt? Was wirst du jetzt tun?« Seine Stimme war ohne Vorwurf, nur unendlich traurig.
Hilflos begegnete Ben seinem Blick.

14

David hatte sich ein Velo-Taxi geleistet, ein klimatisiertes E-Trike mit Zone-1-Lizenz. Der Triker war zügig Richtung Appellhofplatz gefahren, trotz der Touristenkolonnen, die die Innenstadt verstopften, und hatte die Grenze an der Kupfergasse passiert. Das Regionalgericht befand sich in der ersten Zone im Schatten des Vierscheibenhauses. David betrachtete das Gerichtsgebäude, während er seinen Tagger an das Lesegerät hielt, um die Fahrt zu bezahlen. Er hatte sich das oberste Gericht der Region imposanter vorgestellt, doch der Backsteinbau wirkte einfach nur gedrungen und klobig, trotz der Rundbögen im Portal und der sandsteinfarbenen Fensterstöcke, mit denen die Fassade aufgelockert wurde. Ein rotes Transparent war quer über die Straße hinüber zum El-De-Haus gespannt, darauf ein Merksatz, David kannte ihn, er hatte jeden der Sätze in der Schule lernen müssen. »Wertvolle Mitglieder der Gesellschaft teilen ihre Gedanken.« Die mit zwei Stahlseilen verzurrte Folie zitterte im Wind.

David betätigte den Türöffner und betrat die Eingangshalle. Nach dem Trubel in den Straßen der Zone 2 kam ihm die plötzliche Stille künstlich vor, ein irritierendes Gefühl, denn es gab nichts Künstlicheres als die schrille Werbewelt, mit der die Besucher Kölns rund um den Dom bedrängt wurden. Die sakrale Stimmung im Inneren des Gerichtsgebäudes unterstrich den befremdlichen Eindruck.

Der Gerichtsdiener eilte hinter dem Empfangstresen hervor, es war ein graugesichtiger Dürrer mit einem arroganten Zug um den Mund. Er scannte Davids Kennung. »Ah ja, Herr Bachmann. Dr. Steinhagen erwartet Sie bereits. Wenn Sie mir bitte folgen würden …« Ohne eine Antwort Davids abzuwarten, durchquerte der Dürre mit großen Schritten die Halle, um die Haupttreppe hinaufzusteigen. David folgte ihm.
Dr. Martin Steinhagen, der Präsident des Kölner Regionalgerichts, residierte in einem der ehemaligen Sitzungssäle auf der Südseite des Gebäudes. Seit Zuhörer bei Gerichtsverhandlungen allenfalls virtuell zugelassen wurden, genügten die kleineren Sitzungszimmer für die wenigen Verfahren, die auf Basis der Notstandsgesetze überhaupt noch möglich waren. Die großen Säle dienten nur noch zum Repräsentieren, Recht wurde hier schon lange nicht mehr gesprochen.
David verbarg, dass er beeindruckt war: Der an der Decke reichverzierte Raum war wohnlich eingerichtet, mit schweren Teppichen und Möbeln aus der Zeit, in der das Gebäude entstanden war. Moderne Skulpturen setzten Akzente, das allgegenwärtige Porträt des europäischen Präsidenten schwebte auch hier über der Tür. Das Zentrum des Raumes bildete eine üppige Sitzlandschaft, die den Saal mehr wie ein luxuriöses Apartment denn wie ein Büro wirken ließ.
Steinhagen, ein grauhaariger Endfünfziger, saß in einem der Sessel und musterte ihn neugierig. »Ich habe Sie mir anders vorgestellt. Sind Sie ein juristisches Genie, oder haben Sie mit ihr geschlafen?«
»Mit wem?«
»Mit der Frau, deren Mandat Sie übernehmen.«
David ließ sich nicht provozieren. Er lächelte. »Sie

werden es nicht glauben: Eine ähnliche Frage habe ich heute schon einmal gehört.«

»Das sollte Sie nachdenklich machen.«

David zögerte mit seiner Antwort. »Bevor ich weiter Ihre Zeit mit Plaudereien verschwende, würde ich gerne meine Mandantin sehen.«

»Nicht so schnell, junger Mann.« Steinhagen wuchtete sich aus seinem Sessel. Es fiel ihm schwer, ein mächtiger Bauch spannte sich über seinem Gürtel. Der oberste Richter Kölns schien sich mehr in die Speisekarten der umliegenden Restaurants denn in die Akten seiner Fälle zu vertiefen. Er betrachtete David mit unverhohlener Neugier. »Verraten Sie es mir: Warum hat diese Frau ausgerechnet Sie als Pflichtverteidiger ausgesucht?«

»Woher soll ich das wissen? Ich kenne die Frau nicht.«

»Und trotzdem fiel ihre Wahl auf Sie? Einen Anwalt im Anerkennungsjahr.« Steinhagen lachte spöttisch. »Sehr verblüffend, vor allem bei dem Delikt, das die Frau begangen hat. Auf illegalen Grenzübertritt steht die Todesstrafe. Wenn sie eine Chance haben will, da herauszukommen, braucht sie den besten Anwalt, den sie finden kann.«

David lächelte schmal. »Vielleicht hat sie ihn ja gefunden.«

»Arrogantia ingenii.« Der Gerichtspräsident schmunzelte, er schien amüsiert zu sein. »Sprechen Sie Latein? Egal. Vielleicht wird aus Ihnen tatsächlich mal etwas.« Er angelte sein Jackett von einem filigranen neben seinem Schreibtisch schwebenden Garderobenhaken und ging zur Tür. »Kommen Sie. Ich bringe Sie hinunter. Ein bisschen Bewegung tut mir gut.«

Sie verließen den Saal und gingen den Gang hinab. Der Gerichtsdiener, der vor dem Büro Steinhagens postiert war, sah erstaunt, dass sein Chef persönlich einen Anwalt in den Arresttrakt begleitete.

»In der Akte«, begann David, »die uns übermittelt wurde, stand weder der Name der Mandantin noch der Ort, wo sie lebt. Warum?«
»Weil die Ermittlungsbehörde beides nicht weiß. Die Kennung in ihrem ID-Chip war gelöscht. Und wir konnten sie auch nicht mehr rekonstruieren. Wir vermuten, dass die Frau aus der vierten Zone stammt.«
»Wenn Sie nicht wissen, wer sie ist, dann kann sie auch nicht verurteilt werden.«
Steinhagen lächelte mitleidig. »Sie vergessen die Ergänzung des Paragraphen 54 NstG vom vergangenen Jahr. Stehen die Notstandsgesetze nicht mehr auf dem Lehrplan der ›Elite School of Justice and Law‹?«
David überspielte seinen Ärger, sich eine Blöße gegeben zu haben. In den letzten Semestern seines Studiums war es ausschließlich um Wirtschaftsrecht gegangen, die Studenten der Elite-Uni sollten auf ihre künftigen Führungspositionen in den multinationalen Konzernen vorbereitet werden. Er stellte eine Gegenfrage: »Sie haben sich über mich informiert?«
»Selbstverständlich. Denken Sie, ich lasse Sie hier herein, ohne zu wissen, wer Sie sind?« Der Gerichtspräsident ließ die Tür eines Aufzugs zur Seite gleiten und betrat die Kabine. David folgte ihm. Mit einem sanften Ruck setzte sich der Lift in Bewegung, es ging abwärts, sie beschleunigten schnell.
»Sie sind aus zwei Gründen hier, Herr Bachmann. Erstens bin ich selber Absolvent der Elite School, und unter Kommilitonen hilft man sich. Und zweitens will ich von Ihnen wissen, wer Ihre Mandantin ist.«
»Aber ich habe Ihnen doch schon gesagt …«
Steinhagen unterbrach David scharf. »Ich weiß, was Sie gesagt haben. Sie wollen das Mandat als Pflichtverteidi-

ger? Ich kann Sie bestellen. Ich kann Sie aber auch ablehnen. Also besorgen Sie mir ihren Namen. Das macht die Sache für uns alle erheblich einfacher.«

David schwieg. Erheblich einfacher bedeutete, dass die Frau leichter zu verurteilen war.

Die Kabinentür öffnete sich, David sah einen Kellergang, sie mussten tief unter dem Gebäude sein. Schummeriges Licht erhellte das Gewölbe. Ein Wachmann saß hinter einem Schreibtisch, erschrocken sprang er auf, als er den Präsidenten des Regionalgerichts erkannte.

»Bringen Sie Herrn Bachmann bitte zu unserem Neuzugang. Er hat eine halbe Stunde mit ihr. Ich möchte informiert werden, wenn er fertig ist.«

Der Wachmann nickte.

Ohne David weiter zu beachten, ließ Steinhagen die Aufzugtür zugleiten. Ein leises Summen ertönte, als die Kabine den Gerichtspräsidenten wieder hinaufbrachte.

Der Wachmann räusperte sich. »Kommen Sie.«

Gemeinsam gingen sie den Flur hinunter.

Der Arresttrakt des Gebäudes war noch nicht alt, David erkannte das an Details der Sicherheitstechnik. Die Hafträume, die sie passierten, waren mit Türen aus variotransparentem Kunststoff verschlossen.

»Hier ist es.« Der Wachmann blieb stehen und berührte den Touchscreen neben einer Zellentür. Der Kunststoff verblasste und wurde durchsichtig, David sah eine Gestalt, sie saß auf der Pritsche, den Kopf auf die Hände gestützt.

David verzog keine Miene.

Jetzt wusste er, wer sie war.

*

»Alexandra Maria Nolte, genannt Alex. 22 Jahre alt. Geboren in Köln. Keine Eltern, eine Zwillingsschwester, eineiig. Die Schwester heißt Zoé.« Steve Huskin sah auf. »Interessiert Sie ihre Polizeiakte?«
Chandran winkte ab.
»Ist auch nicht viel. Ein paar kleinere Vergehen, Hausfriedensbruch, Verstoß gegen das Versammlungsverbot. Ein Einbruch in eine Poliklinik.« Huskin scrollte durch die Dokumente auf seinem FlexCom. Seine rechte Augenbraue hob sich einen halben Zentimeter, es war in seinem unbeweglichen Gesicht das Zeichen größter Überraschung. »Sie hat die Schwarze Krake besiegt.«
»Wen?«
»Das ist ein Ringkämpfer. Handmade, alte Schule. Er lebt davon, durch die Zoneninseln Europas zu reisen und sich herausfordern zu lassen.« Huskin zoomte in eine Tabelle. »In Köln war er über ein Jahr lang unbesiegt.«
»Muss mich das interessieren?« Der Chef der MIC wirkte ungeduldig.
»Nein, natürlich nicht. Vielleicht noch etwas zu ihrer Persönlichkeitsstruktur …«
»Es reicht, danke. Verraten Sie mir lieber, wie diese Frau an die ID von Dr. Rosner gekommen ist.«
Steve Huskin ließ sein Display zusammenschnurren. »In diesem Fall kann ich Ihnen nur das sagen, was Ihre Leute ermittelt haben.«
»Und das wäre?«
»Nichts. Ein Haufen Dilettanten, wenn Sie mich fragen. Sie sollten künftig darüber nachdenken, wen sie einstellen.«
Chandran sah auf, er wirkte erstaunt. »Sie wagen es, so mit mir zu reden?«

Huskin lächelte schmal. »Wollen Sie einen Arschkriecher oder jemanden, der Ihnen hilft?«
Chandran schwieg. Nachdenklich betrachtete er die Gestalt, die im Konferenzraum seines Palais vor ihm stand, das Bild flackerte leicht, die Übertragung war gestört. Blass und hochgewachsen, strahlte Huskin Noblesse aus, eine perfekte Kombination aus Zurückhaltung und kompromissloser Eleganz, ein Abbild seiner Arbeit, die er effektiv, aber unauffällig erledigte. So wie immer trug Huskin einen perfekt geschnittenen Anzug, darunter ein klassisches maßgeschneidertes Hemd mit Doppelknopfreihe. Die einzige Extravaganz, die er sich leistete, waren antike Manschettenknöpfe, seine Passion, heute trug er mattpolierte Halbedelsteine mit einer ziselierten Goldeinfassung.
Natürlich hatte Huskin recht mit dem, was er sagte. Er würde auf ihn nicht verzichten können. Der gebürtige Südafrikaner war der perfekte Ausputzer, sein Mann für alle Fälle, in denen schnell und effektiv eine Lösung gefunden werden musste. Nicht ohne Grund hatte Chandran ihn in die Sache involviert, zum Glück schon vor dem Desaster, so dass er vielleicht das Schlimmste verhindern konnte.
Wie immer hatte Huskin schnell und effektiv gearbeitet. In weniger als einem halben Tag nach der Annahme des Auftrags hatte er dafür gesorgt, dass Dr. Uwe Rosner nicht mehr existierte. Jede Spur, die der Wissenschaftler im Laufe seines Lebens im W-Net hinterlassen hatte, war getilgt, seine Kennung und die Daten im System waren gelöscht. Als Nächstes, wusste Chandran, würden alle Zeugen verschwinden, die von Rosner oder seiner Forschungsarbeit berichten könnten. Nach 48 Stunden würde es so sein, als habe Rosner niemals gelebt.

Doch Rosner selbst war wie vom Erdboden verschwunden. Stattdessen hatten sie eine Frau gefasst, die seine Kennung trug.

Ungehalten schob Chandran seinen Stuhl zurück. Was geschehen war, hätte niemals passieren dürfen! Keiner seiner Leute hatte registriert, dass dem Leiter der Forschungsabteilung die ID gestohlen worden war, niemand hatte Alarm geschlagen, weil jemand seinen Platz eingenommen hatte. Noch nicht einmal die Scanprogramme hatten das Schlimmste verhindern können. Es war eine Katastrophe! Und sie hätten nichts davon bemerkt, wenn er nicht selbst Rosner als »undesirable« gemeldet hätte.

Huskin hatte ruhig abgewartet, bis Chandran wieder aufsah. Erneut flackerte das Bild, die Satellitenempfangsanlage der Pariser MIC-Zentrale musste dringend gewartet werden.

»Wo ist die Frau jetzt?«

Huskin ließ sein FlexCom aufschnellen. »In einer Zelle im Regionalgericht in Köln. Es wurde gerade ein Pflichtverteidiger für sie bestellt.«

»Was wissen die Ermittler?«

»Nichts. Alle Informationen sind in unserer Hand. Solange die Frau nicht redet, erfährt niemand, wer sie ist.«

»Wir sollten dafür sorgen, dass das so bleibt, bis wir wissen, was hinter der Sache steckt.« Chandran sah auf. »Verraten Sie mir, wo Sie gerade sind.«

»In Schanghai«, antwortete Huskin.

»Wann können Sie in Köln sein?«

»In zehn Stunden.«

»Schaffen Sie es in neun. Finden Sie Rosner! Und ich will wissen, wie die Frau an Rosners Kennung gekommen ist. Ich erwarte Ihren Bericht.« Chandran unterbrach die Verbindung, die Projektion von Huskin verschwand.

Ein Klacken, die Tür des Konferenzraumes öffnete sich leise. Ferris betrat den Raum, in der Hand ein Tablett, darauf eine Tasse Tee und ein winziges Stück Gebäck. Er stellte die Tasse und den Teller ab und wartete einen Augenblick auf Anweisungen. Chandran hob nur unwillig die Hand, Ferris zog sich leise zurück. Er wollte gerade die Tür wieder hinter sich zuziehen, als ihm Chandran eine Frage stellte.

»Mögen Sie Ihre Arbeit?«

Ferris zögerte, nur einen Lidschlag lang, dann nickte er. »Ja. Ich gehöre hierher. Das habe ich vom ersten Moment an gewusst.«

Chandran runzelte die Stirn. »Warum haben Sie dann mein erstes Angebot abgelehnt?«

»Hätten Sie mich genommen, wenn ich es angenommen hätte?«

Chandran musste lächeln, obwohl er sich ärgerte. Ferris' kühles Selbstbewusstsein und sein analytischer Blick rangen ihm Respekt ab. »Noch eine Frage: Die junge Frau, die Rosners ID gestohlen hat, was würden Sie an meiner Stelle mit ihr tun?«

Ferris dachte einen Moment nach. »Sie kann uns noch nützlich sein. Dort, wo sie ist, geht von ihr keine Gefahr aus.«

»Und wenn sie redet?«

»Findet das Eingang in die Gerichtsakte. Und die ist für uns das geringste Problem. Soll ich veranlassen, dass die Akte überwacht wird?«

»Tun Sie das.«

Ferris nickte nur und zog leise die Tür hinter sich zu. Das Geräusch seiner Schritte verhallte draußen im Gang. Chandran lockerte den Knoten seines Bademantels, während er mit einem doppelten Lidschlag den Zugang zum System aktivierte. Er durchsuchte den Zentralspeicher, bis seine Kontaktlinsen ihm das dreidimensionale Bild einer schmalen dunkelhaarigen Frau auf seine Netzhaut projizierten, mit blutverschmiertem Gesicht, der Blick trotzig; das Bild war aufgenommen worden, kurz nachdem sie verhaftet worden war. Chandran betrachtete die schmale Gestalt nachdenklich.

Vielleicht hatte Ferris recht. Solange die Frau in ihrer Zelle blieb und niemand draußen von ihr erfuhr, war das Risiko kalkulierbar. Wichtiger war es, Rosner zu finden, um sicher zu sein, dass seine Forschungsergebnisse unter Verschluss blieben.

War das erledigt, würde er entscheiden, was mit ihr geschehen sollte.

15

Behutsam, ohne ein Geräusch zu machen, zog Ferris die Tür hinter sich zu. Achtlos stellte er das Tablett beiseite und wandte sich wieder dem Terminal zu, an dem er das Gespräch zwischen Chandran und Huskin belauscht hatte.

Niemand hatte vorhersehen können, dass jemand Rosners ID stehlen würde, auch er nicht. War es Zufall oder Teil eines größeren Plans?

Ferris rief sich die Akte der Verhafteten auf und öffnete den Protokollbereich. Es gab keine neuen Einträge, die Frau hatte immer noch nicht geredet. Noch einmal studierte er ihre Daten, las die wenigen Informationen, betrachtete ihr biometrisches 3-D-Porträt. Das Bild war schon ein paar Jahre alt, aufgenommen in einem der Wachräume des ESS, als sie das erste Mal verhaftet worden war. Das Bild zeigte eine trotzige Teenagerin mit zerrissenem Shirt und Zorn im Blick. Sie war in das Medikamentenlager einer Poliklinik eingebrochen und erwischt worden, bevor sie mit ihrer Beute fliehen konnte. War sie eine Einzeltäterin? Alles sprach dafür, er hatte das System durchsucht, die gespeicherten Gespräche, die Bewegungsdaten, die Analysen der Geheimdienste, und keinen Hinweis auf einen Komplott gefunden. Doch wenn es keinen großen Plan gab, keinen Hintermann, der alles steuerte, warum riskierte sie ihr Leben, um die Grenze zu überqueren?

Ferris wechselte seine Netz-Identität und schleuste sich in das Intranet vom ESS ein, um auf die Kameras im Zellentrakt des Gerichtsgebäudes zuzugreifen. Es dauerte etwas, bis er den richtigen Haftraum aufgerufen hatte. Die junge Frau lag auf der Pritsche ihrer Zelle und starrte stumm an die Decke. Ferris betrachtete sie nachdenklich. Sie war älter geworden, hagerer, ihr Gesicht hatte die Unschuld eines Teenagers verloren. Doch ihr Blick zeigte die gleiche Entschlossenheit wie auf dem Foto in ihrer Akte.
Ein Lichtreflex blendete kurz die Optik der Linse, die Leuchtdioden oberhalb der Tür hatten ihre Farbe gewechselt. Ferris startete die Aufnahmefunktion.

*

Mit einem leisen Summen glitten die Sperrriegel zurück, die Zellentür schwang auf. Alex musste blinzeln, als das Licht aus dem Gang auf sie fiel. Das elektrochrome Polymer der Tür war monopermeabel, es brach einfallende Lichtwellen, so dass die von außen durchsichtige Tür vom Zelleninneren aus undurchsichtig war.
Wortlos erhob Alex sich von ihrer Pritsche.
David nickte dem Wachmann zu. »Sie können uns jetzt allein lassen. Schalten Sie bitte die Überwachung aus.« Er musterte den Uniformierten kühl. »Sie persönlich haften dafür, dass das geschieht. Ich denke, Sie wissen, wie Verstöße gegen das Notstandsgesetz geahndet werden?« Die Drohung war ein Bluff, es gab keine gesetzliche Regelung, dass er als Anwalt ungestört mit seiner Mandantin reden durfte.
Der Wachmann nickte eingeschüchtert. Behutsam drückte er die Zellentür wieder ins Schloss.

David wandte sich Alex zu. Sie hatten ihre Kleidung konfisziert und ihr stattdessen den üblichen Häftlingsdress gegeben, einen graublauen, am Rücken verschnürten Anzug aus hartem Drillich, dessen Fasern per Funksignal verhärtet werden konnten. Alex sah erschöpft aus, doch in ihren Augen entdeckte David jenes entschlossene Funkeln, das ihn schon bei ihrer ersten Begegnung im Schatten des Doms fasziniert hatte. Es ließ sie selbstbewusst wirken, trotz der Kleidung, trotz der blutverkrusteten Wange. Sie hatten die Risswunde unterhalb des Auges notdürftig zusammengeheftet, obwohl eine Klebenaht besser und kaum aufwendiger gewesen wäre.

»Tut's weh?« Er wies auf die Wunde.

Sie musterte ihn spöttisch. »Ist das alles, was dich interessiert?«

David verschränkte die Arme vor seiner Brust. »Okay, sparen wir uns die Nettigkeiten. Du wolltest meine ID stehlen, richtig? Deshalb hast du mich verfolgt.«

»Ja. Und?«

»Wenn dir das gelungen wäre, dann wäre ich nicht hier, sondern in der Zelle nebenan.«

Herausfordernd begegnete sie seinem Blick. »Was willst du hören? Eine Entschuldigung? Wenn's dich glücklich macht: Es tut mir leid.«

David merkte, wie er ärgerlich wurde. »Glaubst du, ich bin irgendein Idiot aus der ersten Zone, den man abzocken kann? Kommt ja nicht drauf an, die reichen Typen sind ja sowieso alle Arschlöcher.«

Alex betrachtete ihn amüsiert. »Sag bloß, du bist beleidigt? Nimm's nicht persönlich.« Sie lächelte, und zum ersten Mal war ihr Blick unverstellt. »Danke.«

»Wofür?«

»Dass du mir geholfen hast, als sie mich fast gekriegt hätten.«
»Schätze, das ist ein Fehler gewesen.« Missmutig klappte David den Besucherstuhl aus der Wand. »Welcher armen Sau hast du die ID gestohlen, nachdem wir beide nett Kaffee getrunken hatten? Und hat es was genützt? Sie haben dich trotzdem gekriegt.«
Alex biss sich auf die Unterlippe und antwortete nichts. David betrachtete sie nachdenklich. »Okay, ich erkläre dir, was ich vorhabe. Wir setzen zunächst auf den Paragraphen 54 NstG. Das ist ein bisschen wackelig, aber vielleicht gewinnen wir Zeit. Solange sie nicht wissen, wer du bist, ist es für sie schwierig, dich vor Gericht zu stellen.«
Alex versuchte, etwas zu entgegnen, doch David ließ sie nicht zu Wort kommen. »Sag niemandem, wie du heißt, auch mir nicht. Erzähle nicht, was du getan hast. Keine Aussagen, vor niemandem. Ich versuche in der Zwischenzeit, einen Weg zu finden, wie wir dich hier rausholen können.« Er stand auf und ging ein paar Schritte, während er nachdachte.
Ihre Stimme riss ihn aus seinen Gedanken. »Du weißt genau, dass ich hier nicht mehr rauskomme.«
»So schnell geben wir nicht auf. Erst einmal müssen sie es schaffen, Anklage zu erheben. Und bis dahin fällt mir was ein.«
»Die Anklage ist mir im Moment scheißegal.«
»Ist dir eigentlich klar, welche Strafe auf illegalen Grenzübertritt steht?« David war bestürzt. »Es geht hier nicht um ein paar Jahre Gefängnis, es geht um dein Leben!«
Ungeduldig wischte sie seinen Einwand beiseite. »Ich brauche deine Hilfe nicht. Nicht als Anwalt.«
»Warum hast du mich dann als Pflichtverteidiger angefordert?«

»Weil du meiner Schwester helfen sollst.« Und sie erzählte ihm, warum sie in die dritte Zone gewollt hatte.
David hörte schweigend zu. Je mehr er erfuhr, desto verblüffter war er. »Du wolltest über die Grenze, nur um ein Medikament zu besorgen?«
Sie reagierte gereizt. »Ich kann doch meine Schwester nicht sterben lassen.«
»Du hast dein Leben aufs Spiel gesetzt, um ihres zu retten!«
»Ja und? Wie kann ich leben, wenn sie tot ist?«
»Und was passiert, wenn du zum Tode verurteilt wirst? Dann ist sie allein. Ein toller Plan! Und das Medikament hast du auch nicht.« Davids Stimme troff vor Sarkasmus.
Ihre Reaktion verblüffte ihn. Eine Weile saß sie regungslos auf der Kante der Pritsche. Dann rollte eine Träne über ihre Wange. Lautlos begann sie zu weinen. Sie wehrte seine Hand ab, als er sie trösten wollte. Nach einer Weile versiegten ihre Tränen wieder, und sie war still und in sich gekehrt wie zuvor. Schließlich wischte Alex sich mit ihrem Handrücken über die Augen und sah auf. »Geh zu meiner Schwester und sag ihr, wo ich bin. Du musst dich um sie kümmern! Versprich es mir, bitte.«
David tauchte ein in diesen Blick. Ihre großen Augen, in denen noch die Tränen schimmerten, schienen ihn in sich aufzunehmen. Er hätte alles für sie getan in dieser Sekunde.
Sie berührte seinen Arm, ein Hauch nur, wie schon einmal. »Tut mir leid, dass ich dich da reingezogen habe.«
Bevor David antworten konnte, glitten summend die Schließriegel zur Seite, und die Zellentür öffnete sich. Der Wachmann stand in der Türöffnung. »Ihre Gesprächszeit ist beendet.«

David stand auf, er versuchte ein Lächeln. »Ich komm morgen wieder. Dann weiß ich mehr.«
Alex nickte.
Sie sah ihm nach, als er die Zelle verließ.

*

Nachdenklich beendete Ferris die Aufnahme. Jetzt wusste er, warum die junge Frau Rosners ID gestohlen hatte. Ein unglücklicher Zufall, der alles durcheinanderwarf.
Er zögerte. Es hatte ihn angerührt, was er gehört hatte. Er wusste, er hatte die Macht, ihr zu helfen. Doch er durfte nicht gefährden, was er bisher erreicht hatte.
Ein letztes Mal betrachtete er die auf der Pritsche sitzende Gestalt, bevor er sich ausloggte. Das Bild auf dem Terminal verlosch.

16

Verena strahlte, als David die Anwaltskanzlei betrat.
»Was ist los?«
Sie beugte sich vor, um ihm ins Ohr zu flüstern. »Er hat geduscht.« Verschwörerisch zwinkerte sie ihm zu.
David begriff nicht sofort, was sie meinte.
Verena wies mit dem Kopf zum Büro von Schoop. Die Schiebetür stand einen Spalt weit offen.
Im Raum nebenan war ein Poltern zu hören, dann eine Stimme. »Ist das dieser Jungspund? Schick ihn rein.« Schoop räusperte sich, ein kehliges Kratzen, das in einem Husten mündete. »Was ist? Will er nicht?«
Aufmunternd nickte die Anwaltsgehilfin David zu.
David schob die Tür auf und betrat das Büro. Es war chaotisch wie bei ihrer ersten Begegnung, doch die Luft war besser, jemand hatte gelüftet. Die Vorhänge vor den Fenstern waren zurückgezogen, Licht fiel in den Raum. Schoop hatte tatsächlich geduscht und sich ein neues Hemd angezogen, sein Haar war noch feucht, er hatte es zurückgekämmt. Die Hände in den Taschen, stand er vor seinem Schreibtisch. Der in die Arbeitsfläche eingelassene VI-Projektor leuchtete, Schoop hatte die Akte geöffnet, die das Regionalgericht am Morgen übertragen hatte. David erkannte das Bild von Alex unter dem Verhaftungsprotokoll.
Der Anwalt musterte David kritisch. »Na gut, großer Meister. Dann zeig mal, was du draufhast.«

David verkniff sich eine Nachfrage. Es war klar, Schoop interessierte die Strategie, mit der er vorgehen wollte. »Meine Mandantin sagt ...«
Schoop unterbrach ihn ungeduldig. »Ich habe gelesen, was sie sagt, und es interessiert mich nicht. Ich will von dir eine Einschätzung des Falles. Also: Was kannst du tun, um ihr zu helfen?«
David zögerte. »Ich dachte an den Paragraphen 54 NstG ...«
Schoop ächzte. »Die Ergänzung vom letzten Jahr, kennst du sie?«
David nickte.
»Wie kannst du eine Prozessstrategie auf einem Paragraphen aufbauen, von dem du jetzt schon weißt, dass er einbrechen wird?«
»Wir könnten Zeit gewinnen«, verteidigte sich David.
Verächtlich lachte der Anwalt auf. »Mit schlampiger Planung gewinnst du gar nichts. Du gewinnst Zeit, indem du eine Situation kühl analysierst. Einführungskurs Jura, erstes Semester. Also: Wie stehen unsere Chancen in diesem Fall?«
David zögerte erneut, er suchte nach einer Antwort. Die, die er hatte, wagte er nicht auszusprechen.
»Gib zu, du weißt es.« Schoop musterte David forschend. »Oder muss ich es dir wirklich sagen? Unsere Chancen stehen bei null.« Er trat an den Projektor und scrollte sich durch die Akte. »Die Beweislage ist erdrückend. Die Frau wurde an der Grenze gefasst, in flagranti. Es gibt Zeugenaussagen, Scannerprotokolle, Satellitenaufnahmen, das volle Programm. Seit ihr Name bekannt ist, ist klar, dass sie aus der vierten Zone stammt. Das heißt, sie hat sogar zweimal eine Zonengrenze illegal überschritten.«

»Ich habe ihr gesagt, sie soll ihren Namen nicht nennen.« Schoop unterbrach ihn ungehalten. »Glaubst du wirklich, dass euer Gespräch in der Zelle nicht mitgeschnitten wird, nur weil du dem Wachmann drohst?« Er tippte auf ein Dokument in der Akte und vergrößerte es. »Hier, das Protokoll. Sehr herzig. Sagt mehr über dich aus als über sie.« Schoop gab dem Objektiv des Projektors einen Stoß, so dass die Abschrift ihrer Unterhaltung bis zu David durch den Raum zu schweben schien. Ein kleines Fenster direkt neben dem Text zeigte ein Standbild vom Zelleninneren, David erkannte sich selbst und Alex. Es gab von ihrem Gespräch eine dreidimensionale Bilddatei, die automatisch in der Akte abgelegt worden war. Schoop schüttelte vorwurfsvoll den Kopf, während er weitersprach: »Ihr hättet niemals über ihre Schwester reden dürfen. Es hat Nanosekunden gedauert, bis sie ihre Identität wussten.«

David zog das Eingabefeld zu sich heran und scrollte durch die Dokumente. Der Anwalt hatte recht: Neben ihrem Foto stand ihr Name, eine ID sowie die GPS-Daten eines Hauses in der Zone 4, der Ort, an dem sie mit ihrer Schwester lebte.

Ein grob zusammengeheftetes Buch prallte neben David auf den Schreibtisch, erschrocken fuhr er zusammen. Es war ein Ausdruck der Notstandsgesetze, wie er in der vierten Zone verkauft wurde, Schoop hatte die Blättersammlung aus dem Regal gezogen und ihm zugeworfen. »Schlag auf, Seite 14, Paragraph 22. Das NstG sieht bei illegalem Grenzübertritt nur eine einzige Strafe vor: den Tod. Also stell dich darauf ein. Oder willst du anzweifeln, dass dieser Fall genau so enden wird?«

»Sie ist kein Fall! Sie ist ein Mensch!«

»Ja. Genau das ist dein Problem.«

Es wurde still im Raum.
»Und jetzt?« Fragend sah David zu Schoop. »Was sollen wir jetzt tun?«
»Na, was schon? Wir werden die Frau durch ihren Prozess begleiten, ihr alles erklären, dafür sorgen, dass man sie fair behandelt. Und uns darum bemühen, dass ihre Hinrichtung möglichst schmerzlos vonstattengeht.« Scheinbar unberührt setzte sich Schoop hinter seinen Schreibtisch. Er wischte das Eingabefeld zur Seite, der VI-Projektor erlosch.
David betrachtete Schoop fassungslos. »Und das ist alles?«
»Ja.«
Ohne ein weiteres Wort drehte David sich um und ging zur Tür.
Schoop runzelte die Stirn. »Wo willst du hin?«
»Ich werde nicht aufgeben. Ich finde einen Weg, ihr zu helfen.«
»Mach dich nicht lächerlich. Das ist verlorene Zeit.«
»Das sagen gerade Sie! Sie nutzen Ihre Zeit, um sich bis zur Besinnungslosigkeit zuzuschütten. Meinen Glückwunsch!« Davids Stimme war voller Verachtung. »Ja, vielleicht mache ich mich lächerlich, und es ist Blödsinn, dass ich nicht aufgebe. Aber ich versuche wenigstens, etwas zu tun.« Ärgerlich öffnete er die Tür. Verena blickte auf, als sie ihn sah. Noch einmal wandte sich David Schoop zu. »Wissen Sie, was bei mir zu Hause über meinem Schreibtisch hängt? Ein Zitat, vielleicht kommt es Ihnen bekannt vor: ›Wer aufgibt, bevor er anfängt, kennt den Weg nicht, an dem er scheitert.‹ Man hat mir erzählt, Sie hätten das gesagt. War wohl ein Irrtum.«
Der Anwalt schien etwas entgegnen zu wollen, doch er zögerte. Stille breitete sich zwischen ihnen aus.

David betrachtete nachdenklich die hagere und gebeugte Gestalt. Er musste an seine Nächte in der Uni-Bibliothek denken, in denen er Stunde um Stunde die Gerichtsprotokolle studiert und sich in die Spots von Schoops Verhandlungen vertieft hatte, fasziniert von dem unbeirrbaren, kämpferischen Anwalt, der Schoop einmal gewesen war.

Schoop hatte mehr verloren als nur Jahre.

Bedrückt wandte David sich ab, um die Kanzlei zu verlassen.

»Warte!« Verena griff sich ihre Handtasche und eilte ihm hinterher. Die Tür fiel ins Schloss, das Geräusch der Schritte verhallte im Treppenhaus, zuletzt das Klappen der Haustür, dann war es still.

Schoop trat ans Fenster. Stumm sah er ihnen nach.

*

Zoé saß im Schneidersitz auf dem Bett, sie hatte eine Decke über ihre gekreuzten Beine gelegt. Konzentriert nestelte sie an den beiden obersten Knöpfen ihres Pyjamas herum. Mika Niklander musste sich beherrschen, ihr nicht zu helfen. Sie sah so schmal aus, so hilfsbedürftig, dass es selbst ihn, der Tag für Tag Menschen in Not sah, anrührte.

Zoé grinste. »Ich hab's gleich.« Sie schob auch den zweiten Knopf durch das Knopfloch und zog den Stoff des Pyjamas an der rechten Schulter herunter. Der Schlafanzug, den sie trug, war gebügelt, Niklander bemerkte die scharfe Kante am Ärmel zum ersten Mal. Er musste lächeln, obwohl er sich Sorgen machte, als er an Alex dachte: Irgendwo in dem Chaos da draußen hatte sie eine Möglichkeit aufgetan, Zoés Wäsche zu bügeln. Alex organisierte alles, was gut für ihre Schwester war oder sie einfach nur erfreute.

»Was ist, Doc?« Zoé hatte sein Lächeln gesehen. Verlegen strich sie sich über ihre nackte Schulter. Der Kopf der implantierten Mikrofluidsonde blitzte zwischen ihren Finger hervor.

»Es ist alles in Ordnung. Ich habe nur an Alexandra denken müssen.« Niklander legte seinen Tagger an den Kontaktpunkt der Sonde und wartete, bis die in den letzten 24 Stunden ermittelten Körperdaten Zoés ausgelesen waren.

Zoé wurde ernst. Sie biss sich auf ihre Unterlippe.

Niklander zwang sich zu einem Lächeln. Er hatte Zoé nicht gesagt, wo Ben ihre Schwester vermutete. »Mach dir keine Sorgen. Alex kommt bestimmt bald.« Hoffentlich, dachte Niklander, irrte Ben sich.

Behutsam drückte der Arzt eine der Kapseln, die auf dem Nachttisch neben dem Bett bereitlagen, aus dem Blister und gab sie Zoé, dazu ein Glas Wasser, das er aus der Karaffe einschenkte. Neun Kapseln waren noch übrig – noch eine Woche und zwei Tage, dann würde das Krebsgeschwür wieder wachsen.

Plötzlich ertönte ein leises, aber durchdringendes Warnsignal. Erschrocken zuckte der Arzt zusammen. Auch Zoé hatte das Signal gehört, sie verließ das Bett und eilte durch den Flur zur Eingangstür. Aus der Kammer kam eine alte Frau, es war die Großmutter von Zoé, sie sah erschrocken aus. Der altertümliche LED-Flatscreen, der an der Wand neben dem Ausgang montiert war, flackerte unruhig, der Monitor zeigte das schemenhafte Bild einer Gestalt, die im Innenhof des Hauses stand. Jetzt trat eine zweite Gestalt in den Scanbereich der Linse, kleiner als die erste und etwas fülliger. Die erste Gestalt verschwand vom Bildschirm, gleichzeitig war von draußen ein Knarren zu hören, die Eingangstür öffnete sich, Schritte kamen die Kellerstiege herab. Momente später dröhnte ein Klopfen durch die Wohnung. »Hallo! Ist da jemand?«

Niklander legte einen Finger auf seine Lippen. Behutsam schob er Zoé zum Schlafzimmer und schloss die Tür hinter ihr. Auch die Großmutter versteckte sich in ihrer Kammer.

Es klopfte erneut, diesmal fordernder. »Bitte machen Sie auf!«

Niklander trat an die Wohnungstür, ohne sie zu öffnen. »Wer ist dort?«

»Ich suche Zoé Nolte.«

»Kenn ich nicht. Die gibt's hier nicht.« Angespannt wartete Niklander auf die Antwort des Mannes auf der anderen Seite.

»Das kann nicht sein. Ihre Schwester Alexandra wohnt hier. Und die beiden leben zusammen.«

Es rumpelte vor der Tür, Gemurmel war zu hören, dann ertönte eine zweite Stimme, es war die einer Frau. »Hallo, hören Sie? Wir sind nicht vom Staatsschutz. Wir haben eine Nachricht für Zoé, von ihrer Schwester.«

Kurz entschlossen hob Niklander die Sperrstange aus der Halterung, schob die Riegel zurück und öffnete die Tür. Ein Mann und eine Frau standen an der Kellerstiege, er Ende zwanzig, sie vielleicht Mitte dreißig. Beide waren gut ernährt, wie er mit den Augen des Arztes sofort sah. Also Zone 1 oder 2, sie lebten nicht hier. Die beiden blickten ihn bedrückt an.

»Mein Name ist David Bachmann. Ich bin Anwalt. Das ist meine Mitarbeiterin Verena Bahrs.«

Niklander spürte, wie sich ein Klumpen in seinem Magen bildete.
David zögerte. »Und wer sind Sie?«
»Mika Niklander. Ich bin der Arzt von Alex' Schwester. Was ist mit Alex passiert? Wo ist sie?«
Verena hatte Niklander genau beobachtet. »Ich glaube, du kannst ihm vertrauen.«
David nickte ernst. »Alex wurde verhaftet. Sie haben sie gefasst, als sie versucht hat, illegal die Zonengrenze zu übertreten.«
Die Großmutter, die das Gespräch durch den Spalt ihrer Zimmertür mitgehört hatte, schrie leise auf.
Niklander trat bedrückt zur Seite, um David und Verena hereinzulassen. Er schloss die Tür hinter ihnen.
»Alex bat mich, ihre Schwester zu informieren«, fuhr David fort. »Kann ich mit ihr reden?«
Niklander schüttelte den Kopf. »Sagen Sie es ihr bitte nicht. Es geht Zoé zurzeit nicht gut. Ich denke, es ist besser, wenn sie nicht erfährt, was passiert ist.«
Keiner antwortete. Erst jetzt bemerkte der Arzt, was die Besucher längst gesehen hatten: Zoé stand im Flur, blass wie Niklander. Erschrocken starrte sie zu ihnen herüber.

*

»Ich bin kein Kind mehr!« Wütend ballte Zoé ihre Faust. Die Augen gerötet, stand sie neben dem Bett. Ihr Körper zitterte, sie musste sich am Bettpfosten festhalten. Tränen schossen in ihre Augen, Tränen der Angst und Tränen des Zorns. »Es ist mein Körper! Es ist meine Krankheit! Sie hat nicht das Recht, ihr Leben für mich zu riskieren. Warum tut sie das?«
»Weil sie dich liebt. Und weil du das Gleiche für sie tun

würdest.« Niklander seufzte. Er betrachtete Zoé bedrückt. »Leg dich bitte wieder hin. Du musst dich ausruhen. Am besten, du schläfst ein bisschen.«
»Kann ich das nicht selber entscheiden?« Zoé wischte sich ärgerlich die Tränen aus dem Gesicht.
»Ich sag das als dein Arzt, Zoé. Du bist von der letzten Infektion immer noch geschwächt.«
Zoé sah ihn mit großen Augen an. Langsam ließ sie sich auf die Bettkante sinken. Niklander setzte sich neben sie. Bedrückt sah Zoé ihn an. »Was ist, wenn Alex nicht wiederkommt?«
Der Arzt seufzte erneut. Er wusste nicht, was er antworten sollte.
David stand mit Verena an der Tür und beobachtete die Situation betreten, er hatte das Gefühl, Eindringling in einer ihm fremden Welt zu sein. Zugleich war er fasziniert. Die junge Frau dort auf der Bettkante sah genauso aus wie Alex, sie hatte den gleichen schmalen Körper, das gleiche interessante Gesicht. Sogar die Art zu reden und sich zu bewegen erinnerte ihn an die Frau, die er in der Zelle des Regionalgerichts hatte zurücklassen müssen. Nur war Zoé noch schmaler als Alex, fast zerbrechlich und erschreckend blass von den Monaten ohne das Licht der Sonne.
Niklander hatte seine Arzttasche geöffnet und einen Auto-Inhalator herausgeholt. Er zog die Kappe ab, desinfizierte das Mundstück und reichte es Zoé. »Tief einatmen. Je tiefer, desto besser. Du musst nichts tun, es startet automatisch.«
Zoé nahm das Gerät und setzte es an ihre Lippen. Sie zögerte. Dann schloss sie die Augen und atmete tief den Nebel ein, den der Inhalator verströmte. Niklander nahm ihr das Gerät aus der Hand und wartete. Es dauer-

te nur wenige Sekunden, bis ihre Augen schwer wurden. Behutsam hielt der Arzt Zoés Oberkörper, während er sie auf die Matratze zurücksinken ließ. Zoé tastete nach der Decke, Sekunden später war sie eingeschlafen. Niklander hob auch ihre Beine auf die Matratze und breitete die Decke über sie aus. Schweigend reinigte er das Mundstück des Inhalators, schob die Schutzkappe über das Gerät und legte es zurück in seine Tasche. Noch einmal betrachtete er die Schlafende bedrückt. Dann klappte er seine Arzttasche zu und ging wortlos an David und Verena vorbei in den Flur.

Zoés Großmutter wartete auf ihn, fragend sah sie ihn an. Niklander lächelte beruhigend. »Sie schläft. Machen Sie sich keine Sorgen um Ihre Enkelin. Ich komme morgen Vormittag noch einmal vorbei.«

Die Alte nickte. Sie legte ihre Hand auf Niklanders Arm. »Danke, Doktor. Danke für alles.«

Niklander lächelte bitter. »Ich wünschte, ich könnte mehr tun.«

Auch David und Verena waren in den Flur getreten. Die alte Frau ergriff Davids Hand. »Helfen Sie Alex! Bitte tun Sie für Sie, was Sie können!« Sie sah verzweifelt aus. David versprach es.

Drückende Hitze empfing sie, als sie gemeinsam aus dem Keller hinaufgestiegen waren und das Haus verließen. Eine dichte Wolkendecke hing am nachtschwarzen Himmel, sie lastete auf der Stadt und hielt die Hitze des Tages zwischen den Häusern fest. Die Luft war gewitterschwül. Es dauerte eine Weile, bis sich ihre Augen an die Finsternis gewöhnten: Im Innenhof war es stockdunkel, nirgendwo im Haus brannte ein Licht. Vorsichtig tasteten sie sich voran. Nach einer Weile konnten sie Schemen erkennen, es wurde heller, je weiter sie gingen.

Das Licht kam von einem der nächtlichen Feuer im Viertel, flackernd fiel es durch das Tor in den Hof und ließ die Schatten auf der Brandmauer des Nachbarhauses tanzen.

Gemeinsam traten sie hinaus auf die Straße, Niklander ging voran, David und Verena folgten ihm. Aus der Feuertonne an der nahen Kreuzung schlugen hohe Flammen, die Männer, die das Viertel in der Nacht beschützten, standen abseits des Lichts, sie redeten und lachten, während sie die Gegend beobachteten. Im Schatten des gegenüberliegenden Hauses warteten drei breitschulterige Männer, David bemerkte sie erst, als Niklander ihnen ein Zeichen gab. »Meine Leibwächter.« Der Arzt zog ein wenig verlegen die Achseln hoch. »Wenn Sie möchten, begleiten wir Sie bis zum Grenzübergang.«

Sie machten sich auf den Weg. Auch die drei Leibwächter setzten sich in Bewegung, sie verteilten sich auf der Straße, einer ging voran, die anderen beiden blieben hinter ihnen und ließen ihre Blicke über die nächtlichen Häuser streifen.

Wohlwollend betrachtete Verena die drei Muskelpakete. »Wow. Solche Jungs hätte ich auch gerne an meiner Seite.« Sie zwinkerte Niklander zu. »Sie müssen wichtig sein.«

»Nicht ich bin wichtig.« Niklander hob seine Arzttasche. »Für das hier würden viele Menschen morden.«

»Und trotzdem sind Sie hier? Obwohl es gefährlich ist?«

Niklander wies auf die Baracken, an denen sie vorbeigingen. »Die Menschen im Viertel brauchen mich. Ich bin der letzte Arzt, den es hier noch gibt.« Seine Stimme knickte weg, als er an seine Frau dachte. Er war froh, dass die Dunkelheit seine Gesichtszüge verbarg.

Verena hatte Niklander nachdenklich beobachtet, ihr

war seine Reaktion nicht entgangen. Sie betrachtete ihn mit zunehmendem Interesse.
Niklander wandte sich an David. »Was haben Sie jetzt vor?«
»Wir müssen die Anklageschrift abwarten. Und dann die Lücke finden, sie auszuhebeln.« David verstummte. Er sah Niklander offen an. »Soll ich Ihnen die Wahrheit sagen? Mein Kollege in der Kanzlei meint, wir haben keine Chance. Aber ich werde nicht aufgeben.«
Der Arzt nickte stumm.
Sie überquerten den Eifelplatz und gingen weiter Richtung Zonengrenze. Als sie Niklanders Haus passierten, verständigten sich die Leibwächter mit Blicken. Einer von ihnen wandte sich an Niklander: »Wir wechseln uns ab heute Nacht. Sie können hierbleiben.«
Verena war überrascht. »Sie wohnen hier?«
Der Arzt nickte erst, dann schüttelte er den Kopf. »Ich habe hier gewohnt. Jetzt bin ich nicht mehr so oft hier.« Er sah zum Haus. Die Männer hatten recht: Es war sinnvoll, hier zu übernachten, er wollte am nächsten Morgen die Praxis früh öffnen. Doch er zögerte, er fürchtete sich vor der Stille der verlassenen Wohnung.
»Entschuldigen Sie, ich war in Gedanken.« Niklander lächelte verlegen, als er sah, dass ihn David und Verena abwartend anschauten. »Wollen Sie beide noch mit hereinkommen? Vielleicht habe ich sogar was zu trinken für Sie.«
»Danke.« David schüttelte den Kopf. »Ich muss zurück ins Hotel. Ich habe mir Systemzeit gebucht.«
»Also, *ich* würde gerne noch was trinken, wenn was da ist.« Verena lächelte den Arzt an.
Niklander war überrascht, dass sie seine Einladung annahm. Er lächelte. »Dann versuche ich mal, ein guter

Gastgeber zu sein.« Er wandte sich David zu und reichte ihm zum Abschied die Hand. »Danke, dass Sie sich um Alex kümmern. Helfen Sie ihr, bitte!«

»Ich tu, was ich kann«, antwortete David bedrückt.

Verena zwinkerte David zu und folgte Niklander zum Eingang. Wenig später waren die beiden im Inneren des Hauses verschwunden.

Auch die Leibwächter zogen sich zurück, sie verschwanden im Schatten eines Hauseinganges auf der anderen Straßenseite, David hörte sie leise miteinander reden. Dann gingen zwei von ihnen fort. Eine Weile noch lauschte er ihren Schritten, bis es still auf der Straße wurde.

Eine Windbö fuhr zwischen den Baracken hindurch, Staub wirbelte auf, Papierfetzen trieben den Weg hinab. Ein erster Regentropfen traf David, er riss ihn aus seinen Gedanken.

Eilig machte er sich auf den Weg.

17

Niklander hatte etwas Mühe, die Tür ins Schloss zu drücken. Wenn es schwül war und Regen über der Stadt hing, verzog sich der Rahmen, und der Schnäpper glitt nicht mehr zuverlässig in die Falle. Das Gewicht der an das Holz geschraubten Stahlplatte tat sein Übriges, die Scharniere herunterzubiegen. Erst als sich Niklander mit der Schulter gegen die Tür stemmte, rastete knirschend das Schloss ein. Er schob die Riegel vor und wandte sich Verena zu.

Die Anwaltsgehilfin stand im Flur des Hauses und sah sich neugierig um. »Sagen Sie bloß, Sie wohnen alleine hier?«

Der Arzt zögerte. »Ich wohne hier nicht. Ich arbeite hier nur ein paar Tage in der Woche.« Er lächelte entschuldigend. »Aber: Ja, sonst lebt hier niemand.«

»Echt? Keine Mieter? Noch nicht einmal Schlafgäste? Wow, was für ein Luxus! Das wäre selbst in der Zone 2 feudal. Sie müssten mal meine Bude sehen!« Verena war ehrlich beeindruckt.

Niklander antwortete nicht. Er wollte ihr nicht sagen, dass er es nicht fertiggebracht hatte, das Haus wegzugeben oder andere hier hineinzulassen, an jenen Ort, an dem seine Frau mit ihm hatte leben wollen und an dem sie gestorben war. Seit dem Tag ihres Todes hatte er in den Räumen nichts mehr verändert.

Er mühte sich um ein Lächeln, während er versuchte,

den dunklen Rand auf der untersten Treppenstufe nicht zu beachten. »Kommen Sie, ich zeige Ihnen alles.«
Verena war längst in einem der Räume verschwunden, er hörte ihre Schritte, dann einen erstaunten Ausruf. »Haben Sie das gemalt?«
Er folgte ihr in sein Behandlungszimmer. Verena stand vor einem Aquarell, es zeigte eine durch einen Sturm bedrohte Küstenlandschaft. Der Wind beugte die Baumspitzen und trieb schwere Wolken heran. Niklander kannte jedes Detail des Bildes, jeden Farbfleck, jede verlaufene Linie: Seine Frau hatte es gemalt, es war eines der letzten Aquarelle, die sie vor ihrem Tod fertiggestellt hatte. Im Nachhinein kam ihm das Bild prophetisch vor, eine Metapher für das, was auf sie zukommen sollte, auch wenn das Motiv damals nur eine Kindheitserinnerung seiner Frau gewesen war.
Verena hatte sich vorgebeugt und die Signatur am Rand entziffert. »Sag ich doch, das ist Ihr Name, oder?« Sie legte den Kopf schief und trat einen Schritt zurück. »Ich weiß nur nicht, ob ich es schön finde …« Sie atmete tief ein, so, als sauge sie den Anblick in sich auf. »Ein bisschen unheimlich ist es ja schon. Mannomann, in Ihrer Seele möchte ich nicht stecken.«
Abwehrend hob Niklander die Hände. »Das Bild ist nicht von mir.« Er stockte, lächelte verlegen, sprach nicht weiter.
Verena hatte sein Zögern bemerkt und betrachtete ihn forschend. »Ist wohl besser, wenn ich nicht weiterfrage, oder?«
Der Arzt nickte stumm.
»Entschuldigen Sie bitte.« Verena war verlegen. »Ich rede zu viel, und ich bin eine neugierige Nase. Meine Mama war auch so, und das war echt anstrengend. Ich

verspreche Ihnen, ab jetzt bin ich artig. Großes Ehrenwort!«
Niklander musste lachen bei ihren Worten.
Dankbar lächelte sie zurück. »Wo soll ich mich hinsetzen? Vielleicht gibt es irgendwo ein Plätzchen, an dem ich nichts falsch machen kann.«
Gemeinsam gingen sie die Treppe hinauf in den Wohnbereich des kleinen Hauses. Der Kühlschrank war leer bis auf ein Glas mit eingekochten Kräutern, die ihm eine Patientin letzte Woche mitgebracht hatte. Niklander entschloss sich, einen Tee zuzubereiten, es war der einzige Luxus, den er sich erlaubte. Auch in seiner Wohnung in der zweiten Zone war sein Teeregal stets gut gefüllt. Er wählte einen Sommer-Oolong aus dem Osten Chinas und erhitzte Wasser, bis die im Kessel rotierende Flüssigkeit dampfte. Vorsichtig streute er einige Teeblätter in die vorgewärmte Kanne, kurz bevor er das heiße Wasser darübergoss. In Sekunden breitete sich ein süß-herber Duft im Raum aus.
Niklander stellte die Kanne auf den Küchentisch und setzte sich. »Das Bild unten in der Praxis ist von meiner Frau.«
Verena sagte nichts, sah stumm zu, wie er Tassen bereitstellte, Löffel, ein paar Brocken Zucker. Die Stille im Raum, nur unterbrochen durch das Klappern des Geschirrs, war nicht drückend, eher wie ein Einverständnis, sich die Zeit zu geben, die nötig war für das, was zwischen ihnen geschah. Niklander setzte sich, prüfte den Tee, schenkte Verena und sich ein und nahm seinen Becher in die Hände. Dann erzählte er ihr, was in jener Nacht vor drei Jahren unten am Fuß der Treppe passiert war.
Verena hörte stumm zu, unterbrach ihn nicht, stellte

keine Fragen. Als er geendet hatte, stellte sie ihren leeren Becher ab. »Danke.«

»Wofür?« Niklander sah sie erstaunt an.

»Dass ich hier sein darf.« Sie wusste, dass es nicht selbstverständlich war.

Er wollte höflich sein und ihr entgegnen, dass ihm Gastfreundschaft wichtig sei, doch sie legte nur ihre Hand auf seinen Mund, eine kurze, behutsame Berührung, nicht aufdringlich, sondern voller Mitgefühl und Nähe. Verena wurde rot, als sie merkte, was sie tat. »Entschuldigung.« Verlegen stand sie auf und nahm ihre Jacke, die sie neben sich auf die Bank gelegt hatte. »Ich glaub, ich geh jetzt lieber. Es ist schon spät.«

Niklander begleitete sie zur Tür. Noch einmal sahen sie sich an, und diesmal wussten sie wirklich nicht, was sie sagen sollten. Verena musste kichern.

»Was ist?«

»Nichts. Wirklich. Jetzt machen Sie schon die Tür auf. Ich heiße übrigens Verena.«

Niklander schob die Riegel zurück und öffnete die Tür ein Stück. Der Wind trieb Regen durch den Spalt. »Sie können jetzt nicht fort. Sie werden total nass.«

»Ja und? Das ist nur Wasser.« Sie lachte vergnügt und lehnte es ab, dass er sie begleitete. Schließlich nahm sie die Regenjacke, die Niklander ihr aufdrängte. Sie war ihr zu groß, ihre Hände verschwanden in den Ärmeln. Verena stülpte sich die Kapuze über den Kopf und winkte ihm zu. »Gute Nacht. Schlafen Sie gut.«

Nach ein paar Schritten war sie im Dunkeln verschwunden.

*

»Wir müssen sie da rausholen!« Die Hand zur Faust geballt, stand Ben in der Hallenmitte und sah die anderen an. Sein Haar und seine Kleidung waren vom Regen nass, er war in das Unwetter geraten und gerade erst in ihr Versteck gekommen. Wie auf Kommando zuckte ein Blitz und erleuchtete die Szene, kurz darauf war das dumpfe Wummern des Donners zu hören.
Sie hatten die ehemalige Abfüllhalle einer stillgelegten Kölsch-Brauerei zu ihrem Hauptquartier gemacht, ein schmales, unscheinbares Haus nahe der alten Synagoge, dessen Rückgebäude ihren Servern und Rechnern und der angeschlossenen Peripherie genug Platz bot. Die meisten von ihnen lebten hier, sie alle vereinte der Wunsch, Widerstand zu leisten, sie alle bereiteten sich auf den Tag vor, an dem ihre vielen kleinen Nadelstiche, die sie setzen konnten, zu einem wuchtigen Schlag vereint werden würden.
Die Gesichter der jungen Männer und Frauen, die Ben gegenüberstanden, zeigten Zweifel. Ein schmaler blonder Jüngling sprach aus, was alle dachten. »Wie willst du über die Grenze kommen? Das ist unmöglich!«
»Wir gehen durch die alte U-Bahn. Ich kenne den Weg.«
»Und dann? Niemand von uns hat die Zulassung zur Zone 2. Selbst wenn wir unsere Chips löschen würden, entdecken uns ihre biometrischen Scanner. Und wie sollen wir ins Gerichtsgebäude kommen? Und wie in ihre Zelle?« Der Blonde ging zu Ben und legte ihm tröstend die Hand auf die Schulter. »Es geht nicht, und das weißt du. Jeder hier weiß das. Niemand macht dir einen Vorwurf.«
Ben schüttelte seine Hand ab. »Gebt es doch zu, ihr seid feige!«
»Wir sind realistisch, Ben.«

»Nein, das seid ihr nicht. Denn dann würdet ihr begreifen, dass alles, was wir hier machen, sinnlos ist.«

»Das ist nicht wahr!«

Ben lachte bitter. »Was tun wir denn? Wir diskutieren. Wir schreiben Thesenpapiere. Wir glauben, wir würden etwas bewegen, nur weil wir anders sind als sie. Wir sind die Guten, und das Gute verändert die Welt. Das denkt ihr doch, oder? Und, verändert sich irgendetwas? Hat irgendeiner unserer Spots etwas bewegt? Hat irgendein Track, den wir aufgenommen haben, sie aufgerüttelt?« Ben schüttelte den Kopf. »Ich sag euch was: Die lachen noch nicht einmal über uns – weil wir ihnen total egal sind.«

Es wurde still in der Halle, bis auf das Trommeln des Regens an den Fenstern und das Flüstern der beiden Wachen, die auf der Balustrade postiert waren und die Monitore im Auge behielten.

Plötzlich sah Ben auf, ihm war eine Idee gekommen. »Ich sag euch, wie wir es machen: Wir gehen von unten rein! Wir nutzen das U-Bahn-System, um bis unter das Gerichtsgebäude zu kommen. Und dann sprengen wir uns von dort einen Weg in das Gebäude.«

Eine junge schwarzhaarige Frau löste sich aus der Gruppe. »Du spinnst!«

»Ihr wisst doch alle, wo der Plastiksprengstoff versteckt ist!«

»Und du weißt, dass wir beschlossen haben, ihn nicht zu verwenden.«

»Weil wir nicht wie sie sind.« Bens Stimme troff vor Spott.

»Wie können wir ihre Gewalt anklagen und selber Gewalt ausüben? Wie können wir ihre mangelnde Moral verurteilen und selber unmoralisch sein?«

»Es geht hier nicht um Moral! Es geht um das Leben von Alex! Warum haben wir ihr das Oshua gegeben, wenn wir ihr jetzt nicht helfen?«
Niemand antwortete Ben. Ein Blitz zuckte auf und erhellte bleiche Gesichter, kurz darauf rollte der Donner über sie hinweg.
»Wir werden ihr helfen, wenn die Zeit kommt.« Die junge Frau strich sich ihre langen schwarzen Haare aus der Stirn. »Das versprechen wir dir.« Fragend sah sie zu den anderen.
Alle nickten.
»Wenn die Zeit kommt …« Abfällig äffte Ben die Schwarzhaarige nach. »Ihr habt einfach nur Angst.«
»Ben, es ist Wahnsinn, was du vorhast!«
Einen Moment war es still in der Halle. Ben sah seine Mitstreiter an, einen nach dem anderen, Vorwurf im Blick. »Keiner von euch wäre hier, wenn es Alex nicht gäbe. Und jetzt wollt ihr sie einfach opfern.« Er spuckte aus. »Ihr könnt mich mal.«
Bevor ihn jemand aufhalten konnte, war er aus der Halle verschwunden.

18

Der Platz vor dem Dom war menschenleer, tief hingen die Gewitterwolken über der Kathedrale. Es stürmte, Regen peitschte gegen die Fassade des Hotels. Nachdenklich stand David am Fenster der Hotelbar und sah hinaus. Das Unwetter flutete die Stadt, in breiten Bächen floss das Wasser die menschenleeren Straßen hinab. Blitze zuckten auf.

Im Inneren des Hotels war weder vom Regen noch vom Donner etwas zu hören, das Sicherheitsglas schluckte jeden Schall. Nur das Licht des Gewitters drang zu ihnen herein, ein kaltes weißes Leuchten, das den Dom vor dem Fenster aufglühen ließ.

In Gedanken ging David noch einmal die Texte durch, die er die letzte Stunde in seinem Hotelzimmer durchgearbeitet hatte. Er hatte das Notstandsgesetz durchkämmt und sich durch die Kommentare gelesen, er hatte vergleichbare Fälle studiert und in Musterprozessen einen Ausweg gesucht. Zuletzt war er in seiner Verzweiflung die Digi-Kladden seiner Seminarprotokolle durchgegangen, in der Hoffnung, eine der abseitigen Finten, die sie damals ersonnen hatten, könnte auf diesen Fall anwendbar sein. Doch jede Information, die ihm seine Kontaktlinsen auf die Netzhaut projizierten, führte zu der gleichen Schlussfolgerung: Er konnte nichts für Alex tun.

Und auch über ihre Schwester Zoé war das Urteil gesprochen: Es war unmöglich, auf legalem Weg Fluctuasin zu besorgen. Ohne Medizin würde Zoé kaum länger leben als Alex.

Im Seminar hatte es ihm keine Probleme bereitet, eine Fallsituation nüchtern zu analysieren. Es geschah in der Sicherheit ihrer Universität und in dem Wissen, einen fiktiven oder lange schon abgeschlossenen Fall zu behandeln. Aber über reale Menschen nachzudenken und zu erkennen, dass man hilflos war, dass diese Menschen sterben würden, egal, was man tat, das war eine Erfahrung, die neu für ihn war, und es war keine schöne Erfahrung. Der Tod war kein abstrakter Gedanke, kein Puzzlestück in einer theoretischen Analyse, der anstehende Tod war Realität.

Es blitzte erneut, das Licht erhellte die Wassermassen, die vom Himmel herabstürzten.

»Cool, oder?« Piet war von der Rezeption zu ihm herübergekommen, nachdem er seine VI-Pro am Empfangstresen zurückgelassen hatte. So wie David blickte er hinaus in den Regen. »Passiert hier öfter. Entweder kommt das Wasser vom Rhein hoch, oder es kommt von oben runter.«

Eine Weile betrachteten sie schweigend den Wasserfall, der sich am Rand der Domplatte gebildet hatte und zu einem Wildbach wurde, ein reißendes Gewässer, das den Bahnhofsplatz überspülte und im Tunnel Richtung Rhein verschwand.

Unvermittelt wandte sich Piet ab und starrte ins Leere, während seine Arme und seine Gesichtsmuskeln sinnlos zu zucken begannen. David begriff, dass Piet seine VI-Projektion am Empfangstresen bediente, es waren neue Gäste gekommen, der Rezeptionist checkte sie mit Hilfe seines 3-D-Avatars ein.

David verzog spöttisch das Gesicht, nachdem Piet ihm

signalisiert hatte, dass er wieder anwesend war. »Sieht echt krank aus.«

Der Rezeptionist zuckte mit den Schultern. »Na und? Ich find's cool.« Und er begann zu erzählen, was er schon alles mit seinem Avatar erlebt hatte.

David hörte nicht zu, ein Gedanke kreiste in seinem Kopf. Er wartete, bis Piet eine Pause machte, und beugte sich verschwörerisch vor. »Als wir vorgestern unterwegs waren, hast du gesagt, du könntest mir alles besorgen, was ich brauche.«

»Klar, Mann.« Piet reckte stolz den Hals. »Was willst du haben?«

»Fluctuasin.«

Das Lächeln auf dem Gesicht des Rezeptionisten erstarrte. Er stöhnte auf. »Das ist nicht dein Ernst! Echt, Alter, alles hättest du mich fragen können: Fleisch, Chemo-Pops, Rechenzeit. Aber Fluctuasin ...« Langsam schüttelte er den Kopf.

»Was ist so schwer daran? Ich dachte, das Zeug wird hier produziert.«

»Stimmt ja auch. Aber die MIC ist echt eisenhart, die lassen nichts davon über die Grenze.«

»Was ist mit dem Schwarzmarkt?«

»Vergiss es. Die verticken dort Fälschungen.«

»Sicher? Ist doch einen Versuch wert.«

Piet winkte ab. »Lass es, ist viel zu gefährlich. Hab ich schon mal für einen Gast probiert, 'ne Frau, die ihren Hund retten wollte. Der ist blind geworden, nachdem er die Pillen geschluckt hat.« Piet sah David mitleidig an. »Was ist es bei dir? Deine Hauskatze?«

David antwortete nicht.

Piet klopfte ihm aufmunternd auf die Schulter. »Man hängt an so einem Vieh, was? Tut mir leid, Alter.« Im

gleichen Moment erstarrte er, so wie schon einmal, und blickte ins Leere, wenig später begannen seine Arme zu rudern und seine Gesichtsmuskeln sinnlos zu zucken.
David wandte sich ab und sah aus dem Fenster. Der Regen peitschte durch die Nacht, der Wind trieb ihn in dichten Schwaden fort von ihnen über die Domplatte und weiter durch die Gassen der Altstadt, Sekunden nur, dann erfasste eine Bö das durch die Luft treibende Wasser und schleuderte es mit Macht zurück. Lautlos zerplatzten Millionen von Wassertropfen an der Fensterfront der Hotelbar.
Oben am Himmel, schon unter den Regenwolken, überquerte ein Flugzeug die Stadt, es sank tiefer, David sah die Lichter in der Dunkelheit aufblitzen. Er beachtete es nicht. Seine Gedanken waren bei Alex und ihrer Schwester Zoé.
Wer aufgibt, bevor er anfängt, kennt den Weg nicht, an dem er scheitert.
Er wollte nicht aufgeben.
Bedrückt starrte er in die Nacht.

*

Das Flugzeug sank tiefer, sackte in ein Luftloch, taumelte kurz. Unterdrückte Schreie ertönten im Inneren der Kabine. Es polterte, das Fahrwerk klappte aus den Tragflächen und rastete ein, der Rumpf begann zu zittern. Im gleichen Augenblick erfasste eine Windbö den Nurflügler und warf ihn ein paar Meter zur Seite. Wieder stöhnten einige der First-Class-Passagiere erschrocken auf.
Steve Huskin holte seinen Sauerstoff-Inhalator aus der Tasche und legte sich die Halbschale über Mund und Nase. Gelassen lehnte er sich zurück, atmete ruhig ein

und aus. Er wusste, dass die Fluggesellschaften in Situationen wie dieser die Kabinenluft mit Beruhigungsmitteln versetzten. Huskin mochte diesen vermeintlichen Service nicht: Für das, was er tat, brauchte er einen klaren Kopf. Stimulanzien jeglicher Art verbat er sich.
»Noch drei Minuten bis zur Landung.« Die vom VI-Projektor generierte Stewardess lächelte. Huskin blickte auf die Uhr. Er hatte genau neun Stunden und 55 Minuten nach seinem Gespräch mit Chandran sein Ziel erreicht. Der Südafrikaner war zufrieden. Er hätte eher hier sein können, so, wie es sein Auftraggeber verlangt hatte. Doch seine Unabhängigkeit war ihm wichtig, kleine Symbole wie dieses waren notwendig, das zu unterstreichen. Man bestimmte nicht über ihn, man bat ihn um Hilfe. Er tat nur das, was er wollte, ausschließlich so funktionierte der Deal.
Huskin streckte sich, bevor er die Rückenlehne seines Multifunktionssitzes aufrecht stellte. Die Bildschirmprojektion vor ihm erlosch. Er rückte sein Jackett zurecht und prüfte den Sitz seiner Manschettenknöpfe. Er brauchte Platz um sich herum und hasste es, wenn ihm andere Menschen zu nahe kamen. Allein deshalb zog er die langsameren, aber bequemen Nurflügler den wasserstoffgetriebenen Hyperschallfliegern vor. In die schmalen Röhren quetschten sich vor allem Finanzjongleure, die von Handelsplatz zu Handelsplatz jetteten und sich bei Börsenstart mit ihren Rechnern möglichst nahe am Server der jeweiligen Börse in das W-Net einloggten, um von dort mit Nanosekundenvorsprung ihre Geschäfte abzuwickeln. Reisen mit Hyperschall war rastlos und anstrengend. Klassisches Fliegen unterhalb der Schallgrenze hingegen bedeutete Reisen im ursprünglichen Sinne, es galt als »old style«, ein Luxus für Menschen mit

Einfluss, Geld und Macht. Fliegen war ein Statussymbol geworden. Nur ein kleiner Teil der fast zehn Milliarden Menschen auf der Welt konnten es sich erlauben, auf diese Weise unterwegs zu sein. Über den Wolken blieben die Spitzenprädatoren der globalen Nahrungspyramide unter sich.

»Meine Damen und Herren: Wir erreichen den Flughafen von Köln.«

Wie auf eine schwankende Schaukel gebettet, näherte sich der Nurflügler der Landebahn. Die transparente Membran, die das Carbonskelett der First-Class-Kabine umhüllte, war abgedunkelt worden. Es war totenstill im Inneren der Kabine bis auf das Zittern des Rumpfes und das leise Zischen der Triebwerke am Heck. Kurz bevor sie aufsetzten, wurde der Flug plötzlich ruhig, so, als sei der Wind eingeschlafen. Sanft berührten die Räder den Asphalt.

Sie folgten den in die Rollbahn eingelassenen Lichtern durch die Dunkelheit bis zum Abfertigungsgebäude an der Nordwestseite des Flughafengeländes, ein wabenförmiger Betonbau direkt neben einer gläsernen Abfertigungshalle. Der Glasbau, einst lichter Sammelplatz für Urlauber und Günstigflieger, stand lange schon leer, die Scheiben waren zerbrochen, an einer Seite war die Stahlkonstruktion eingesackt. Den historischen Flughafen direkt neben der Glashalle hingegen hatte man erhalten, die Betonwaben des Terminals, in denen die luxuriösen Warteräume und Lounges untergebracht waren, glänzten wie neu, obwohl das Gebäude bald 100 Jahre alt war.

Der Flieger stoppte vor dem Gate, die Nase des Nurflüglers rastete im Rüssel ein. Es dauerte nur wenige Sekunden, bis die Türfront zur Seite glitt. Anders als sonst stürzten nicht alle sofort zum Ausgang, um in den

Lounges oder Duty-free-Shops zu verschwinden: Die meisten der First-Class-Passagiere tranken erst einen Schluck, froh darüber, sicher gelandet zu sein. Auf den billigen Plätzen des Nurflüglers, in der Businessclass im Heck der Maschine, sah es vermutlich nicht anders aus.
Huskin genoss es, in Ruhe und ohne angerempelt zu werden das Flugzeug zu verlassen. Er war einer der wenigen, die ihre Reise hier beendeten, die meisten Passagiere an Bord flogen weiter über den Atlantik oder hatten gar eine Reise rund um den Erdball gebucht.
Der Fahrer der MIC, ein blonder, auffallend schlanker Jüngling mit einem Schmiss auf der Wange, erwartete ihn am Ausgang. Der Blonde riss den Wagenschlag auf. »Hatten Sie einen guten Flug?«
Huskin winkte ab. »Keine Fragen. Fahren Sie mich einfach.«
Der Weg bis zum Betriebsgelände der MIC war kurz, Huskin kannte ihn von früheren Besuchen, die Fahrt dauerte keine zehn Minuten. Die mit Elektrozäunen und Scheinwerfern gesicherte Autobahn war fast leer, nur wenige Fahrzeuge nutzten die Transitstrecke. Der Wagen beschleunigte und überholte einen Interzonen-Konvoi, eine Reihe von Trucks, deren Außenhaut gepanzert war. Militärfahrzeuge begleiteten den Transport, vermutlich würde die Kolonne auf dem Weg zu ihrem Ziel die Transitstrecke verlassen und exterritoriales Gebiet durchqueren müssen.
Das Gästehaus der Medical Ind Corporation in der Zone 3 befand sich direkt am Rhein. Das frühere Messegebäude, einst Sitz eines Trash-TV-Senders, war von der MIC als Wohnstatt für das untere Management ausgebaut worden. Zwar war das rote Backsteingebäude nicht sonderlich luxuriös, aber mit den Datenströmen des

Konzerns gut vernetzt. Übernahm er einen Auftrag von der Medical Ind Corporation, quartierte sich Huskin stets in die firmeneigenen Wohnanlagen ein. Ihm war Luxus egal, der direkte Zugriff auf das interne Datennetz war ungleich wichtiger. Nur hier stand ihm sein virtuelles Terminal mit unbegrenztem Speicherplatz zur Verfügung.
Die Managerin des Gästehauses, eine schmale Asiatin mit kölschem Dialekt, hatte ihm ein Apartment auf der Westseite des Gebäudes zugewiesen. Huskin würdigte die Aussicht auf den illuminierten Schwarzen Dom mit keinem Blick: Er leerte seine Tasche, hängte sorgsam seine Hemden und Anzüge in den Schrank und stellte zuletzt einen schlanken, schmalen Koffer, den er unausgepackt ließ, in die Garderobennische neben dem Ausgang. Dann verdunkelte er die Fenster und loggte sich in das Firmennetzwerk ein.
So wie immer hatte man ihm einen Zugang der Kategorie C freischalten lassen. Er gewährte Huskin einen ungehinderten Zugriff auf die Personaldateien und auch auf die persönlichen Konten aller Mitarbeiter des gesamten Konzerns. 90 Prozent der Fälle, das zeigte Huskins Erfahrung, konnte er direkt auf der Netzebene aufklären, oftmals in wenigen Stunden. Die in das System integrierten Mechanismen waren effektiv.
Die meisten Probleme, die ihm die MIC zur Lösung anvertraute, entstanden durch Angestellte der mittleren Gehaltsgruppe, die überholte Ansichten wie Chancengleichheit und soziale Gerechtigkeit für sich entdeckten oder die sich, ideologisch vorbelastet, als Schläfer in den Konzern eingeschmuggelt hatten, um das System von innen heraus zu bekämpfen. Huskin hatte gut zu tun, trotz ausgeklügelter Analyseprogramme, mit denen die

Bewerber bei Neueinstellungen durchleuchtet wurden. Weltweit beschäftigte die MIC mehrere Millionen Mitarbeiter, und selbst wenn der Anteil an Crashern unter ihnen nur wenige Promille groß war, hatte Huskin schnell mehr als tausend Aufträge pro Jahr.
Doch diese Mission war anders als gewohnt. Der Crasher, um den er sich kümmern sollte, gehörte zum gehobenen Management, er war Abteilungsleiter und schon seit vielen Jahren auf seinem Posten. Ohne Vorwarnung hatte er sich abgesetzt, eine junge Frau hatte seine ID gestohlen, seither war er wie vom Erdboden verschluckt. Huskin checkte das System: Obwohl er noch vor seinem Abflug aus Schanghai Rosners biometrische Daten in die Fahndungsdatei des ESS eingespielt hatte, war der Gesuchte von keinem Scanner und keiner der Überwachungskameras entdeckt worden, nicht in Köln und auch in keiner anderen Stadt Europas. Es war, als habe Rosner niemals existiert.
Huskin lud die Kopie der gelöschten Personalakte in sein Terminal und prüfte das Bewegungsprotokoll des Crashers. Das Signal seines ID-Chips war vor gut 24 Stunden verschwunden, direkt vor dem Dom, mitten im dichtesten Gewühl. Am Morgen darauf war es in der Eingangshalle der MIC-Zentrale wieder aufgetaucht, nur hatte nicht Rosners ID-Chip das Signal gefunkt, sondern der jener Frau, die sie später an der Grenze gefasst hatten und die nun in einer Zelle im Regionalgericht verwahrt wurde.
Huskin wechselte seine Netz-Identität und griff auf den Server des ESS zu. Die Daten des Staatsschutzes liefen über die Glasfaserkabel der MIC, es war leicht, sich in die Datenströme der europäischen Regierung einzuklinken. Sekunden später hatte er die infrarotverstärkten

Kameras auf der Domplatte aufgerufen und ihre lokal gespeicherten Archivdateien der letzten Tage auf sein Terminal überspielt. Er ließ das System die Daten abgleichen. Das Programm entdeckte den Crasher in den Aufnahmen sofort: Ein Track mit Datum und Uhrzeit öffnete sich, das System markierte Rosner mit einem grünen Viereck. Obwohl er es kannte, faszinierte Huskin die Technik immer noch: Jeder war jederzeit zu orten, die implantierten ID-Chips, die eine individuelle Kennung aussendeten, waren das perfekte Überwachungsinstrument, besser noch als die Tagger oder vor Jahrzehnten die Smartphones, mit denen alles begonnen hatte.

Plötzlich erlosch das Quadrat, das Rosners Kopf umrahmt hatte. Huskin stoppte die Aufnahme: Das musste der Moment gewesen sein, in dem Rosners ID gestohlen worden war. Er scrollte die Aufnahme etwas zurück und startete sie neu, in langsamerer Geschwindigkeit, um den Moment des Diebstahls zu erkennen. Und nun sah er es: Rosner stolperte und stürzte beinahe, eine Hand stützte ihn und half ihm auf, Rosner wandte sich um und bedankte sich lächelnd. Huskin vergrößerte das Bild. Er kannte die Frau, die Rosner aufgeholfen hatte, und jetzt sah er auch, was sie tat: Sie presste, während sie ihn stützte, einen mobilen Scanner gegen seinen Oberarm, nur für wenige Sekunden und ohne dass Rosner es bemerkte. Die Frau lächelte Rosner an, Momente später war sie im Gewühl untergetaucht.

Nachdenklich sah Huskin dabei zu, wie Rosner weiterging und in der Menge verschwand. Sie hatten keine Chance, seinen Weg zu verfolgen: Der Chip in seinem Oberarm war gelöscht worden, er war unsichtbar für die Scanner und dadurch unauffindbar für Spürhunde wie ihn, trotz der gigantischen Rechenleistung der Quantencomputer, die ihnen zur Verfügung standen und mit denen sie Tag für Tag die Datenströme der gesamten Welt scannten und analysierten. Selbst Rosners biometrische Daten halfen ihm nicht weiter, sie konnten nur in Echtzeit geprüft werden, der Rückgriff auf Bildaufzeichnungen einer ganzen Stadt überstieg die Möglichkeiten seiner Rechenzeit.

Dies war der Schwachpunkt des Systems: Ihnen fehlte die Manpower, reale Menschen, die eingriffen, wenn der Logarithmus versagte. Vor hundert Jahren noch hätte man Rosner beschattet, ihn beobachtet, fotografiert, abgehört. Seine Kollegen von damals hätten gewusst, wo sich Rosner nun aufhielt. Ihm hingegen blieb nichts als sein Verstand, seine Intuition und die Hoffnung, dass der Gesuchte einen Fehler machen würde. Irgendwann, das wusste Huskin aus Erfahrung, verfing sich jeder Crasher in dem Netz, das er ausgeworfen hatte.

Huskin löschte die Projektion und lehnte sich zurück. War Rosner Täter oder Opfer? Seit mehr als 24 Stunden gab es von ihm kein Lebenszeichen, so lange war noch nie einer seiner Crasher abgetaucht. Ob er tot war? Eine Leiche, die irgendwo in einem Hinterhof vergammelte, würden sie niemals finden. Doch Huskin glaubte nicht, dass Rosner ein Opfer war. Er saß irgendwo dort draußen und versteckte sich vor den Kameras, den Sensoren, den Scannern, die überall in den Straßen lauerten und ihn suchten. Sie würden ihn kriegen, Huskin war sich sicher.

Doch es machte ihn unruhig, dass er eine Frage nicht beantworten konnte. *Warum* war Rosner abgetaucht?

*

Die Wolken waren gen Osten gezogen und hatten die Blitze und den Regen mit sich genommen. Es war, als atme Köln auf, erleichtert darüber, der Apokalypse noch einmal entkommen zu sein. Langsam kehrte das Leben in die Stadt zurück. Während in der Zone 4 das Aufräumen begann, war in der Zone 2 nur wenig zu tun. Einige Restaurants waren überspült und eine Reihe von Läden geflutet worden, doch die Kanalisation hatte das Schlimmste verhindert, auch war der Rhein nicht über die Ufer getreten wie vor ein paar Wochen, er hatte stattdessen das Regenwasser mit sich genommen. Jetzt glänzten die Straßen wie poliert, und die Luft roch frisch und war klar. Jeder, der konnte, ging hinaus, um die Nacht zu genießen.
Auch im Norden der Stadt verließen die Menschen ihre Häuser. Die wenigen Anwohner, die hier in der Zone 2 lebten, standen in den Straßen und plauderten, auf den Stufen der Hostels und Pensionen saßen die Rucksacktouristen und ließen Weinflaschen kreisen. Eine Touristengruppe stand aufgeregt im Eingang einer verlassenen Kirche, die Urlauber hatten im Inneren des entweihten Sakralbaus das Unwetter abgewartet und waren leidlich trocken geblieben. Jetzt gab der Guide seinen Schäfchen ein Zeichen, alle setzten sich in Bewegung, ihr Ziel war der Aussichtsturm an der Grenzmauer nahe der alten Bastei.
Die Zonengrenze der Stadt war ein beliebtes Touristenziel, genau wie die schwimmenden Slums von Hamburg oder die Gettos nordöstlich von Paris. Nirgendwo sonst außer in Köln stießen die zweite und die vierte Zone direkt aneinander, in keiner weiteren Stadt waren der Reichtum auf der einen Seite und die Abgründe der Gesellschaft auf der anderen sich so bedrohlich nahe.

Während die Stadtplaner in den übrigen Großstädten Europas darauf geachtet hatten, die dritte Zone als Puffer zwischen den Wohngebieten der Mittelschicht und den Slums einzuziehen, hatte man es hier versäumt, die Zukunft sinnvoll zu planen, was Spötter als traditionsbewusst bezeichneten. Die Domstadt pflegte ihren Makel mit rheinischer Selbstzufriedenheit. Die kurzerhand gebauten Aussichtstürme an der Mauer der geteilten Stadt waren bei den Besuchern sehr beliebt, die geführten Touren entlang der Stahlwand, von den Kölnern augenzwinkernd »Grusel-Gängelche« genannt, waren stets ausgebucht.

Rosner stand gebückt an dem mit Brettern vernagelten Kellerfenster und sah der Gruppe nach. Es wäre leicht, sich unbemerkt einem der Grusel-Gängelche anzuschließen, vermutlich würde niemand ihn beachten, und er könnte sich inmitten der Touristen vor den Überwachungskameras verstecken. Und dann? Egal, wohin er ging, jeder Ort in der Zone 2 war gefährlich für ihn. Besser, er blieb, wo er war – dass sie ihn noch nicht festgenommen hatten, zeigte, dass sein Versteck gut war. Solange er sich unauffällig verhielt, würden sie ihn nicht finden.

Doch er würde sich nicht ewig verstecken können.

Ein Krankenwagen verließ die Ausfahrt des nahen Hospitals und raste hinüber zur Rheinuferstraße. Rosner sah dem Wagen nach, bis er am Ende der Häuserzeile abbog und das Blaulicht, das durch die Nacht zuckte, mit sich nahm.

Rosner dachte an den Call zurück, der vor einem Tag sein Leben komplett auf den Kopf gestellt hatte. Die Warnung des Unbekannten war deutlich gewesen, und seine Stimme hatte eindringlich geklungen: Sein Leben

sei in Gefahr, hatte der Unbekannte gesagt, ein Killer sei auf ihn angesetzt. Rosner war es nicht schwergefallen, den Worten des Fremden zu glauben, bestätigten sie doch sein ungutes Gefühl seit seinem Besuch in Paris. Er hatte den Akku aus seinem Tagger herausgebrochen und war aus dem Stadtzentrum verschwunden, um im Norden der Zone ein sicheres Versteck zu suchen, so, wie es ihm der Unbekannte geraten hatte.
Analog werden, aus dem System aussteigen, mit niemandem Kontakt aufnehmen – nur dann hätte er eine Chance zu überleben. Mindestens 48 Stunden müsse er sich verstecken, dann wäre der Weg für ihn frei.
48 Stunden. Und dann? Das Ziel, das ihm der Unbekannte genannt hatte, missfiel Rosner zutiefst.
Hatte er eine Wahl?
Rosner wandte sich vom Fenster ab und tastete sich im Halbdunkel durch das Kellergewölbe. Gerümpel und herabgestürzte Mauerbrocken versperrten ihm den Weg, er musste aufpassen, sich nicht zu verletzen. Risse durchzogen Wände und Decken, das Gebäude war baufällig. Er hatte eine Tür auf der Rückseite der Ruine aufbrechen müssen, um in das Innere des Kellers zu gelangen.
Ein leises Tropfen war zu hören, der Becher, den er unter den rostigen Wasserhahn gestellt hatte, war halb gefüllt. Rosner trank den Inhalt Schluck für Schluck. Er musste an seine Mitarbeiter denken. Wenn es wirklich um ihre Forschungsergebnisse ging, wie ihm der Unbekannte gesagt hatte, dann waren auch sie in Gefahr. Oder hatte man sie längst aus dem Weg geräumt? Rosner befürchtete es. Die MIC würde das Risiko nicht eingehen, dass die Ergebnisse ihrer Arbeit bekannt werden könnten. Vermutlich waren ihre im Labor aufbewahrten Forschungsergebnisse längst vernichtet. Alles, was es noch von ihrer

Arbeit gab, waren seine Erinnerung und seine Aufzeichnungen, die er in der Bar des *Cologne Zone One* versteckt hatte.

Sie durften ihn nicht kriegen.

Hatte er eine Alternative? Wo war er sicher vor ihren Kameras, vor ihren Scannern, ihren Droiden? Wo war der Ausstieg aus ihrem alles überwachenden System?

Er wusste, er würde sich nicht ewig in dem Keller des Abbruchhauses verstecken können. Entweder würde er verdursten oder sie würden ihn doch noch aufspüren, weil er einen Fehler machte oder weil vielleicht ein Nachbar etwas bemerkte. Spätestens dann, wenn sie auf klassische Weise die Stadt Straßenzug für Straßenzug mit ihren Schnüffeldrohnen durchsuchten, hätte er keine Chance mehr.

Sosehr er auch grübelte, Rosner kannte nur einen Ort, an dem sie keine Macht hatten, es war jener Ort, den ihm der Unbekannte genannt hatte. Der Gedanke daran ließ Rosner frösteln: Es war die Zone 5.

19

Langsam schob sich der schwere Körper durch das Unterholz. Der Pfad, den das Tier gewählt hatte, war zu schmal für sein Geweih, die Krone des Zwölfenders verhakte sich in den Büschen und herabhängenden Ästen und riss Zweige und Blätter zu Boden. Carter hielt den Atem an. Schon seit Wochen versuchte er, den Rothirsch zu erlegen, doch bis zum heutigen Tag hatte er ihn noch nicht einmal zu Gesicht bekommen. Anhand der Spuren, die er gefunden hatte, war ihm klar gewesen, wie groß das Tier sein musste. Erst jetzt, als der Bulle im funkelnden Licht der Morgensonne vor ihm stand, begriff er, dass der Rothirsch der größte war, den er je gesehen hatte.

Die kleine Gestalt neben ihm war wie erstarrt, seit der Hirsch die Lichtung betreten hatte. Eine Hand zupfte an Carters Shirt. »Warum schießt du nicht?« Aaron wisperte seine Worte, trotz seiner sechs Jahre wusste er, wie man sich hier draußen verhielt.

Carter beugte sich zu ihm herab. »Es geht nicht. Wir beide sind alleine hier. Und einen Schuss würde man meilenweit hören.« Bedauernd nahm er das alte, aber gepflegte Jagdgewehr von der Schulter und stellte es mit dem Schaft voran in das Gras. Sie würden sich noch einmal begegnen, dachte Carter, während er den Hirsch beobachtete, und dann würde er vorbereitet sein, gemeinsam mit den anderen und einem Wagen in Funknähe, der

sie sofort nach dem Schuss holen und zurückbringen würde.
Schweigend sahen sie zu, wie das Tier hinaus auf die Lichtung trat und sein Geweih hob. Der Hirsch witterte, doch der Wind trug ihren Geruch davon. Eine Weile äste der Bulle, dann drehte er sich um und schritt zurück in den Wald.
Aaron stieß die Luft aus, die er angehalten hatte. »Mann, war der groß!« Seine Augen strahlten.
Carter musste lachen. Er wusste schon jetzt, was Aaron am Abend bei der Versammlung auf dem Marktplatz berichten würde. Sein Jüngster hatte wenig Scheu vor anderen, und sein Selbstbewusstsein war noch weiter gewachsen, seit er begriffen hatte, dass er der Sohn des Anführers war.
»Komm. Gehen wir zurück.«
Gemeinsam liefen sie durch den Wald. Es gab keinen Weg, nur manchmal die Ahnung eines Pfades, doch Carter brauchte keine Markierungen, um sich zurechtzufinden. Nach einer Weile kreuzten sie eine fast zugewucherte Landstraße, Carter querte sie, nachdem sie sich vergewissert hatten, dass sie unbeobachtet waren. Er wusste, die Straße führte nach Spangdahlem, ein Ort, den sie besser mieden. Sein Großvater war einst auf der Airbase als Soldat stationiert gewesen, bevor er den Dienst quittierte und mit seiner Frau in einem Eifeldorf ein kleines Haus gekauft hatte. Jetzt lebten die Rotnacken auf dem ehemaligen Militärgelände, sie hatten das verlassene Flugfeld und die Ruinen der nahen Ortschaft okkupiert und sich dort mit ihrem Clan niedergelassen. Carter verspürte wenig Lust, ihnen zu begegnen, weder dort noch hier allein im Wald und schon gar nicht mit seinem jüngsten Sohn an seiner Seite.

Sie wanderten eine Weile Richtung Norden und folgten dem Verlauf eines kargen Tals, als sie ein leises Brummen innehalten ließ. Carter hob seinen Finger an den Mund, bevor Aaron etwas fragen konnte. Er horchte. Das Brummen wurde lauter, ein leises Sirren mischte sich darunter, hochfrequent und drängend. Eilig sah sich Carter nach einer Deckung um, zog Aaron schließlich unter die ausgebreiteten Äste einer umgestürzten Fichte und drückte ihn zu Boden. Er war gerade neben ihm in den Schatten des Stammes gekrochen, als die erste der Cross-Vipern durch das Gelände pflügte, dicht über dem Boden und alles versengend, worauf der Strahl des Triebwerks traf. Es waren sieben Vipern, eine Einheit ohne Kennung, zu groß für einen Spähtrupp, zu klein für eine Angriffsformation. Eine nach der anderen raste an ihnen vorbei, ohne sie zu bemerken. Carter spürte die Hitze, die ihre Triebwerke ausstießen, der Gestank der Abgase vermischte sich mit dem Geruch von verbranntem Holz. Das Sirren wurde leiser, bald war nur noch das Brummen zu hören, dann war es still.

Aaron hatte, obwohl Carter es ihm verboten hatte, über seine Arme gelinst. »Das waren Exterritoriale, stimmt's?« Mit großen Augen starrte er in die Richtung, in die die Cross-Vipern verschwunden waren.

Carter nickte. Er wirkte besorgt.

»Die sind gefährlich, oder?«

»Ja, sehr.«

»Sven sagt, alle Exterritorialen sind gefährlich.«

Carter musste lachen. »Wir sind auch Exterritoriale.«

Aaron schüttelte ernst den Kopf. »Wir sind anders, Papa.«

»Du hast recht.« Carter nickte. »Wir sind anders.«

Das Funkgerät an seiner Hüfte vibrierte, er zog es hervor und aktivierte die Verbindung.

»Commander? Hier ist jemand für Sie!«
Carter war erstaunt. »Wer?« Er erwartete niemanden.
»Im VI-Raum. Ihr Mr. Nobody. Er sagt, er muss Sie sofort sprechen. Soll ich die Verbindung auf den Funkkanal legen?«
Carter zog Aaron hoch. »Nein, ich will ihn sehen. Wir sind in einer halben Stunde bei euch.«

*

Sie schafften den Weg in 20 Minuten, Carter war gelaufen und hatte Aaron einen Großteil der Strecke getragen. Das Tor in der Stadtmauer öffnete sich quälend langsam. Carter betrachtete die mit Metall beplankte Holzwand, sie war aus rohen Stämmen gefügt, die sie von Ästen befreit und mit den dicken Enden voran tief im Boden verankert hatten. Das Bollwerk hielt ihnen das herumziehende Gesinde vom Hals, doch würde es einem Viper-Angriff standhalten?
»Verstärkt die Wachen. Besetzt alle Geschütze. Und schickt den Diensthabenden zu mir.«
Der bärtige Soldat nickte und schloss das Tor hinter ihnen, bevor er seinem Kameraden auf dem Ausguck ein Zeichen gab und davoneilte.
Nico, Carters rechte Hand und sein bester Freund, erwartete sie bereits auf dem Gemeinschaftsplatz des Ortes, er lief ihnen entgegen, als er sie sah. »Die Verbindung steht noch. Er wartet auf dich im VI-Raum.«
»Hat er gesagt, was er will?«
»Nein.« Nico nahm Aaron bei der Hand, um den Jungen mit sich zu nehmen. »Er sagte nur, dass es wichtig sei.«
Carter gab Aaron einen liebevollen Klaps, bevor er die Stufen zum Gemeinschaftshaus hinaufeilte.

Der VI-Raum war im früheren Sitzungssaal des einstigen Rathauses untergebracht, ein prachtvoller Raum im obersten Stockwerk des Gebäudes mit großen Fenstern in alle Himmelsrichtungen, der Blick über die Dächer der kleinen Stadt ging weit. Sie hatten diesen Raum gewählt, weil er groß genug war, die altertümliche und klobige Technik aufzunehmen, und zugleich hoch genug lag, um vor einer Frühjahrsflut geschützt zu sein.
Der VI-Projektor war direkt an die mit Schnitzereien verzierte Decke geschraubt, die Geräte für die W-Net-Verbindung hingen daneben. Ein Kabel, durch eine fingerdicke Schicht aus Stoff und Teer vor Feuchtigkeit geschützt, führte von der Anlage durch einen Versorgungsschacht in den Keller des Gebäudes, von wo aus es durch die einstige Kanalisation des Ortes bis zum Hügel hinter der Kirche geführt wurde. Dort stand, auf einer natürlichen Erhebung, der Sendemast, das wertvollste Stück ihrer Gemeinschaft. Sie hatte ihn vor Jahren schon auf der Airbase abmontiert und hier aufgestellt, lange bevor die Rotnacken das Flugfeld besetzt hatten. Es war in dem Sommer gewesen, als sie die verlassene Stadt als Basis ihrer Gemeinschaft ausgewählt und mit einer Stadtmauer befestigt hatten. Carter war sich des Risikos bewusst, ihren Reichtum so gut sichtbar auszustellen, vor allem, weil direkt neben dem Sendemast die Strom gebenden Kollektoren in der Morgensonne glitzerten. Doch bisher hatten ihre vier Geschütze auf den Gefechtstürmen der Stadtmauer jeden Angriff abgewehrt.
Carter aktivierte den Projektor, Nico hatte ihn auf Standby geschaltet, um Strom zu sparen. Das Bild von Mr. Nobody, so ihr Spitzname des Unbekannten, materialisierte sich sofort. Carter war immer wieder fasziniert, dass es

tatsächlich so aussah, als stünde der Besucher direkt vor ihm.
»Danke, Carter, dass Sie gekommen sind. Sprechen wir unter vier Augen?«
Carter betrachtete aufmerksam die Gestalt, die leicht flackernd vor ihm stand. Wie die Male vorher waren der Kopf und das Gesicht des Mannes verhüllt, ein Umhang bedeckte die Kleidung, um zu verbergen, was Mr. Nobody tatsächlich trug. Doch bei einer ihrer früheren Unterhaltungen war der Überwurf kurz verrutscht, ein Anzugkragen war darunter zum Vorschein gekommen.
»Wie kann ich wissen, ob wir unter vier Augen sprechen, wenn ich Ihre Augen nicht sehe?«
Der Unbekannte quittierte Carters Entgegnung mit einem Nicken.
»Vertrauen entsteht durch Offenheit«, fuhr Carter fort. »Zeigen Sie mir, wer Sie sind.«
»Vertrauen entsteht durch Wahrheit«, entgegnete der Unbekannte. »Habe ich Sie jemals enttäuscht?«
»Nein«, musste Carter zugeben, die Informationen waren stets zuverlässig gewesen.
Er bemerkte, dass sein Gegenüber angespannt war. »Was ist passiert?«
»Ich brauche Ihre Hilfe.«
»Ich soll Ihnen helfen?« Carter lachte.
»Es ist wichtig.«
»Klar helfe ich Ihnen. Ich wüsste nur nicht, wie.«
»Sie müssen einen Flüchtling aus der Zone 2 in die Zone 5 schmuggeln.«
Kurz war Carter sprachlos. Dass jemand freiwillig das Paradies verlassen wollte, überstieg seine Vorstellungskraft. »Kein Witz?«
»Ich mache keine Witze.« Der Unbekannte schilderte in

knappen Worten, was er vorhatte und um welchen Gefallen er Carter und seine Leute bitten wollte: »Sie nehmen ihn auf, wenn er die fünfte Zone betritt, und bringen ihn in Ihre Stadt. Es ist wichtig, dass ihm nichts passiert.«

»Ich gehe davon aus, dass Sie mir nicht sagen, warum er wichtig ist.«

Der Unbekannte zögerte kurz. »Sein Wissen rettet Leben. Das von sehr vielen Menschen.«

»Und wo finden wir ihn?«

»An der Zonengrenze von Köln.«

Carter zog die Luft durch seine Zähne. »Das sind fast 100 Kilometer quer durch die Eifel!«

»Stellen Sie ein Team zusammen und lassen Sie den Trupp sofort aufbrechen. Ich gebe Ihnen Bescheid, wenn ich weiß, wo genau der Flüchtling die Grenze überquert.«

Jetzt war es an Carter, zu zögern. »Es sind Exer in der Gegend, Exterritoriale mit Cross-Vipern. Ich kann auf keinen Soldaten verzichten.«

»Es ist wirklich wichtig, ich würde Sie sonst nicht darum bitten. Ein kleiner Trupp, das muss doch möglich sein! Kann ich mich auf Sie verlassen?«

Carter versprach es.

*

Mit einem Vibrieren verstummte der VI-Projektor, es wurde still im Kontrollraum. Die maskierte Gestalt stand noch einen Moment regungslos auf dem Scanfeld, dann zog sich der Mann die Kapuze vom Kopf und legte den Umhang ab, den er sich über die Schultern geworfen hatte. Sorgfältig verstaute er die beiden Kleidungsstücke in einem versteckten Fach seiner Tasche. Ferris seufzte. Er mochte die Kostümierung nicht, in der er sein Gespräch geführt hatte, sie kam ihm theatralisch vor, und derart große Gesten lagen ihm nicht. Doch wenn er eine Chance haben wollte, tatsächlich etwas zu bewegen, dann durfte niemand dort draußen erfahren, wer er wirklich war.

Konzentriert begann er damit, das System zu überprüfen, so wie es ihm ZoZo beigebracht hatte. Der von dem Hacker programmierte Record-Blocker hatte funktioniert, das Gespräch mit Carter war nicht aufgezeichnet worden. Ferris löschte manuell die Protokolldateien und die Querverweise auf dem Sicherheitsserver, bis alle Spuren seiner Kontaktaufnahme getilgt worden waren. Zuletzt überspielte er die lokalen Bilder der Überwachungskamera mit unverfänglichen Aufnahmen, bevor er sich aus dem Zentralrechner ausloggte, den Stick aus dem Slot zog und das Terminal des Systemadministrators vom Netz trennte.

Es war still im Gebäude, als er den Kontrollraum verließ und zum Ausgang ging. So früh am Morgen war kaum jemand hier, nur die Mannschaft der Nachtschicht saß müde und gelangweilt am Arbeitsplatz, sehnsüchtig darauf wartend, dass die Ablösung eintraf. Die Server der MIC waren wartungsfrei und mussten nicht betreut werden, nur die Subsysteme wie die Kühlung der Memristor-Cubes im Tiefgeschoss des Hauses oder die Energiezufuhr der Anlage brauchten hier und da eine regelnde Hand.

Ferris erreichte die Eingangshalle des schmucklosen Gebäudes. Wie immer an dieser Stelle hatte er die Vision, dass sich plötzlich die Türen in der Seitenwand der Halle öffneten und sich alle auf ihn stürzten, um ihn festzuhalten und verhaften zu lassen. Doch es blieb ruhig, niemand hatte etwas bemerkt.

»Einen schönen Tag noch!«

Der Wachmann am Ausgang war freundlich wie immer, er öffnete ihm die gepanzerte Tür und hob Zeige- und Mittelfinger an die Stirn, so, als ob er sich an eine imaginäre Schirmmütze tippte. Ferris lächelte, ohne zu antworten, und trat durch die Sicherheitsschleuse hinaus in den anbrechenden Tag. Das »Black Cab« wartete schon.

Während ihn das Taxi durch die erwachenden Straßen Londons fuhr, vorbei an endlosen Reihenhäusern und verlassenen Parkanlagen, dachte Ferris über das nach, was er getan hatte. Zum ersten Mal, seit er von Chandran auf den Posten des persönlichen Assistenten gehoben worden war, hatte er seine Deckung verlassen, um einem einzelnen Menschen zu helfen. Bislang hatte er sich darauf beschränkt, Informationen zu sammeln und sie seinen alten Kontakten zuzuspielen, insbesondere seinen ehemaligen Mitstreitern aus der Zeit in São Paulo, die nichts von seiner Karriere bei der MIC ahnten und nicht wussten, dass er es war, der ihre Arbeit im Widerstand hin und wieder mit wertvollen Interna aus der Welt der multinationalen Konzerne voranbrachte.

Doch seit der Begegnung mit Rosner hatte sich etwas verändert. Ferris war sich bewusst, dass diese Angelegenheit mehr erforderte als das passive Abwarten eines Sammlers. Er musste zum Jäger werden, wenn er Rosner und seine Forschungsergebnisse vor der Vernichtung bewahren wollte.

Zwanzig Minuten später erreichten sie den konzerneigenen Flughafen Biggin Hill im Süden der Stadt, am Rand der Zone 2 gelegen. Ursprünglich hätte landwirtschaftliche Nutzfläche das private Rollfeld umschließen sollen, doch nach Intervention der MIC hatte man die zweite Zone der Stadt bis hierhin ausgeweitet. Ferris öffnete mit dem Signal seines Taggers die Zufahrt zum Flughafengelände und ließ das Taxi bis auf das Rollfeld fahren, es stoppte direkt neben dem Firmenjet. Während er zahlte, warf er einen sehnsüchtigen Blick auf die Mini-Helis, die im offenen Hangar bereitstanden. Lieber hätte er einen der wendigen Hubschrauber genommen, um damit in die Stadt und wieder hierher zurückzufliegen, doch über dem zentralen Servergebäude der MIC war eine Flugverbotszone eingerichtet worden, um das Risiko eines Angriffs auf die Memristor-Cubes des Konzerns zu minimieren.

»Hatten Sie einen angenehmen Termin?« Taufrisch und wie aus dem Ei gepellt, begrüßte ihn die Stewardess, ein strahlendes Lächeln auf ihren wohlgeformten Lippen. Ferris beachtete sie nicht, er sprach grundsätzlich nicht mit computergenerierten VI-Projektionen. Stattdessen warf er sich in einen der Sessel und schnallte sich an, bevor er sein FlexCom hervorholte und es aufschnellen ließ. Der Flugkapitän, eine junge Frau Ende 20, stieß die Tür zur Kabine auf und blickte ihn fragend an. Er nickte und gab das Zeichen zum Start, dann wandte er sich dem Display zu und loggte sich in das Firmennetz ein. Kurz protokollierte er die Ergebnisse der Gespräche, die er im Auftrag Chandrans in London geführt hatte, zumeist Begegnungen mit neuen leitenden Mitarbeitern der MIC, die Chandran per VI-Konferenz kennengelernt hatte und zu denen Ferris eine persönliche Einschätzung beisteuern sollte. Auch seinen Besuch im Serverzentrum protokollierte er als Routinekontrolle einer der wichtigsten Anlagen des Konzerns. Ferris wusste, der Abstecher würde ihm keine Probleme bereiten, Chandran schätzte es, wenn er Initiative zeigte und sich verantwortlich fühlte. Er war gerade fertig mit der Arbeit, als sie ihre Reiseflughöhe erreicht hatten.

Nachdenklich ließ Ferris das FlexCom sinken. Er war müde, doch er versuchte erst gar nicht, zu dösen. Er wusste, seine Gedanken würden ihn ohnehin wach halten. Es waren weniger die Ereignisse der vergangenen Stunden, die ihm nachgingen, es war vielmehr ein Bild, das immer wieder durch seinen Kopf huschte: der Anblick der jungen Frau in ihrer Zelle in dem Gerichtsgebäude in Köln. In den Stunden im Hotel, in denen er wie so häufig nicht schlafen konnte, hatte er darüber nachgedacht, was ihn so beeindruckt hatte: Es war ihr Blick gewesen, er zeigte Mut und Unerschrockenheit, wo andere verzweifelt und am Ende gewesen wären. Kurz entschlossen stellte Ferris die Verbindung zum Server her und rief das Bild der Überwachungskamera in der Zelle auf. So wie beim ersten Mal lag Alex auf ihrer Pritsche, offenbar versuchte sie zu schlafen, sie hatte ihre Augen mit dem Unterarm vor dem gleißenden Deckenlicht geschützt. Im gleichen Moment verlosch das Licht in der Zelle, die Optik brauchte einen Moment, sich an die Dunkelheit anzupassen. Dann sah er sie wieder, jetzt schemenhaft, das Bild mit Infrarot verstärkt, sie lag auf dem Rücken, die Augen nun weit geöffnet, schlaflos wie er.

Stumm betrachtete er die erschöpft wirkende Frau.

Was wäre, dachte Ferris, wenn nicht sie, sondern er in der vierten Zone geboren worden wäre? Würde er dort in der Zelle liegen, und sie säße hier in diesem Flugzeug? Würde sie ihm helfen?

Er hatte den Gedanken kaum gedacht, als er ihn schon von sich schob. Er durfte nichts für sie tun. Es gab keinen

Grund dafür. Rosner war wichtig, seine Arbeit konnte Millionen von Menschen das Leben retten. Sie hingegen war nur eine junge Frau, die ihn beeindruckt hatte. Er durfte ihr nicht helfen. Er war seinen Weg nicht bis hierher gegangen, um alles, was er erreicht hatte, für ein Gefühl aufs Spiel zu setzen.

Ferris schaltete das FlexCom aus und rollte es ein. Nachdenklich lehnte er sich zurück. Er wusste immer noch nicht, wie er Rosner aus der Stadt herausschleusen sollte, ihm blieb nur noch dieser Tag, eine Lösung zu finden. Er fokussierte seine Gedanken, eine Technik, die ihm half, komplexe Probleme schnell zu durchdringen. Er musste einen Weg finden, mit dem niemand rechnete!

Systematisch begann Ferris, den Aufbau der Grenze und der Sicherungsanlagen durchzugehen, Abschnitt für Abschnitt. Jedes System hat einen Fehler, wusste er, nichts war perfekt.

Es war nur eine Frage der Zeit, bis er die Lücke finden würde.

20

»Guten Morgen, Herr Bachmann. Es ist 7.30 Uhr.« David war erschöpft, als er in seiner Suite aufwachte und in die Rehaugen der lächelnden Brünetten blickte. Seine Nacht war kurz gewesen, zu viele Gedanken bedrängten ihn und hatten ihn wach gehalten, obwohl sich die mit seinen medizinischen Daten gefütterte Matratze wacker darum bemüht hatte, ihn zu entspannen. Erst nach Stunden war er in einen unruhigen Schlaf geglitten. Erschöpft deaktivierte er die Weckfunktion, der VI-Projektor verschwand in seinem Fach in der Deckenverkleidung, und mit ihm verschwand die Brünette, die sich mit einem letzten Augenaufschlag von ihm verabschiedete. Langsam begann er sich an sie zu gewöhnen.

Eine knappe Stunde später erreichte er das Gebäude, in dem Schoops Kanzlei untergebracht war. Schritte waren von oben zu hören, das Klirren eines altmodischen Schlüsselbunds, jemand war kurz vor ihm die Treppe hinaufgestiegen und schloss gerade die Tür auf.

Verena verließ Schoops Arbeitszimmer, als David die Kanzlei betrat. Die Anwaltsgehilfin sah bedrückt aus. »Guten Morgen.« Sie lächelte verkniffen. David erwiderte ihren Gruß und fragte nach, ob etwas geschehen sei. Wortlos wies Verena zur Schiebetür. David spähte durch den Spalt in das Büro des Anwalts: Schoop schlief an seinem Schreibtisch, den Oberkörper auf der Tischplatte, seinen Kopf auf die Arme gebettet. Ein lautes Schnarchen erfüllte den Raum.

Verena seufzte traurig. »Willst du einen Tee?«

David nickte.

Zehn Minuten später saßen sie, jeder einen dampfenden Becher in der Hand, auf der kleinen Dachterrasse oberhalb der Kanzlei, den Rücken an eine sonnengewärmte Steinmauer gelehnt. Sie tranken schweigend, blickten hinüber zur Zonengrenze. Ein Geländewagen des ESS patrouillierte gerade auf einem der Grenzsicherungswege, die beidseitig der Stahlmauer angelegt worden waren. Staub wirbelte auf, träge trieb die Wolke südwärts über die in der Sonne blinkenden Plastikfolien, mit denen die Dächer der Baracken in der vierten Zone bedeckt waren.

Verena seufzte. »Ich dachte wirklich, es hilft ihm, wenn du hier bist.« Verlegen sah sie David an. »War eine bescheuerte Idee. Ich hatte gehofft, du bewegst was in ihm.«

David verstand nicht, was sie meinte.

»Na ja, dass du Schoop vielleicht daran erinnerst, wie er früher war. Bevor er …« Sie brach den Satz ab.

»Bevor er … was?«

»Bevor er das wurde, was er jetzt ist: ein zynischer, pessimistischer Trinker.« Trotz ihres Ärgers hatte Verenas Stimme einen traurigen Unterton. »Tut mir leid, dass ich dich in das hier hineingezogen habe. Ich kann's verstehen, wenn du abreist.«

David musste an die Berichte denken, die er über Schoop gelesen hatte, an die Spots, die er von ihm kannte: Sie zeigten einen stolzen, selbstbewussten, vielleicht ein wenig selbstverliebten Anwalt, der beharrlich sein Ziel verfolgte. »Was ist mit ihm passiert?«

Verena seufzte erneut. Sie trank ihren Becher leer und

stellte ihn auf den Boden. »Er hat mir das Versprechen abgenommen, es niemandem zu sagen.«
»Ich bin nicht niemand. Ich soll hier arbeiten. Also?«
Verena schwieg einen Moment, bevor sie zu erzählen begann. »Es war kurz nachdem ich bei ihm angefangen habe. Er hatte ein Mandat übernommen, ein Prozess gegen eine junge Menschenrechtsaktivistin, die gegen die Änderung der europäischen Verfassung protestiert hatte. Sie hatten sie wegen Störung der öffentlichen Ordnung und wegen Amtsmissbrauchs angeklagt.«
David nickte, er kannte den Fall. Die Proteste hatten sich damals direkt gegen den europäischen Präsidenten gerichtet.
»Schoop verliebte sich während des Prozesses in die Frau. Und die Frau in ihn. Zwei Wochen nach dem Urteil nutzte der Präsident sein Recht, die Haftstrafe der Verurteilten zu wandeln. Schoop musste mit ansehen, wie die junge Anwältin hingerichtet wurde.« Verena stockte kurz. »Sie haben damals eine neue Technik ausprobiert. Es dauerte über eine halbe Stunde, bis sie tot war. Es gibt einen Track davon, er hat ihn. Ich hab ihn gesehen.« Sie verstummte und kniff die Lippen aufeinander.
David schwieg.
Verena hatte über die Dächer der Nachbarhäuser geblickt. Jetzt wandte sie sich David zu. »Was wirst du tun?«
David schwieg nachdenklich. Er musste an Alex denken, die in einer Zelle im Gerichtsgebäude saß. Der Weg, auf dem er sie begleiten würde, hatte dasselbe Ende: den Tod.
Wollte er diesen Weg gehen? Wollte er einen Kampf kämpfen, der jetzt schon verloren war?
Der Gedanke, alles hinter sich zu lassen, war verführerisch. Alles zu vergessen, woanders neu anzufangen.

David sah auf. »Ich habe ein Mandat übernommen. So lange bleibe ich hier.«
Verena lächelte. Sie knuffte ihn. »Wusste ich's doch. Schoop hätte auch nicht aufgegeben … früher.«
Eine Weile hingen beide ihren Gedanken nach.
Plötzlich war von unten aus der Kanzlei ein Poltern zu hören, dann eine laute Stimme, es war die des Anwalts, sie klang aufgeregt: »Verena! Wo bist du?« Es polterte erneut. »Scheiße, verdammt noch mal.«
Eilig sprangen beide auf und liefen die Treppe hinab. Schoop stand im Flur vor seinem Arbeitszimmer, die Kleidung zerknittert, das Haar zerwühlt. Er fuhr herum, als sie die Kanzlei betraten. Seine Augen strahlten. »Ich muss kurz eingeschlafen sein. Wie lange seid ihr schon hier?«
Verena sah auf ihren Tagger: »Vielleicht eine Stunde. Ist was passiert?«
Schoop schüttelte den Kopf. »Nein. Oder doch. Ich hab die Nacht durchgearbeitet. Ich weiß jetzt, wie wir ihr helfen.«
»Wem?«
»Alexandra Nolte.« Er blickte zu David. »Alex, deiner Mandantin.« Er lächelte. »Unserer Mandantin. Vielleicht ist es verrückt, aber es könnte klappen.«
Davids Herz klopfte. »Was haben Sie vor?«
Schoop grinste böse. »Wir verklagen den Präsidenten von Europa.«

*

Mika Niklander stand gerade in seiner Küche und brühte sich einen Tee auf, als ihn ein lautes Pochen an der Haustür aufschreckte. Er zögerte, hinunterzugehen und zu öffnen, obwohl er wusste, dass seine Leibwächter niemanden durchlassen würden, der ihm gefährlich werden könnte. Erst als es erneut laut und drängend klopfte, stieg er die Treppe hinab und entriegelte die Tür.

Verena stand vor dem Haus, die Wangen gerötet vor Aufregung. Sie hielt ein Alubag an die Brust gepresst und strahlte Niklander an. »Er ist wieder da!«

»Wer ist wieder da? Wollen Sie hereinkommen?« Niklander freute sich, sie zu sehen.

Verena schüttelte den Kopf. »Keine Zeit. Mein Chef ist wieder da, Dr. Andreas Schoop! Kennen Sie ihn nicht?« Sie lachte. »Ich denke immer, jeder muss ihn kennen.«

»Sie haben nichts davon erzählt, dass er weg ist.«

»War er ja auch nicht.«

Niklander runzelte die Stirn. »Muss ich das verstehen?«

Verena lachte erneut und schüttelte den Kopf. »Ich erklär Ihnen alles später. Hier.« Sie streckte ihm die ausgeliehene Regenjacke und den Behälter entgegen. »Frühstück. Ihr Kühlschrank ist doch leer.«

Überrascht nahm er den Alubag und schob die Lamellen auseinander. Der Duft von frischen Brötchen, Pfirsichen und würzigem Sojakäse stieg in seine Nase. Niklander rührte Verenas Geste an. Er lächelte. »Frühstücken wir zusammen?«

»Nein, leider nicht.« Kurz verzog sie bedauernd ihr Gesicht, bevor sie ihn wieder anstrahlte. »Ich muss in den Knast, bin jetzt schon zu spät. Die haben bestimmt schon angefangen.« Bevor er nachfragen konnte, hatte sie ihm einen Kuss auf die Wange gegeben. Sie stutzte, als sie sein erstauntes Gesicht sah. »Entschuldigen Sie bitte. Ich bin ein bisschen durcheinander …«

»Weil Ihr Chef wieder da ist.«

»Auch.« Sie wurde rot. »Ich sag jetzt gar nichts mehr. Bis

später!« Verena wies auf den Alubag. »Jetzt habe ich ja einen Grund, wiederzukommen. Ich hol ihn mir wieder ab.« Sie winkte ihm noch einmal, bevor sie sich umdrehte, die Straße hinablief und zwischen den Baracken verschwand.
Niklander sah ihr lächelnd nach.

*

Die Arme vor der Brust verschränkt, stand David am Fenster und hörte zu. Die aufgeregte Freude, die ihn nach Schoops Ankündigung erfasst hatte, war konzentrierter Aufmerksamkeit gewichen. Ruhig folgte er den Ausführungen des Anwalts. Er mühte sich, skeptisch zu sein, um die Fehler in Schoops Gedankengebäude zu entdecken. Auf keinen Fall durfte Hoffnung seinen Blick trüben – was Schoop vorhatte, war einfach unglaublich.
»Verraten Sie mir, wie es möglich sein soll, in dem herrschenden System den europäischen Präsidenten zu verklagen.«
Schoop rief ein Dokument auf, der Projektor summte, der Text erschien im Projektionsbereich seines Schreibtisches. »Zwar hat der Präsident mit dem Notstandsgesetz nahezu alle demokratischen Gremien außer Kraft gesetzt, doch im Kern ist Europa immer noch eine präsidiale Demokratie.«
»Das fühlt sich aber anders an.«
Schoop runzelte die Stirn. »Es ist egal, wie Sie sich fühlen. Entscheidend ist allein, dass das Rechtssystem noch installiert ist. Und genau da setzen wir an.«
»Und wie?«
»Wir bauen«, erläuterte Schoop seine Idee, »auf einem Rechtsprinzip auf, das aus der Zeit der Europäischen

Union stammt: auf dem *Polluter Pays Principle,* dem Verursacherprinzip.«

David hatte in seinem Seminar zur europäischen Rechtsgeschichte von dieser Rechtsauffassung gehört. »Damit ist der Grundsatz gemeint, dass die Kosten einer Umweltbelastung nicht von dem zu tragen sind, bei dem die Belastung erstmals zutage tritt, sondern von demjenigen, der die Grundlage dafür gelegt hat und so das Entstehen der Belastung verantwortet.«

Schoop nickte überrascht. »Wer hätte das gedacht? Ihr lernt ja doch etwas an eurer Eliteschule. Was weißt du noch?«

»Dass das Verursacherprinzip umstritten war. Manche Juristen lehnten es als *weasel word* ab, als leere Worthülse.«

»Ah, das passt schon eher.« Schoop verzog das Gesicht, als hätte er Zahnschmerzen. »Was haben sie euch erzählt?«

»Dem Verursacherprinzip wohnt eine wertende Urteilsannahme inne. Es definiert das passive Opfer auf der einen Seite und den handelnden Verursacher auf der anderen, ohne zu beachten, dass ohne die Existenz des Opfers die Schädigung nicht stattgefunden hätte.«

»Sehr schön formuliert, ich könnte kotzen. Eine Frau trägt also die Schuld daran, dass sie vergewaltigt wird, weil es sie gibt.«

David runzelte die Stirn. »Ich habe nur wiederholt, welche Rechtsauffassung der Professor in meinem Seminar vertreten hat.«

»Und welche Auffassung vertrittst du?« Der Anwalt musterte David skeptisch.

Herausfordernd begegnete David seinem Blick. »Was wird das hier? Eine Gesinnungsprüfung? Wenn ich alles so fantastisch gefunden hätte, was meine Professoren verbreitet haben, dann säße ich nicht hier in diesem Loch, sondern würde irgendwo in einem coolen Konzernbüro Kaffee trinken anstatt der Kräuterbrühe, die es hier gibt.«

Schoop starrte David verblüfft an. Er grinste. »Wer hätte das gedacht? Da ist ja Wut hinter deiner geschniegelten Hülle.«

David war jetzt wirklich ärgerlich. »Wofür brauchen Sie mich? Zum Streiten? Oder als Punchingball, damit Sie sich mal so richtig gut fühlen?« Ungehalten stand er auf. »Wie wäre es, wenn Sie Ihre Energie darauf richten würden, der Frau zu helfen, dessen Mandat wir übernommen haben?«

Schoop betrachtete David nachdenklich. »Vielleicht wird es ja doch noch ganz interessant mit uns beiden.« Er grinste. »Gut, machen wir weiter. Also: Das Verursacherprinzip ist die Basis unserer Verteidigungslinie. Wir stellen die Schuldfrage.«

David runzelte die Stirn. »Sprechen wir über denselben Fall? Es geht um illegalen Grenzübertritt.«

»Exakt. Wir werfen folgende Frage auf: Wer trägt die Schuld daran, dass unsere Mandantin die Grenze überquert hat? Die Mandantin selbst oder die Umstände, die sie dazu gebracht haben? Hat sie sich ohne Not dafür entschieden, ihrer Schwester das Medikament zu besorgen, oder war sie gezwungen, so zu handeln?« Schoop stand auf und ging im Raum umher, während er seine Gedanken sammelte. »In der Klimakonferenz von Rio 1992 haben sich 154 Vertragsstaaten dem Ziel verpflichtet, die Erderwärmung zu verlangsamen und die Folgen des Klimawandels zu mindern. 1994 trat die Klimarahmenkonvention in Kraft. 20 Jahre später hatten schon

195 Staaten das Papier unterzeichnet. Artikel 14 der Konvention erlaubt, bei Streitigkeiten den Internationalen Gerichtshof anzurufen.«

»Am Internationalen Gerichtshof dürfen nur Staaten klagen.«

»Das ist richtig. Für uns ist wichtig, dass das Verursacherprinzip zu einer Regelsammlung einklagbarer Rechte gehört. Das zeigt ebenjener Artikel 14. Die Konvention ist also nicht nur eine Empfehlung, wie früher viele glaubten, sondern sie ist eine Vereinbarung mit bindendem Charakter. Ansonsten wäre der Hinweis auf den Internationalen Gerichtshof nicht mit aufgenommen worden.«

Zweifelnd sah David den Anwalt an. »Wenn das so ist, wie Sie sagen, warum wurde niemals Klage erhoben? Grönland taut auf, die Arktis schmilzt, die Pazifischen Inseln versinken im Meer. Südeuropa wird zur Wüste, Afrika vertrocknet. Hurrikane verwüsten Asien und Amerika. Ganz abgesehen von den vielen Menschenleben, geht der volkswirtschaftliche Schaden ins Unermessliche. Milliarden Menschen sind auf der Flucht.«

»Es gab eine solche Klage, zumindest gab es den Versuch, sie einzureichen.« Schoop zog ein Blatt aus einem Stapel, der auf seinem Schreibtisch lag. »2012 bat der Inselstaat Palau die Vollversammlung der Vereinten Nationen in New York, wegen des Klimawandels und deren Folgen vor dem Internationalen Gerichtshof in Den Haag klagen zu dürfen. Das Klagebegehren wurde zurückgewiesen.«

»Von wem?«

»Von den USA und von China, damals die größten Dreckschleudern der Welt. Sie stemmten sich mit aller Macht gegen die Initiative. Der Klimawandel sei nicht bewiesen, meinten sie.« Schoop lachte verächtlich. »Das Protokoll der Sitzung liegt bestimmt noch im überfluteten Archiv von Palau.«

»Aber wenn eine Klage in Den Haag keine Chance hatte, was bringt uns dann das Verursacherprinzip?«

Schoop lächelte. »Warte es ab.« Er fischte ein vergilbtes Heftchen aus seinen Unterlagen und tippte mit dem Zeigefinger auf das Deckblatt. »Das Verursacherprinzip wird auch in den OECD-Leitlinien erwähnt. Das hier ist ein Originaldruck aus dem Jahr 1972.« Schoop betrachtete das Heft zufrieden.

David runzelte die Stirn. »OECD?« Er hatte die Abkürzung irgendwo schon einmal gehört.

»Die Organisation für wirtschaftliche Zusammenarbeit und Entwicklung. Eine Vereinigung von Industriestaaten, die sich der Marktwirtschaft und der Demokratie verpflichtet fühlten. Die OECD wurde 2025 aufgelöst und durch die OEMCD ersetzt.«

»Die Organisation für die Zusammenarbeit und Entwicklung multinationaler Unternehmen.«

»Genau. Die OEMCD hat die Leitlinien der OECD übernommen, um als Nachfolgeorganisation gelten zu können. Mit einer Klarstellung: Die Leitlinien gelten als Empfehlungen, die nur dann justiziabel sind, wenn die Missstände massiv sind und sich auf das konkrete Verhalten einer einzelnen Person zurückführen lassen.«

David zog die Augenbrauen hoch. »Das ist unmöglich in einem Großkonzern.«

»Genau darum ging es.«

»Also sind die Leitlinien wertlos.«

»Nicht ganz.« Schoops Augen funkelten. Er griff sich eine dicht bedruckte Blättersammlung und schlug eine der Seiten auf. »Im Jahr 2028 hat das europäische Parlament auf Druck der multinationalen Konzerne das Verursacherprinzip aus dem EU-Umweltrecht entfernt. Zehn Jahre später jedoch, nach der Atomkatastrophe von Tricastin in Südfrankreich, wurde das Verursacherprinzip wiederaufgenommen, trotz der Proteste der G8, der acht führenden multinationalen Konzerne. Die *Global Electricity* ist einer der G8.«

»Der Konzern, dem der Reaktor in Tricastin gehört?«

Schoop nickte. »Immerhin erreichten die multinationalen Konzerne, dass sich die reaktivierten EU-Umweltgesetze auf die butterweichen OEMCD-Leitlinien bezogen und nicht auf die ursprünglichen EG-Verträge von Maastricht und von Riga. Infolgedessen verliefen alle Klagen gegen die *Global Electricity* im Sande.«

»Und was soll uns das bringen?« David verstand nicht, worauf Schoop hinauswollte. Alles sprach dafür, dass eine Klage, wie sie der Anwalt anstrebte, hoffnungslos war.

»Das System ist perfekt, nicht wahr? Alles ist darauf ausgerichtet, dass die Unternehmen die Gewinne kassieren und die Allgemeinheit die Schäden zahlt. Es ist unmöglich, jemanden zu belangen. Und schon gar nicht für die Folgen des Klimawandels. Oder?« Schoop verstummte und sah David gespannt an.

David kniff seine Augen zusammen, während er nachdachte. Er wusste wenig über das Europarecht, diesen Teil ihres Rechtsseminars hatte er nicht sehr ernst genommen, da das EU-Recht lange schon durch die Notstandsgesetze aufgehoben worden war. Der europäische Präsident herrschte unangefochten, und nichts deutete darauf hin, dass er jemals wieder das Parlament einberufen würde. Warum auch sollte er seine Stellung aufgeben? Er allein hatte die Macht, und die liebte er mehr als alles andere. Man nannte ihn auch den Sonnenkönig von Brüssel.

David stutzte.

Er allein hatte die Macht.

Gespannt sah David auf. »Was ist mit den Leitlinien der OEMCD, wurden sie durch die Notstandsgesetze aufgehoben?«

Schoop lächelte. »Bingo! Nein, das wurden sie nicht. Niemand hatte sie auf der Pfanne, als das NstG geschrieben wurde. Sie gelten immer noch als EU-Recht, ich habe es nachgeprüft.«

»Das heißt also, wenn es möglich wäre, nachzuweisen, dass eine einzelne Person einen Schaden verursacht hat …« David stockte. Sein Herz klopfte, als er den Paragraphen 3 des Notstandgesetzes zitierte: »Während der Zeiten des Notstands liegt die Entscheidungsgewalt in den Händen des europäischen Präsidenten. Er alleine bestimmt, er alleine trägt die Verantwortung für das Wohl des europäischen Volkes …« Er verstummte, beeindruckt und zugleich erschrocken von der Tragweite ihrer Schlussfolgerung.

»Der Präsident hat das Zonenmodell in Europa eingeführt. Der Präsident hat die Macht der multinationalen Konzerne gestärkt. Er alleine hat erlaubt, dass die Medical Ind Corporation ihre Medikamente nur in der ersten und zweiten Zone verkauft und nicht in der Zone 4. Er alleine bestimmt.«

»Das ist ja der Hammer!« David war fasziniert von Schoops Gedankenmodell. »Wir können die OEMCD-Leitlinien gegen ihn wenden! Wir können ihm nachweisen, dass seine konkrete Entscheidung unsere Mandantin gezwungen hat, die Grenze zu übertreten!«

Schoop nickte. Er wirkte zufrieden.

David zögerte. »Eines verstehe ich nicht: Ihre Argumentationskette ist perfekt als Verteidigungslinie. Sie reden aber von einer Klage im Namen unserer Mandantin. Brauchen wir das wirklich? Warum wollen Sie den europäischen Präsidenten verklagen?«
Schoop sah David an. Er lächelte kühl. »Warum nicht?«

*

Die Fenster des kleinen Büros im Brüsseler Stadtteil Schaerbeek waren abgedunkelt und schallisoliert, nichts sollte die Aufmerksamkeit der Menschen, die hier arbeiteten, ablenken. Zwei Unteroffiziere des ESS saßen hinter den Pulten, sie trugen eine Uniform ohne Dienstabzeichen, nur die Anstecker auf ihrer Brust verrieten ihren Dienstrang. Beide hatten Kopfhörer aufgesetzt und lauschten. Erschrocken sahen sie sich an.
»Ach du Scheiße.« Der Größere der beiden stoppte die Wiedergabe der Aufzeichnung, die ihnen der Computer aus den abgehörten Tracks zugespielt hatte. Er schob seinen Kopfhörer von den Ohren und ließ den Bügel um seinen Hals schnellen. »Hast du auch gehört, was ich gerade gehört habe?«
»Aber das geht doch nicht!« Der Kleinere war blass geworden.
»Denke schon, dass das geht. Klang doch logisch.«
»Die können doch nicht den Präsidenten verklagen! Sind die wahnsinnig?«
Der Größere hatte zwei ID-Dateien aus dem System geladen, die dreidimensionalen Abbilder von Schoop und David leuchteten auf der Projektionsfläche auf. Der Soldat studierte die Einträge.
»Und was machen wir jetzt?«

»Wir müssen das melden!«
Der kleinere Soldat war aschfahl im Gesicht. »Damit will niemand was zu tun haben! Wenn wir das melden, reichen die uns weiter, bis wir ganz oben sind. Und weißt du, was dort mit den Überbringern schlechter Nachrichten passiert?« Er deutete mit der Handkante ein Messer an, das seine Kehle zerschnitt.
»Du spinnst!«
»Wenn ich's dir doch sage!«
»Dann melden wir es eben nicht.«
»Das ist noch schlimmer! Wenn die das rauskriegen, sind wir sofort dran.«
Der größere der beiden Soldaten betrachtete nachdenklich sein Gegenüber. Er hatte immer schon vermutet, dass sein Schichtkamerad an Verfolgungswahn litt. Nur: Was war, wenn er recht hatte?
Kurz entschlossen zog er einen Zettel aus der Hosentasche und strich ihn vor sich auf der Arbeitsplatte glatt. Sorgfältig tippte er den Code, den er von dem Zettel ablas, in das Eingabefeld.
»Was machst du da?«
»Ich schicke den Track zurück in das System. Dann dauert es gut vier Stunden, bis er vom System erneut getriggert wird und wieder auftaucht.« Er beendete die Eingabe und warf einen Blick auf das Display seines Taggers. »Vier Stunden, das müsste reichen.«
»Was ist in vier Stunden?«
»Dann sitzt hier die nächste Schicht.« Der Soldat zwinkerte seinem Kameraden verschwörerisch zu, während er das Befehlsfeld berührte. Die Projektion verblasste und verschwand.
»Und wenn die nächste Schicht den Track ebenfalls ins System zurückschickt?«

»Sie werden es tun, wenn sie klug sind.« Er grinste. »Ist das unser Problem?«

Sein Gegenüber starrte ihn mit großen Augen an, ohne das Lächeln seines Kameraden zu erwidern. Stumm wandte er sich ab, setzte seinen Kopfhörer auf und startete den nächsten Track, den das System aus den Unmengen an Daten herausgefischt und getriggert hatte und ihnen nun einspielte.

Sein Kollege tat es ihm gleich.

21

Der Mond ging gerade über dem Vierscheibenhaus auf, als David das Regionalgericht erreichte. Die rote Backsteinfassade wirkte kalt und abweisend, was weniger an dem Gebäude lag als vielmehr an dem lumineszierenden Pflaster der umliegenden Straßen, deren blaues Licht alles und jeden krank aussehen ließ. Das zwischen dem Gerichtsgebäude und dem El-De-Haus aufgespannte Transparent schimmerte jetzt schwarz, während der Merksatz des Monats mit blauen Lettern in der Nacht leuchtete.

David war nachdenklich. War es gefährlich, was sie vorhatten? Er spürte, sie legten die Lunte an ein Pulverfass, die Lage in Europa war angespannt. Zwar hatte der Präsident seine Machtstellung gefestigt, an den Spitzen der Regionalstaaten saßen seine Vertrauten, der Staatsschutz stand unter seiner direkten Kontrolle, und die Kontakte zu den multinationalen Konzernen waren eng. Doch die Versorgung der Menschen hatte sich in den vergangenen Monaten deutlich verschlechtert, manche Woche blieben die Lebensmittellieferungen in den vierten Zonen ganz aus. Die Proteste, die immer wieder aufflackerten, wurden von den Soldaten des ESS niedergeknüppelt. Selbst in den zweiten Zonen gab es erste Engpässe, auch hier wuchs der Unmut der Bewohner. Die Klage würde die angespannte Situation weiter zuspitzen.

Den ganzen Tag über hatten Schoop und er über der An-

klageschrift gesessen, sie hatten Argumente gewägt und Strategien diskutiert, sie hatten Kontroversen ausgetragen und sich nicht geschont, im Bewusstsein, dass ein Prozess härter sein würde als ihr kollegialer Disput. Nach Stunden stand schließlich eine Anklage im Raum, die prozessfest wirkte, soweit das auf Basis der gegenwärtigen Gesetze überhaupt möglich war.
Schoop hatte die Aufgabe übernommen, die Klageschrift auszuformulieren und alle Unterlagen zusammenzustellen, während David ihre Mandantin besuchen und ihr von der neusten Entwicklung berichten würde. Er war gespannt auf ihre Reaktion.
Der Gerichtsdiener am Empfang in der Eingangshalle musterte ihn herablassend, als er die Halle betrat. Eine rotumrandete Nachricht leuchtete auf dem Display hinter dem Tresen, das System hatte längst Davids Ankunft angekündigt und seine Kenndaten übertragen, noch bevor er den Türöffner betätigt hatte. »Sie sollen zum Gerichtspräsidenten kommen. Sofort.« Der Gerichtsdiener verließ seinen Platz und bedeutete David, ihm zu folgen. David fügte sich.
Fünf Minuten später betraten sie den Saal, in dem der Präsident des Regionalgerichts seinen Arbeitsraum eingerichtet hatte. Die in die Scheiben eingelassenen künstlichen Sonnen waren aktiviert, der Raum wirkte freundlich wie an einem hellen Sommertag. Der Gerichtsdiener trat einen Schritt vor und räusperte sich leise. »Herr Dr. Steinhagen? Ich bringe Ihnen Herrn Bachmann.«
Der Gerichtspräsident schien sie nicht zu bemerken. Er stand hinter seinem Schreibtisch und las Akten. Seelenruhig arbeitete er weiter, so, als wäre er allein im Raum. Der Gerichtsdiener zögerte, dann zog er sich leise zurück. David war am Eingang stehen geblieben, für einen

Moment unschlüssig, ob er etwas sagen oder gar weitergehen sollte. Er entschied sich, stumm zu warten. Vermutlich war es eine Gewohnheit Steinhagens, seine Mitarbeiter unbeachtet zu lassen, um so seine Überlegenheit auszudrücken. David steckte die, wie er fand, läppische Machtdemonstration ohne eine Miene zu verziehen weg. Nach einer Weile sah Steinhagen auf. »So spät noch unterwegs?«
»Ich möchte meine Mandantin sprechen. Gibt es ein Problem?«
Der Gerichtspräsident lächelte schmal. »Eigentlich nicht. Nur das System sieht das anders.« Er wies auf die Sitzlandschaft und setzte sich. David tat es ihm gleich.
Steinhagen hob seine Mundwinkel zu einem Lächeln, das seine Augen nicht erreichte. »Habe ich mich schon bedankt? Es hat mir gefallen, wie schnell Sie den Namen Ihrer Mandantin für uns herausbekommen haben. Ich wusste, dass ich mich auf Sie verlassen kann.« Er musterte David kritisch. »Oder war es ein Fehler, Ihnen das Mandat zu übertragen?«
David gab sich erstaunt. »Ich verstehe nicht, was Sie meinen.«
Mit einer lässigen Bewegung ließ der Gerichtspräsident sein FlexCom aufschnellen. »Ihr Bewegungsprofil und Ihr Verhaltensmuster entsprechen nicht der berechneten Wahrscheinlichkeit. Sie dürften eigentlich gar nicht hier sein. Das macht Sie verdächtig. Das System errechnet eine Wahrscheinlichkeit von 65 Prozent, dass es mit Ihnen Probleme geben wird.« Er wies auf das Display.
Nun war David tatsächlich überrascht. »Ich mache mich verdächtig, weil ich zu meiner Mandantin will? Das müssen Sie mir erklären.«
Steinhagen lehnte sich zurück. Er lächelte. »Wir beide

wissen, dass die Kleine da unten keine Chance hat. Der Zentralrechner weiß das auch. Ein normales Verhalten, meint das System, wäre in diesem Fall, die Mandantin nicht mehr aufzusuchen. Es wäre für Sie als Pflichtanwalt ausreichend, bei Gericht anwesend zu sein, um die Vergütungspauschale gutgeschrieben zu bekommen.«

David runzelte die Stirn. »Ich verhalte mich also normal, wenn ich nur an meinen Profit denke?«

»Warum sind Sie Anwalt geworden? Um Menschen zu helfen?« Steinhagen lachte, als hätte er einen guten Witz gemacht. »Sie waren auf der ›Elite School of Justice and Law‹. Wir beide wissen genau, was dort gelehrt wird.« Er grinste verschwörerisch und beugte sich vor. »Gefällt Ihnen die Kleine etwa?« Mit einem Augenaufschlag rief er die Überwachungskamera in ihrer Zelle auf, der VI-Projektor an der Decke warf das Bild mitten in den Raum. Alex saß auf ihrem Bett, den Rücken an die Wand gelehnt, die Arme um die Beine geschlungen. »Ist wirklich süß, Ihre Mandantin. Gut gebaut. Ich kann Sie verstehen.« Steinhagen lachte anzüglich.

David zwang sich zu einem Grinsen. Zu gerne wäre er aufgestanden und hätte dem Gerichtspräsidenten seine Meinung gesagt. Doch es ging hier nicht um ihn, es ging um Alex. Das Letzte, was jetzt passieren durfte, war, dass ihm das Mandat für die Pflichtverteidigung entzogen wurde.

Steinhagen wischte die Projektion beiseite und stand auf. »Na gut. Gehen Sie zu ihr. Ich werde dem System rückmelden, dass alles in Ordnung ist.« Er wurde ernst. »Sie werden mir doch keine Schwierigkeiten machen?«

David lächelte. »Selbstverständlich nicht, Herr Präsident. Wir werden nichts tun, was gegen das Gesetz ist.«

»Wir?« Steinhagen war erstaunt.

David begriff, dass niemand etwas von Schoops Wiederauferstehung ahnte. Besser, er verschwieg es, sie würden es früh genug erfahren. »Ich meine mich und meine Mandantin. Ich will nur mit ihr reden.«
»Reden, aha.« Steinhagen grinste anzüglich. »So nennt man das also heute. Sie wissen, dass ich Sie beobachten kann?«
»Ja, leider.« David grinste zurück, als teile er Steinhagens lüsterne Gedanken. »Wäre denn ein ungestörtes Treffen mit ihr möglich, um ein wenig mehr ins Detail gehen zu können?« Und er hob seine Hand und zeichnete die Silhouette einer schlanken Frauentaille nach.
Steinhagen verschränkte schmunzelnd seine Arme vor der Brust. »Das ist der Geist von Frankfurt, den ich so liebe. Wir haben damals auch nie etwas anbrennen lassen.« Er lachte laut, offenbar waren für ihn die Erinnerungen an sein Studium mehr als befriedigend. »Okay, unter Kommilitonen. Ich gebe Ihnen 15 Minuten. Das reicht Ihnen doch, oder? Mir würden fünf reichen.« Er kicherte bei dem Gedanken, während er aufstand und an seinen Arbeitsplatz ging. »In der Zelle gibt es unter der Pritsche ein Sensorfeld. Ich programmiere es mit Ihren Daten. Berühren Sie es, und Sie sind ungestört.«
Auch David stand auf. »Ich bin Ihnen sehr verbunden.«
Der Gerichtspräsident nickte, während ein kalter Zug um seine Mundwinkel spielte. »Ich weiß, mein Guter. Ich werde darauf zurückkommen.«

*

In der Kanzlei waren die Fenster weit geöffnet, die laue Wärme der Nacht strich durch die Räume. Das Licht der glimmenden Leuchtdecken vermischte sich mit dem des

Mondes, der seinen Weg über die Stadt angetreten hatte und nun über den Dächern des Viertels stand. Es war ruhig auf der Straße, wer feiern wollte, war längst in das Zentrum der Altstadt aufgebrochen. Nur ein paar Backpacker hockten unschlüssig auf den Stühlen, die sie aus ihrem Hostel nach draußen getragen hatten, und diskutierten, ob sie erst etwas essen oder lieber vorher ein paar Frauen aufreißen sollten.

Schoop saß an seinem Schreibtisch, er hatte sein FlexCom vor sich ausgerollt und die Displayfolie aktiviert. Auf einem Teller neben ihm vertrockneten einige BioticSnacks, Verena hatte sie ihm hingestellt, bevor sie aufgebrochen war. Schoop hatte es kaum bemerkt. Um ihn herum herrschte Chaos: Die Arbeitsfläche war mit Notizen übersät, daneben stapelten sich Bücher, Digi-Kladden und altmodische Computerausdrucke. Der VI-Projektor warf eine Kommentarsammlung zu den Notstandsgesetzen auf die Projektionsfläche.

Der Anwalt beachtete das Durcheinander nicht. Bedrückt verfolgte er den Spot, den er aus seinem Archiv geladen hatte, es war die Urteilsverkündung im Prozess gegen die Menschenrechtsaktivistin, sein letztes großes Verfahren, seine letzte große Niederlage. Eine schneidende Stimme war zu hören, Schoop folgte den Tiraden, ohne eine Miene zu verziehen. Er kannte jeden Satz, jede Bewegung des Richters, der sie verurteilt hatte, vom ersten Prozesstag an.

Dr. Martin Steinhagen.

Schoop stoppte die Wiedergabe. Er spürte, dass ihm schlecht war. Er lockerte seinen Hemdkragen und trat an das offen stehende Fenster.

Er hatte gedacht, er könne Distanz wahren. Kühl die Situation analysieren, das Konzept entwerfen, die Bausteine zusammenfügen. Er war nicht auf die Sturzflut von Erinnerungen vorbereitet gewesen, die auf ihn einstürmten.

Er schloss die Augen, doch die Bilder blieben: der Anruf ihres Assistenten, bevor er das Mandat übernahm. Ihre erste Begegnung im Besucherraum im Gerichtsgebäude. Ihr Dissens über die richtige Strategie, ihr gemeinsamer Disput über Recht und Gerechtigkeit. Ihr Glucksen, wenn sie sich über einen Witz amüsierte. Ihre schlanken Hände, die jeden ihrer Sätze unterstrichen. Das Grübchen auf ihrer rechten Wange.

Die erste Berührung.

Ihr selbstbewusstes Lächeln, als sie in den Prozessraum geführt wurde. Der beißende Spott, mit dem sie den Richter bedachte.

Ihr Blick, als sie starb.

Der Alkohol hatte seine Erinnerung vernebelt. Er hatte geglaubt, alles vergessen zu können. Doch jetzt war es wie am ersten Tag.

Schoop wusste, Rache war sinnlos, es gab keine Vergeltung, die Wunden heilte, und auch auf die Zeit war kein Verlass. Egal, was er tat, nichts würde sie wieder lebendig machen. Ihm blieb nur die Erinnerung, doch der Schmerz war zu groß.

Er würde ihn zur Strecke bringen.

Schoop ging zurück an seinen Arbeitsplatz und griff sich den Einweg-Chip, auf dem er die vorbereiteten Tracks gespeichert hatte. Sorgfältig wickelte er ein Papiertaschentuch um das hauchdünne Plättchen und steckte es in die Tasche seiner Hose. Seine Hand zitterte. Schoop wartete, bis das Tanzen seiner Finger nachgelassen hatte, dann öffnete er das Adressbuch und suchte einen Namen heraus. Momente später hatte der Tagger eine Verbin-

dung hergestellt. Eine verschlafene Stimme meldete sich.
»Ja?«
»Oliver, hier ist Andreas. Andreas Schoop.«
»Scheiße, was willst du? Ich bin sauber! Ich hab jetzt einen Job!«
»Ich weiß. Genau deshalb rufe ich an. Arbeitest du noch in dem VI-Studio?«
Die Stimme klang misstrauisch. »Und wenn?«
»Ich brauche deine Hilfe.«

*

David hatte warten müssen, bis ihn ein Gerichtsdiener in den Zellentrakt begleitete. Jetzt öffnete der Wachmann die Tür zu Alex' Zelle. Es war der gleiche Mann wie am Vortag, genauso blass, genauso wortkarg. David beneidete ihn nicht um seinen Job in dem fensterlosen Keller. Erst später kam ihm der Gedanke, dass der Gefängniswärter möglicherweise ein Androide war.
Alex sah auf, als das Licht aus dem Gang auf sie fiel. Sie kniff die Lider zusammen und hob langsam die Hand, um ihre Augen zu beschatten. David betrat die Zelle und wartete, bis der Wachmann die Tür wieder ins Schloss gedrückt hatte. Mit einem Summen glitten die Schließriegel zurück in die Vertiefungen.
»Hallo. Wie geht es dir?«
Sie reagierte nicht auf seine Frage.
David setzte sich neben sie auf die Pritsche und schaute kurz zu dem Kameraauge in der Deckenverkleidung hinauf, während er die oberen Knöpfe seines Hemds öffnete. Alex wandte ihm den Kopf zu. Erst jetzt bemerkte er, dass ihr Blick glasig war: Sie hatten sie verhört, die Drogen waren noch in ihrem Körper.

»Kannst du mich verstehen?« Er betrachtete sie aufmerksam.
Alex nickte langsam. Ein Speichelfaden lief aus ihrem Mundwinkel.
David beugte sich vor und tastete mit der Hand die Unterseite der Pritsche ab. Er fand das Sensorfeld, berührte die Fläche, ein Signalton bestätigte die Eingabe. Das Licht in der Zelle dimmte herab und veränderte seine Farbe.
Alex schien nicht zu begreifen, was geschah. Sie beugte sich vor, als wolle sie aufstehen, David hielt sie fest, bevor sie von der Pritsche stürzen konnte. Eindringlich sah er sie an. »Hör mir genau zu. Wir haben 15 Minuten, in denen wir ungestört sind. Ich muss mit dir über den Fall reden.«
Sie schien erstaunt. Ihr Mund öffnete sich, ein Stöhnen kam aus ihrer Kehle. Es dauerte, bis es ihr gelang zu sprechen. »Warum?«
»Warum? Ich bin dein Anwalt. Du wirst bald vor Gericht stehen.«
Mühsam schüttelte sie den Kopf. »Egal.«
David wollte protestieren, doch sie hob abwehrend die Hand, während sie ihre Worte Silbe für Silbe formte. »Was ist mit Zoé?«
»Deine Schwester? Es geht ihr gut.« David sah ihren verzweifelten Gesichtsausdruck. »Ich kümmere mich um sie.«
Sie schüttelte erneut den Kopf. »Du bist nicht bei ihr.« Ihre Hand krampfte, während sie sprach.
»Jetzt hör doch erst einmal zu!« David unterbrach sie ungeduldig. »Es gibt vielleicht eine Möglichkeit, dich hier rauszukriegen.«
Sie wandte ihm erstaunt den Kopf zu.

David griff nach ihrer Hand. »Vielleicht können wir die Anklage zurückweisen. Wenn alles klappt, wie wir es vorhaben, wird kein Prozess eröffnet. Dann können sie dich hier nicht länger einsperren.«
Sie hatte ihn unverwandt angesehen. Hoffnung huschte über Alex' Gesichtszüge, ein kurzer Moment nur, dann wurde ihr Blick wieder schwer. »Nein. Niemand kommt hier raus.« Sie schloss die Augen, bevor sie weitersprach. »Besorg die Tabletten. Rede mit Ben. Hilf meiner Schwester, bitte!« Sie sah ihn an, mit flackerndem Blick. Dann ließ sie seine Hand los und kroch zurück auf die Pritsche, legte sich hin, rollte sich zusammen.
Sie reagierte auf keinen der Sätze, die er noch zu ihr sagte.

*

Stumm betrachtete der Gerichtspräsident die Szene, die der VI-Projektor in die Mitte des Raumes warf. Die Projektion zeigte David, er redete gerade auf die zusammengerollt auf der Pritsche liegende Gestalt ein, bevor er es aufgab und sich der Zellentür zuwandte.
Nachdenklich beendete Steinhagen die Übertragung aus dem Zellentrakt. Er stand auf, ärgerlich und alarmiert zugleich. Wie konnte er sich nur so in diesem Jungen getäuscht haben? Seufzend trat er an seinen Schreibtisch und loggte sich in den Zentralcomputer ein. Die gesicherte Verbindung stand nach nur wenigen Sekunden. »Ich benötige eine Ausweitung der Überwachung. Von Standard auf Kategorie 1B. Der Name des Objekts ist David Bachmann, Anwalt. Derzeitiger Aufenthaltsort ist Köln.«
Das System bestätigte die Eingabe.

22

Die hölzerne Kellertreppe ächzte, als David die oberste Stufe betrat. Er tastete nach dem Handlauf und ging vorsichtig die steilen Stiegen hinab. Spätestens jetzt wusste jeder im Haus, dass er kam, das Poltern seiner Schritte war nicht zu überhören. Doch hinter der Tür, hinter der Zoé mit ihrer Schwester und ihrer Großmutter lebte, blieb es still. Kein Lichtstrahl drang durch die Ritzen.

David klopfte, erst leise, dann lauter. »Ich bin es! Der Anwalt von Alex! Bitte machen Sie auf.«

Ein leises Scharren ertönte, als im Inneren die Riegel zur Seite gezogen wurden, kurz darauf blickte ein faltiges Gesicht durch den Türspalt. Es dauerte einen Moment, bis ihn die alte Frau erkannte und sich ihre Gesichtszüge entspannten. »Kommen Sie herein. Meine Enkeltochter ist in ihrem Zimmer. Der Arzt ist bei ihr.«

David betrat die Wohnung. Die Großmutter wies auffordernd mit dem Kopf in den Flur, während sie den Eingang verschloss und die Riegel wieder vorschob. David durchschritt den schmalen Gang und klopfte an der Zimmertür.

»Wer ist da?« Es war Zoés Stimme, sie klang schläfrig.

»David Bachmann. Alex' Anwalt.« David wartete einen Moment, bevor er die Klinke drückte und die Tür öffnete.

Die Augen geschlossen, lag Zoé in ihrem Bett. Sie hatte

ihre Decke bis zur Taille heruntergeschoben, ihr rechter Arm lag auf dem Laken, der Ärmel war aufgekrempelt. Mika Niklander saß auf der Kante des Bettes, gerade löste er eine Manschette, er hatte ihr Blut abgenommen. Zu Davids Verblüffung hielt Schoops Anwaltsgehilfin Verena das kleine Tablett, auf dem das winzige mit der Blutprobe gefüllte Röhrchen lag. Verena nickte ihm mit ernster Miene zu.

Zoé schlug die Augen auf und lächelte. »Sie kommen zu spät.«

Davids Herzschlag setzte für eine Sekunde lang aus. »Was ist passiert?« Erst jetzt sah er den Auto-Inhalator, der auf dem Tablett neben dem Glasröhrchen lag.

»Der Doktor sagt, ich muss jetzt schlafen.« Zoé lächelte erschöpft. »Selbst das kann ich nicht mehr ohne Hilfe.«

Niklander strich ihr sanft über den Arm. »Du machst das großartig, Zoé. Manchmal muss sich jeder helfen lassen.«

»Bei Ihnen hört sich das alles immer so nett an. Geht es meiner Schwester gut, David?« Zoés Stimme wurde schwächer. Sie schloss ihre Augen, bevor David antworten konnte, und ihr Kopf kippte zur Seite.

Behutsam legte Niklander Zoés Arm neben ihren Körper und deckte sie zu. Dann verstaute er seine Utensilien in seinem Arztkoffer.

David betrachtete Zoé. Erneut verblüffte ihn die Ähnlichkeit der beiden Schwestern. »Wie geht es ihr?«

»Mir gefallen ihre Blutwerte nicht.« Niklander sah so wie David und Verena auf die schlafende Gestalt. »Ich werde einen Gentest machen. Vielleicht kann ich einen Nanobot besorgen.«

David nickte stumm. Er wusste, dass für Menschen in der vierten Zone weder Gentests noch Nanobots vorgesehen waren. Sein Blick fiel auf den Blister, der auf dem Nachttisch lag, nur noch acht Kapseln befanden sich in der Verpackung, wenig mehr als für eine Woche. Der Arzt bemerkte seinen Blick.

David seufzte, dann setzte er sich auf den Stuhl, der unterhalb des Fensters stand. Niklander bemerkte es erstaunt. »Wollen Sie hierbleiben?«

»Ich habe es Alex versprochen.«

»Aber Sie können im Moment nichts für Zoé tun.«

»Ich bleibe nicht lange. Einen Moment sitzen tut mir gut.«

Verena zupfte an seinem Ärmel. »Lass ihn, Mika.« Sie lächelte David an. »Versprochen ist versprochen, oder?«

David lächelte zurück. »Manchmal entstehen daraus Dinge, die man nicht erwartet.«

Niklander stand mit seiner gepackten Tasche an der Tür. »Wollen wir?« Fragend sah er Verena an.

Verena nickte und folgte ihm. Dann wandte sie sich noch einmal zu David um. »Schoop sitzt an der Anklageschrift. Er sagt, er ist morgen früh damit fertig.« Ihr Blick war weich. »Danke, dass du geblieben bist.«

David grinste schief.

Sein Blick wanderte wieder zu Zoé. Sie war Alex so ähnlich.

Verena betrachtete David nachdenklich, bevor sie leise das Zimmer verließ.

*

Der Tee war heiß, die Tassen dampften, nachdem Niklander sie vollgeschenkt hatte. »Im Studium habe ich gelernt, Krankheiten zu bekämpfen, bevor sie ausbrechen. Nanobots, Multiscanner, Diagnosecomputer, das volle

Programm.« Der Arzt stellte die Teekanne ab und setzte sich an den Küchentisch. »Nur wie man mit einem Menschen umgeht, der todkrank ist, das hat mir keiner gezeigt.«

Verena musste an Zoé denken. Die Fröhlichkeit der jungen Frau hatte sie beeindruckt, ihr Lachen, ihre Heiterkeit angesichts eines Schicksals, das andere längst niedergezwungen hätte.

Sie blickte auf. »Muss sie sterben?«

»Jeder muss sterben.«

»Sie wissen, wie ich das meine.«

Niklander schwieg bedrückt. Es war still im Haus, nur unten im Flur neben dem Durchgang zur Praxis tickte leise eine Uhr. Nachdenklich nahm er einen Schluck. »Wir sind weit gekommen, seitdem wir die Krankheit kennen. Vor ein paar Jahrzehnten hat man noch versucht, Krebs zu heilen, indem man die erkrankten Zellen herausgeschnitten hat. Oder man bestrahlte sie oder ließ Gift durch den kranken Körper fließen, eine Tortur für den Patienten. Kaum vorstellbar, oder? Oder man nutzte die Immuntherapie, bei der der Körper unterstützt wird, selbst gegen die Tumorherde zu kämpfen. Extrem hohe Nebenwirkungen und längst nicht für alle Krebsarten geeignet.« Er sah auf. »Langweile ich Sie?«

Verena schüttelte den Kopf. »Überhaupt nicht. Erzählen Sie weiter.«

»Inzwischen wissen wir, dass Krebs im Grunde genommen eine Erkrankung unserer Gene ist. Es sind Zellmutationen. Die meisten haben wir analysiert, wir wissen, durch welchen Gendefekt die einzelnen Krebsformen entstehen. Das heißt aber noch lange nicht, dass wir die Sache im Griff haben. Den großen Durchbruch haben wir noch nicht erreicht.«

Verena betrachtete den Arzt zunehmend fasziniert. Sie war beeindruckt von der Ernsthaftigkeit, mit der er ihr von seinem Beruf erzählte, von der Intensität seines Wunsches, die Welt ein kleines bisschen lebenswerter zu machen. Sie schien, dachte sie, eine Neigung zu Weltverbesserern zu haben.

Der Arzt seufzte. »Normalerweise schaffe ich es, das Leid meiner Patienten nicht so weit an mich herankommen zu lassen. Aber bei Zoé ...« Er stockte kurz. »Das Schlimme ist: Ich könnte ihr helfen, wenn man mich ließe.«

Verena zog die Augenbrauen zusammen. »Sie geben sie doch nicht auf, oder?«

»Was soll ich tun? Zoé lebt in der Zone 4.«

»Und damit ist ihr Schicksal besiegelt?«

Niklander spürte die Empörung, die in Verena aufstieg. »Ich habe alles versucht«, verteidigte er sich. »Es ist, als ob ich gegen eine Wand anrenne. Ich kann Zoé ja nicht in die Zone 2 bringen.«

»Bringen Sie die Zone 2 zu ihr! Besorgen Sie ihr dieses Fluctuasin!«

»Und wie? Ohne einen Patienten, der krank ist, wird mir das Medikament nicht zugeteilt.«

»Dann denken Sie sich einfach einen Patienten aus!«

»Das geht nicht ohne eine ID.«

Verena dachte nach. »Und wenn Sie meine ID nehmen?«

Niklander sah sie überrascht an. »Das könnte ich machen. Aber was ist, wenn Sie selber an Krebs erkranken? Dann kriegen Sie das Medikament nicht mehr, weil Sie es ja schon bekommen.«

Verena schwieg.

Nachdenklich griff Niklander zur Kanne und schenkte erst ihr und dann sich eine Tasse Tee ein. Sorgfältig

wischte er einen Tropfen von der Tülle, bevor er das Gefäß zurück auf den Küchentisch stellte. Er schaute auf und sah Verena lange an. »Ich möchte nicht, dass du das tust.« Er wechselte zum Du, ohne darüber nachzudenken, es passte in dem Moment und kam beiden ganz natürlich vor. »Ich finde einen anderen Weg, Zoé zu helfen. Ich habe noch eine Woche.«
Verena tauchte in seinen Blick ein. Ihre Fingerspitzen kribbelten, ein untrügliches Zeichen, dass sie jetzt ganz schnell aufspringen und gehen oder aber sehr viel länger bleiben sollte.
Niklander war irritiert. »Ist was? Hab ich was Falsches gesagt?«
»Nein, das hast du nicht.« Sie spürte, sie wollte bleiben. Angst wehte sie an, es war die Furcht, wieder einmal enttäuscht zu werden. Doch etwas war anders als sonst. Verena lächelte. Er hieß Mika-Pekka, ein lustiger Name. Ein Gedanke schoss ihr durch den Kopf, sie griff danach und sprach ihn aus, ohne darüber nachzudenken, ob ihre Frage passend war. »Erzählst du mir von deiner Frau?«
Niklander war überrascht. »Wieso?«
»Weil sie hier ist, überall. Du hast sie sehr geliebt. Wer war sie?«
Niklander starrte sie an.
Ärgerlich auf sich selbst, legte Verena ihre Hand auf seinen Arm. Sie hatte ein schlechtes Gewissen, weil sie glaubte, ihm zu nahegetreten zu sein. »Ich rede wieder zu viel, entschuldige bitte. Du musst nichts sagen.«
Einen Augenblick war es in der kleinen Küche still. Dann begann Niklander zu erzählen.

*

David schreckte hoch, als sein Kopf auf die Brust sackte. Er setzte sich auf und versuchte sich zu orientieren. Ein leises Stöhnen hing im Raum.
Das Licht des Mondes fiel durch das schmale Fenster und warf den Schatten der Gitterstäbe auf den Boden der Kammer. Auch die Streben des Bettes umstrich das Mondlicht, ihr Schattenmuster bildete ein kunstvolles Ornament, das wie eine Tätowierung seine Arme und seinen Oberkörper bedeckte.
David erhob sich von dem Schemel. Sein Rücken schmerzte, er musste eingeschlafen sein. Zoé lag in ihrem Bett, die Augen geschlossen, sie wand sich unter dem Griff ihres Traumes und weinte leise, ohne zu erwachen. Behutsam strich David über ihre schweißnassen Haare. Zoé zuckte unter seiner Berührung zurück, doch als er beruhigend mit ihr sprach, entspannte sie sich langsam, erst ihre Hände, ihre Gesichtszüge, dann ihr ganzer Körper, bis sie still unter ihrer Decke lag und schlief.
David betrachtete die Schlafende: Obwohl sie Alex so sehr ähnelte, hatte sie eine ganz andere Wirkung auf ihn als ihre Schwester. Zart und verletzlich, sprach sie den Beschützerinstinkt in ihm an, während Alex ihn mit ihrer rücksichtslosen Entschlossenheit faszinierte und zugleich verunsicherte. Das gleiche Gesicht, die gleichen Augen.
Warum saß er hier? Schoop würde ihn auslachen, dachte David, er würde ihm vorwerfen, Zeit mit unnötigen Gefühlen zu verschwenden, anstatt darüber nachzudenken, mit welcher Strategie sie weiter vorgehen sollten.
Musste er ein schlechtes Gewissen haben?
David dachte daran, was ihm Verena erzählt hatte.

Vielleicht verstand Schoop ihn besser, als er es ahnte.
Er stand auf, warf einen letzten Blick auf Zoé. Leise verließ er den Raum.

*

Den Körper zusammengerollt, lag Alex auf ihrer Pritsche und starrte in das flackernde Nachtlicht an der Decke ihrer Zelle. Ihr Herz klopfte angestrengt, sie war unruhig: Jederzeit konnte das gleißende Licht aufflammen und sie blenden, ein stetiger Wechsel, Stunde um Stunde, er setzte ihr zu und raubte ihr jeden Sinn für den Tag und die Nacht. Dazu das Flüstern, das man ihr zuspielte, ein Wispern, mal drohend, mal beruhigend, Alex erkannte keinen Sinn darin. Doch schlimmer als all das war die Hilflosigkeit, zu der sie hier unten verdammt war.
Sie hatte alles falsch gemacht. Weder hatte sie Zoé geholfen, noch konnte sie ihr jetzt in irgendeiner Weise beistehen. Alles war schlimmer als zuvor. Die Hoffnung, an die sie sich die vergangenen Stunden geklammert hatte, schwand, je länger sie hier lag und grübelte, je öfter das grelle Leuchten der Lichtdecke sie aus ihrem Dämmer riss.
Er hatte gesagt, dass er sie hier herausholen könne. Sie wusste, das war unmöglich, sie hatte die Zonengrenze übertreten, darauf stand die Todesstrafe. Doch wenn er wirklich das Unmögliche möglich machen konnte: Wäre er in der Lage, auch Zoé zu helfen?
Sie versuchte sich daran zu erinnern, wie er aussah. David.
Ein Summen ertönte, die Lichtdecke flackerte auf. Geblendet kniff Alex die Augen zu.

23

Das Rolltor glitt zur Seite, ein Martinshorn ertönte. Die blau lumineszierende Straße färbte sich rot, ein blinkender Streifen markierte die Strecke, die der Krankenwagen nehmen würde. Erschrocken stob eine Touristengruppe auseinander, als direkt unter ihren Füßen der Straßenbelag seine Farbe wechselte. Momente später schoss der Rettungswagen vorbei und bog in die Rheinuferstraße ein. Die Überraschung der Touristen entlud sich in lautem Gelächter, bis der Stadtführer ungehalten seinen Leuchtstab hob und um Ruhe bat, um seinen Vortrag fortzusetzen.

Keiner von ihnen sah den Schatten, der aus dem Kellerfenster einer nahen Ruine kroch und zu ihnen herüberhuschte. Nur eine junge Digiscent-Designerin aus dem französischen Grasse bemerkte den moderigen Geruch, den der Wind plötzlich mit sich brachte.

So wie mit dem Unbekannten besprochen, hatte Rosner den Akku seines Taggers kurz eingesetzt und die aufgelaufenen Tracks abgerufen. Die Information, die ihm der Unbekannte versprochen hatte, war unter den Nachrichten gewesen.

War es klug, was ihm der Unbekannte vorschlug, oder war es einfach nur lebensgefährlicher Wahnsinn? Doch sosehr er auch grübelte, ihm kam keine bessere Idee. Ohnehin war es egal, was er dachte, er musste weg hier, und zwar schnell, er hatte keine Wahl. Rosner war fest

davon überzeugt, dass das kurze Taggersignal seine Verfolger alarmiert haben würde, auch wenn der Unbekannte versichert hatte, dass die Ortung seines Taggers geblockt sei.
Rosner schlug seinen Kragen hoch und mischte sich unter die Touristengruppe. Es war ein offenes Grusel-Gängelche, die Teilnehmer kannten sich nicht. Rosner sah Europäer, aber auch Reisende aus den asiatischen und afrikanischen Allianzen. Erleichtert bemerkte er die Kleidung der Touristen. In seinem Versteck hatte er sich Sorgen gemacht, dass er mit dem Dreireiher, in dem er hatte fliehen müssen, möglicherweise auffallen würde. Doch die meisten der Teilnehmer waren wohlhabend, einige der Männer trugen klassische Anzüge, andere multivariables Function-Design. Auch die Frauen stellten ihren Reichtum zur Schau.
»Bitte folgen Sie mir, wir gehen nun zur Alten Bastei. Dort werden wir einen kleinen Imbiss einnehmen, mit hervorragendem Ausblick auf die dritte und vierte Zone.« Der Stadtführer wedelte mit seinem Leuchtstab und ging voran, die Gruppe folgte ihm angeregt plaudernd, vorbei an einem Mindboard, das sie daran erinnerte, was sie für ein Glück hatten, unter der Obhut des Präsidenten leben zu dürfen.
Rosner zog die muffige Schirmmütze, die er in der Ruine aufgestöbert hatte, tief in die Stirn und achtete darauf, dass er im Zentrum der Touristengruppe blieb. Zwar hatte der Unbekannte, der ihn zur Flucht genötigt hatte, behauptet, nach 48 Stunden sei die Gefahr vorüber, doch darauf wollte Rosner sich nicht verlassen. Um den Zentralrechner zu irritieren, hatte er mit Mörtelstaub seine Nasenflügel schattiert und die Form seiner Augenbrauen verändert, dazu trug er seine UV-Schutzkappen, die

er bei manchen Tests im Labor brauchte und die er in seiner Anzugtasche gefunden hatte, sie ließen seine Augen hervorquellend aussehen. Einige der Urlauber warfen ihm irritierte Blicke zu, doch niemand sprach ihn an. Kurze Zeit später erreichten sie das Rheinufer. Die Promenade war verlassen, niemand ging hier mehr spazieren. Der Rhein floss schmutzig und träge gen Norden, Abwasserschlieren marmorierten die Oberfläche. Nebelfetzen aus den Schornsteinen der MIC trieben über den Fluss.

Auf Initiative der OEMCD waren vor Jahren schon die Grenzwerte für die Abfallentsorgung gesenkt worden, zur allgemeinen Kostenoptimierung, wie es hieß, womit natürlich die Kosten der Unternehmen gemeint waren, die es zu optimieren galt, und nicht die der Allgemeinheit. Die Flüsse waren die Ersten, die unter den neuen Grenzwerten litten, allen voran der Rhein, der nördlich von Köln nur noch eine nach Chemie stinkende Kloake war. Der europäische Präsident, dessen Entscheidung von den multinationalen Konzernen unterstützt wurde, hatte seinerzeit die Proteste gegen die Gesetzesänderung erst ignoriert und dann niederknüppeln lassen. Besonders hartnäckige Protestierer wurden in Umerziehungslager eingewiesen, die die Russen im Osten ihrer Allianz als kommerzielle Serviceunternehmen betrieben und in die all jene Menschen gebracht wurden, die lästig waren und möglichst bald vergessen werden sollten. Die europäische Umweltschutzbewegung hatte sich von dem Aderlass seither nicht mehr erholt.

Vorsichtig sog Rosner die Luft durch seine Nase. Der Rhein roch weniger scharf als von ihm befürchtet. Unauffällig ließ er sich an das Ende der Gruppe zurückfallen. Er wusste nicht, ob es hier am Ufer optische Scanner gab und ob sie ihn nun erfassen würden, doch er verschwendete keine Zeit, darüber nachzugrübeln. Sein Plan war aberwitzig, und er hoffte, dass genau dies seine Chance war. Niemand kam auf die Idee, den Rhein hinabzuschwimmen. Niemand kam auf den Gedanken, die Zone 2 zu verlassen und in die fünfte Zone zu fliehen.

Unbemerkt blieb Rosner zurück und wartete, bis sich die Gruppe weit genug entfernt hatte. Bald konnte er sie im Dämmerlicht kaum noch erkennen. Er wollte gerade zum Wasser hinunterklettern, als er oberhalb des verwilderten Uferweges einen Mast mit einem Rettungsring entdeckte. Die Tampen waren morsch und zerbröselten unter seinen Fingern, doch der Schaum, aus dem man den Ring vor Jahrzehnten gefertigt hatte, war noch leidlich fest. Rosner hob den Ring aus seiner Halterung und trug ihn die Böschung hinab. Die Steine waren glitschig, eine ölige Schicht bedeckte ihre Oberfläche. Vorsichtig tastete er sich tiefer.

Plötzlich strauchelte er und rutschte die Schräge hinunter. Vergeblich suchte er nach Halt: Ungebremst durchstieß sein Körper die Wasseroberfläche, ein dumpfes Geräusch, das über den Fluss schallte. Erschrocken riss er den Mund auf. Das Wasser war kalt, doch es gelang Rosner, seinen Schreckensschrei zurückzuhalten. So schnell er konnte, schwamm er zurück an das Ufer und klammerte sich an die Steine der Uferbefestigung, um sich in den Schatten der Böschung zu ducken.

Oben auf dem Uferweg war das Geräusch der Schritte verstummt, die Touristen waren stehen geblieben, suchend schauten sie zurück. Rosner verharrte regungslos. Quälende Sekunden später war das Geräusch der Schritte wieder zu hören, es wurde leiser, die Gruppe folgte dem Stadtführer zum Grenzrestaurant.

Das Zittern seines Körpers ignorierend, legte sich Rosner den Rettungsring um den Oberkörper. Leise schwamm er hinaus in den Rhein, bis ihn die Strömung erfasste und mit sich zog.

*

Steve Huskin hatte sein Apartment verlassen, das erste Mal, seit er in Köln war. Nachdenklich stand er auf der Terrasse vor dem Gästehaus der MIC und blickte über den Fluss. Der Schwarze Dom am gegenüberliegenden Ufer war angestrahlt, ein erhabener Anblick, der im scharfen Kontrast zu den bonbonbunt zuckenden Häuserfassaden der nahen Altstadt stand. Das Wummern der Partymusik war selbst hier auf der anderen Rheinseite zu hören.
Huskin hatte weder für den Dom noch für die Altstadt einen Blick. Er war unruhig: Er hatte den Crasher nicht gefunden, obwohl er sogar zusätzliche Rechenzeit gebucht und weitere Scanner aktiviert hatte, auch die in der Zone 4. Zwar kostete Huskin das Scannen des gesamten Stadtgebiets wertvolle Ressourcen, Rechenzeit war teuer, doch ein Crasher, der ihm entkam, schadete seinem Ruf.
Rosner blieb verschwunden.
Exakt nach 48 Stunden hatte der Zentralcomputer Huskins Zugang gesperrt und eine Neubewertung der Situation eingefordert. Huskin seufzte, er kannte die Algorithmen, nach denen das System urteilte. Die Statistik gab dem Zentralrechner recht – es war mehr als wahrscheinlich, dass der Crasher tot war.
Doch etwas ließ Huskin zögern, die Drohnen zu ordern und die Suche nach der Leiche zu beginnen: Tief in sei-

nem Inneren zweifelte er daran, dass der Crasher nicht mehr lebte. Huskin konnte es nicht begründen, es war nur eine Vermutung, eine aus seiner Erfahrung gespeiste Intuition. Er verbat sich, es Gefühl zu nennen, ein solches Wort hatte weder in seinem Wortschatz noch in seinem Leben einen Platz. Seine Tage waren durchdacht und streng rational strukturiert. Doch dieser Auftrag war anders als die anderen. Fast kam es ihm vor, als zöge jemand im Hintergrund seine Fäden und sorgte dafür, dass er den Gesuchten nicht aufspürte.

Nachdenklich ging Huskin zurück in sein Apartment. Er loggte sich in das Zentralsystem ein und checkte die zuletzt eingegangenen Meldungen: Nirgendwo hatten die Scanner die biometrischen Daten des Crashers erfasst. Auch die Scanner in der vierten Zone, die an den zentralen Plätzen und Verkehrsknotenpunkten montiert waren, hatten keinen Treffer gemeldet, bevor die Suche nach Rosner beendet worden war.

Wenn der Crasher wirklich noch lebte, was würde er jetzt tun? Zwar konnte sich Rosner nun frei in der Stadt bewegen, doch das half ihm wenig, denn schon wenn er etwas zu essen oder zu trinken besorgen wollte, würde er sich mit seiner ID in das System einloggen müssen. In der Zone 2 konnte er nicht bleiben, auf Dauer hatte er keine Chance, unentdeckt zu bleiben.

Aber wohin hätte er verschwinden können? In die erste oder die vierte Zone zu gelangen war unmöglich, Rosner wäre an den Grenzübergängen sofort von den Männern des ESS verhaftet worden. Selbst die kleine Grenze zur Zone 3 war gut gesichert, niemand konnte sie überqueren, ohne erfasst zu werden. Es gab nur eine Grenze, die die Soldaten des Staatsschutzes nicht überwachten: die Grenze zur Zone 5.

Steve Huskin stutzte, als seine Gedanken diesen Punkt streiften. Würde Rosner in die fünfte Zone fliehen? Jeder, der im Inneren der Stadtgrenzen lebte, war froh, dass ihn der Sperrzaun vor den Gefahren der Wildnis außerhalb der Stadt beschützte. Sogar die Menschen in der vierten Zone fügten sich dankbar in die Sicherheit des Systems. Huskin fand das nicht verwunderlich: Soweit er es beurteilen konnte, waren selbst die beschränkten Möglichkeiten der Zone 4 ein Zuckerschlecken gegen den Überlebenskampf im exterritorialen Gebiet. Dort draußen wartete ein Leben fern jeder Ordnung, ein tiefstes Mittelalter größter Brutalität, abseits aller technischer, medizinischer und sozialer Errungenschaften, die die Zivilisation ihnen gebracht hatte. Niemand, der in die Zone 5 aufgebrochen war, war jemals von dort wieder zurückgekehrt.

Niemand ging freiwillig dorthin.

Rosner ging nicht freiwillig.

Huskin wechselte auf die Steuerungsebene des Systems und rief den Plan von Köln auf. Die einzelnen Zonen der Domstadt erschienen auf der Projektionsfläche, mit verschiedenen Farben gekennzeichnet, der Computer hatte die Grafik automatisch generiert. Die größte der bewohnten Flächen lag auf der linken Rheinseite, es war die rot markierte Zone 4, sie umklammerte fest das gelb und blau eingefärbte Stadtzentrum. Auf der rechten Rheinseite hingegen dominierte das Grün der Zone 3, die industrielle und landwirtschaftliche Produktionsfläche, von der die Stadt lebte. Sie reichte vom nördlichen Stadtrand flussaufwärts bis dicht vor das Siebengebirge und weit in die Hügel des Bergischen Landes hinein. Die übrigen Flächen waren schwarz markiert; das Schwarz der Zone 5 umgab die gesamte Stadt und machte Köln zu einer Insel im dunklen Meer, einem bunten Fleck im Nirgendwo, geschützt durch Minen und Elektrozäune und am Leben gehalten durch die Transitstrecken, schwer bewachte, nachts hell erleuchtete Autobahnen, die den Warenverkehr zwischen den Zoneninseln und den Industriearealen Europas ermöglichten.

Huskin rief den Logarithmus auf, mit dem die Grenzsicherungsanlagen entlang der Außengrenze der Stadt gesteuert wurden. Die Grenze zur Zone 5 war eine der längsten von Köln, der sogenannte Todesstreifen schützte die Bewohner der Stadt vor den Übergriffen der Exterritorialen. Auch hier waren Scanner installiert, doch um Rechenzeit zu sparen, hatte die Regionalregierung sie abgeschaltet. Niemand außer lebensmüden Selbstmördern versuchte, die Grenze zu überqueren. Huskin versuchte, in den Logarithmus einzugreifen und die Scanner zu aktivieren, doch die Systemsteuerung verhinderte Änderungen, offenbar war die der Stadt zugewiesene Rechnerkapazität erschöpft.

Ärgerlich quittierte Huskin die Meldung des Systems. Bis er die Zeit zusammenhatte, die er für die Änderung des Logarithmus brauchte, würden wertvolle Stunden vergehen. Doch selbst wenn er Rechenzeit aus anderen Bereichen der MIC umleiten würde, war es nicht sicher, ob die Kapazität ausreichte, die gesamte Außengrenze der Stadt abzusichern.

Was war, wenn er zu spät kam? Was, wenn Rosner die Stadt schon verlassen hatte?

Huskin schob seine Gedanken beiseite. Er konzentrierte sich und begann mit der Arbeit.

*

Es war stockdunkel, als Rosner aus seiner Bewusstlosigkeit erwachte. Er brauchte eine Weile, bis er sich daran erinnerte, was geschehen war. Wasser umspülte ihn, unter seinen Händen spürte er feuchten Sand. Leise Stimmen waren zu hören, dann das Wiehern von Pferden. Äste knackten unter schweren Stiefeln. Rosner hob den Kopf und versuchte etwas in der Finsternis zu erkennen: Er lag am Ufer des Flusses, die Strömung hatte ihn auf eine Sandbank gespült. Die Reste des zerbrochenen Rettungsringes lagen unweit von ihm, Rosner konnte seine Schemen erkennen.

»Aber hier muss was sein! Das Gerät spinnt doch nicht!« Die Stimme klang hell, fast weich.

Eine zweite Stimme antwortete, sie klang rauh und heiser. »Vielleicht ist es nur ein Kaninchen.«

»Ein Kaninchen, klar, von dieser Größe. Sieh's dir doch selber an.« Ein Fiepen war zu hören, es war der Quittungston eines elektronischen Geräts.

»Dann meinetwegen zehn Kaninchen.« Die rauhe Stimme klang genervt. »Lass uns abhauen.«

»Du kennst unseren Auftrag.«

Es krachte im Unterholz, die Schritte kamen näher.

Vorsichtig, ohne ein Geräusch zu machen, kroch Rosner aus dem Wasser. Sein rechter Arm schmerzte vom Aufprall gegen den Brückenpfeiler. Das Gewicht auf den unversehrten Arm stützend, schob er seinen Körper unter die verdorrten Äste einer umgestürzten Schwarzpappel.

Anfangs war seine Flucht gut verlaufen, viel besser, als er es sich erhofft hatte. Er war unbemerkt bis zur Mitte des Stroms geschwommen und hatte sich treibend dem Stadtrand von Köln genähert. Obwohl die Grenze zur Zone 5 hell erleuchtet gewesen war, konnte er die Demarkationslinie überqueren, ohne dass die Scanner

Alarm geschlagen hatten. Schwierig wurde es erst, als er die Lichter der Produktionsanlagen der Medical Ind Corporation hinter sich gelassen hatte und ans Ufer wollte: Wieder und wieder sog ihn die Strömung zurück in die Flussmitte, hinein in die Strudel, die tückisch im Strom lauerten und ihn in die Tiefe zerren wollten. In seinem Kampf gegen das Wasser übersah er den riesigen Schatten, der plötzlich vor ihm in der Dunkelheit auftauchte, es war der Pfeiler einer Brücke, der das Wasser teilte. Fast hätte der Aufprall Rosner das Leben gekostet. Für eine Weile gelang es ihm, trotz der Schmerzen, nicht das Bewusstsein zu verlieren, obwohl sein geschundener Körper und auch sein Geist darum flehten, sich fallen lassen zu dürfen. Er kämpfte dagegen an und ließ sich den Fluss hinabtreiben, an die Reste des beim Aufprall zerbrochenen Rettungsrings geklammert, bis er endlich Grund unter seinen Füßen spürte und mit schwindender Kraft aus dem Wasser kroch.

Behutsam verlagerte Rosner das Gewicht, um seinen schmerzenden Arm zu entlasten. Die trockenen Blätter des Astes über ihm raschelten leise.

»Dort! Hast du das gehört?« Das war die helle Stimme. Erneut fiepte das Gerät. Schritte knirschten, eine Lampe flammte auf, es war ein kaltes elektrisches Licht, ein scharf konturierter Strahl, der die Dunkelheit zerschnitt. Rosner presste sein Gesicht in den Sand. Vielleicht hatte er Glück, und die Exterritorialen würden ihn für Treibgut halten. Der Lichtstrahl tanzte heran, glitt über ihn hinweg, kam zurück und verharrte direkt auf ihm. Schritte näherten sich, der Lichtkegel wurde größer.

»Wusste ich's doch.« Die Stimme klang zufrieden. Wasser spritzte, dann spürte Rosner zwei Hände, sie griffen nach ihm und zogen seinen Oberkörper hoch. Der

Schmerz durchzuckte ihn unvermittelt, und er schrie auf.
»Er lebt. Fass mit an, bringen wir ihn ans Ufer. Aber achte auf seinen Arm, er ist verletzt.«
Die Hände, die ihn gepackt hatten, glitten etwas tiefer, der Schmerz in seiner Schulter ließ nach. Rosner merkte, wie er angehoben wurde, wenig später spürte er Gras unter seinem Körper.
Mühsam öffnete er die Augen: Er erkannte zwei Gestalten, einen bärtigen Mann und eine junge Frau mit dichten zurückgebundenen Haaren. Sie trugen grobgewebte Uniformen und an den Füßen robuste, aber schmal geformte Stiefel. Beide hatten einen Gürtel mit aufgesetzten Taschen umgeschnallt, an dessen Ösen Karabinerhaken und altertümliche Werkzeuge baumelten.
Der Bärtige betrachtete Rosner misstrauisch. »Kannst du mich verstehen?« Er stieß ihn mit dem Fuß an.
Rosner nickte.
»Wer bist du?«
Rosner versuchte zu antworten, doch ihm fehlte die Kraft dazu.
Die Frau kniete sich neben ihn und betrachtete ihn forschend, Rosner konnte im Licht ihrer Stablampe ihre blonden, leicht geschwungenen Augenbrauen erkennen. Langsam ließ sie den Lichtkegel an seinem Körper hinabgleiten. »Sein Anzug sieht teuer aus. Er kommt aus der zweiten Zone. Vielleicht auch aus der ersten.«
»Davon hat uns niemand was gesagt.« Das Misstrauen des Bärtigen war unüberhörbar. »Besser, wir lassen ihn liegen. Nicht, dass wir uns noch eine Zecke in den Pelz setzen.«
»Nein. Wir nehmen ihn mit.« Die Frau stand auf. Sie schien die Ranghöhere der beiden zu sein. »Scan ihn ab

und hol alles aus ihm raus, wodurch sie ihn orten können. Ich ruf die anderen.« Sie ging zu den Pferden und öffnete die Satteltasche, um ein flaches Funkgerät hervorzuziehen.

»Und dann?« Missmutig sah der Mann ihr nach.

Die Frau drehte sich zu ihm um. »Na, was schon: Wir bringen ihn zu Carter.«

»Zu Carter. Na klasse.« Leise wiederholte der Mann die Worte der Frau. »Dessen Job hätte ich gerne. Sitzt gemütlich zu Hause, und uns schickt er hinaus in die Wildnis.« Er öffnete eine seiner Gürteltaschen und nahm einen kleinen Scanner aus dem Fach. Ein Hustenanfall schüttelte ihn, er räusperte sich den Schleim aus dem Rachen und spuckte aus, bevor er sich Rosner zuwandte. Abschätzig verzog er den Mund. »Tut mir leid, mein Lieber. Das wird jetzt weh tun.« Mit einem Grinsen ließ er das Messer in seiner Hand aufschnellen.

24

Die drückende Hitze hing schwer zwischen den Häusern, als Verena am nächsten Tag die Treppe zur Kanzlei hinaufstieg. Sie war erschöpft, sie hatte wenig geschlafen, doch die Gefühle, die der Abend mit Niklander in ihr geweckt hatte, verdrängten jede Müdigkeit. Beschwingt stieg sie die Stufen hinauf.

Stunde um Stunde hatten sie in seiner kleinen Küche gehockt und geredet, erst hatte er erzählt, dann sie, und sie hatten viel gelacht und auch ein bisschen geweint. Sie war ihm nahe gewesen wie schon lange keinem Menschen mehr. Als sie endlich aufbrach, der Morgen graute bereits, wagten sie sich kaum zu berühren, bis er all seinen Mut zusammennahm und ihr einen Kuss auf die Wange hauchte, während ihr Herz einen Satz machte.

Lächelnd schloss Verena die Tür auf und betrat die Kanzlei. Im Flur brannte Licht, auch in den angrenzenden Zimmern hatten sich die Lichtdecken aktiviert. Die Geräusche des Morgens drangen herein, die Fenster standen offen, ein leichter Luftzug strich durch die Räume.

»Hallo? Ist jemand da?« Verena stellte ihre Tasche neben ihren Schreibtisch und setzte sich, um die Mandantenliste, die sie aus dem Arrestgebäude mitgebracht hatte, in das System einzuspielen. Wie schon am Vortag hatte sie es wieder übernommen, zum Arrestgebäude in der vierten Zone zu gehen, um die »blaue Stunde« zu begleiten. Nach seiner Kritik vor zwei Tagen hatte David nicht

mehr dagegen protestiert, dass sie Anwaltsaufgaben übernahm.
Ein leises Schnarchen ließ sie aufmerken, es kam aus der kleinen Kammer, die sie als Behelfsbüro hergerichtet hatte. Neugierig sah sie hinein: David saß an seinem Arbeitsplatz, um ihn herum ein Chaos aus Gesetzestexten, Büchern und Schriftsätzen, er schlief, den Kopf auf die Arme gelegt. Vermutlich hatte er die ganze Nacht hier zugebracht. Verena lächelte und zog leise die Tür zu.
Ihr Tagger fiepte, als die Liste mit den Festgenommenen der vergangenen Nacht in den Speicher des Kanzleiservers übertragen war. Die Anwaltsgehilfin sah die Daten durch. Auf die Idee, sich die Liste als Datei geben zu lassen, war sie nicht gekommen, Schoops Faible für Papierunterlagen hatte sie das Naheliegendste übersehen lassen. Jetzt sparte sie über eine halbe Stunde Arbeitszeit, in der sie sonst die Papierseiten gescannt und Zeile für Zeile in das Programm eingelesen hatte. Mit einem Tonsignal poppte die Tabelle auf, sortierte sich, und nach knapp einer halben Minute war alles fertig. Verena lehnte sich zurück. Sie verstand sehr gut, warum sich die Menschen vom Papier verabschiedet hatten.
Ihr Blick fiel auf die Zeilen am unteren Ende der Tabelle. Der Kanzleiserver hatte in Sekundenschnelle die IDs auf der Liste mit dem Zentralserver abgeglichen und die 3-D-Porträts der Festgenommenen geladen. Nur in den fünf unteren Zeilen blieben die Fotofelder eine Weile leer, bis schließlich auch hier Bilder erschienen. Verena stutzte: Es war fünfmal dasselbe Gesicht, ein Mann mit einer Halbglatze und einem lila eingefassten dreieckigen Ohrloch. Das Gesicht wirkte künstlich, es war dilettantisch am Computer generiert. Verena brauchte etwas Zeit, bis sie sich daran erinnerte, was David erzählt hatte:

Diese fünf mussten die Hardcorer sein, die sich im Rausch ihren ID-Chip gelöscht hatten und die von den Wachsoldaten für ihre Zeit im Gefängnis eine ID geliehen bekamen. Deshalb das künstliche Bild.
Verena stutzte. Ein Gedanke kristallisierte sich, er war zunächst nur eine Ahnung, bis sie nach ihm griff und ihn festhielt. Ihr Herz klopfte. Hastig tippte sie Niklanders Code in ihren Tagger, verwählte sich, tippte noch einmal. Endlich meldete sich der Arzt, der in ihren Tagger integrierte VI-Projektor ließ sein Porträt über ihrem Handgelenk schweben. »Guten Morgen!« Niklander freute sich, sie zu sehen. Er trug einen weißen Kittel, offenbar befand er sich in seiner Praxis in der zweiten Zone.
Verena war aufgeregt. »Mika, ich hab, was du brauchst! Worüber wir gestern geredet haben! Komm hierher in die Kanzlei, so schnell du kannst.«
»Aber ...«
Sie hob abwehrend die Hand. »Nichts fragen! Komm einfach!«
»Okay.«
Beide zögerten, die Verbindung zu unterbrechen.
Verena lächelte. »War schön gestern Abend.«
Niklander lächelte zurück. »Fand ich auch. Ich komme, sobald ich hier fertig bin.« Sein Bild erlosch.
Zufrieden lehnte sich Verena in ihrem Schreibtischstuhl zurück.
»Stör ich?« Schoop hatte die Tür seines Büros geöffnet und blickte sie schmunzelnd an. Er trug einen grauen Anzug, den sie noch nie zuvor an ihm gesehen hatte, in der Hand hielt er eine Flasche Champagner. Beeindruckt sah sie, welch stattliche Figur der Anwalt machte mit seinem blütenweißen Hemd, einem klassischen Einstecktuch und einem schmal gebundenen Neater.

»Gibt es etwas zu feiern?« Verena trat zu ihm in sein Arbeitszimmer und wies auf die Flasche in seiner Hand.
»Noch nicht. Aber ich denke, es ist an der Zeit, den Schampus kalt zu stellen.« Er gab die Flasche seiner Assistentin, gemeinsam mit einem Aktendeckel, den er von der Arbeitsfläche seines Schreibtisches genommen hatte.
Fragend sah Verena auf die Pappe. »Was ist das?«
»Die Anklageschrift. Ich habe sie heute Nacht geschrieben, zusammen mit David.«
»Deshalb schläft er in seinem Büro.«
Schoop nickte anerkennend. »Der Junge ist gut. Hätte ich nicht gedacht. Du hast einen guten Griff gemacht.«
Verena lächelte zufrieden und ein bisschen stolz.
Schoop wies auf den Aktendeckel in ihrer Hand. »Das ist die Papierversion für mein Archiv, leg es bitte ab. Fürs Gericht habe ich das hier.« Er zog einen Dis-Chip aus der Innentasche seines Anzugs. Auf der Kunststoffhülle, die das winzige Speichermedium schützte, war sein Name gedruckt, darunter seine ID, so, wie es das Justizkommissariat vorschrieb. »Ich gehe jetzt zum Regionalgericht und reiche die Klage ein. Du bleibst hier. Du musst etwas für mich erledigen.« Er griff in seine Tasche und holte einen weiteren Dis-Chip hervor, er hatte ihn behelfsweise mit einem Klebestreifen auf einem Taschentuch fixiert. »Auf dem Chip findest du einen Spot. Verschick ihn in exakt 50 Minuten an diese Adressen.« Schoop kontrollierte die Uhrzeit mit einem Blick auf seinen Tagger, bevor er ihr einen Zettel mit einigen handschriftlich notierten W-Net-Codes reichte. »Danach vernichte den Chip, ebenso diese Liste.«
Verena las die Adressen stirnrunzelnd. »Das sind Net-Jockeys.«
Schoop nickte. »Wenn ich wiederkomme, dann köpfen

wir die Flasche Schampus. Und wenn nicht ...« Er stockte.

Verena erstarrte. »Was ist, wenn Sie nicht wiederkommen?«

Schoop lächelte. »Dann trinkst du den Champagner alleine. Und suchst dir einen neuen Job.« Er ging Richtung Ausgang, hielt inne, wandte sich ihr noch einmal zu. »Falls ich es noch nicht gesagt habe: Danke für alles, was du für mich getan hast.« Er zog sie kurz an sich, bevor er ohne ein weiteres Wort sein Büro verließ. Sekunden später klappte die Tür.

Verena trat an das Fenster. Sie sah, wie Schoop vor dem Haus in ein wartendes Velo-Taxi stieg. Der Fahrer schaltete den Hilfsmotor ein und stieg in die Pedale. Bedrückt blickte Verena ihnen nach.

Sie ließ den Champagner auf Schoops Schreibtisch stehen, auch die Kopie der Klageschrift. Den Dis-Chip in der Hand, ging sie zu ihrem Arbeitsplatz, sie legte die Adressliste bereit und schob den Chip in die Vertiefung neben dem Bedienfeld. Gespannt startete sie die Wiedergabe.

*

Das Velo-Taxi erreichte den Appellhofplatz pünktlich, der Fahrer stoppte sein E-Trike direkt vor dem Eingangsportal des Regionalgerichts. Schoop kletterte aus der Kabine und griff zu seinem Tagger, um den Fahrer zu bezahlen. Ein Countdown lief auf dem Tagger-Display, Schoop warf einen Blick auf die blinkenden Zahlen, bevor er seinen Anzug und den Neater zurechtzog und ruhigen Schrittes die Stufen zum Eingang hinaufstieg.

Es war ungewohnt, wieder hier zu sein. So oft hatte er in

der Vergangenheit in diesem Gebäude Termine wahrgenommen, Verhandlungen, Zeugenbefragungen, Gespräche mit Mandanten. Das Regionalgericht war Teil seines Arbeitsplatzes und seiner Profession gewesen. Bis zu dem Tag der Verhandlung in jenem Herbst, als das Gebäude zum Ort seines Scheiterns geworden war, zum Symbol seines größten Verlusts.

Die Eingangstür schwang zur Seite, Schoop betrat die Halle. Der Gerichtsdiener am Empfangspult erkannte ihn sofort. Erstaunt erhob er sich von seinem Platz. »Was wollen Sie denn hier?«

Schoop lächelte. »Ich möchte zu Dr. Steinhagen.«

Ein herablassender Blick, tausendfach geübt, traf ihn. »Der Gerichtspräsident hat keine Zeit. Sie können sich gerne an den Besucherdienst wenden, wenn Sie …«

Schoop unterbrach den Gerichtsdiener ungeduldig. »Dr. Steinhagen wird Zeit für mich haben, wenn er mein Anliegen kennt. Ich möchte eine Klage einreichen.« Und er überspielte das Deckblatt der Klageschrift auf den Monitor am Empfang.

Der Gerichtsdiener erstarrte, als er die ersten Zeilen des Schriftsatzes las. »Das ist nicht Ihr Ernst.«

»Sehe ich aus, als ob ich zu Scherzen aufgelegt wäre?« Der Anwalt schob lässig eine Hand in seine Hosentasche.

Der Gerichtsdiener zögerte mit der Antwort. Seine Kiefer mahlten, fieberhaft dachte er nach. Schließlich löschte er die Projektion und griff zum Silencer, um ihn sich auf die Wange zu legen. Mit einem leisen Schmatzen sog sich die Membran fest.

Der Gerichtspräsident meldete sich nach wenigen Sekunden. »Ja?«

»Hier ist jemand für Sie. Es ist Dr. Schoop.«

Steinhagen schien überrascht zu sein. »Dr. Andreas Schoop?«
»Ja. Ein Anwalt hier aus Köln.«
»Ich weiß, wer das ist.« Steinhagens Stimme klang ungehalten. »Was will er?«
Nervös strich sich der Gerichtsdiener über das Gesicht. »Ich habe keine Ahnung. Er sagt es mir nicht. Aber er lässt sich auch nicht abweisen. Es scheint wichtig zu sein.« Er horchte, während er auf die Antwort wartete, doch es blieb still, das Kitzeln an seinem Wangenknochen ließ nach. Dann brachte die Folie des Silencers erneut sein Trommelfell zum Schwingen, und die Stimme des Gerichtspräsidenten füllte seinen Schädel. »Bringen Sie ihn hoch.«

*

Der Gerichtspräsident saß in der Sitzgruppe, er winkte Schoop einladend zu sich, als der Anwalt den ehemaligen Sitzungssaal betrat. Steinhagen gab sich betont entspannt, doch seine Augen musterten Schoop wachsam. Er wirkte wie ein Raubtier kurz vor dem Sprung.
Auch Schoop tat so, als sei er gelassen, er kannte das Spiel und beherrschte es. Mit einem Lächeln ließ er sich in einen der Sessel fallen. »Ah. Es ist schön, wieder hier zu sein.« Er seufzte zufrieden.
Steinhagen lachte auf. »Das ist die dickste Lüge, die ich je in diesem Gebäude gehört habe.«
»Sie glauben, ich spiele Ihnen etwas vor?« Schoop betrachtete den Gerichtspräsidenten spöttisch. »Das zeigt mir, wie wenig Menschenkenntnis Sie haben. Sie wissen nicht, aus welchem Grund ich hier bin!« Er grinste breit, während er sein Gegenüber taxierte.
Für einen Moment war Steinhagen irritiert. »Hat Ihnen

das Ihr Therapeut vorgeschlagen? Hier anzutreten, damit Sie mir sagen können, wie böse ich bin? Wie rührend. Nur stehe ich Ihnen dafür nicht zur Verfügung.«
Schoop musterte Steinhagen kalt. »Glauben Sie wirklich, dass Sie so einfach davonkommen?«
Der Gerichtspräsident wusste sofort, worauf der Anwalt seine Frage bezog. »Ich bin Richter, ich habe ein Urteil gefällt. Das Delikt war eindeutig. Also beschweren Sie sich nicht.«
»Wir beide wissen, warum Sie die Aktivistin schuldig gesprochen haben. Sie wollten sich mit dem Urteil für den Job empfehlen, den Sie ja nun auch haben.« Schoops ganze Verachtung lag in seinen Worten. »Und um sich als harten Hund einzuführen, haben Sie anschließend dem europäischen Präsidenten empfohlen, die lebenslange Haft zur Todesstrafe zu wandeln.«
Steinhagen hob die Hände mit gespieltem Bedauern. »C'est la vie. Pech, dass es Ihre Mandantin erwischt hat.« Er lächelte kalt. »War's das?«
»Nein.« Schoop griff in die Innentasche seines Anzugs und holte den Dis-Chip hervor. Er reichte ihn Steinhagen. »Ich möchte Anklage erheben.«
Der Gerichtspräsident war überrascht. »Sie sind als Anwalt hier? Wen vertreten Sie?«
»Alexandra Maria Nolte. Sie haben meiner Kanzlei die Pflichtverteidigung übertragen.«
»Sie irren sich, die Pflichtverteidigung ging an David Bachmann.«
»Er ist Anwalt im Anerkennungsjahr. Ohne mich hat er keine Zulassung als Pflichtverteidiger. Wir werden den Fall gemeinsam betreuen.«
»Geschenkt. Gegen wen wollen Sie klagen? Gegen mich?« Der Gerichtspräsident lachte.

»So wichtig sind Sie nicht. Sehen Sie es sich an. Es wird Sie interessieren, das verspreche ich Ihnen.«
Steinhagen musterte Schoop misstrauisch. Mühsam wuchtete er sich aus dem Sessel und ging zu seinem Arbeitsplatz, um den Chip in die Scanmulde zu legen. Momente später erschien die Anklageschrift auf der Projektionsfläche. Steinhagen wurde bleich, als er die ersten Zeilen las.
»Habe ich Ihnen zu viel versprochen?« Schoop lehnte sich zurück, während er den Gerichtspräsidenten beobachtete.
»Sie sind wahnsinnig.« Alle Entspanntheit war von Steinhagen abgefallen. Fassungslos studierte er die Klagebegründung. »Damit kommen Sie niemals durch!«
»Sind Sie sich sicher?«
»Warum sollte ich diese Klage annehmen? Schon die Grundannahme ist abstrus.« Steinhagen öffnete den internen Speicher und ließ sich das Notstandsgesetz anzeigen. »Der Paragraph 86 NstG, auf den Sie sich beziehen, verweist eindeutig auf die Richtlinien der OEMCD. Und dort heißt es, dass die Schuld eines Einzelnen nachgewiesen werden muss, um ihn für Umweltschäden verantwortlich machen zu können. Verraten Sie mir, wie ein einzelner Mensch den Klimawandel verursacht haben soll. Das ist absurd! Ihre Klage ist hinfällig, ich nehme sie nicht an.«
»Wir reden hier nicht über den Klimawandel an sich, obwohl das sicherlich sehr interessant wäre. Wir reden über seine Folgen und den Umgang damit. Die Zonen wurden eingeführt, um Klimaflüchtlinge aufzunehmen, sie sind also eine eindeutige Folge des Klimawandels.«
»Wie rührend. Und Sie wollen allen Ernstes den europäischen Präsidenten für das Zonensystem verantwortlich machen?«

»Ja, natürlich.« Schoop lächelte. »Er hat das Zonensystem von Köln auf ganz Europa ausgeweitet.«

»Wie wollen Sie beweisen, dass er das alleine entschieden hat?«

»Höre ich aus Ihren Worten heraus, dass Sie die alleinige Macht des Präsidenten in Frage stellen?«

Steinhagen zuckte zurück. »Natürlich nicht. So habe ich das nicht gemeint.«

»Passen Sie lieber auf, was Sie sagen. Nicht, dass der Staatsschutz auf dumme Gedanken kommt.« Schoop lächelte kühl.

Der Gerichtspräsident antwortete nicht. Schweigend las er die Anklageschrift bis zur letzten Zeile. Er schloss das Dokument, nahm den Chip aus der Mulde und steckte ihn zurück in die Hülle. »Sie haben keine Chance, Schoop. Ich habe so viele Möglichkeiten, Sie an die Wand laufen zu lassen. Ich könnte Ihre Klage aus formalen Gründen ablehnen. Oder ich fordere die Staatsanwaltschaft auf, die Klage an sich zu ziehen und dann einzustellen. Damit wäre die Sache erledigt.« Steinhagen lächelte böse. »Aber ich habe eine viel bessere Idee: Ich bitte meine treuen Mitarbeiter, Sie zu einer unserer netten Zellen im Untergeschoss zu begleiten. Dort können Sie in Ruhe verschimmeln. Und niemand wird jemals von Ihrem Pamphlet erfahren.« Verächtlich warf er den Chip in den Müllschlucker.

Schoop sah es ungerührt. »Glauben Sie wirklich, ich habe nicht erwartet, dass Sie genau das tun werden?«

Der Gerichtspräsident schaute interessiert. »Tatsächlich? Trotzdem sind Sie hier. Jetzt wird es spannend: Verraten Sie mir, was mich daran hindern soll, Sie nach unserer kleinen Plauderei für immer wegzuschließen.« Er lächelte überheblich.

Schoops Tagger fiepte. Der Anwalt blickte auf das Display, der Countdown war abgelaufen. »Das verrate ich Ihnen gerne: Weil gerade in diesem Moment im W-Net berichtet wird, dass Sie meine Klage gegen den europäischen Präsidenten angenommen haben.« Schoop wies auf den VI-Projektor. »Sehen Sie nach.«

Steinhagen war blass geworden. Hastig aktivierte er die Verbindung zum W-Net. Alle Kanäle verkündeten die gleiche Nachricht, alle sendeten denselben Track: Steinhagen sah sich selbst in der Halle des Regionalgerichts, er nahm mit einem strahlenden Lächeln die Klageschrift aus Schoops Händen entgegen. Er schien sehr erfreut darüber zu sein, und er freute sich immer noch, als ihn der Net-Jockey ansprach und fragte, ob er die Klage akzeptiere. Steinhagen war entsetzt, als er sich in dem Spot sagen hörte, dass er sich geehrt fühle, die Klageschrift gegen den europäischen Präsidenten bearbeiten zu dürfen.

»Das ist eine Fälschung!« Steinhagen zitterte am ganzen Körper. »Eine elende Lüge!«

»Die Wirklichkeit geworden ist. C'est la vie.« Schoop hob mit gespieltem Bedauern die Hände. »Sie können sicher sein, dass in diesen Sekunden der Track millionenfach kopiert wird. Sie können ihn nicht aufhalten, alle sehen ihn, und deshalb wird er zur Wahrheit. Sie haben meine Klage angenommen, Steinhagen. Leben Sie damit.« Seelenruhig stand Schoop auf und ging zum Ausgang des Saals. Die Hand auf dem Türöffner, drehte sich der Anwalt noch einmal um. »Genießen Sie den Tag. Es könnte Ihr letzter sein.« Ohne eine Antwort abzuwarten, wandte er sich der Tür zu und verließ den Raum.

Fassungslos starrte Steinhagen ihm nach.

25

Über die Blüte einer Orchidee gebeugt, stand Henry Laftmann unter der Kuppel des größten seiner Gewächshäuser und sog den Duft ein, den die Pflanze verströmte: Vanille, ein Hauch Zitrone, dazu etwas Unbestimmtes, das ihn an seine Kindheit erinnerte. Laftmann, Präsident von Europa und Herrscher über 500 Millionen Menschen, schloss die Augen. Er liebte den Duftgarten, den die Vorbesitzer angelegt hatten, er kam oft hierher. Es war vermutlich der einzige Ort in dem Areal, den er wirklich schätzte und dessen Wert er erkannte.
Sein Tagger vibrierte, es war sein Sekretär, der darum bat, ihn sprechen zu dürfen. Laftmann lehnte den Call ab. Er hasste es, im Gewächshaus gestört zu werden.
Die Sonne brach durch die Wolkendecke, das Licht flutete den Raum, doch es war nur ein kurzer Moment, dann hatte der Wind die Wolkenlücke weitergetrieben, und die Dämmerung kroch zurück in die Kuppel. Eine Bö zerrte an der Eisenkonstruktion, ein Haboob kündigte sich an, ein heißer Sandsturm, der aus den Wüstengebieten Nordafrikas und Spaniens zu ihnen kam. Überall in Brüssel bereitete man sich auf das Unwetter vor, auch hier im Parc de Laeken waren alle Angestellten damit beschäftigt, das Anwesen und seine zahlreichen Nebengebäude zu sichern. Sobald die schwarzen Sandwolken am Horizont auftauchten, würden die Schutzrollos vor den Glasscheiben der Gewächshäuser und der

Schlossgebäude herabgleiten und die empfindlichen Oberflächen vor den durch die Luft peitschenden Sandkörnern schützen.
Laftmann blickte prüfend in den Himmel, während er sich eine graue Haarsträhne aus der Stirn strich. Er sah älter aus als auf den Mindboards, die er überall in Europa hatte aufstellen lassen. Auch die VI-Porträts in den Zentren der Städte zeigten ein geschöntes Abbild seines Gesichts, bearbeitet von den besten VI-Programmierern, seine Psychologen hatten ihm dazu geraten. Er mochte das in der Öffentlichkeit gezeichnete Selbstbild des gütigen Herrschers, der Europa durch die Stürme des Lebens führte. In manchen Momenten glaubte Laftmann fast selbst daran, auch wenn diese Charakterzeichnung seinem tatsächlichen Wesen in keiner Weise entsprach.
Erneut vibrierte sein Tagger, sein Sekretär suchte ihn und bat dringend um ein Gespräch. Ungehalten deaktivierte Laftmann die Kontaktfunktion: Nichts war wichtig, wenn er es nicht entschied.
Er seufzte und wandte sich wieder seinen Blumen zu. Seit mehr als zwanzig Jahren lebte er schon an diesem Ort, einen prachtvollen Gebäudekomplex in der Avenue du Parc Royal. Es war eine seiner ersten Taten nach der Verabschiedung der Notstandsgesetze gewesen, das Schloss Laeken im Norden Brüssels in Besitz zu nehmen. Der Weg hierher war lang gewesen: von einem kleinen schäbigen Ort im Norden Belgiens, in dem er als 17-Jähriger in die Europäische Wohlfahrtspartei eingetreten war, über die Hinterzimmer der Macht bis an die Spitze seines europäischen Reiches. Er war der Präsident, der allmächtige Herrscher.
Sein Aufstieg in der EU war langsam, aber stetig ver-

laufen. Als kleiner Abgeordneter war er nach Brüssel gekommen, still und beharrlich hatte er sich in seiner Fraktion bis nach oben gedient, um nach Jahren der Kärrnerarbeit in einem Putsch die Fraktionsführung zu übernehmen und mit anderen ultrakonservativen Gruppen im Parlament eine Allianz zu schmieden. Es war der Hunger nach Macht, der ihm seine Adlaten zuführte.

Während der zweiten Bankenkrise Anfang der Zwanziger zog Laftmann noch unbemerkt seine Strippen, doch im Jahre 2034 war es dann so weit: Als im Herbst des Jahres die Stromversorgung zusammenbrach und sich in ganz Europa durch den EU-weiten Blackout innerhalb weniger Wochen die öffentliche Ordnung auflöste, setzte Laftmann gemeinsam mit seinen Verbündeten die von ihm vorbereiteten Notstandsgesetze durch und ließ sich als neuer Präsident von Europa ausrufen. Bevor die Ahnungslosen merkten, wen sie gewählt hatten, löste Laftmann das Parlament auf, er eliminierte seine Adlaten und verhaftete die Kommission und die führenden Köpfe aller Fraktionen. Er war am Ziel.

Anfangs hatte er überlegt, den königlichen Palast am Place des Palais im Zentrum der Stadt zu beziehen, doch bald schon schien ihm das Schloss Laeken im Norden Brüssels als der perfekte Ort, seiner allumfassenden Macht Ausdruck zu verleihen. Das Durchgriffsrecht auf die Besitztümer der früheren Mitgliedsstaaten erlaubte ihm, den König von Belgien aus seinem Haus zu vertreiben. Während der greise Philippe auf seinem Landsitz in Châteauneuf-de-Grasse leben musste, residierte Laftmann in dem weitläufigen Schloss, umsorgt von seinen Höflingen und Claqueuren und abgeschirmt durch seine Security, eine Truppe von Elitesoldaten, die ihm zu absolutem Gehorsam verpflichtet war und die er persönlich auswählte. Er war der Sonnenkönig, so gab er sich, so fühlte er sich. Doch tief im Herzen war er der schmierige Strippenzieher geblieben, der keiner anderen Vision folgte als der seines eigenen Profits. Es gab anonyme Umfragen im W-Net, die ihn zur meistgehassten Person Europas kürten. Laftmann redete sich ein, ob dieses Rankings Stolz zu verspüren.

»Herr Präsident!« Das Geräusch von Schritten hallte durch die gläserne Kuppel, es wurde lauter, der Protokollchef kam außer Atem in das Glashaus gerannt. »Herr Präsident! Kommen Sie bitte, schnell!«

Laftmann runzelte die Stirn. »Was ist denn?«

Kurz schien es, als wolle der Protokollchef berichten, doch dann hob er die Hände und gab sich ahnungslos. »Ich weiß es nicht! Ihr Sekretär bat mich, Sie zu suchen.« Der Protokollchef schlug die Augen nieder und hoffte, dass der Präsident seine Lüge nicht bemerkte.

Ungehalten ging Laftmann durch die Glaspassagen zum Schlossgebäude zurück. Sein Sekretär stand in der Haupthalle und blickte ihm entgegen. Als der Präsident die feinen Schweißperlen sah, die auf der Stirn seines engsten Mitarbeiters funkelten, wusste er, dass etwas geschehen sein musste. »Was ist los? Jetzt sagen Sie schon!«

Der Sekretär wies auf den VI-Projektor. »Sie bringen es überall.« Er startete die Wiedergabe.

Das Erste, was Laftmann sah, war das milde Lächeln seines offiziellen Porträts, dann die Archivaufnahme eines seiner wenigen öffentlichen Auftritte, huldvoll winkend auf dem Balkon des Buckinghampalastes. Es dauerte eine Weile, bis die Stimme des Net-Jockeys in sein Bewusstsein vordrang und er begriff, was dort verkündet wurde.

Ein Schrei hallte durch die Gänge des Palastes, der Präsident brüllte vor Wut.
In der gleichen Sekunde ließen die Servormotoren die Rollos vor den Fenstern herab. Der Sandsturm begann.

*

Konzentriert saß Verena an ihrem Schreibtisch, vor sich die Liste mit den Interviewanfragen, die in der letzten Stunde in der Kanzlei eingegangen waren. So gut es ging, versuchte sie, den Überblick zu wahren, was nahezu unmöglich war, fast sekündlich signalisierte die In-Box einen eingehenden Track. Sogar einige altertümliche E-Mails waren gekommen, Schoop hielt eisern an seiner Mail-Adresse fest, und jene, die davon wussten, nutzten diesen Weg, um sich gegenüber den anderen einen Vorteil zu verschaffen.
Die Meldung über Schoops Klage gegen den europäischen Präsidenten hatte sich innerhalb kürzester Zeit auf der ganzen Welt verbreitet. Nur wenige Augenblicke nachdem Verena den Spot an die Adressen auf Schoops Liste verschickt und der erste Net-Jockey die Bilder an seinen Social Circle weitergeleitet hatte, begannen die Backfeeds zu strömen. Verena war nervös: Jeden Moment rechnete sie damit, dass die Netzwächter des Präsidenten den Datenzugang der Kanzlei sperrten und ihre getaggten Tracks und Backfeeds automatisch löschten. Je schneller sich Schoops Spot verbreitete, je zügiger er von Social Circle zu Social Circle weitergeleitet wurde, desto schwieriger war es für die Hacker des Präsidenten, dagegen anzugehen. Schoop hatte vom Prinzip des Zauberlehrlings gesprochen, als er ihr seine Strategie erklärt hatte; Verena hatte den Begriff getwoongelt, doch nichts

über ein solches Prinzip gefunden. Ihr kam das Ganze eher wie eine Lawine vor, die als Schneeball begann und rasend schnell immer größer wurde, bis sie nicht mehr aufzuhalten war.

Der vermeintlich freie Flow des Spots war möglich, weil das Internet, eine frühe Form des W-Nets, in den ersten zwei Jahrzehnten des Jahrhunderts durch autokratische Staaten mehr und mehr unterdrückt worden war, bis die World-Community aufbegehrt hatte und durch Crowdfunding finanzierte Satelliten in das All schickte, um unabhängig von nationalen Datenleitungen zu sein. Kaum jemand hatte damals mitbekommen, dass die einflussreichsten unter den multinationalen Konzernen den Prozess unterwanderten und nun ihrerseits Einfluss auf die Satelliten und die globalen Datenströme hatten.

»Verena, schick mir den Nächsten!« Schoop stand in der offen stehenden Tür und nickte ihr aufmunternd zu. Beeindruckt registrierte sie, wie ruhig er wirkte, er war entspannt, während sie heillos aufgeregt war. Sie blickte auf die Liste, die sie aus den Interviewanfragen zusammengestellt hatte, und wählte den nächsten Gesprächspartner aus. »Global Net International, Bombay«, rief sie und stellte mit einer Handbewegung die Verbindung her.

Schoop hatte die Reaktion des W-Nets vorhergesehen und sich ein portables VI-Studio gemietet. Es war während seiner Abwesenheit geliefert worden, zur Überraschung von Verena, die nicht darauf vorbereitet gewesen war. Kurz entschlossen hatte sie es in seinem Arbeitszimmer aufbauen lassen und den Teil des Raumes, der als Hintergrund zu sehen sein würde, aufgeräumt. Jetzt stand Schoop auf der markierten Fläche und schickte seine Botschaft ins Netz hinaus. Mit jedem Gespräch, das er führte, stieg die Wahrscheinlichkeit, dass sich seine Botschaft in der Datenflut behaupten würde. Die Gegenseite hielt sich bedeckt, es gab noch keine Stellungnahme aus dem Regionalgericht, auch hatte sich weder die Regionalregierung noch das Präsidialamt in Brüssel geäußert. Die Situation war vollkommen unberechenbar. Jeden Moment, fürchtete Verena, konnten die Truppen des ESS das Haus stürmen und Schoop festnehmen.

Die Flasche Champagner stand immer noch ungeöffnet im Kühlschrank.

Es klingelte an der Tür, erschrocken zuckte Verena zusammen. Ihre Anspannung entlud sich in einem nervösen Kichern: Der Staatsschutz würde mit Sicherheit nicht artig läuten und darauf warten, dass man ihn einließ. Sie betätigte den elektrischen Öffner, das Schnarren des altmodischen Schließmechanismus schepperte durch das Treppenhaus. Bald ertönten Schritte, jemand kam die Stufen herauf. Es klopfte.

»Wer ist da?«

»Ich bin es, Mika.« Das Holz der Tür dämpfte seine Stimme.

Verena lächelte erfreut, als sie den Arzt hereinließ; sie hatte vollkommen vergessen, dass sie ihn hergebeten hatte.

»Bin ein bisschen spät, tut mir leid.« Er lächelte verschmitzt. »Meine Patienten scheinen sich abgesprochen zu haben, mich aufzuhalten.«

Statt einer Antwort legte Verena den Zeigefinger auf ihre Lippen und ging zur Schiebetür, die Schoops Büro vom Eingangsbereich abgrenzte. Leise zog sie sie zu.

Niklander erhaschte noch einen Blick auf Schoop. »Ist

das dein Chef, der wieder da ist, obwohl er nicht weg war?«
Verena nickte grinsend. »Ich erklär's dir ein anderes Mal. Komm, ich muss dir was zeigen.« Sie ergriff seine Hand und zog ihn mit sich zu ihrem Schreibtisch. »Hier, sieh dir das an.« Sie rief die letzte Seite der Liste auf, die sie am Morgen aus der Luxemburger Straße mitgebracht hatte und auf der die Festgenommenen der vergangenen Nacht notiert waren. Erst jetzt bemerkte Verena, dass sie immer noch Niklanders Hand hielt. Verlegen löste sie ihren Griff.
Der Arzt nahm das Blatt aus Papier. »Und?« Ratlos blickte er auf die Namen und die ID-Nummern.
»Ganz am Ende, die letzten fünf Zeilen!« Aufgeregt wies Verena auf das untere Ende der Liste.
»Da stehen ID-Nummern ohne Namen.« Niklander zuckte mit den Achseln. »Und?«
»Du musst genau hinsehen. Da steht fünfmal dieselbe Nummer.« Erwartungsvoll sah sie ihn an.
Niklander musste lachen, er begriff nichts. »Hilf mir Verena, ich bin zu blöde für solche Ratespiele. In der Liste ist ein Fehler, das habe ich begriffen. Aber was ist daran so aufregend?«
»In der Liste ist kein Fehler, genau das ist es ja! Diese Liste haben die Soldaten vom Staatsschutz geschrieben, die IDs wurden genau so in das System eingegeben. Und das System hat die Eingabe angenommen.«
»Fünfmal exakt die gleiche Nummer? Wie soll das gehen?«
Aufgeregt biss sich Verena auf die Unterlippe. »Verstehst du nicht? Sie nutzen diese ID für die Festgenommenen, von denen sie nicht wissen, wer sie sind.«
Niklander stutzte. Er bekam eine Ahnung, worauf

Verena hinauswollte. »Willst du damit sagen, dass diese Nummer keiner festen Person zugeordnet ist? Und das System nimmt sie trotzdem an?«

Verena nickte aufgeregt. »Vielleicht klappt das auch bei dir in der Praxis.«

»Du meinst, ich könnte diese ID nutzen, um Zoé das Medikament zu besorgen?«

»Probier es aus! Leg eine Patientenakte an, denk dir einen Namen aus und gib ihm diese ID. Und dann verschreibst du dem neuen Patienten Fluctuasin.«

Der Arzt schwieg. Seine Kiefer mahlten. »Wenn das klappt, Verena …« Er atmete tief ein und wieder aus. Ihre Aufregung hatte sich auf ihn übertragen. Ohne nachzudenken, nahm er sie in den Arm.

Verena ließ es zu, sie schloss die Augen, lehnte ihren Kopf an ihn. Eine Weile standen sie so, bis sie sich voneinander lösten. Einen Augenblick lang waren beide unsicher.

Niklander wies auf die Liste. »Kannst du mir die überspielen?«

Verena nickte stumm.

Gemeinsam gingen sie zur Tür. Vor der Schwelle drehte er sich noch einmal zu ihr um. Er lächelte, und es wirkte ein wenig schüchtern. »Soll ich dir was verraten? Ich wär auch gekommen, wenn du mich nicht gecallt hättest.« Er beugte sich zu ihr, um ihr einen Kuss auf die Wange zu geben. Ihre Lippen fanden zueinander, ohne dass beide begriffen, wie das geschehen konnte. Verenas Herz klopfte bis zum Hals.

Niklander tastete nach ihrer Hand, ihre Finger verschränkten sich ineinander. Erneut beugte er sich vor, er küsste sie auf den Mund, tastend, sehr vorsichtig, so, als könne er selber kaum glauben, was geschah.

Hastig drehte er sich um und verließ die Kanzlei.
Verena sah ihm mit pochendem Herzen nach.
»Schick mir den Nächsten, Verena!« Schoops Stimme drang durch die geschlossene Bürotür zu ihr herüber.
Noch immer lächelnd, eilte Verena an ihren Arbeitsplatz.

*

Syd Mohan Chandran saß gelangweilt am virtuellen Besprechungstisch seines Anwesens in Paris und ließ die Worte des MIC-Repräsentanten aus Rio de Janeiro über sich ergehen. Er wusste längst, dass ihm der blondierte Sonnyboy geschönte Zahlen präsentierte, der südamerikanische Konzernbereich schrieb in Wirklichkeit rote Zahlen, weil Investitionen in private Villen, Lustreisen und Helikopterflüge geflossen waren anstatt in die Entwicklung neuer Absatzmärkte. Der Absturz des Sonnyboys aus den Höhen der Chefetage des Konzerns war längst vorbereitet, doch Chandran hielt sich zurück, er benötigte den Südamerikaner noch für eine gewisse Zeit: Der Aktienkurs war seit dem Giftgasunfall am Vortag nervös, eine weitere negative Schlagzeile konnte sich die Medical Ind Corporation im Moment nicht leisten.
Mehr als 80 Arbeiter waren am Tag zuvor bei einer Explosion in der Produktionsstätte im chinesischen Pjöngjang gestorben, die meisten durch die austretenden giftigen Dämpfe. Hunderte weitere waren schwer verletzt. Die Toten unter den Anwohnern des nahen Slums, deren Lungen von den Gasen zerfressen worden waren, hatte niemand gezählt. Chandran nahm es gelassen, seine Krisenmanager waren schon vor Ort, und Chandran wusste, sie standen vor keinem unlösbaren Problem. Ihre Hauptaufgabe bestand darin, die öffentliche Meinung zu

beeinflussen und die Hoheit über die Deutung des Unglücks zurückgewinnen. Erst danach würden sie damit beginnen, die zerstörte Produktion wieder aufzubauen. In ein paar Wochen, war sich Chandran sicher, sprach niemand mehr über die Sache, so war es immer schon gewesen, es gab also keinen Grund zur Sorge.

Die Tür des Konferenzraumes öffnete sich leise, Ferris betrat das kleine Zimmer und blieb abwartend auf der Schwelle stehen. Chandran ließ seine VI-Projektion am virtuellen Konferenztisch zurück und ging zu ihm, er wusste, sein Assistent unterbrach eine Sitzung nur, wenn es wirklich wichtig war. »Was ist los?«

»Der europäische Präsident möchte Sie sprechen. Es ist dringend. Er ist sehr ungehalten.«

»Wissen Sie, warum?«

Ferris nickte. »Ich denke schon. Sie sollten sich vor Ihrem Gespräch mit ihm das hier ansehen.« Er reichte Chandran einen Spot-Pointer. Chandran lud den Code in seinen Tagger und startete die Wiedergabe. Der Spot, den seine Kontaktlinsen auf seine Netzhaut projizierten, überraschte und amüsierte ihn. Er grinste, und sein Gesicht zeigte Häme. »Vielleicht wird der Tag doch noch interessant. Wo ist der Präsident jetzt?«

Ferris verzog keine Miene. »Meinen Sie ihn selbst, oder meinen Sie seine VI-Projektion?«

Chandran fauchte innerlich, ihn nervte die akribische Art seines Assistenten. »Ich weiß, dass er in Brüssel ist!«

»Ich habe die Projektion in den Wintergarten gelegt. Es ist alles für Sie vorbereitet.« Ferris deutete eine Verbeugung an und verließ leise den Raum.

Nachdenklich kehrte Chandran an den Konferenztisch zurück. Das Wort hatte inzwischen der Repräsentant aus Nordamerika, eine unbedeutende Region, seit das einst

mächtige Land seine Finanzen nicht in den Griff bekommen hatte und unter der Schuldenlast zusammengebrochen war. Chandran hatte den Sitz der MIC in Washington trotzdem nicht aufgelöst, er nutzte ihn, um Talenten in seinem Konzern eine Chance zu geben. Außerdem würde das Land, dessen Infrastruktur durch den Bürgerkrieg zwischen den Zentral- und den Küstenstaaten zerstört worden war, in Zukunft für sie interessant werden, wenn es galt, am Wiederaufbau zu verdienen.
Mit einer Handbewegung stoppte der Chef der MIC die Ausführungen. »Meine Herren, meine Damen, ich denke, es ist Zeit für eine kleine Pause. Halten Sie sich bereit, ich rufe Sie wieder zusammen.« Er bleckte die Zähne zu einem Lächeln, bevor er sich aus dem virtuellen Konferenzraum ausloggte.
Kurz überlegte Chandran, ob es gut sein würde, den Präsidenten von Europa noch etwas warten zu lassen. Doch dann siegte seine Neugier über sein taktisches Gespür. Schnellen Schrittes eilte er hinüber in den Wintergarten.

*

»Was hier passiert, ist eine Frechheit!« Der Präsident zitterte vor Wut. »Verdammt noch mal, Chandran, bringen Sie das in Ordnung!«
Der Chef der MIC überging die abschätzige Anrede, die Henry Laftmann benutzte. »Herr Präsident, ich sehe nicht den Zusammenhang zwischen mir und der Klage, der Sie ausgesetzt sind.«
»Sind Sie so naiv, oder tun Sie nur so? Ich habe Ihnen Köln gegeben, es ist Ihre Stadt! Also sorgen Sie auch dafür, dass mir niemand dort Schwierigkeiten macht.«

Chandrans Augenlider senkten sich ein wenig, ein Zeichen äußersten Unwillens. Normalerweise hatte er keine Probleme damit, die Profilneurose des europäischen Präsidenten zu bedienen und ihm das Gefühl zu geben, der Mächtigere von ihnen beiden zu sein. Doch es gab eine Grenze, und Laftmann hatte sie überschritten. »Herr Präsident, darf ich Sie daran erinnern, dass Sie nicht an der Macht wären, wenn es mich und meine Kollegen von der OEMCD nicht geben würde? Ohne den von uns initiierten Stromausfall in Europa, ohne die Versorgungsengpässe hätten Sie die Notstandsgesetze niemals durchbekommen. Und hätten wir Ihnen nicht die Truppen unserer Private Task Force zur Verfügung gestellt, wären Sie von den Protesten überrollt worden.«

Mit einer unwilligen Bewegung wischte der Präsident Chandrans Worte zur Seite, er war fixiert auf seinen Gedanken. »Sie wollten Köln von mir, und jetzt pisst mich jemand aus Ihrer Stadt an. Sorgen Sie dafür, dass das aufhört. Sonst kündige ich unsere Zusammenarbeit auf.«

Zitternd zog Laftmann seinen Neater herab und öffnete den obersten Knopf seines Hemdes.

Chandran betrachtete den Präsidenten nachdenklich. Die Panik ließ Laftmann jedes Augenmaß verlieren. Er wirkte wie ein Getriebener, der einen Abgrund im Rücken spürt und in einem Angriff die einzige Chance sieht, nicht zurückweichen zu müssen und hinabzustürzen. Seine Panik war unbegründet, niemand hatte vor, Laftmann fallenzulassen, sie hatten entsprechende Szenarien schon lange vor diesem Tag durchgespielt. Zwar wäre ein Sturz des Präsidenten für die OEMCD kein Drama, aber äußerst unbequem, vor allem drohten unkalkulierbare finanzielle Einbußen. Sie würden dem Präsidenten helfen, es gab für alles eine Lösung, und

Chandran war sich sicher, auch diese Situation in den Griff zu bekommen. Doch er zögerte, einfach nur nachzugeben. Laftmann wurde zusehends exzentrisch, seiner Entscheidungen waren irrational – ein zu leichter Sieg würde dieses Verhalten nur noch befördern. Er würde die Gelegenheit nutzen, ihn wieder auf die Spur zu bringen.
»Herr Präsident, reden wir Klartext. Mich interessiert Köln nicht. Mich interessiert Europa nicht. Und Sie sind mir vollkommen egal. Wenn Sie sich nicht sofort zusammenreißen, unterbreche ich dieses Gespräch und lasse Sie mit Ihrer Klage alleine. Dann können Sie selber sehen, wie Sie Ihren Hals retten.« Nichts in Chandrans Gesicht verriet etwas von dem, was er dachte. Es war ein Pokerspiel, und er hatte gerade den Einsatz erhöht. Er war gespannt, ob der Präsident mitging.
Laftmann stand wie erstarrt. Dann sackte sein Körper in sich zusammen, und seine Schultern fielen herab. Chandran war fast enttäuscht, als er sah, dass Laftmann passte.
»Es tut mir leid … Vielleicht war ich ein wenig zu impulsiv …« Der Präsident suchte nach Worten, seine Niederlage zu beschönigen. »Wir sitzen doch alle in einem Boot, Herr Chandran. Ohne mich wird es für Sie viel schwieriger werden. Helfen Sie mir, und ich helfe Ihnen. So läuft es doch, oder?« Und er neigte seinen Kopf zur Seite, so, als wollte er dem Überlegenen des Zweikampfes seinen Hals zum finalen Biss präsentieren.
Chandran nickte kühl. »So läuft es, Herr Präsident. Schön, dass wir wieder einer Meinung sind.« Er dachte kurz nach. »Geben Sie mir zwei Stunden. Ich werde eine Lösung finden.« Ohne die Reaktion seines Gegenübers abzuwarten, unterbrach er die Verbindung.
Nachdenklich verließ Chandran das markierte Scanfeld und trat hinaus auf die Terrasse. Der Garten zu seinen

Füßen war üppig und grün wie sonst kaum einer in Paris. Im Gras und auf den Blumenstauden funkelten Wassertröpfchen, als wären es kleine Diamanten. Chandran hatte für die Pracht keinen Blick. In seinen Gedanken ging er die Ereignisse durch und analysierte nüchtern die Situation, so wie er es immer tat, wenn Unvorhergesehenes geschah.

Wieso, fragte er sich, hatte der Staatsschutz nichts von der Bedrohung erfahren? Chandran wusste, dass der Zentralcomputer nicht nur die Tracks und Calls, sondern auch alle abgehörten Gespräche automatisch analysierte und nach Schlüsselwörtern absuchte. Offenbar war das System noch nicht perfekt – er würde der Sache nachgehen, wenn er den Präsidenten und die Klage gegen ihn in den Griff bekommen hatte.

Einer spontanen Eingebung folgend, speicherte Chandran sein Gespräch mit dem Präsidenten und schickte den Track an seinen Assistenten, begleitet von der Aufforderung, in einer Viertelstunde mit einer Lösung in sein Büro zu kommen.

Er war gespannt, wie Ferris reagieren würde, die Aufgabe war nicht leicht, sie brauchte Entschlossenheit, Machtbewusstsein und kühles Kalkül. Es reizte ihn, seinen Assistenten herauszufordern, um den Punkt zu finden, an dem Ferris klein beigab.

26

Regungslos verfolgte Ferris das Gespräch, das Chandran ihm überspielt hatte. Er war überrascht gewesen von der Aufgabe, die der Chef der MIC ihm übertrug, doch er nahm die Herausforderung an, fest entschlossen, sich keine Blöße zu geben. Die Konzentration und seine innere Anspannung hatten sich auf seine Körperhaltung übertragen, Ferris wirkte wie ein Panther vor dem Sprung.

Sein Augenmerk galt der Körpersprache des Präsidenten, den unausgesprochenen Signalen, den kleinen Hinweisen, die mehr verrieten als alle Worte. Was wollte Laftmann wirklich, was trieb ihn an? Ferris war darauf bedacht, kein Detail zu übersehen.

Der Präsident, das lag auf der Hand, war von der eingereichten Klage zutiefst getroffen. Seine Berater, vermutete Ferris, würden ihn bitten, die Anklage zu ignorieren, zumindest bis zur Vollversammlung der Vereinten Allianzen in New York. Ferris wusste, dass sich die gesamten Anstrengungen des Beraterstabes im Moment darauf richteten, den Präsidenten in der Öffentlichkeit als demokratischen Führer darzustellen. Laftmann brauchte Unterstützung, wenn er seine Macht erhalten wollte, die anstehende Vollversammlung bot ihm die Chance, als vermeintlich geläuterter Demokrat in die Gemeinschaft der Allianzen zurückzukehren. Dennoch, war sich Ferris sicher, würde Laftmann niemals akzeptieren, dass es eine Klageschrift gab, in der sein Name stand. Ihm fehlte die Souveränität, gelassen auf den Angriff zu reagieren, sein Verhalten zeigte krankhafte Züge, er wirkte manisch und getrieben. Der Präsident würde darauf bestehen, die Sache auf der Stelle aus der Welt zu schaffen, egal, welche Konsequenzen das für ihn und für die Menschen in Europa hätte.

Könnte man, überlegte Ferris, mit dem Anwalt dealen? Ein Tausch der drohenden Todesstrafe für seine Mandantin gegen lebenslang Gefängnis, wenn im Gegenzug die Klage fallen gelassen würde?

Ferris musste an die Frau in der Zelle denken, an ihren Blick, an ihren Willen, nicht aufzugeben. Sie würde, fürchtete er, sich auf einen solchen Deal nicht einlassen. Und ihr Anwalt vermutlich auch nicht, Ferris hatte sein Persönlichkeitsprofil überprüft. Er war genial, aber zugleich unerträglich starrsinnig.

Ferris stoppte die Wiedergabe, ihm war ein Gedanke gekommen. Er zögerte, ihm zu folgen. Es gab einen Weg, die Klage schnell und effektiv aus der Welt zu schaffen. Es war eigentlich ganz einfach.

Ferris fröstelte. Wenn er diese Schlussfolgerung zog, würden es andere auch tun.

Es war ihr Todesurteil.

Wut stieg in ihm auf. Durfte er wirklich einen Menschen für seinen Erfolg opfern? Sollte er untätig bleiben, nur um seine Tarnung zu erhalten?

Heiligte der Zweck die Mittel?

Chandran hätte nicht eine Sekunde lang gezögert, war sich Ferris bewusst. Er durfte ihr nicht helfen!

Ferris rief das Bild der Überwachungskamera in der Gefängniszelle auf. Die junge Frau schlief, eingewickelt in ihre Decke, ihren Kopf auf dem Arm.

Sie hieß Alex.

Was sollte er nur tun?
Plötzlich zuckte Ferris zusammen. Ein Geistesblitz war ihm durch den Kopf geschossen, die Ahnung einer Idee. Stellte er es geschickt an, gab es vielleicht einen Weg, die Frau in der Zelle vor ihrem Schicksal zu bewahren und gleichzeitig Rosner zu schützen.
Ferris schloss die Augen und begann, seine Gedanken zu fokussieren.

*

Pünktlich auf die Sekunde, genau 15 Minuten nachdem Chandran den Track abgeschickt hatte, klopfte es leise an der Bürotür im Hauptgebäude der Residenz in der Pariser Rue du Faubourg Saint-Honoré. Chandran lehnte sich in seinem Schreibtischsessel zurück und sah dabei zu, wie Ferris den langen Weg von der Tür bis zum Schreibtisch zurücklegte, beherrscht wie immer und ohne eine Miene zu verziehen. Er setzte sich schweigend. Einmal mehr fragte sich Chandran, was in seinem engsten Mitarbeiter vorging. »Na los, sagen Sie schon, was Sie denken.«
Ferris schwieg für zwei Sekunden. »Die Situation ist für uns durchaus kritisch«, begann er und begegnete Chandrans Blick. »Die Europäische Allianz hat unter Laftmann von der Substanz gelebt, sie ist finanziell am Ende. Ohne Unterstützung von verbündeten Allianzen oder durch Zuschüsse von der OEMCD wird der nächste Winter in Europa selbst in den Zonen 1 und 2 kritisch.«
Ungehalten winkte Chandran ab. »Ich kenne das Szenario. Beziehen Sie sich nur auf die Klage.«
Ferris ließ sich nicht aus dem Konzept bringen. »Der europäische Präsident will diese Klage nicht. Nur deshalb

hat er Ihnen nachgegeben. Er steht an Ihrer Seite, solange er die Hoffnung hat, dass Sie die Sache für ihn regeln. Sieht er keine Chance mehr, verbeißt er sich in Sie und reißt Sie, wenn er abstürzt, mit sich.«

»Was würden Sie an meiner Stelle tun?«

»Helfen Sie ihm. Helfen Sie ihm schnell. Nächste Woche redet der europäische Präsident vor den Vereinten Allianzen in New York, der Termin ist ihm wichtig. Zwei Wochen später wird über die Wiederaufnahme Europas in den Kreis der Demokratischen Allianzen abgestimmt. Spätestens dann muss die Klage aus der Welt geschafft sein.«

»Und wie? Sie wissen doch selbst, dass wir sie nicht einfach unter den Tisch fallen lassen können.«

»Denken Sie von der anderen Seite aus. Nicht von der Seite des Beklagten, sondern von der des Klägers. Dann ist es eigentlich ganz einfach.«

Chandran ärgerte sich, dass er nicht sofort begriff, was sein Assistent damit meinte.

»Die öffentliche Wirkung einer Klage«, fuhr Ferris fort, »hängt vom Kläger ab. In diesem Fall eine junge Frau Anfang 20. Sie sitzt in Untersuchungshaft, ihr droht die Todesstrafe.«

»Sie klagt aus dem Gefängnis heraus?« Chandran war verblüfft.

»Eigentlich keine schlechte Taktik. Niemand wird die Frau verurteilen, solange sie nicht nur Angeklagte, sondern auch Klägerin ist. Trotzdem würde ich genau hier ansetzen.« Ferris beugte sich vor. »Auf der einen Seite sollten wir dafür sorgen, dass das Verhältnis zwischen der Klagenden und dem Beklagten zurechtgerückt wird. Wir müssen deutlich machen, dass die beiden nicht auf Augenhöhe sind. Es ist auch kein Kampf von David

gegen Goliath. Ein Mensch niederen Charakters greift den wohltätigen Führer Europas an. Diskreditieren wir die Klägerin, nehmen wir ihrer Klage die Wucht.«
»Damit ist die Sache aber nicht vom Tisch.«
»Das ist richtig. Die Klage können wir nicht beiseiteschaffen. Aber die Klägerin.«
Stille breitete sich im Raum aus.
Ferris lehnte sich zurück. Er wirkte ruhig, kein Muskel in seinem Gesicht zeigte, was in ihm vorging. Nur seine Augen verrieten die Anspannung.
Chandran bemerkte es nicht. Er lächelte böse, das Gespräch begann ihm Spaß zu machen. »Ich vermute, Sie haben einen Vorschlag.«
Ferris nickte. »Die junge Frau flieht aus der Haft. Das wäre zwar peinlich für den Staatsschutz, hat aber den Vorteil, dass sie wieder gefasst werden muss. Und dabei kann einiges passieren.«
»Ist das nicht zu risikoreich? Sie einfach entkommen zu lassen?«
»Wo sehen Sie das Risiko? Mit ihrer Klage hat die Frau das Schlimmstmögliche angerichtet, zu dem sie in der Lage ist.« Ferris erlaubte sich ein schmales Lächeln. »Das einzige Risiko ist, dass ihr bei der Festnahme nichts passiert.«
Wider Willen musste Chandran schmunzeln. »Und Sie haben sicherlich auch für dieses Problem eine Lösung.«
»Ja. Beauftragen Sie Huskin mit dem Fall.«
Chandran stutzte. Misstrauisch blickte er seinen Assistenten an. »Huskin sucht Dr. Rosner. Wir können ihn dort nicht abziehen, die Sache ist zu wichtig.«
»Huskin hat sein Netz ausgeworfen. Es ist nur noch eine Frage der Zeit, bis sich Rosner darin verfängt. Zeit, die wir nutzen könnten. Außerdem ist Huskin vor Ort. Niemand sonst kann so schnell eingreifen wie er.«

Schweigend ließ sich Chandran den Vorschlag seines Assistenten durch den Kopf gehen. Die Idee hatte etwas, auch wenn ein ungutes Gefühl blieb, weil der ehemalige Leiter ihrer Kölner Forschungsabteilung noch immer nicht gefasst war. »Okay, wir machen es so. Ich übergebe Ihnen die Angelegenheit. Sprechen Sie mit Huskin. Und nehmen Sie Kontakt mit der Regionalregierung auf, Sie werden Hilfe brauchen, alles Nötige zu organisieren.« Chandran bedeutete seinem Assistenten, dass das Gespräch beendet war. Irritiert bemerkte er, dass Ferris sitzen blieb. »Ist noch etwas?«

Ferris nickte. »Ich weiß nicht, ob es wichtig ist. Aber vielleicht wäre es nicht verkehrt, sich um diesen Richter zu kümmern, der die Klage angenommen hat. Besser, er verschwindet ebenfalls. So, wie er sich verhalten hat, ist er nicht kalkulierbar.«

Chandran war beeindruckt von Ferris' Umsicht, er selbst hatte an den Richter nicht gedacht. »Tun Sie es. Aber bitte unauffällig.«

»Selbstverständlich. Ich werde selbst nach Köln fliegen und mich um alles kümmern.« Chandrans Assistent erhob sich und ging ruhigen Schrittes zurück zur Tür.

»Ferris?«

Der Assistent drehte sich um.

»Das war gut. Sehr gut sogar.«

Ferris deutete eine Verbeugung an und verließ leise den Raum.

Chandran blieb nachdenklich in seinem Schreibtischsessel sitzen, er hing dem Gespräch nach, das er gerade geführt hatte. Ferris war ein analytischer Taktiker auf höchstem Niveau, wurde ihm wieder einmal klar, fast so kühl wie er selbst.

Es war gut, dass dieser Mann auf seiner Seite war und nicht auf der der anderen.
Vielleicht war es an der Zeit, überlegte Chandran, seinen Assistenten als Repräsentanten der MIC nach Washington zu schicken.

*

Das Pferd schnaubte leise. Behutsam legte die junge Soldatin ihre Hand auf die Nüstern des Tiers, eine sanfte Berührung, die den Wallach sofort beruhigte. Nur noch das Zwitschern der Vögel war zu hören, der Wind, der durch die Blätter der Bäume strich, dazu das weit entfernte Dröhnen eines Langstreckenjets.
Niemand von ihnen sagte ein Wort.
Rosner betrachtete seine Begleiter. Ihr Trupp war größer geworden, vier weitere Soldaten waren zu ihnen gestoßen, sie trugen die gleichen groben Uniformen und hatten von der Sonne gegerbte Gesichter. Alle waren gezeichnet vom Leben hier draußen in der fünften Zone. Die Frau, die ihn am Rheinufer gefunden hatte, war die Anführerin dieses kleinen Trupps. Sie war höchstens Mitte 20, doch sie schien erfahren zu sein. Die Männer, die sie führte und die zum Teil deutlich älter waren als sie, akzeptierten widerspruchslos ihre Autorität.
»Okay, wir können. Los.« Die Soldatin drückte ihre Fersen in die Flanken des Tiers, der Wallach warf den Kopf hoch, trabte an und verließ die Deckung. Rosner, der ein eigenes Pferd bekommen hatte, biss die Zähne zusammen, als es sich in Bewegung setzte. Zwar halfen die Schmerzmittel, die sie ihm gegeben hatten, doch die Wirkung ließ nach, und er begann wieder die Stöße und Erschütterungen zu spüren.

Die Eisen der Hufe klapperten auf Asphalt. Erst jetzt bemerkte Rosner, dass sie sich auf einem Fahrweg befanden, breit, von grasbewachsenen Rissen durchzogen und an den Rändern zugewuchert. Er war erstaunt. »Ich dachte, wir meiden Straßen.«

Die junge Frau grinste. Sie erzählte ihm, dass sie sich auf einer ehemaligen Rennstrecke befanden. »Ein sinnloser Rundkurs mitten im Wald. Kommt nirgendwoher, führt nirgendwohin.« Aber sie könnten darauf den Weg ein großes Stück abkürzen, bevor sie oben am Hügel wieder auf einen der alten Waldwege einbiegen würden. Sie trieb ihr Pferd an. »Beeilt euch. Wir müssen so schnell wie möglich von der Straße runter.«

Rosner verstand es nicht. »Warum? Hier oben gibt es niemanden, hast du gesagt.«

»Die Exer sind nicht das Problem.« Sie schaute prüfend in den Himmel. »Beeilen wir uns.«

Ihr Pferd trabte an, fiel in Galopp.

Rosner biss die Zähne zusammen, und gemeinsam mit den anderen folgte er ihr.

*

Der Tagger an seinem Handgelenk vibrierte, ein leises Tonsignal schwebte durch den Raum. Huskin trat an das Terminal seines Apartments und prüfte die Nachricht: Die nötige Rechenzeit, die er brauchte, um die Außengrenzen Kölns zu überwachen, war seinem Konto gutgeschrieben worden. Er loggte sich ein, rief den Zonenplan von Köln auf und wählte den Code für die Sicherungssysteme, die die Grenze zwischen der vierten und der fünften Zone überwachten. Drei Minuten später waren die Scanner am Stadtrand hochgefahren und nun

darauf programmiert, Grenzübertritte in beide Richtungen zu erfassen. Köln war abgeriegelt.
Nachdenklich lehnte Huskin sich zurück. Er hätte beruhigt sein können, doch die Anspannung, die ihn erfasst hatte, blieb. Einen Gedanken bekam er nicht aus dem Kopf: Was war, wenn Rosner die Stadt längst verlassen hatte? Es war nicht wahrscheinlich, aber wie wahrscheinlich war es, dass ein Crasher ohne eine Spur zu hinterlassen in einer total überwachten Stadt abtauchte? Es gab nur eine Möglichkeit, es herauszubekommen.
Huskin wechselte seine Netz-Identität und loggte sich in das Intranet des ESS ein. Die Drohnen des Staatsschutzes waren die besten, die es derzeit gab. Ausgestattet mit Infrarot- und Supra-Scannern, einer wärmeempfindlichen Million-Eyes-Kamera sowie zwei Luft-Boden-Raketen mit Streumunition, waren die winzigen Fluggeräte die perfekte Waffe in der Wildnis der Zone 5. Es würde nicht leicht sein, eine Genehmigung zu erhalten, selbst wenn er trickste, doch Huskin war fest entschlossen, die Jagd fortzusetzen, um jeden Preis. Noch nie war ihm ein Crasher entkommen. Dieser hier durfte nicht der erste sein.
Mit einem leisen Summen signalisierte der Tagger einen eingehenden Call, es war Ferris. Huskin zögerte. Es gab nichts zu besprechen, nur sinnlose Fragen, die ihn Zeit kosten würden. Doch Ferris vertrat den Auftraggeber, und er durfte es sich nicht mit der MIC verderben.
Er nahm den Call an.

27

Der knallrote Sonnenball stand direkt über der Straßenflucht, als David auf den Grenzübergang am Barbarossaplatz zuging. Die Menschen, die ihm entgegenkamen, warfen lange Schatten. David blinzelte in das Licht.

Verena hatte ihn an seinem Schreibtisch schlafen lassen, erst am Vormittag war er aufgewacht, erschöpft von der langen Nacht, in der er mit Schoop an der Anklageschrift gearbeitet hatte. Eine Dusche und eine ausgiebige Pulsphase im Regenerator seines Hotelzimmers hatten ihn wieder fit werden lassen, zumindest fühlte er sich besser, auch wenn die von den Scannern der Wet-Zone ausgelesenen Körperdaten den Stress anzeigten, unter dem er stand. David war unruhig: Würde ihr Plan aufgehen?

Ihre Klageschrift zeigte erste Folgen: Der Threat Level war europaweit um eine Stufe erhöht worden, in Köln sogar um zwei Stufen. Man fürchtete nach der Klage gegen den europäischen Präsidenten Unruhen, die wie ein Flächenbrand von Zoneninsel zu Zoneninsel übergreifen könnten. Köln galt als besonders gefährdet, die Stadt war ein Pulverfass – jeder der hier stationierten Soldaten erinnerte sich noch gut an die Ausschreitungen, die unlängst die vierte Zone erschüttert hatten, nachdem die Versorgung der Bevölkerung für einige Tage ins Stocken gekommen war. Die Truppen des ESS waren in Alarmbereitschaft versetzt worden. Die Stimmung in der Stadt war angespannt.

Noch war es ruhig. Während in der Zone 4, in der nur wenige Menschen an das W-Net angeschlossen waren, sich die Nachricht von der Klage langsam von Mund zu Mund weiterverbreitete, wusste inzwischen jeder in der ersten und zweiten Zone von dem Affront gegen den Präsidenten. Doch die Neuigkeit schien die Menschen im Stadtzentrum nicht sonderlich zu berühren: Sie wollten shoppen, genießen und Spaß haben, Politik störte dabei nur, das Leben war ernst genug. Auch die Kölner Gastwirte, die sich auf die übliche Partynacht vorbereiteten, rechneten nicht mit Umsatzeinbußen.

Nur am Regionalgericht war deutlich zu merken, dass etwas anders war als sonst: Das Gerichtsgebäude war mit mobilen Sperrzäumen abgeriegelt, martialisch ausstaffierte Soldaten des Staatsschutzes bewachten den Zugang. Vor dem Zaun hatten sich Net-Jockeys mit Zone-1-Lizenz postiert, um über die Klage zu berichten. Jeder von ihnen hoffte auf eine Sensation, die sich gut im W-Net plazieren ließ und die hohen Zugriffszahlen garantierte, die Währung, nach der sie alle bezahlt wurden. Mit jedem InterZonenExpress, der am Bahnhof eintraf, nahm die Zahl der Net-Jockeys zu, genau wie der Frust der zuerst Gekommenen, die sich um die Exklusivität ihrer Berichte gebracht sahen, auch wenn es bis auf die Soldaten vor dem Gerichtsgebäude nichts zu sehen gab. In ihrer Not interviewten sich die Net-Jockeys gegenseitig. Eine Gruppe von Short-Screamern, spezialisiert auf kurze, sensationsgeile Spots, wurde verhaftet, als sie versuchten, Passanten durch Bestechung zu Protesten oder gar zu einer Schlägerei anzustacheln. Immerhin lieferte die Verhaftung der drei Screamer, die sich verzweifelt

gegen den Zugriff durch die Staatspolizei wehrten, ihren Kollegen endlich die Bilder, nach denen alle lechzten.
Davids erstes Ziel, nachdem er das Hotel verlassen hatte, war das Gerichtsgebäude gewesen, er wollte mit Alex sprechen, doch die Soldaten des ESS hatten ihn aufgehalten und ihm den Zugang zum Gericht verweigert. David hatte formalen Protest eingelegt, als Anwalt war es sein Recht, seine Mandantin jederzeit zu sehen. Doch er wusste, dass er keine Chance hatte, sie würden seinen Protest nicht weiter beachten. Kurzerhand beschloss er, stattdessen Zoés Freund Ben aufzusuchen, der Arzt Mika-Pekka Niklander hatte ihm am Vortag gesagt, wo er ihn finden würde. Der Gedanke, dass Zoé ihr Medikament nicht bekam, ließ David nicht los – vielleicht wusste Ben einen Weg, wie sie doch noch an das lebensrettende Fluctuasin kommen könnten.
Diesmal dauerte es länger, bis er die Grenze zur vierten Zone passiert hatte: Die Wachmannschaft war doppelt besetzt und akribisch genau, David musste erst einen Handscan und dann eine Leibesvisitation über sich ergehen lassen, bevor sich das zweite Tor der Schleuse öffnete. Die Anspannung der Soldaten schien mit Händen greifbar.
Der Wechsel von der Zone 2 in die Zone 4 war krass wie immer, auch wenn sich David langsam an die extremen Unterschiede der beiden Welten gewöhnte. Sand knirschte unter seinen Füßen. Die Menschen, die ihm entgegenkamen, musterten ihn kritisch und hielten Abstand, jeder sah sofort, dass David aus einer anderen Zone kam. Er sprach einen Jungen an, der Plastikflaschen sortierte, danach eine alte Frau, zwei Jugendliche, die Kat kauten, eine Gruppe von Draw Poker spielenden Männern: Niemand schien Ben zu kennen. Misstrauen schlug ihm entgegen.

Das Viertel, in dem Ben lebte, wirkte erstaunlich intakt. Rund um den Rathenauplatz gab es weniger Baracken als in vielen anderen Veedeln der Zone 4, auch wirkten die Häuser – dachte man sich die zerbrochenen Fensterscheiben fort – verblüffend unversehrt. Ein Bautrupp reparierte Schäden, sobald sie auftraten, Ruinenfledderer hatten keine Chance. Eine Schutztruppe, die die Bewohner noch während der Unruhen anlässlich der Zweitausendjahrfeier Kölns auf die Beine gestellt hatte, sorgte streng für die Sicherheit, nachts sperrten die Männer die Straßen ab, so dass das Viertel auch während der Dunkelheit als ungefährlich galt. Die Wohnungen im geschützten Bereich waren äußerst begehrt.

»Bist du der, der Ben sucht?«

David fuhr herum. Eine junge Frau stand hinter ihm, jünger als er, mit langem schwarzem Haar und Oberarmen, denen man ansah, dass sie trainiert wurden. Ihr Blick war misstrauisch.

David nickte. »Ich bin der Anwalt von Alex. Deshalb will ich mit Ben reden.«

Die Augen der Schwarzhaarigen weiteten sich überrascht. Sie dachte kurz nach, dann wies sie auf die Stufen der alten Synagoge. »Warte dort.« Ohne eine Antwort abzuwarten, huschte sie davon.

Eine Viertelstunde später, es dämmerte schon, war sie wieder zurück, zusammen mit einer Gruppe von jungen Männern und Frauen, die David argwöhnisch musterten. Ben war nicht unter ihnen.

Ein schlaksiger Blonder baute sich vor David auf. »Was willst du von Ben?«

»Das sag ich ihm selber. Wo ist er?«

»Wüsste nicht, was dich das angeht.«

»Ich habe eine Frage an ihn.«

»Dann stell sie uns.«
David lächelte schmal. »Wüsste nicht, was dich das angeht.«
Der Blonde wollte zu einer Antwort ansetzen, doch die junge Frau, der David zuerst begegnet war, unterbrach ihn. »Wenn er der Anwalt von Alex ist, dann ist er auf unserer Seite.« Ärgerlich strich sie sich eine Strähne ihrer schwarzen Haare aus der Stirn.
»Du traust ihm?« Der Blonde war fassungslos. »Sieh ihn dir doch an: Er kommt aus der ersten Zone.«
»Na klar kommt er das. Wie sonst kann er Alex' Anwalt sein? Denk doch mal nach!« Sie wandte sich David zu. »Hast du die Klage gegen den europäischen Präsidenten eingereicht?«
»Das war mein Kollege. Wir arbeiten zu zweit an dem Fall.«
»Nicht schlecht. Das wird sie nervös machen.« Sie grinste kurz. »Hilft Alex das? Oder schadet es ihr?«
»Sie ist die Klägerin. Solange die Klage läuft, wird sie niemand verurteilen.«
»Und danach?«
David zögerte, während er nach einer Ausflucht suchte. Schließlich entschied er sich, ihnen die Wahrheit zu sagen. »Ich denke nicht, dass sich der Staatsschutz davon beeindrucken lässt. Sobald sich die Situation beruhigt hat, werden sie Alex vor Gericht stellen und verurteilen lassen.«
»Auf illegalen Grenzübertritt steht die Todesstrafe.«
David nickte. »Wir gewinnen nur ein bisschen Zeit.«
Die Gruppe schwieg bedrückt.
»Bringt mich bitte zu Ben«, bat David, »ich muss ihn sprechen. Ich brauche seine Hilfe. Alex will, dass wir uns um ihre Schwester kümmern.«

Die Schwarzhaarige zögerte. »Er ist weg, seit heute Mittag.«
»Wohin?«
»Das wissen wir nicht. Er hat sich von unserer Gruppe getrennt. Er macht jetzt sein eigenes Ding.«
»Er will Alex befreien«, ergänzte der Blonde und warf der Schwarzhaarigen einen vorwurfsvollen Blick zu.
»Und er hat keine Chance.« Trotzig verschränkte sie die Arme vor der Brust.
»Es war ein Fehler, ihn gehen zu lassen, das weißt du.« Der Blonde biss sich auf die Lippen. Er wandte sich David zu, sein Blick zeigte Bedauern. »Ben findest du hier nicht mehr. Und ich denke auch nicht, dass er zu uns zurückkommt.«

*

Sirrend liefen die Rotorblätter aus, das Dröhnen wurde leiser, doch das Fauchen der Gasturbine, das sie den Flug über begleitet hatte, unterband immer noch jedes Gespräch. Ferris nickte dem Uniformierten zu, bevor er die Tür des Hubschraubers zurückgleiten ließ und aus der Kabine sprang. Er hatte für den Flug nach Köln den Heli-Jet angefordert, ein geducktes schwarzes Fluggerät, das wendig und schnell war und trotz aufwendiger Umbauten in seinem Inneren seine Herkunft als Militärflugzeug nicht verhehlen konnte. Der Pilot der Bereitschaft, der ihn im Garten des Palais aufgenommen hatte, war froh gewesen, die Maschine endlich wieder einmal bewegen zu dürfen.
Der Flug von Paris bis an den Rhein hatte keine halbe Stunde gedauert. Sie hatten sich der Stadt von Südwesten genähert, der Ausblick auf den Schwarzen Dom bei

Nacht war beeindruckend gewesen. Jetzt versperrte die Backsteinfassade des Gästehauses der MIC die Sicht auf die Kathedrale.

Die Tür glitt hinter ihm zu, kaum dass Ferris' Füße den Boden berührt hatten. Die Rotorblätter beschleunigten sich, der Helikopter löste seine Kufen vom Boden. Den Rücken gegen den Staubsturm gestemmt, wartete Ferris ab, bis der Hubschrauber gestartet war, Sekunden später war das nachtschwarze Fluggerät in der Dunkelheit verschwunden.

Der Mini-Heli, mit dem Ferris in das Zentrum der Stadt fliegen wollte, war ein älteres Modell, er musste sich umgewöhnen, die Bedienhebel waren anders positioniert als bei jenem Gerät, das er in Paris nutzte. Einzelne Funktionen fehlten ganz. Doch es gelang ihm ein perfekter Start, und Sekunden später überflog er das Gästehaus und steuerte direkt auf den Dom zu. Ein Warnsignal signalisierte ihm, dass ihn die Scanner der Grenzsicherungsanlage erfasst hatten. Ferris beachtete die Warnung nicht: Die Kennung des Mini-Helis war von ihm persönlich im System freigegeben worden. Augenblicke später brach das Warnsignal ab, und er passierte die Grenze ohne Probleme. In einem weiten Bogen umkreiste er den Dom, er ging tiefer, folgte dem Lauf der Straßen. Neugierig blickte Ferris hinab. Er war noch nie hier gewesen, er kannte Köln nur von seinen VI-Trips und von den Berichten der Sicherheitsleute, die an ihren freien Wochenenden in die Domstadt fuhren, um sich volllaufen zu lassen. Was er sah, bestätigte sein Vorurteil. Es war faszinierend, wie sehr die Kölner ihre enge, heruntergekommene Stadt liebten.

Nach einer Weile näherte er sich dem Gerichtsgebäude. Er sah es schon von weitem: Lichter blitzten in der

Nacht, Menschen drängten sich an einem Sperrzaun, davor Soldaten, Ferris erkannte die Uniformen des ESS. Er schickte seine Kennung an die stationierte Einheit und setzte den Heli zur Landung an. Scheinwerfer richteten sich auf ihn, es waren die Objektive der Net-Jockeys, die an der Absperrung warteten, um über die Klage gegen den europäischen Präsidenten zu berichten. Ferris beachtete die Meute nicht, als er direkt vor dem Haupteingang landete. Sekunden später war er im Inneren des Gebäudes verschwunden.
Der Gerichtsdiener stürzte auf ihn zu, kaum dass er die Eingangshalle betreten hatte. »Das Gebäude ist gesperrt, der Zutritt ist verboten!« Sein Protest verstummt augenblicklich, als ihm die Kennung, die Ferris in das Zentralsystem überspielte, auf dem Display seines Taggers angezeigt wurde.
Ferris lächelte schmal. »Bringen Sie mich bitte zu der Gefangenen.«
»Welcher Gefangenen?«
»Wegen der alle hier sind. Oder gibt es mehrere Inhaftierte, die den Präsidenten von Europa verklagt haben?«
Der Gerichtsdiener starrte ihn stumm an, bevor er sich umwandte und voranging. Ferris folgte ihm in die Tiefen des Gebäudes.
Die Tür zur Zelle stand offen, als sie den Zellentrakt betraten. Ein Wachmann stand vor dem Eingang und sah ihnen erstaunt entgegen. Wortlos schob Ferris den Wärter zur Seite und betrat den Haftraum.
Die Gefangene lag bewusstlos auf ihrer Pritsche, gerade beugte sich ein Arzt über sie. Ferris runzelte die Stirn. »Was ist passiert?«
»Nichts ist passiert.« Der Arzt warf ihm einen misstrauischen Blick zu. »Ich erneuere ihren Chip.«

Erst jetzt roch Ferris die Reste des Betäubungsgases, mit dem sie die Zelle kurz zuvor gefüllt hatten. Er hielt den Arzt zurück, die Injektionspistole auf ihrem Oberarm aufzulegen. »Nicht jetzt. Der Plan hat sich geändert. Sie bekommen Bescheid, wenn der neue Chip eingesetzt werden soll.«

Der Arzt wollte protestieren, doch auf einen warnenden Blick des Gerichtsdieners hin packte er seine Gerätschaften wieder ein. Schweigend verließ er die Zelle, auch der Gerichtsdiener und der Wachmann, die im Gang stehen geblieben waren, zogen sich ohne ein Wort zurück. Aus den Augenwinkeln beobachtete Ferris die Blicke, die die drei tauschten, bevor sie die Zellentür schlossen. Dann war er mit der Gefangenen allein.

Ferris betrachtete stumm die regungslos daliegende Gestalt. Er widerstand der Versuchung, sich zu ihr hinabzubeugen oder sie gar zu berühren, er wusste, dass ein Kameraauge ihn beobachtete und dass die drei Männer draußen jede seiner Bewegungen verfolgten.

Die junge Frau wirkte kleiner und hilfloser als auf den Aufnahmen, die er gesehen hatte. Ihr Anblick rührte etwas in ihm an. Dass sie bewusstlos war, torpedierte seinen Plan. Er hatte seinen Besuch hier in der Zelle damit gerechtfertigt, dass er ihr einen versteckten Hinweis oder gar eine Nachricht zukommen lassen könnte, ohne zu wissen, wie er das unter den Augen des Überwachungssystems anstellen sollte. Jetzt war eine Nachricht unmöglich, ihm fehlte die Zeit, zu warten, bis die Wirkung des Betäubungsgases nachließ. Ihm blieb nur, zu hoffen, dass sie so klug, selbstbewusst und tatkräftig war, wie er es von ihr dachte.

Die Zellentür wurde aufgezogen, der Gerichtspräsident, von seinen Männern informiert, stand im Eingang. Er

wirkte ärgerlich. »Können Sie mir erklären ...« setzte er an, doch Ferris unterbrach ihn kühl. »Ich kann, aber nicht hier.« Er warf einen Blick zur Überwachungskamera in der Deckenverkleidung der Zelle. »Es ist in Ihrem Interesse, Herr Steinhagen.«
Der Gerichtspräsident mahlte stumm mit den Zähnen. Schließlich nickte er. »Kommen Sie.«
Gemeinsam verließen sie die Zelle.
In der Tür sah sich Ferris noch einmal zu der bewusstlosen Frau um. Eine ihrer Hände zuckte.

28

Das Bewusstsein kam nur langsam zurück, wie eine weit auslaufende Welle, die sich an das Ufer tastet und zurückrollt, die neu ansetzt, immer höher steigt. Aus Schwarz wurde Grau, Schmerz zuckte, dann hörte sie das Geräusch ihres Atems, er ging ruhig und gleichmäßig.

Die Augen geschlossen, lag Alex in der Dunkelheit und versuchte zu begreifen, wo sie war. Hinter ihr lag das Nichts, ein bleierner Schlaf ohne Konturen, ohne Traum. Das Letzte, woran sie sich erinnerte, war ein zischendes Geräusch, etwas war in ihre Zelle geströmt und hatte sich als metallischer Geschmack auf ihre Zunge gelegt. Danach war sie bewusstlos geworden. Alex spannte ihre Muskeln an, bewegte vorsichtig ihre rechte Hand, bis die Kuppen ihrer Finger die glatte Fläche unter ihr spürten. Die Wunde in ihrem Gesicht pochte. Mühsam schlug Alex die Augen auf.

Der Raum, in dem sie erwacht war, lag im Halbdunkel, die Decke glimmte. Es war totenstill. Alex setzte sich auf und sah sich um. Sie erkannte die Zelle, in der sie die vergangenen Tage zugebracht hatte, alles war ihr vertraut. Und doch hatte sich etwas verändert. Sie brauchte ein paar Sekunden, bis sie begriff, was es war: Sie trug nicht mehr den Sträflingsdrillich, sondern ihre eigene Kleidung: das Shirt, die Hose, die mit Metallkappen verzierten Schuhe. Sogar ihre Unterwäsche hatten sie ihr

angezogen. Alex wurde schlecht bei dem Gedanken, dass jemand sie angefasst hatte, während sie bewusstlos gewesen war. Sie musste an die gierigen Blicke der Männer denken, die sie in ihr Gefängnis gebracht hatten. Ihr Hass auf jene, die sie hier festhielten, wuchs.
Plötzlich stutzte sie. Ein schmaler Lichtstrahl fiel aus dem Gang in die Zelle, durch einen Türspalt, der dort nicht hätte sein dürfen. Die Kontrollleuchte neben den Schließriegeln war erloschen.
Zögernd drückte Alex gegen die Tür: Sie schwang ein Stück auf, leicht und ohne ein Geräusch. Alex hielt den Atem an.
Draußen im Zellengang blieb es ruhig.
Vorsichtig, jeden Moment mit einem Angriff rechnend, vergrößerte Alex den Spalt, bis er breit genug war, dass sie sich hindurchschieben konnte. Lautlos huschte sie auf die andere Seite. Der Gang vor den Zellen war leer, die Türen der übrigen Hafträume waren verschlossen. Auch die Pforte am Ende des Zellenganges war nur angelehnt, der Raum dahinter, in dem sonst der Wachhabende saß, lag verlassen da. Der Fahrstuhl stand einladend offen.
Alex zögerte, die Kabine zu betreten. Alles roch nach einer Falle, auch wenn sie nicht wusste, warum ihre Bewacher ihr diese Falle stellen sollten: Sie hatten sie in ihrer Gewalt, sie mussten sie nirgendwo hinlocken. Außer es war wichtig, überlegte Alex, dass sie freiwillig ging.
Es gab drei weitere Türen im Vorraum, eine führte in den gegenüberliegenden Zellengang, hinter einer zweiten befand sich ein Vorratsraum, falls die Aufschrift auf dem Türdisplay stimmte. Hinter der dritten verbarg sich der Zugang zum Treppenhaus, es war der Notausgang für den Fall, dass der Strom ausfiel. Der Handgriff, mit dem bei einem Blackout der Ausgang geöffnet werden konn-

te, glänzte wie neu, vermutlich hatte ihn noch niemand benutzt. Alex entriegelte den Griff, ohne die magnetische Sperre zu lösen, und drückte die Tür auf. Die Servomotoren stemmten sich jaulend gegen den Zug. Alex quetschte sich durch den Spalt, bevor hinter ihr die Tür wieder zurückglitt und ins Schloss schnappte.

Alex lauschte mit angehaltenem Atem. Es blieb ruhig im Treppenhaus: Weder waren Schritte zu hören noch Rufe, die verrieten, dass sie entdeckt worden war. Niemand schien sie gehört zu haben.

Oder beobachteten sie längst, was sie tat?

Aufmerksam auf jedes Geräusch achtend, stieg Alex die Treppe hinauf. Erst jetzt begriff sie, wie tief unter der Erde sie sich befunden hatte, der Aufstieg kam ihr endlos vor. Sie erreichte das Erdgeschoss, eine Null an der Wand markierte den Ausgang. Wieder ignorierte Alex den Sensortaster, eine Berührung hätte sofort ihren Aufenthaltsort verraten. Stattdessen stemmte sie sich gegen die Servomotoren, um die Tür einen winzigen Spalt weit zu öffnen. Angespannt spähte sie durch die Ritze: Die Halle schien leer zu sein. Doch gerade als Alex den Türspalt vergrößern wollte, fiel ein Schatten durch die Glasscheiben des Eingangsportals, es waren die Umrisse eines Soldaten, der vor dem Gericht patrouillierte, schwer bewaffnet und in voller Kampfmontur.

Wartete er auf sie?

Behutsam ließ Alex die Tür wieder ins Schloss gleiten. Sie stieg die Treppe weiter hinauf bis zum nächsten Stockwerk und zwängte sich durch den Türspalt, nachdem sie sich vergewissert hatte, dass der Gang auf der anderen Seite verlassen war. Gespannt sah sie sich um. Das nächtliche Gerichtsgebäude war kaum beleuchtet, nur ein paar Notlichter glimmten in Bodenhöhe. Alex versuchte die Türen entlang des Ganges zu öffnen, doch die Räume, an denen sie vorbeiging, waren verschlossen. In einem Seitentrakt fand sie einen Raum, der nicht versperrt war. Das Büro war ungenutzt und diente als Abstellkammer, Alex sah ein Stehpult, ein paar Regale, mehrere seltsam verschnörkelte Kleiderständer und einen alten Schreibtisch. Ein klobiger VI-Projektor der ersten Generation verstaubte auf der Arbeitsfläche. Alex bahnte sich einen Weg zum Fenster und sah hinaus. Überrascht entdeckte sie unten auf der Straße die Gitter, mit denen das Regionalgericht umstellt war. Soldaten patrouillierten entlang der Sperre. Etwas musste passiert sein, Alex konnte sich nicht vorstellen, dass dieser Aufwand ihretwegen betrieben wurde.

Vorsichtig, darum bemüht, keine Geräusche zu machen, öffnete Alex das Fenster. Das Büro lag auf der Westseite des Hauses direkt gegenüber dem El-De-Haus, ein graues neoklassizistisches Gebäude, das der örtliche Kommandant des ESS als Stadtdomizil nutzte. Ein quer über die Straße gespanntes Transparent flatterte im Wind, ein kleines Stückchen der Plane war abgerissen und hing herab, so dass der Beginn des Merksatzes verdeckt war: » …olle Mitglieder der Gesellschaft teilen ihre Gedanken.« So nervös sie auch war, Alex musste kichern. Darauf bedacht, dass niemand sie entdeckte, sah sie am Haus hinab. Die Fassade war an dieser Stelle glatt, bis auf einen schmalen abgeschrägten Sims gab es keinen Vorsprung, an dem sie sich hätte festklammern oder gar hinabklettern können. Sie brauchte ein Hilfsmittel für ihre Flucht, doch im Büro fand sie nichts, womit sie sich hätte abseilen können. Noch nicht einmal einen Vorhang gab es, der als Ersatz für ein Seil getaugt hätte. Auf diesem Weg konnte sie das Gerichtsgebäude nicht verlassen.

Alex setzte sich auf den Boden des Büros und dachte nach. Ihre Bewacher wollten, dass sie floh, das stand fest. Und sie mussten sich sehr sicher fühlen, denn sie hatten ihre Zellentür geöffnet und das gesamte Wachpersonal im Inneren des Gebäudes abgezogen. Vermutlich gab es nur einen Weg aus dem Gebäude, den sie nehmen konnte, und es reichte ihnen, diesen einen Ausgang zu bewachen. Hatten sie vor, sie bei der Flucht zu erschießen, draußen vor dem Gerichtsgebäude, vor den Augen der Öffentlichkeit? Möglich war es. Das würde erklären, warum sie bislang noch nicht aufgehalten worden war. Oder hatten sie ihr einen Sender implantiert? Vielleicht wollten sie, dass sie entkam, damit sie sich in ihr Versteck flüchtete und so ihre Freunde verriet.
Wenn sie eine Chance haben wollte, dachte Alex, musste sie ihre Widersacher austricksen. Sie musste einen Schritt schneller sein als sie.
Ein Windstoß fuhr durch das Fenster, das Transparent draußen flatterte. Das Geräusch ließ Alex aufmerken. Sie sprang auf und blickte hinaus. Ob die Drahtseile ihr Gewicht halten würden? Die Idee war verrückt, aber genau deshalb würden ihre Widersacher niemals darauf kommen, dass sie auf diese Weise fliehen könnte.
Alex spähte die Straße hinab, bevor sie den Fensterflügel weit aufzog und sich hinausbeugte. Wenn sie sich streckte, konnte sie mit den Fingerspitzen das obere der beiden Drahtseile ertasten. Die beiden Trossen waren straff gespannt und nicht sehr dick, doch der gezwirbelte Draht musste fest und strapazierfähig genug sein, um das Transparent auch bei starkem Wind zu halten.
Schritte ertönten, eine Wachpatrouille bog unten um die Häuserecke. Hastig zog sich Alex in das Gebäude zurück. Während sie wartete, dass die Uniformierten den

Sperrzaun abschritten, musterte sie das quer über die Straße gespannte Transparent. Die Konstruktion sah solide aus, auch gegenüber im El-De-Haus hielten massive Anker die Drahtseile. Doch selbst wenn das Transparent sie halten sollte: Reichte ihre Kraft aus, um sich hinüber auf die andere Seite zu hangeln?

Langsam, die Waffen am Schultergurt, gingen die Soldaten am Sperrgitter entlang. Alex hörte ihre leisen Stimmen. Noch zehn Schritte, bis sie um die nächste Ecke verschwinden würden, noch fünf. Jetzt. Alex beugte sich weit aus dem Fenster und griff mit beiden Händen nach dem Draht. Angst stieg in ihr auf, als sie in die Tiefe blickte, doch sie verdrängte das Gefühl und hielt sich fest, während sie auf die Fensterbank kletterte. Die Halterung, an der das Transparent angebracht war, knirschte. Ohne loszulassen, ließ sich Alex aus dem Fenster fallen, ihr Körper schwang herab, ihre Beine pendelten in der Luft. Erschrocken stöhnte sie auf: Der gespleißte Draht schnitt in ihre Handflächen ein, als wäre er ein stumpfes Messer, dessen Schneide sich in ihre Haut presste. Alex biss die Zähne zusammen und begann, sich Stück für Stück an dem Stahlseil entlangzuhangeln. Die Konstruktion vibrierte, das Transparent schwang hin und her. Bald schmerzten ihre Arme. Ihre Handflächen wurden feucht, ein Blutstropfen lief ihr Handgelenk herab. Alex beachtete ihn nicht, sie hangelte sich langsam, aber stetig weiter.

Schritte ertönten, die nächste Patrouille kam, jetzt bogen die beiden Männer um die Ecke. Alex hielt inne. Regungslos hing sie an dem Transparent. Zwar war ihr Körper von der Plane verdeckt, doch ihre Beine baumelten in der Luft, sie ragten ein gutes Stück unter der Kante hervor – die Soldaten brauchten nur den Blick zu heben und würden sie entdecken. Jetzt waren die beiden Männer direkt unter ihr. Ein Windstoß fuhr über den Platz, das Transparent schwang vor und wieder zurück. Die Stahlseile knirschten. Alex spürte ein leichtes Rucken, so, als habe die Trosse, an der sie sich festklammerte, etwas nachgegeben. Alex hielt den Atem an. Die beiden Männer gingen weiter, ohne aufzusehen, sie bogen um die Ecke, ihre Schritte wurden leiser.

Erneut ruckte das obere Stahlseil und gab etwas nach: Alex wurde flau im Magen. So schnell sie konnte, hangelte sie sich weiter. Die Muskeln in ihren Armen brannten. Ein Knirschen ertönte, das Seil ruckte, diesmal heftiger: Jeden Moment konnte die Halterung, die das Transparent festhielt, aus der Wand reißen.

Plötzlich, Alex befand sich gerade über dem Sperrgitter, löste sich mit einem Knall einer der Haken, der das obere Seil gespannt hielt. Schlagartig ließ die Spannung nach, wie eine zuckende Schlange schoss das Drahtende zu ihr zurück. Alex spürte, wie sie hinabstürzte. Sie unterdrückte einen Schrei und klammerte sich an die bebende Stahltrosse. Das Transparent kippte herunter, gemeinsam mit Alex, bis das untere noch an seinen Halterungen befestigte Seil ihren Sturz bremste und ihr Körper in einem Bogen durch die Nacht schoss wie das Pendel einer aus dem Takt gekommenen Uhr. Scheppernd glitt das abgerissene Ende des Drahtseils über das Sperrgitter. Alex sah nach unten. Der obere Rand des Gitters war dicht unter ihr, sie konnte mit den Füßen beinahe die Kante berühren, wenn sie über den Sperrzaun hinwegschwang.

Rufe ertönten, jemand war auf den Knall aufmerksam geworden. Ohne zu zögern, ließ Alex sich fallen, gerade als sie auf das Gitter zuschwang. Der Schwung ließ sie gegen den Zaun prallen, das Gitter bebte und die ineinandergesteckten Elemente vibrierten. Alex klammerte sich an den Stangen fest. Sie spürte, wie der Zaun unter ihr zu kippen begann. So schnell sie konnte, ließ sie sich hinunterrutschen, sie landete auf dem Straßenpflaster, kurz bevor das Zaunelement umstürzte und alle anderen Gitter entlang des Gebäudes der Reihe nach mit sich riss. Ein ohrenbetäubendes, nicht enden wollendes Scheppern dröhnte über den Platz.

Ohne sich umzusehen, rappelte Alex sich auf und hetzte über die Straße. Ein Mini-Booster parkte auf der anderen Seite, Alex warf sich hinter das Gefährt und blieb regungslos im Rinnstein liegen. In der gleichen Sekunde liefen Soldaten am Gebäude entlang, ihre Waffen im Anschlag. Entgeistert starrten sie auf den umgestürzten Zaun. Rufe ertönten, Schritte näherten sich, wenig später hetzten die ersten Net-Jockeys herbei, sie hatten den Lärm gehört und hofften auf eine Nachricht. Ihre Kollegen folgten ihnen, und innerhalb von Augenblicken war der Platz rund um das halb heruntergerissene Transparent voller aufgeregter Menschen. Die ersten Net-Jockeys begannen, über den Zaun zu klettern, Warnschüsse ertönten, das Chaos war perfekt.

Unbemerkt stand Alex auf. Sie ignorierte die Schmerzen, die sie in jeder Faser ihres Körpers spürte, und ging ruhig davon, bog um die Ecke, ließ das Gerichtsgebäude hinter sich. Die Rufe hinter ihr wurden leiser. Schritt für Schritt ging sie weiter, mit pochendem Herzen, den Körper voller Adrenalin.

Ein Spaziergänger kam ihr entgegen, einen Hund an der Leine, er hatte den Lärm gehört. »Wissen Sie, was da los ist?«

Alex antwortete nicht. Den Blick gesenkt, ging sie ruhig

weiter, so, als hätte sie die Frage nicht vernommen. Das Licht eines in den Fußweg eingelassenen Leuchtfeldes fiel auf sie. Aus den Augenwinkeln sah Alex den erschrockenen Blick des Mannes, er wich zurück, zog seinen Hund mit sich. Auch ein zweiter Passant, dem sie begegnete, betrachtete sie überrascht. Alex begriff die Reaktion der beiden, als sie in eine spiegelnde Schaufensterscheibe blickte: Ihre Kleidung war zerrissen und ihr Gesicht blutverschmiert, ebenso ihre Hände, Blut tropfte von ihnen herab. Sie sah furchtbar aus.

Alex huschte in einen Hauseingang und zog ihren Pullover aus, um sich mit dem zerrissenen Stoff das Gesicht und die Hände abzuwischen, so gut es ohne Wasser ging. Sie stopfte das zerfetzte Kleidungsstück in einen der Müllschlucker am Straßenrand und ging weiter den Fußweg entlang, nachdem sie sich mit ihren Fingern durch das Haar gefahren war und möglichst viele Strähnen ins Gesicht gekämmt hatte.

Die Nacht war unruhig geworden, Menschen hasteten zum Appellhofplatz, angelockt durch das Jaulen der Sirenen, das durch die Straßen hallte. Ein Einsatzfahrzeug des Staatsschutzes jagte vorbei, ein zuckendes Blaulicht auf dem Dach. Alex ging weiter, den Kopf gesenkt. Kaum jemand beachtete sie, auch schien niemand sie zu verfolgen, was jedoch nichts bedeutete, falls sie einen Chip in sich trug, dessen Signal ihre Verfolger auslesen konnten. Sie musste einen Weg in den Untergrund finden, dort unten würden die Scanner sie nicht erfassen.

Erneut war eine Sirene zu hören, ein weiterer Einsatzwagen des Staatsschutzes näherte sich und bremste an der nächsten Kreuzung. Der Fahrer ließ das Heck herumschleudern, bis der Booster quer auf der Fahrbahn

stand. Vier Uniformierte sprangen aus dem Gefährt. Innerhalb von Sekunden hatten sie die Straße abgesperrt. Ohne aufzusehen verließ Alex den Fußweg und ging in einen Innenhof, dessen Tor zur Seite geschoben war. Ein helles Lichtrechteck leuchtete in der Nacht, es war die offen stehende Tür einer Restaurantküche, ein Hilfsarbeiter schleppte Müllsäcke nach draußen. Alex verbarg sich hinter einem Vorbau und spähte in die Küche. In dem großen Raum herrschte ein organisiertes Durcheinander: Kochkessel dampften, Flammen loderten, Hydrationsöfen sirrten, Köche mit schwitzenden Gesichtern beugten sich über die Arbeitsflächen – es würde unmöglich sein, diesen Raum unbemerkt zu durchqueren.
Alex' Blick fiel auf den Müllschlucker in der Ecke des Hofes, in den der Arbeiter die Säcke warf, es war ein hüfthoher Podest mit einer großen Klappe in der Mitte. Die Öffnung war breiter als die der Müllschlucker draußen auf der Straße und dafür gedacht, große Mengen aufzunehmen. Alex schlich im Schatten des Vorbaus näher und entriegelte, nachdem der Arbeiter wieder in der Küche verschwunden war, vorsichtig den Schwingdeckel über der Öffnung. Im Dämmerlicht sah sie einen Schacht, er führte schräg in die Tiefe, ein Ende konnte sie nicht erkennen. Alex zögerte. Sie wusste, dass der Müll der ersten und zweiten Zone über die Zonengrenze gekippt wurde, ganze Slums lebten von den Resten, die ihnen die Ober- und Mittelschicht überließ. Vielleicht war dies der Weg, den sie suchte.
Schritte ertönten, der Arbeiter kam zurück, Alex hörte ihn leise vor sich hin summen. Stimmen wurden am Toreingang laut, jemand rief den Mann zu sich. Alex zögerte nicht länger: Sie kroch im Schatten einer Hover-Palette auf das Podest und ließ sich leise über die Kante in die

Öffnung des Müllschluckers gleiten. Das Gewicht ihres Körpers drückte die Klappe hinab. Ihre Füße ertasteten die Schachtwand, Alex stemmte sich dagegen, das Gummi ihrer Sohlen hielt sie. Vorsichtig kletterte sie die Schräge weiter hinunter, bis ihr Körper ganz im Schacht verschwunden war und sie leise die Klappe über sich zurückschnellen lassen konnte. Dunkelheit umgab sie. Fauliger Geruch stieg aus der Tiefe zu ihr herauf. Alex unterdrückte den Würgereiz und kletterte langsam weiter. Der Schacht wurde steiler, machte einen Knick, führte nun senkrecht hinab. Alex tastete sich tiefer, als plötzlich ihr Fuß abglitt. Auch ihre Hand rutschte weg, die Schachtwand war an dieser Stelle mit Essensresten aus einem geplatzten Müllsack überzogen. Noch während Alex durch den Kopf schoss, dass vielleicht ein Schredder am Ende des Schachts wartete, verlor sie ihren Halt und stürzte in die Tiefe.

29

Es war nicht schwer, zu merken, dass etwas Unerwartetes geschehen war. Noch bevor der Fahrer die Limousine auf den Appellhofplatz lenkte, sah Huskin das Signallicht der Einsatzfahrzeuge, ein blaues Blinken, das von den Häuserwänden zurückgeworfen wurde. Mehrere in den Farben des Staatsschutzes lackierte Booster standen vor dem Hauptportal des Regionalgerichts, auf dem Dach zuckende Blaulichter, daneben hatte ein Mannschaftswagen gestoppt und seine Ladeklappe herabfallen lassen. Rufe hallten über den Platz, Menschen hasteten umher, zwei Sanitäter versorgten einen Verletzten, offenbar war er angeschossen worden. Soldaten des Staatsschutzes hielten eine Gruppe von Net-Jockeys in Schach, während andere einen umgestürzten Sperrzaun aufrichteten oder sich darum bemühten, die heranströmenden Gaffer zurückzuhalten.

Wie sollte er in diesem Chaos seine Aufgabe erfüllen? Noch immer verblüffte es Huskin, welche unerwartete Wendung sein Auftrag erfahren hatte. Anstatt Rosner zu suchen, sollte er sich jetzt um die Frau kümmern, die den europäischen Präsidenten verklagt hatte. Ferris war persönlich nach Köln gekommen, um alles mit ihm zu besprechen. Die Angelegenheit schien der MIC zu wichtig zu sein, als dass sie die Details dem elektronischen Datenverkehr anvertrauen wollte. Das Warten auf Chandrans Assistenten hatte Huskin wertvolle Stunden gekostet. Seine Bitte, wenigstens noch die Drohne auf den Weg schicken zu dürfen, um die Zone 5 nach Rosner abzuscannen, hatte Ferris abgelehnt: Der neue Auftrag sei wichtiger, der Crasher müsse warten. Ferris hatte ihn an die Entscheidungshoheit der MIC erinnert und sich jede weitere Diskussion verbeten.

Huskin wies seinen Fahrer an, am Rand des Platzes zu halten. Er griff sich den schmalen, flachen Koffer, den er aus seinem Apartment mitgenommen hatte, und ging zum Eingang des Gerichts. Ein Soldat, der ihn mit herrischer Geste zurückweisen wollte, verstummte angesichts Huskins Kennung und stellte ihm einen Kollegen zur Seite, der dafür sorgte, dass ihn die vor der Tür des Justizgebäudes postierten Männer passieren ließen.

Huskin betrat die Halle. Sie war leer bis auf einen blassen Gerichtsdiener, er stand neben dem Empfang und wirkte überfordert. Huskin zeigte ihm seinen Ausweis. »Was ist da draußen los?«

Der Gerichtsdiener sah ihn ratlos an. Er schien unter Schock zu stehen.

Huskin beschloss, das Chaos vor dem Gebäude im Moment nicht weiter zu beachten, in der Hoffnung, dass es seinen Auftrag nicht tangierte. »Ich möchte mit dem Gerichtspräsidenten sprechen. Es dreht sich um eine Gefangene, Alexandra Maria Nolte.«

Der Gerichtsdiener schüttelte den Kopf, als er die Namen hörte. »Das geht nicht.«

»Warum? Wo ist er?«

»Er ist verschwunden.«

Huskin runzelte die Stirn. »Was ist passiert?«

»Er hat die Gefangene freigelassen. Erst hat er alle Wachen nach Hause geschickt und dann ihre Zelle geöffnet.«

»Wie lange ist das her?«
»Keine Ahnung. Eine Stunde vielleicht. Niemand weiß, wo er ist. Sie wollten ihn gerade verhaften.« Noch immer fassungslos ob der Ereignisse, blickte der Gerichtsdiener hinaus zu den Soldaten des Staatsschutzes, die vor dem Gebäude standen und hektisch in ihre Tagger sprachen.
Huskin war ärgerlich. Hier war etwas schiefgelaufen, und zwar gründlich. Ihn verwunderte nicht, dass der Staatsschutz den Gerichtspräsidenten von seinem Posten entfernen wollte – niemand nahm ungestraft eine Klage gegen den europäischen Präsidenten an. Auch dass Steinhagen die Zelle der Gefangenen geöffnet hatte, war keine Überraschung für ihn. Nur der Zeitpunkt stimmte nicht: Erst sollte Huskin sich eine gute Position für den Fangschuss vor dem Gerichtsgebäude suchen, dann sollte Steinhagen der Frau die Flucht ermöglichen. So zumindest lautete die Anweisung von Chandrans Assistenten.
»Wissen Sie, wo die Gefangene jetzt ist?«
Der Gerichtsdiener schüttelte den Kopf.
»Wird nach ihr gesucht? Sind die Scanner aktiviert?« Huskin wurde ungeduldig.
Der Uniformierte zögerte. »Darf ich Ihnen das alles überhaupt sagen?«
Die Faust des Südafrikaners fuhr blitzschnell vor, sie traf den Gerichtsdiener an der Brust und ließ ihn zurücktaumeln. Er stolperte, fiel rückwärts zu Boden. Huskin zerrte ihn zu sich hoch, bis sein Gesicht dicht über dem des Mannes war. »Jetzt hör mal gut zu: Wenn du nicht selber in einer Zelle landen willst, dann solltest du dafür sorgen, dass die Frau gefunden wird. Also noch einmal: Schreib die Frau zur Fahndung aus! Jetzt!«
Eingeschüchtert von dem Angriff, rappelte sich der Gerichtsdiener auf und eilte an seinen Arbeitsplatz. Mit

zitternden Fingern tippte er eine Kennung ein und gab die Fahndung frei. »Die Scanner erfassen sie nicht.« Erschrocken starrte er auf die Information, die das System ihm zurückspielte.
Wütend schrie Huskin auf. Dass er den Crasher noch nicht gefunden hatte, war schlimm genug. Wenn ihm die Frau entkäme, wäre es eine Katastrophe!
Der Gerichtsdiener wich zurück, doch bevor er davonlaufen konnte, packte Huskin ihn erneut. »Das Gebäude muss durchsucht werden, sofort. Und lassen Sie alle Straßen im Umkreis absperren.«
Der Gerichtsdiener nickte eingeschüchtert und beugte sich über das Eingabefeld seines Terminals.
Huskin verließ die Eingangshalle und trat auf den Platz vor dem Portal. Jetzt betrachtete er das Durcheinander vor dem Gebäude mit anderen Augen. Er blickte zum Sperrgitter, dessen einzelne Segmente gerade wieder aufgerichtet wurden, sah das Transparent darüber, dessen Befestigung auf einer Seite herausgerissen war, entdeckte das offen stehende Fenster im ersten Stock des Gerichts.
Sie war entkommen.
Seine Hände packten den Koffer, den er bei sich trug, fester.
Die Jagd begann.

*

Der Aufprall kam plötzlich, er war nicht hart, der Untergrund nahm sie in sich auf. Hektisch schlug Alex um sich. Sie spürte, wie sie tiefer sank. Etwas Feuchtes fiel auf ihr Gesicht, sie schrie auf, versuchte es wegzuwischen.

Ihr Sturz hatte in einer engen, fensterlosen Kammer geendet. Dunkelheit umgab sie. Sie war auf etwas Weiches geprallt, es mussten Müllbeutel sein, ihr Körper war tief zwischen die Säcke gerutscht. Einer der Beutel war geplatzt, der Inhalt hatte sich über sie verteilt. Alex strampelte mit den Beinen und versuchte, sich zu befreien. Doch mit jeder Bewegung rutschte sie weiter in die Tiefe. Sie hielt inne, kämpfte die aufsteigende Panik nieder. Dann kroch sie langsam zwischen den Müllsäcken hervor, bis sie die Oberfläche der Müllschicht erreicht hatte.

Nach einer Weile, ihr Herzschlag hatte sich beruhigt, bemerkte sie, dass sie etwas erkennen konnte: Ein diffuses rotes Licht erhellte den Raum leidlich. Alex sah sich um: Die fensterlose Kammer war so wie der Schacht aus Stahlblech geformt, das Metall war verschmiert und es stank fürchterlich. Flauschiger Schimmel bedeckte die Wände. Ging man von der oberen Kante der Schimmelschicht aus, war der Behälter bis zur Hälfte mit Müll gefüllt; vermutlich wurde er geleert, sobald ein bestimmter Level erreicht war.

Endlich entdeckte Alex die Lichtquelle: Das rote Leuchten kam aus einer winzigen Linse an der Decke des Sammelbehälters, der gebündelte Lichtstrahl fiel zu ihr herab; vermutlich diente er dazu, den Füllstand zu messen. Alex überlegte kurz, dann begann sie damit, die Müllsäcke umzustapeln, bis eine Pyramide im Zentrum des Lichts entstand. Immer wieder rutschten die Müllsäcke am Rand herab, doch schließlich gelang es Alex, den Turm so hoch zu stapeln, dass der oberste Sack die Grenze, die der Schimmel an der Wand des Behälters markierte, erst erreichte und dann überschritt. Das rote Licht flackerte kurz auf, blinkte und erlosch.

Erschöpft setzte sich Alex, um zu warten, was geschehen würde.
Wenig später war ein leises Rumpeln zu hören. Alex horchte auf. Das Rattern wurde schnell lauter, etwas näherte sich, bis es direkt unter dem Behälter stoppte und das Dröhnen verstummte. Servomotoren summten, die Stahlwände vibrierten, Licht fiel in den Raum. Alex brauchte eine Weile, bis sie begriff, dass es von unten kam: Ein Spalt öffnete sich im Boden, er wurde schnell größer, die Pyramide geriet ins Rutschen, und mit ihr Alex, die in einem Strudel von aufreißenden Säcken in die Tiefe stürzte. Sie schrie auf und versuchte sich festzuhalten, doch es gab nichts, an das sie sich klammern konnte. Momente später schlug sie auf, während gleichzeitig ein nicht enden wollender Schwall Abfall auf sie herabfiel und sie bedeckte.
Dann war es still.
Alex lag regungslos unter einer Schicht aus Müll. Etwas hatte ihren Kopf getroffen, sie war benommen. Ein seltsames Geräusch erfüllte ihren Schädel, es dauerte etwas, bis Alex begriff, dass es ihr Atem war: Sie sog ihn hektisch in sich hinein und stieß ihn wieder von sich, wieder und wieder, bis der Sauerstoff, den sie aus den Ritzen und Hohlräumen der leeren Packungen um sie herum herausgesaugt hatte, verbraucht war und ihr Atem dumpf schmeckte. Ihr Bewusstsein schwand. Mit letzter Kraft versuchte sich Alex aus der Umklammerung des Mülls zu befreien. Sie stemmte sich gegen den Untergrund und drückte ihren Körper zwischen den aufgeplatzten Säcken nach oben, Stück für Stück, immer weiter, nicht aufgeben, nicht sterben! Ihre Schwester brauchte sie! Der Gedanke gab ihr die Kraft, sich wie im Taumel hinaufzukämpfen, bis ihr Kopf die oberste Abfallschicht

durchstieß und ihre Lungen mit einem heiseren Ächzen die Luft darüber in sich hineinsogen.
Alex brauchte einige Minuten, bis das Schwindelgefühl in ihrem Kopf nachließ und sie sich ganz aus dem Müllhaufen befreien konnte. Alles um sie herum bewegte sich, ihr Körper taumelte. Erst jetzt bemerkte sie, dass sie fuhr: Sie befand sich in einer der offenen Loren, die auf den Transportbändern durch die Versorgungstunnel der Stadt glitten, der Wagen hatte sich in die endlose Abfolge der Transportboxen eingereiht. Niemand war in den Gängen zu sehen.
Eine Weile versuchte Alex, sich in dem Labyrinth, durch das sie fuhren, zu orientieren, doch obwohl sie schon einmal hier unten gewesen war, erkannte sie keinen der Orte, den sie passierten. Schließlich gab sie es auf und duckte sich unter den Rand der Box, für den Fall, dass sich doch jemand in den Gängen aufhielt und sie bemerken könnte. Sie würde warten müssen, bis die Lore stoppte – bei dem Tempo, mit dem sie durch die Katakomben der Stadt fuhren, hatte sie ohnehin keine Chance, unverletzt auszusteigen.
Nach einer Weile drosselte die Lore ihre Geschwindigkeit und steuerte auf ein Seitengleis. Die Servomotoren jaulten auf, als die Verbindung zwischen Transportband und Box getrennt wurde. Der Wagen rollte aus und stoppte mit einem Ruck. Stimmen waren zu hören, dann ruckte die Box erneut und glitt ein Stück weiter.
Vorsichtig schob Alex ihren Kopf über den Rand des Behälters: Die Lore stand auf einem Nebengleis, auf dem sich schon andere mit Müll gefüllte Transportboxen befanden und darauf warteten, entladen zu werden. Tageslicht fiel in den Tunnel, es kam aus einem Schacht, der am Entladepunkt schräg hinauf an die Oberfläche führte.

Ein müllverschmiertes Fließband überbrückte die Schräge, es diente dazu, den Abfall, der aus den Loren gekippt wurde, aus dem Tunnel hinauszubringen. Das Band stand still, zwei Arbeiter bemühten sich fluchend, es wieder in Gang zu setzen. Ihren Schimpfworten zufolge hatten sie dabei größere Schwierigkeiten.
Alex nutzte ihre Chance und kletterte aus der Lore. So leise es ging, ließ sie sich herabgleiten und sprang auf den Schotter, der die Stützpfosten des Fließbandes umgab. Das Knirschen der rutschenden Steine war deutlich zu hören, doch die beiden Männer waren so sehr mit ihrer Arbeit beschäftigt, dass sie es nicht bemerkten. Unbemerkt huschte Alex in den Schatten des Tunnels.
Sie hatte nun eine Vorstellung davon, wo sie sich befand: Wenn ihre Vermutung stimmte, war sie gemeinsam mit dem Müll über die Grenze aus der ersten in die zweite Zone gefahren und in den Westen der Stadt gebracht worden. Das Fließband, das den Abfall aus dem Tunnel hinaus an das Tageslicht transportierte, hatte Alex auf die Idee gebracht: Der Müll aus der ersten und der zweiten Zone wurde hier über die Grenzmauer gekippt, die Bewohner des angrenzenden Slums der Zone 4 sortierten die Abfälle, um alles zu verwerten, was noch zu gebrauchen war.
Kurz überlegte Alex, das Fließband für ihre Flucht über die Grenzmauer zu nutzen, doch sie entschied sich dagegen: Sie war davon überzeugt, dass Arbeiter oder gar die Soldaten des ESS das Band überwachten und sie fassen würden. Es gab einen besseren Weg auf die andere Seite, und er war ganz in der Nähe. Sie musste ihn nur finden.
Unbemerkt huschte sie davon.
Eine Weile lief Alex durch das Labyrinth der Gänge. Ihr

Ziel lag weiter im Süden, und sie mühte sich, nicht die Orientierung zu verlieren. Wenn sie die richtige Himmelsrichtung nahm und am Rand des unterirdischen Systems entlangging, so ihr Plan, dann müsste sie auf den verlassenen U-Bahnhof stoßen, jene von der Grenzmauer zweigeteilte Halle, durch dessen verborgenen Eingang sie hierhergekommen war. Doch je länger sie durch die von LEDs notdürftig beleuchteten Tunnel irrte, desto unsicherer wurde sie. Als sie fürchtete, sich verlaufen zu haben, und gerade aufgeben wollte, entdeckte sie eine Kreuzung, die sie kannte. An diesem Ort war sie schon einmal gewesen! Aufgeregt folgte sie einem der Gänge, ein unbeleuchtetes, dunkles Tunnelstück, an dessen Ende sich erst ein Schacht und dann der zweigeteilte U-Bahnhof öffnen würde. Bald, freute sie sich, würde sie in Sicherheit sein. Bald würde sie ihre Schwester wiedersehen.

Plötzlich hörte sie direkt vor sich Schritte. Ein Schatten kam auf sie zu, er war nahe, jetzt flammte ein Licht auf, der Strahl irrlichterte durch den Gang. Alex wich zurück. Der Lichtstrahl traf sie, gerade als sie sich umdrehte und davonrannte, so schnell sie es in der Dunkelheit des Tunnels vermochte.

»Nicht weglaufen!«

Alex stutzte. Sie kannte diese Stimme. Täuschte sie sich? Das konnte nicht sein, nicht hier in der zweiten Zone.

»Alex, bleib stehen! Ich bin's!«

Zögernd drehte sich Alex um, sie fürchtete eine Falle. »Wer ist da?«

Der Unbekannte richtete das Licht auf sich, während er näher kam. Jetzt sah Alex, was ihr ihre Ohren schon verraten hatten: Vor ihr stand Ben, einen schweren Rucksack auf dem Rücken. Er war so überrascht wie sie.

»Ben, was machst du hier?«
»Dich holen.« Erschrocken starrte er sie an. »Mein Gott, was ist passiert?«
Alex sah an sich herunter: Ihre Kleidung war zerrissen und verschmiert, Abfallreste bedeckten sie. Ben setzte den Rucksack ab, um seine Trinkwasserflasche hervorzuholen. »Halt still.« Vorsichtig ließ er Wasser über ihre Wange laufen. Erst jetzt bemerkte Alex das Blut auf ihrer Brust, die Wunde in ihrem Gesicht war erneut aufgeplatzt. Behutsam drückte Ben ein sauberes Tuch auf den Riss. »Das muss versorgt werden.« Er zog sie an sich, umarmte sie. Alex ließ es zu, sie war so erleichtert wie er. Für einen Moment standen sie eng umschlungen in der Dunkelheit.
Alex löste die Umarmung als Erste. »Wir müssen hier weg.«
Ben nickte stumm. Er griff sich seinen Rucksack, doch als ihm klarwurde, dass Alex vielleicht Hilfe brauchte, versteckte er ihn in einer Nische in der Schachtmauer. Er reichte ihr seine Hand, sie stützte sich auf ihn. Gemeinsam gingen sie durch den Tunnel bis zu dem von der Grenze geteilten U-Bahnhof, sie durchquerten den Kontrollraum und den dahinterliegenden Gang, um durch den verborgenen Durchlass auf die andere Seite der Grenze kletterten. Es blieb still, niemand schien sie bemerkt zu haben.
Erleichtert drückte Ben das Plakat vor die Öffnung.
Alex sah ihn vorwurfsvoll an. »Was wolltest du in der Zone 2?«
Ben erstaunte die Frage. »Dich holen.«
»Alleine. Einfach so. Sobald du die Tunnel verlassen hättest, hätten dich ihre Scanner erfasst!«
Ben schüttelte den Kopf. »Ich hab meinen Chip gelöscht.

Außerdem wollte ich gar nicht nach oben.« Er erzählte ihr, was er vorgehabt hatte.
»Du bist verrückt! Das hätte niemals geklappt.«
Ben war beleidigt. »Und was hätte ich stattdessen tun sollen?«
»Dich nicht in Gefahr bringen!« Alex wandte sich ab, um weiterzugehen.
Ben folgte ihr schweigend. Eine Weile war es still bis auf das Geräusch ihrer Schritte, das sich an den Tunnelwänden brach.
Ben lächelte verkniffen. »Ich dachte, du freust dich.«
»Tu ich auch, du Idiot.« Sie knuffte ihn grinsend. Dann erzählte sie, was in den vergangenen Tagen geschehen war. Ben hörte ihr aufmerksam zu. Alex beendete ihren Bericht, gerade als sie den schmalen Seitengang passiert und die Eisenleiter erreicht hatten.
Alex griff zur untersten Leitersprosse. Ben hielt sie zurück. »Kommt dir das nicht seltsam vor?«
»Was? Dass ich wieder hier bin?«
»Dass sie dich freigelassen haben.«
Alex ahnte, worauf er anspielte. »Keine Sorge, ich werde unser Versteck nicht betreten. Ich will nur zu meiner Schwester.«
Ben antwortete nicht. Wortlos durchsuchte er seine Taschen, bis er gefunden hatte, was er brauchte: einen kleinen mobilen Scanner, mit dem er einen Sender, den sie womöglich in ihrem Körper implantiert hatten, aufspüren konnte. Er aktivierte das Gerät und begann damit, Alex sorgfältig abzuscannen, Stück für Stück, ohne auch nur einen Zentimeter auszulassen.
Das Gerät blieb stumm. »Da ist nichts.« Ben schaltete den Scanner aus.
»Sicher?« Alex war verblüfft: Sie war überzeugt davon

gewesen, dass sie ein Sendemodul in sich trug. »Könnte es sein, dass sie einen Sender nutzen, der sich erst später aktiviert?«

»Nein. Bis auf deinen gelöschten ID-Chip im Oberarm ist dein Körper sauber.«

Alex grinste. »Also hat irgendjemand so richtig Mist gebaut. Glück muss man haben.«

Ben erwiderte ihr Grinsen nicht. »Was, wenn es gar nicht um unsere Gruppe geht? Sondern allein um dich?«

»Warum haben sie mich dann nicht längst aus dem Weg geräumt?«

Ben sah Alex nachdenklich an. »Und wenn dir jemand helfen wollte?«

»Klar doch. Und wer soll das sein?«

Ben antwortete nicht.

Stumm begann Alex mit dem Aufstieg.

30

David war niedergeschlagen, als er die Treppe zum Eingang der kleinen Kellerwohnung hinabstieg. Er klopfte, Alex' Großmutter öffnete ihm. Ihr Gesicht unter den schneeweißen Haaren war vor Aufregung gerötet. Sie strahlte ihn an, während sie ihn in den Flur zog und die Tür hinter ihm wieder verriegelte.

»Ich wollte zu Ihrer Enkelin.« Bedrückt begegnete er ihrem Blick.

Ihr Lächeln verschwand schlagartig. »Ist etwas mit Alex?«

David schüttelte den Kopf. »Es ist wegen des Medikaments für Zoé. Ich kann es nicht besorgen.«

Zu seiner Verblüffung schmunzelte die alte Frau. Sie schob ihn durch den Korridor bis zu der Tür, die in das kleine Schlafzimmer führte, und ließ ihn eintreten. »Der Anwalt von Alex ist hier. Er weiß es noch nicht.«

Zoé saß auf ihrem Bett, sie wirkte vergnügt. Mika Niklander war bei ihr, er hatte seiner Patientin eine Armmanschette angelegt und maß gerade ihren Blutdruck.

»Was weiß ich nicht?« Fragend sah David den Arzt an.

»Soll ich es ihm sagen?« Zoé war aufgeregt wie ein kleines Kind. »Sieh mal, was Mika mitgebracht hat.« Sie wies auf den Nachttisch: Dort lag eine Pappschachtel, das Signet der MIC war auf der Seite aufgedruckt, darunter stand der Name des Medikaments: Es war eine Monatseinheit Fluctuasin.

David erschrak, als er die Verpackung sah. »Wo habt ihr die her? Doch nicht vom Schwarzmarkt?«

Zoé kicherte nur.

Niklander erzählte ihm, auf welche Idee Verena nach ihrem Besuch im Durchgangsgefängnis gekommen war. David war beeindruckt. »Und das funktioniert?«

Niklander nickte. »Das MedSys akzeptiert die ID. Jetzt kann ich Zoé mit allen Medikamenten versorgen, die sie braucht.«

»Nicht nur Medikamente, ich krieg noch viel mehr.« Zoé wies auf einen kleinen Koffer, der aufgeklappt neben Niklander auf einem Stuhl lag. In dem ausgepolsterten Fach lag eine handtellergroße Injektionspistole. Der Arzt nahm das Gerät, desinfizierte Zoés Arm und legte den Injektionskopf direkt auf eine Vene, die sich deutlich unter der dünnen Haut abzeichnete.

»Jetzt bekomme ich mein neues Haustier.« Zoé kicherte. »Einen Rennfloh. Er cruist durch meine Adern und sorgt für Ordnung.«

»Ein Nanobot«, erklärte Niklander, »für sie programmiert.« Er betätigte den Auslöser, und mit einem Zischen schoss die Nadel in die Vene. Ein grünes Kontrolllicht signalisierte, dass der Miniaturroboter plaziert war und seine Rundfahrt im Körper begonnen hatte. Niklander zog die Nadel aus dem Arm, Zoé nahm das Verbandsplättchen, das der Arzt ihr reichte, und presste es auf die leicht blutende Stelle. »Mein Doc sagt, wenn alles gutgeht, werde ich wieder gesund.«

»Na ja, fast.« Niklander lächelte. »Wir werden deine Krankheit in den Griff bekommen. Du wirst sie nicht mehr spüren. Vorsehen musst du dich aber trotzdem.« Er griff zu seinem FlexCom, um die Werte zu überprüfen, die der Nanobot aus Zoés Körper sendete.

Plötzlich schrillte draußen im Flur der Alarmsummer, die MoTracker hatten auf dem Innenhof einen Eindringling gescannt. Alle zuckten erschrocken zusammen. David lief durch den Flur zur Eingangstür, um auf den Überwachungsmonitor zu blicken. Er hatte das Ende des Korridors noch nicht erreicht, als von draußen schon Schritte zu hören waren, jemand stürmte die Treppe hinab. Momente später hämmerte es an der Tür. »Macht auf, ich bin es!«

Entgeistert starrte David auf den Bildschirm, für einen Augenblick konnte er nicht glauben, was er sah. Gemeinsam mit der Großmutter entfernte er die Sperrriegel und zog die Tür auf. Im Kellergang standen Alex und Ben, sie blinzelten in das Licht.

»Seh ich so schlimm aus?« Alex grinste verkniffen, als sie Davids überraschtes Gesicht sah. Sie betrat die Wohnung. Eine Welle fauligen Gestanks wehte mit ihr herein.

»Alex!« Zoé war aus ihrem Bett geklettert, sie hatte die Stimme ihrer Schwester erkannt und rannte zu ihr, um sich in ihre Arme zu werfen. »Puh, das wird ja immer schlimmer.« Angewidert verzog Zoé das Gesicht. »Du stinkst voll vergammelt.« Sie löste die Umarmung nicht. Alex schloss die Augen, während sie ihre Schwester an sich zog.

Die Großmutter unterdrückte ein Schluchzen, als sie Alex und Zoé umarmte.

»Du bist verletzt.« Niklander betrachtete den Riss auf Alex' Wange. Blut sickerte aus der aufgerissenen Kruste. »Besser, ich sehe mir das an. Die Wunde muss gesäubert werden, bevor sie sich entzündet.«

Kurze Zeit später saß Alex auf dem Bett neben ihrer Schwester. Sie hatte die verdreckte Kleidung gewechselt und sich mit dem Wasser, das ihre Großmutter so wie jeden Abend vor der Wassersperre von der öffentlichen Zapfstelle geholt hatte, notdürftig gewaschen. Nun aß sie etwas, während sie von ihrer Flucht berichtete.

Es war still in dem kleinen Kellerraum, als Alex geendet hatte.

David sprach aus, was alle dachten. »Warum haben sie die Zellentür geöffnet?«

Zoé runzelte die Stirn. »Alex ist wieder bei uns, das ist das Wichtigste.«

»Nichts passiert zufällig.« Die Worte der Großmutter klangen einen Moment lang in der Stille nach.

»Und du bist dir sicher, Ben, dass sie ihr keinen Chip implantiert haben?«

»Absolut sicher.«

David war nicht beruhigt. Er stand auf, dachte nach. »Es gibt zwei Möglichkeiten, warum Alex freigekommen ist. Die eine ist, dass ihr jemand helfen wollte. Jemand auf der anderen Seite, jemand, der für uns ist.«

Alex warf Ben einen kurzen Blick zu. »Und die zweite Möglichkeit?«

»Sie wollen dich loswerden. Wegen der Klage. Einen öffentlichen Prozess können sie nicht riskieren.«

Zoé lächelte. »Jetzt sind sie dich los. Alles ist gut.«

Alex schüttelte den Kopf. »Los sind sie mich erst, wenn ich tot bin.«

»Sag das nicht, Alex. Man macht über so etwas keine Witze.« Zoé war blass geworden.

»Das ist kein Witz.«

Ben war der gleichen Ansicht. »Egal, was passiert, du musst untertauchen.«

»Vor allem«, ergänzte David, »musst du sofort weg von hier.«

»Nein!« Zoé griff Alex' Hand.

»David hat recht, Zoé.« Alex lächelte traurig. »Wenn sie mich suchen werden, dann hier. Ich kann hier nicht bleiben.«
»Dann nimm mich mit!«
»Dafür bist du noch zu schwach. Zoé, sie wollen mich, nicht dich. Ich suche mir ein Versteck und tauche für eine Weile ab, bis alles vorbei ist. Und du bleibst hier und wirst gesund.«
Jeder im Raum wusste, dass es niemals vorbei sein würde. Sie würden sie suchen, bis sie sie gefunden hatten.
»Aber wo willst du hin?«
»Es ist besser, wenn du das nicht weißt. Ben kennt viele Orte, an denen mich niemand finden wird.« Alex zwinkerte Zoé aufmunternd zu, bevor sie sich an David wandte. »Richte Verena meinen Dank aus. Ohne sie hätte Zoé die Medikamente nicht bekommen. Allein dafür hat sich alles gelohnt. Sie hätte meine Schwester niemals kennengelernt, wenn sie mich nicht verhaftet hätten.«
»Ich sag es ihr, wenn du in Sicherheit bist. Ich begleite dich und Ben.« David warf Ben einen fragenden Blick zu, und Ben nickte.
Alex wandte sich an Niklander. »Kümmerst du dich um Zoé?«
»Natürlich.« Der Arzt war aufgestanden, nun zog er Alex an sich und umarmte sie stumm. Es war ein anrührendes Bild, Niklander überragte Alex um fast zwei Köpfe.
Ein letztes Mal umarmten sich nun die Zwillinge. Zoé hielt ihre Schwester verzweifelt fest, bis sich Alex vorsichtig aus ihren Armen löste, um das Zimmer zu verlassen.
Die Großmutter wartete am Ausgang der kleinen Kellerwohnung. »Pass auf dich auf.« Zärtlich strich die alte

Frau über Alex' Wange, bevor sie ihre Enkeltochter fest in den Arm nahm. »Und jetzt geht.« Behutsam, aber bestimmt schob sie Alex von sich.

Ben hatte die Tür geöffnet, er lauschte in den Kellergang, bevor er Alex und David ein Zeichen gab, ihm zu folgen. Leise schloss die Großmutter hinter ihnen die Tür. Die Riegel schabten, dann war es still.

Alex seufzte. Für einen Augenblick wirkte sie hilflos. »Und wohin jetzt?«

»Erst mal weg hier.« Ben stieg die Treppe hinauf, um vorsichtig die Tür zu öffnen. Der Hof lag im Dämmerlicht, der Mond stand hinter Schleierwolken, sein mattes Leuchten erhellte die Nacht. Nichts rührte sich zwischen den Häusern.

»Kommt.« Ben betrat den Hof.

Der Schuss kam unvermittelt: Ein dumpfer Knall hallte durch die Nacht, im gleichen Moment schleuderte Ben herum, er taumelte zurück und sackte zu Boden. Alex schrie auf. »Ben!« Sie wollte zu ihm stürzen, doch David hielt sie fest, kurz bevor der zweite Schuss fiel. Die Kugel verfehlte Alex nur knapp. »Zurück!« David schob Alex in den Flur, bevor er, im Schutz des Eingangs bleibend, nach Bens Füßen griff und ihn in den Keller zerrte. Ben stöhnte auf, er lebte, doch an seiner Seite breitete sich ein Blutfleck aus. Vorsichtig schlug David Bens Jacke zurück: Der Schuss hatte ihn frontal getroffen, doch die Kugel war durch den Scanner in seiner Brusttasche ein Stück abgelenkt worden und hatte den Körper seitlich durchstoßen.

»Ben, hörst du mich?« Alex beugte sich über ihn.

Erneut stöhnte Ben, er schlug die Augen auf. Sein Blick suchte Alex. »Du musst weg hier!«

Alex schüttelte den Kopf. »Ich lass dich nicht alleine.«

»Du kannst mir nicht helfen. Hau ab, verdammt!«
David war in der Zwischenzeit die Stufen zur Kellerwohnung hinabgerannt, er hämmerte gegen die Tür. »Ben braucht einen Arzt! Schnell, er ist angeschossen worden.«
Die Riegel schabten, die Tür wurde aufgerissen, Niklander stürzte heraus, seine Arzttasche in der Hand. »Wo?«
David wies die Treppe hinauf.
Wenig später kniete Niklander neben dem Verletzten, er schnitt das Hemd auf und legte die Wunde frei. Blut floss auf den Steinboden.
Alex kniete neben ihm. »Kannst du ihm helfen?«
Niklander antwortete nicht.
Bens Blick suchte Alex, er versuchte sich aufzurichten. »Jetzt geh endlich! Du hilfst mir nicht, wenn du bleibst.«
»Der Schuss hat mir gegolten.«
»Sie werden nicht aufgeben. Willst du hier warten, bis sie kommen und dich holen?«
Behutsam drückte Niklander Ben zurück auf den Boden. »Liegen bleiben! Nicht reden.« Er sah Alex an. »Ben hat recht. Es ist besser, wenn du verschwindest. Auch für ihn ist es besser. Wenn er jetzt ruhig bleibt, hat er eine Chance.« Niklander wandte sich der Großmutter zu, sie war dem Arzt nachgekommen. »Wir müssen ihn in die Wohnung bringen. Hier sind wir nicht sicher.«
Wie auf ein Kommando durchschlug eine Kugel das Oberlicht aus Milchglas und verschwand mit einem Ploppen in der Wand.
Ben stöhnte auf, als Niklander ihn anhob, um ihn die Treppe hinabzutragen. Alex wollte ihnen nach, doch David zog sie mit sich. »Komm jetzt.« Er blickte Ben an. »Ich pass auf sie auf.«
Ben schloss erleichtert die Augen.

Ärgerlich schüttelte Alex Davids Hand ab. »Auf mich muss niemand aufpassen.« Ohne ihn weiter zu beachten, lief sie die Treppe hinauf zu den oberen Stockwerken des Hauses.
David rief ihr nach: »Wo willst du hin?«
Alex antwortete nicht.
Er hatte Mühe, ihr zu folgen.

*

Flach ausgestreckt lag Huskin auf einem Hausdach gegenüber dem Innenhof und blickte durch den Sucher seines Gewehrs. Es war die Waffe eines Scharfschützen, eine zusammensteckbare Wilston-Maker mit einem langen, schlanken Lauf und einem gedrungenen Kunststoffkörper. Er nutzte sie nur noch selten, seine aktive Zeit als Ausputzer lag schon länger zurück. Das Display der Waffe glimmte sanft in der Dunkelheit.
Fluchend starrte der Südafrikaner durch die elektronisch verstärkte Optik: Der erste Schuss hatte getroffen, dessen war er sich sicher. Doch er hatte zu früh abgedrückt: Die Kugel hatte nicht die Frau erwischt, sondern einen jungen Mann, den er nicht kannte; sie hatten ihn zurück in das Haus gezogen. Ob seine beiden weiteren Schüsse ihr Ziel gefunden hatten, war mehr als fraglich.
Systematisch suchte Huskin die Fenster des Hauses ab. Stimmte seine Recherche, gab es keine weiteren Ausgänge als den Kellereingang und die darüberliegende Haustür. Er rechnete nicht damit, dass die Frau eine der beiden Türen benutzen würde, auch glaubte er nicht, dass sie durch eine der Fensteröffnungen floh, denn die Fenster lagen genau wie die Türen perfekt in seinem Schussfeld. Auf der Rückseite des Gebäudes gab es keine Öffnun-

gen. Was bedeutete, dass sein misslungener Schuss kein Drama war. Er musste nur aufpassen, dass sein Zielobjekt das Gebäude nicht verließ, bis die Soldaten des Staatsschutzes seine Arbeit zu Ende brachten.

Ohne den Blick vom Sucher zu nehmen, aktivierte Huskin mit einem Augenzwinkern seinen Tagger, um die Einsatztruppe des ESS zu alarmieren.

Plötzlich nahm er auf dem gegenüberliegenden Dach eine Bewegung wahr. Huskin riss die Waffe hoch und richtete den Sucher auf die Stelle: Zwei Gestalten waren aus einer Gaube geklettert, huschten ein Stück auf dem Dach entlang und verschwanden hinter einem breiten Schornstein. Die Zeit war zu kurz für einen gezielten Schuss.

Mit einem schnellen Blick suchte Huskin das Dach ab. Auf der rechten Seite grenzte der Giebel an einen Abgrund, das Gebäude lag am Ende einer Häuserzeile. Auf der linken Seite jedoch schloss sich ein Wohnhaus an, hinüber zum Nachbardach war es nicht weit. Jetzt sah Huskin auch den Weg, den die beiden genommen hatten: Auf der Dachschräge waren Holzplanken angebracht, auf denen man bis zum Nachbarhaus gelangen konnte. Es gab mehrere Dachluken, die sich als Fluchtwege eigneten.

Sein Zielobjekt durfte die Luken nicht erreichen.

Der Südafrikaner verlagerte sein Gewicht und griff die Waffe fester. Der Kamin, hinter dem sich die beiden verbargen, wirkte massiv, seine Kugeln würden den Stein nicht durchschlagen können. Er würde schießen müssen, sobald sich einer von ihnen aus der Deckung wagte. Er würde nicht das Risiko eingehen, zu prüfen, auf wen er schoss. Die beiden dort oben waren auf der Flucht, und traf er nicht die Frau, traf er eben ihren unbekannten

Helfer. Huskin war ohne Mitleid, Kollateralschäden gehörten zu seinem Job. Jeder, der sich mit einer Geächteten abgab, war selbst verantwortlich für die Folgen seiner Tat.
Konzentriert starrte Huskin durch den Sucher. Ahnten die beiden dort drüben, dass er sie im Visier hatte?
Er feuerte seine Waffe schneller ab, als sein Bewusstsein die Bewegung erkannte: Etwas Dunkles war hinter dem Schornstein hervorgekommen, nicht mehr als ein springender Schatten. Die Kugel traf genau.

*

Alex zuckte zusammen, als der Knall des Gewehrs durch die Nacht schallte. Das Projektil schoss heran und durchschlug den Stoff, dann fiel die Jacke, die David aus der Deckung hinausgeschleudert hatte, auf die Dachziegel und rutschte langsam die Schräge hinab, bis einer der Ärmel an einem Vorsprung hängen blieb.
Entsetzt starrte Alex auf das vom Schuss zerfetzte Kleidungsstück: Dort würde sie jetzt liegen, wenn David nicht darauf bestanden hätte, seine Jacke vorauszuschicken.
David war ärgerlich. »Ich hab dir gleich gesagt, dass es bescheuert ist, auf das Dach hinauszuklettern.«
»Ja, weil du Angst hattest, auf dem Steg entlangzulaufen.«
»Kannst du nicht zugeben, dass es eine dämliche Idee war?«
Statt einer Antwort schnaubte Alex verächtlich durch die Nase. Doch tief in ihrem Inneren bereute sie, nicht auf David gehört zu haben; sie hatte sich von einem Zone-1-Anwalt in ihrem Haus nichts sagen lassen wollen.

Ihr Hochmut hatte sie in eine schwierige Lage gebracht: Sie konnten weder vor noch zurück, nur hier hinter dem Schornstein waren sie vor den Schüssen sicher. Der unbekannte Schütze brauchte nichts anderes zu tun, als an seinem Platz zu bleiben und sie zu bewachen, bis der Staatsschutz kam, um sie wie reife Äpfel vom Dach zu pflücken. Zum Glück war der Schornstein breit genug, dass sie sich beide dahinter verbergen konnten.

Auch David hatte sich umgesehen. Er wies auf die Dachziegel, auf denen sie im Schatten des Schornsteins knieten. »Können wir die abdecken? Vielleicht kommen wir so zurück ins Haus.«

Wortlos begannen sie, an den Dachpfannen zu zerren, doch es gelang ihnen nicht, den Dachstuhl zu öffnen, die Pfannen waren einbetoniert und saßen fest. Einer der spröden Ziegel zersplitterte unter Alex' Tritt, ohne sich zu lösen. Alex gab auf. »Keine Chance.«

»Warte, nicht so schnell.« David starrte auf den zersplitterten Dachziegel. Ihm kam ein Gedanke. Er wies zum Nachbargebäude. »Wir müssen dort rüber, richtig? Den Steg entlang der Dachschräge können wir nicht nutzen, weil uns dort der Schütze erwischen kann. Aber was ist mit der anderen Seite?«

Alex verstand nicht, was David meinte.

»Die Dachschräge auf der anderen Seite des Firsts.« David wies das Dach hinauf. »Dort erreichen uns die Schüsse nicht.«

Entgeistert starrte Alex ihn an. »Aber auf der anderen Seite gibt es keinen Steg. Wie willst du dich an der Schräge festhalten? Wie Spiderman?«

Statt einer Antwort setzte David einen Fuß auf die zersplitterte Dachpfanne, so, als wäre sie die Stiege einer Leiter.

Jetzt verstand Alex, was er meinte. Ihr Blick verriet Anerkennung. »Versuchen wir es.«
Im Schutz des Schornsteins kroch Alex das verbleibende Stück bis hinauf zum Dachfirst und schob sich, den Körper flach haltend, mit den Füßen voran auf die andere Seite des Daches. David hatte sich auf die Dachschräge gelegt, er stützte sich mit den Füßen am Schornstein ab und hielt Alex fest, während sie versuchte, mit den metallummantelten Kappen ihrer Schuhe eine der Dachpfannen zu zertrümmern. Nach einer Weile war ein tönernes Klirren zu hören, Alex' Fuß fand Halt. Vorsichtig löste David den Griff einer Hand. Ein zweites Klirren schepperte durch die Nacht, Alex war es gelungen, eine weitere Dachpfanne zu zerbrechen. Nun kletterte sie ganz auf die andere Seite, ihr Kopf verschwand. David hörte erneut, wie Dachziegel zerbrachen. Schließlich rief sie ihn zu sich.
Darauf achtend, dass er die Deckung des Schornsteins nicht verließ, schob sich David über den Dachfirst und ließ sich langsam, mit den Füßen voran, auf der anderen Seite hinab. Er spürte Alex' Hände an seinem linken Fuß, sie führte ihn, bis er den ersten in das Dach gebrochenen Tritt fand. Der zweite Tritt war ein Stück weiter seitlich, David schob seinen Fuß in die Öffnung, bis er flach auf der dem Schützen abgewandten Dachschräge lag. Erst jetzt bemerkte er, dass er den Atem angehalten hatte. Erleichtert holte er Luft.
Alex grinste ihn an. »Allzu oft machst du so was nicht, oder?«
David schüttelte den Kopf. Ängstlich schielte er in die Tiefe. Es fiel ihm schwer, hier oben eine schlagfertige Antwort zu geben, also grinste er nur zurück. »Geht's weiter?«

Alex nickte. Sie hatte den Weg zum Nachbardach schon bis zur Hälfte vorbereitet, in Schrittweite waren Löcher in das Ziegeldach getreten. Nun kletterte sie behende weiter und hämmerte mit dem Fuß auf das Dach, bis der Ziegel darunter splitterte. Stück für Stück arbeitete sie sich voran, parallel zum First. David folgte ihr. Mein Anzug ist ruiniert, schoss es ihm durch den Kopf, und er musste über sich selbst lachen. Wenn der Anzug das Einzige war, was er in dieser Nacht ruinierte, konnte er froh sein.

Plötzlich, Alex hatte das Dach des Nachbarhauses fast erreicht, brach ein aufgesplitterter Ziegel unter ihrem Fuß. Die Pfanne löste sich aus dem Dachstuhl und rutschte polternd in die Tiefe. Alex verlor ihren Halt, sie rutschte ab und glitt dem Ziegel hinterher. Erschrocken schrie David ihren Namen. Alex versuchte verzweifelt, sich festzuklammern, doch vergebens. Immer schneller rutschte sie die Schräge hinunter, bis sie in letzter Sekunde ein Lüftungsrohr zu fassen bekam. Ihre Beine baumelten über die Dachkante. Außer Atem klammerte sie sich fest.

»Alex, ist alles klar?« Besorgt sah David zu ihr hinab.

»Alles bestens. Ist ’ne echt schöne Aussicht hier unten.«

Obwohl ihm nicht danach zumute war, musste David lachen.

Alex blickte zu ihm hoch. Sie wusste, dass es in dieser Situation absurd war, dennoch bemühte sie sich, lässig zu wirken. »Hast du irgendeine Idee, was wir jetzt machen? Ich habe keine Ahnung, wie lange mich das Rohr hält.«

David rang seine Angst nieder. Er überlegte kurz, dann kletterte er den von Alex geschaffenen Weg weiter, bis er direkt über ihr war. Ihm war flau im Magen. Wenn er sie retten wollte, musste er es wagen.

Vorsichtig löste er den rechten Fuß aus der Öffnung, die Alex als Tritt in das Dach geschlagen hatte. Vorsichtig beugte er das Knie des linken Beins und tastete sich tiefer. Dann trat er auf das Dach ein, so, wie er es bei Alex gesehen hatte. Seine Schuhe waren aus Leder und nicht so hart wie die ihren, aber nach einer Weile splitterte der Ziegel, und er fand in der Öffnung Halt. Loch für Loch trat er in das Dach, Stück für Stück stieg er zu ihr hinab, bis er direkt über ihr war. »Kannst du meinen Fuß greifen?«

»Ja.« Alex wartete, bis David sicher stand, dann löste sie eine Hand von dem Lüftungsrohr und griff nach seinem Knöchel. Sie zog sich ein Stück höher und hielt sich fest, David kletterte eine Stufe hinauf, bis er wieder sicher stand und sie sich an ihm weiter nach oben ziehen und unter sich einen Tritt in das Dach stoßen konnte. Stück für Stück kämpften sie sich weiter hinauf.

»Nicht aufgeben.« David schnaufte.

»Meinst du dich oder mich?«

Kichernd presste sich David an die Dachziegel, der Stress war zu viel für ihn und suchte sich ein Ventil. David wartete, bis er sich beruhigt hatte, dann sah er sich zu Alex um.

Sie lächelte ihn von unten an. »Fertig?«

David nickte.

»Dann weiter.«

*

Huskin war beim ersten Klirren alarmiert gewesen. Das Geräusch, das wieder und wieder vom Haus auf der anderen Hofseite zu ihm herüberschallte, gefiel ihm überhaupt nicht. Egal, was es war, es bedeutete, dass sich die beiden hinter dem Schornstein nicht einfach ergeben würden. Hatten sie einen Weg gefunden, ihm zu entkommen? Er hatte die Eingreiftruppe des ESS vor ein paar Minuten alarmiert, doch wann die Soldaten hier sein würden, wusste er nicht. Er durfte kein Risiko eingehen.

Kurz entschlossen räumte Huskin seinen Posten, er warf sich sein Gewehr über die Schulter und rannte zu der offen stehenden Luke, die am Rande des Flachdachs in das Innere des Gebäudes führte. So schnell er konnte, lief er die Treppe hinab, während er seine Handfeuerwaffe aus der Innentasche seiner Jacke nahm und durchlud. Es war ein altmodisches Modell, die Waffe lag schwer in der Hand, Metall war im Korpus verbaut. Doch Huskin nutzte sie gerne, vor allem, wenn eine Situation aus dem Ruder zu laufen drohte. Das kühle Metall gab ihm das Gefühl, einen gewichtigen Grund zu haben, den Kampf für sich zu entscheiden.

Die Tür zum Innenhof schlug krachend zurück, als Huskin hinausstürmte. Er rechnete nicht mit einem Angriff, doch er schnellte seitwärts, geduckt und den Waffenarm gestreckt, um einem möglichen Gegner jenen Schritt voraus zu sein, der für ihn Leben bedeutete und für den anderen den Tod. Sekunden später hatte er das gegenüberliegende Haus erreicht. Er verharrte im Eingang und aktivierte den Nachtsichtmodus seiner Kontaktlinsen. Das Treppenhaus war verlassen. Huskin drückte die Tür auf und schlich, auf jedes Geräusch achtend, die Holzstiege hinauf. Er erreichte das oberste Stockwerk, ohne jemandem zu begegnen. Die Leiter zum Dachstuhl war ausgeklappt. Vorsichtig kletterte Huskin die Sprossen empor, er schob seinen Kopf über den Rand und spähte auf den Dachboden. Bis auf die Reste eines Schlaflagers und einen stinkenden Müllhaufen war der Raum verlassen. Das Fenster der Gaube stand offen. Huskin schlich lautlos hinüber und schaute hinaus. Niemand war zu sehen, der Platz hinter dem Schornstein war leer. Huskin stieß die Fensterflügel weiter auf und kletterte hinaus, betrat den Brettersteg, der von der Gaube bis zum Schornstein und dann weiter zum Nachbarhaus führte. Jedes Detail in sich aufnehmend, sah er sich um. Er entdeckte nichts, was das Geräusch, das er gehört hatte, erklärte. Erst als er über den First hinweg auf die andere Seite der Dachschräge blickte, begriff er, was das Klirren bedeutet hatte.

Er war zu spät gekommen: Sie waren fort.

31

Ferris brauchte nicht lange, bis er das Gebäude entdeckte, ein leerstehendes Stadthaus im Norden der Zone 2, baufällig und mit einem verwilderten Garten. Das kurze Signal, als Rosner den Akku in seinen Tagger eingesetzt und seine Nachrichten abgerufen hatte, war von hier gekommen, Ferris hatte den Standort gespeichert, bevor er die Daten aus dem System entfernt hatte. Er landete den Mini-Heli in einer Parklücke am Straßenrand. Aufmerksam betrachtete er die Ruine. Der Eingang des Hauses war vernagelt, doch vor kurzem hatte jemand die Bretter abgerissen und später wieder an ihren Platz gezogen. Ferris war sich sicher, dass dies der Ort war, an dem sich Rosner versteckt gehalten hatte. Er schob eines der Bretter zur Seite und kroch durch den Spalt.

Das Haus war verlassen, so, wie er es erwartet hatte, der Wissenschaftler war längst auf der Flucht. Doch wo waren seine Unterlagen, die Ergebnisse seiner Forschung? Ferris ging fest davon aus, dass Rosner eine Kopie angefertigt hatte, und zwar schon bevor er zu Chandran nach Paris gereist war. Er hatte damit rechnen müssen, dass Chandran seine Forschungsunterlagen lesen wollte – niemals hätte er ihm das einzige Exemplar gegeben. In Rosners Wohnung waren die Unterlagen nicht gewesen, davon hätte Ferris erfahren, das Apartment war sofort nach dem Verschwinden des Wissenschaftlers von den Einsatzkräften der MIC durchsucht und komplett ausgeräumt worden. Auch im Labor und an seinem Arbeitsplatz hatten sie nichts gefunden. Rosner musste seine Aufzeichnungen bei sich getragen haben. Nur: Ferris konnte sich nicht vorstellen, dass er sie auf seine Flucht durch den Rhein mitgenommen hatte, das Wasser hätte die Datenträger oder die Papiere unweigerlich zerstört. Hatte Rosner eine wasserdichte Hülle bei sich gehabt? Unwahrscheinlich, dachte Ferris, der Wissenschaftler hatte nicht damit gerechnet, überhaupt fliehen zu müssen.

Zwei Stunden später war sich Ferris sicher, dass die Unterlagen weder im Haus noch im Keller versteckt lagen. Er hatte alles abgesucht, Zimmer für Zimmer, war in jeden Winkel gekrochen und hatte jede Ritze durchstöbert. Zuletzt hatte er sogar die Bodendielen aufgebrochen und die Vertäfelung im Hausflur von der Wand gerissen, ohne Erfolg. Staubbedeckt und mit verdreckter Kleidung trat er zurück auf die Straße. Die Passanten, die an ihm vorbei zum Eingang des nahen Hospitals strömten, musterten ihn misstrauisch.

Ferris ließ seinen Mini-Heli stehen und ging zu Fuß Richtung Rhein. Ein fauliger Geruch hing in der feuchtwarmen Luft, der Wind stand ungünstig und trieb die Ausdünstungen des Industriegebiets am anderen Ufer herüber. Die Rheinpromenade war verlassen, niemand suchte die Aussicht auf die chemische Fabrik, weder am Tag noch jetzt am Abend. Ferris musterte aufmerksam das Ufer, während er langsam flussabwärts ging. Nirgendwo fand er einen Platz, an dem die Unterlagen hätten versteckt sein können, nirgendwo entdeckte er einen Ort, dem Rosner das Wertvollste, was er besaß, hätte anvertrauen können.

Im Schatten der Alten Bastei blieb Ferris stehen. Er

glaubte nicht, etwas übersehen zu haben. Möglicherweise hatte Rosner die Papiere schon früher versteckt, vielleicht hatte er etwas geahnt und vorsorglich gehandelt. Er würde seine Suche nach den Forschungsunterlagen ausweiten und den gesamten Weg Rosners absuchen müssen, von dem Zeitpunkt an, als er sein Labor verlassen und nach Paris aufgebrochen war.

Ferris wollte gerade zurück zu seinem Mini-Heli gehen, als er den nahen Grenzübergang sah. Soldaten des Staatsschutzes bewachten das schmale Fußgängertor zwischen der zweiten und der vierten Zone. Ferris zögerte. Er hatte Ökonometrie, Wirtschaftsmathematik und Philosophie studiert, eine Fächerkombination, die ungewöhnlich war und mit der er schon als Student Aufmerksamkeit geweckt hatte. Sein analytischer Scharfblick, mit dem er wirtschaftstheoretische Modelle hinterfragt und ökonomische Phänomene analysiert hatte, war über den Campus seiner Universität hinweg berüchtigt gewesen. Er zerlegte in seiner Abschlussarbeit das Hagenbecksche Modell der divergierenden Ressourcenverteilung und entwarf für seine Promotion ein komplexes Rechenmodell, mit dem die Entwicklung kapitalorientierter Gesellschaftssysteme verblüffend genau vorhergesagt werden konnte.

Einen realen Slum hatte er noch nie betreten.

Konnte er weiter seine Pläne verfolgen, ohne jemals wirklich gesehen zu haben, für wen er sich einsetzte?

Kurz entschlossen ging er auf die beiden Grenzposten zu. Die Soldaten legten die Hand an ihre Waffen, als er sich näherte, in seiner verdreckten Kleidung wirkte er wenig vertrauenerweckend. »Stopp, mein Guter, hier geht's nicht weiter.« Der ältere der beiden Männer trat ihm in den Weg. »Geh nach Hause. Sei froh, dass du auf dieser Seite der Mauer lebst und nicht drüben.«

Ferris verzog keine Miene. Wortlos schickte er den beiden Posten seine Kennung. Die Soldaten prüften die Zugangsberechtigung, und ihr Imponiergehabe wich unsicherem Erstaunen. »Entschuldigen Sie, wir wussten nicht … wir dachten …« Der Soldat verstummte hilflos.
»Schon gut. Wie lange ist der Übergang geöffnet?«
»Nicht mehr lange. Bis Mitternacht.«
Ferris dankte mit einem Nicken. Der Eingang der Schleuse schloss sich hinter ihm. Wenige Sekunden später öffnete sich der Durchgang auf der anderen Seite, und er trat hinaus in die Zone 4.
Jedes Detail in sich aufnehmend, die Sinne hellwach, ging Ferris durch das Labyrinth der Barackensiedlung, ein schlammverkrustetes Elendsviertel, in dem sich die Struktur der Stadt aufgelöst hatte. Er hatte nicht damit gerechnet, was ihn erwartete. Er dachte, er sei vorbereitet gewesen, immerhin hatte er im Rahmen seiner Forschungen in São Paulo VI-Trips in die Armenviertel der Weltmetropolen unternommen: in die Dharavi von Mumbai und die Favela Muerto von Rio II, in die Höhlenstädte unter den Müllhalden Kalkuttas und die Cañada Real von Madrid. Doch obwohl das Elend hier in Köln nicht ganz so groß war und das Leid nicht ganz so plakativ wie in den Gettos der Megacitys, traf ihn der Anblick der in Armut lebenden Menschen zutiefst. Es war ein Unterschied, begriff er, sich der Wirklichkeit zu stellen anstatt deren digitalisiertem Abbild, das als VI-Trip für sensationsgierige Reisende programmiert worden war und in der Sicherheit einer virtuellen Realität ein wenig Nervenkitzel bot. Es war ein Unterschied, echte Berührungen zu spüren, echten Geruch zu riechen, den Geschmack wirklicher Faulgase auf der Zunge zu schmecken. Es war ein Unterschied, Leid zu sehen und zu

wissen, dass es real war. Über Menschen hinwegzusteigen, die auf der Straße schliefen. Verdreckten Kindern auszuweichen, die in Gruppen durch die Nacht streiften. Ausgemergelte Alte am Straßenrand hocken zu sehen, mit bittend ausgestreckter Hand. Es war ein Unterschied, im wahrsten Sinne des Wortes zu begreifen, zu ertasten, zu spüren, was das Leben für diese Menschen bedeutete, anstatt ihnen in Zahlen, Gedankenmodellen oder theoretischen Berechnungen zu begegnen.

Aus der Ferne betrachtet, war das Leid leicht auszuhalten. Sah man es vor sich, einen kleinen Ausschnitt nur, wurde es unerträglich.

Laute Stimmen waren zu hören, auf einem Platz vor einer Hütte hatte sich eine Menschenmenge angesammelt. Die Stimmung war gereizt, wütende Rufe hallten durch die Nacht. Doch die Wut der Menschen war nicht gegeneinander gerichtet, die Aufmerksamkeit galt dem Inneren der Hütte. Das Fenster stand weit offen, buntes Licht flackerte durch die Öffnung. Ferris ging näher. Erstaunt sah er den Anwalt in Anzug und Robe, der gestikulierend im Raum stand. Doch dann entdeckte er den monströsen VI-Projektor, der im Inneren der Baracke installiert war, ein knatternder, stinkender Generator speiste ihn mit Strom. Das Bild, das der Projektor auf die freie Fläche zwischen einem schäbigen Bett, dem Herd und einem schmalen Tisch warf, wirkte wie aus einer anderen Welt. Und das war sie ja auch, die Welt drüben, ein bunter, fremder Planet, unwirklich und unerreichbar, auch wenn nur ein Grenzzaun die Menschen von ihm trennte.

*

Die Projektion war perfekt, die Präsidialverwaltung hatte ein VI-Gerät der neuesten Generation in seinem Büro installieren lassen. Jeder Staubfussel auf dem Anzug des Anwalts war zu erkennen. Es sah so aus, als stünde Schoop hier bei ihm vor seinem Schreibtisch.
Laftmann verschränkte die Arme vor seiner Brust und folgte dem Gespräch mit verkniffenem Gesicht.
»Es ist unbestritten, dass der europäische Präsident das Zonensystem eingeführt hat. Er ist der alleinige Herrscher Europas, er trägt die Verantwortung für diese Entscheidung.« Der Anwalt hob seine Hand, um seinen Worten Nachdruck zu verleihen. »Das ist keine Vermutung, er selbst rühmt sich dessen. In seiner Rede vor den Delegierten der Regionalregierungen beim Jahreskongress 2045 hat er die Zonen als die Basis für den Frieden in Europa bezeichnet.«
Ein kleines Fenster poppte in der Projektion auf, es war ein Ausschnitt aus jener Rede des europäischen Präsidenten, aus der Schoop gerade zitiert hatte. Der Ausschnitt belegte die Worte des Anwalts.
Der Moderator, dessen Gesicht während der Übertragung des Gesprächs durch den VI-Rechner perfektioniert wurde, lächelte milde. »Herr Dr. Schoop, Ihr Engagement ist wirklich sehr interessant, aber wo ist Ihr Problem? Jeder von uns weiß, dass das Zonensystem sinnvoll ist. Keiner möchte in der Wildnis der fünften Zone leben, oder?« Er blickte zu seiner Co-Moderatorin, die in gespieltem Erschrecken ihre Augen aufriss und entschieden den Kopf schüttelte.
Schoop ging auf den plauderigen Tonfall des smarten Duos nicht ein. »Das System ist sinnvoll für all jene, die in den oberen beiden Zonen leben. Also Sie, ich, die meisten von denen, die uns jetzt zusehen. Für die

Menschen in der vierten Zone ist das nicht so. Sie haben kaum das Nötigste, sie leben unter unmenschlichen Bedingungen.«
»Aber sie *leben,* Herr Dr. Schoop. Wir beschützen sie, wir geben ihnen Arbeit. Wir nehmen Flüchtlinge auf. Wollen Sie allen Ernstes behaupten, die Menschen möchten lieber verhungern, anstatt bei uns zu sein? Wollen Sie wirklich behaupten, dass die Menschen lieber draußen in der Wildnis von den Exterritorialen ermordet oder vergewaltigt werden, anstatt bei uns etwas beengt, aber sicher zu wohnen?« Der Moderator legte den Kopf schief. »Das wollen Sie nicht behaupten, oder?«
»Selbst wenn Sie recht haben, erlaubt uns das nicht, den Menschen, die in unseren vierten Zonen Schutz suchen, die Menschenrechte abzuerkennen.«
»Das ist ein harter Vorwurf. Immerhin ernähren wir diese Menschen.«
»Die Frage ist, wer von wem profitiert.« Schoop hob abwehrend die Hand, bevor der Moderator ihn unterbrechen konnte. »Aber darüber reden wir heute nicht. Ich beziehe mich in meiner Klage auf ein einziges der zahlreichen Menschenrechte, die wir in der vierten Zone missachten: nämlich jenes, das für jeden Bewohner der Erde die beste erreichbare medizinische Versorgung fordert. Und genau die gibt es in der Zone 4 nicht. Wir versorgen die Menschen medizinisch unzureichend. Und zwar nicht, weil uns die Möglichkeiten fehlen, sondern weil wir die Menschen aktiv von wesentlichen Medikamenten und Behandlungen fernhalten.«
Die Co-Moderatorin runzelte die Stirn. Sie wirkte empört. »Aber das stimmt nicht. Jeder in der Zone 4 wird medizinisch behandelt. Vielleicht nicht in einem eleganten Operationssaal, und es kriegt auch nicht jeder neue

Brüste oder eine neue Nase. Aber wir lassen niemanden alleine.« Sie warf sich ihre langen kastanienbraunen Haare über die Schulter.

Schoop betrachtete die Frau einen Moment nachdenklich. »Darf ich Ihnen eine persönliche Frage stellen? Waren Sie schon einmal in der vierten Zone? Wissen Sie, unter welchen Bedingungen die Menschen dort leben? Die Ärzte in den Polikliniken behandeln sie, ja, aber unzureichend. Die Medizin ist rückständig und allein darauf ausgerichtet, die Arbeitskraft der Erkrankten zu erhalten. Wer alt ist oder arbeitsunfähig, der wird ausgemustert und seinem Schicksal überlassen.« Schoop nahm ein bereitliegendes FlexCom und drehte es in die Kamera. Der Monitor zeigte eine Projektion von Zoé, eine schöne, unschuldige, schutzbedürftige junge Frau, der Anwalt hatte die VI-Aufnahme nachbearbeiten lassen. »Das ist die Schwester meiner Mandantin. Sie ist Anfang 20. Sie hat Krebs. Die Krankheit ist in den Griff zu bekommen, viele von uns leben damit. Doch die Schwester meiner Mandantin lebt in der Zone 4, und deshalb darf sie nicht behandelt werden. Deshalb wird sie sterben.«

Für einen Moment war der Moderator aus dem Konzept gebracht, die Aufnahme entfaltete auch bei ihm seine Wirkung. »Das ist … traurig.«

»Das findet meine Mandantin auch. Und darum hat sie versucht, die Zonengrenze zu überwinden, um ihrer Schwester das lebensrettende Medikament zu besorgen.« Schoop suchte den Blick des Moderators. »Würden Sie zulassen, dass Ihre Schwester sterben muss? Würden Sie hinnehmen, dass das Zonensystem des Präsidenten dem Menschen, den Sie lieben, die lebensrettende Medizin verwehrt?«

Der Moderator wirkte hilflos, während er nach einer Antwort suchte. Seine Co-Moderatorin sprang ihm zur Seite. »Das ist ja alles schön und gut, und uns allen tut die junge Frau sehr leid. Aber Sie sagen, dass das Zonensystem eingeführt wurde, weil es einen Klimawandel geben würde. Damit begründen Sie Ihre Klage, wenn ich das richtig verstehe. Nur: Sind Sie sich denn sicher, dass es den Klimawandel überhaupt gibt?« Sie strahlte, als habe sie etwas sehr Kluges gesagt.

Schoop betrachtete sie mitleidig. »In welchem Jahrzehnt leben Sie? Diese Diskussion wurde zur Jahrtausendwende geführt, nach der Klimarahmenkonvention von Rio. Das ist über 60 Jahre her. Das war übrigens eine Diskussion, die von Lobbyisten betrieben wurde, nicht von den Klimaforschern. Unter denen gab es in den wesentlichen Punkten immer einen Konsens.«

Die Moderatorin blickte hilflos, sie schien Schoops Ausführungen nicht folgen zu können.

Schoop seufzte. »Ich mache es für Sie einfach: Es spielt keine Rolle mehr, was Sie glauben. Der Klimawandel ist da. Aus den Thesen von damals sind lange schon Tatsachen geworden. Wenn Sie es selber nicht bemerken, weil Sie Ihr VI-Studio oder Ihr schickes Apartment nicht verlassen, dann fragen Sie die Menschen, die aus den Dürregebieten Südeuropas oder aus den überfluteten Zonen Ozeaniens zu uns geflohen sind. Fragen Sie den Präsidenten, wenn Sie ihn treffen sollten. Er stellt sich dumm, wenn er immer noch behauptet, der Klimawandel sei eine Erfindung von Ökofaschisten.«

Das Bild von Schoop zitterte, als das Glas gegen den VI-Projektor prallte und klirrend zerschellte. Empört unterbrach Laftmann die Verbindung zum W-Net. Das Moderatoren-Duo und der Anwalt verblassten, zurück

blieb die Markierung der VI-Zone, auf die der Projektor das Gespräch projiziert hatte.
Laftmann griff sich an seinen Neater und lockerte den Knoten. Er kochte vor Wut. Seit Stunden schon saß der Präsident Europas in seinem Büro und verfolgte die Berichterstattung über die Klage gegen ihn. Mit jeder abfälligen Bemerkung, die Schoop in seine Richtung äußerte, wuchs sein Hass auf den Anwalt, der die Chuzpe hatte, ihn anzugreifen.
Er war der Herrscher! Niemand wagte es, sich mit ihm anzulegen!
Wie begrenzt seine Möglichkeiten waren, hatte er gemerkt, als er versucht hatte, die Berichterstattung im W-Net zu unterbinden. Es war vergeblich gewesen: Bis auf einzelne Knotenpunkte hatte er das Netz in Europa nicht abschalten können.
Es musste ihm gelingen, dieser schmierigen Ratte das Maul zu stopfen!
Schritte ertönten, sein Sekretär betrat den Raum.
Ungehalten fuhr Laftmann herum. »Was ist?«
»Ich störe Sie ungern, Herr Präsident, aber Sie haben die Kommunikationsfunktion Ihres Taggers deaktiviert.«
»Sagen Sie mir nichts, was mich noch wütender macht!«
Der Sekretär wurde blass. »Ich kann auch später wiederkommen.« Den Kopf gesenkt, wie ein Krebs rückwärtsgehend, zog sich der Schreiber zurück.
»Stehen bleiben! Jetzt sagen Sie schon: Was ist passiert?«
Der Sekretär schluckte, bevor er antwortete: »Es gibt schlechte Nachrichten aus Köln.«

*

Syd Mohan Chandran stand in der VI-Zone seines Konferenzzimmers und betrachtete fasziniert die zitternde Gestalt, die auf der anderen Seite des Besprechungstisches stand. Chandran blendete den virtuellen Tisch zwischen ihnen aus und lehnte sich zurück, um den europäischen Präsidenten in Ruhe zu mustern. Laftmanns Gesicht war kreidebleich, seine Bewegungen waren fahrig. Er schien unter Schock zu stehen. Laftmann, war sich Chandran bewusst, spürte das Damoklesschwert, das über ihm schwebte, und der Faden, der es hielt, wurde mürbe. Niemals hätte er erwartet, dass ihm jemand gefährlich werden könnte.

Er war ein verletzter Bullterrier, unberechenbar und zum tödlichen Biss bereit.

Chandran lächelte. »Beruhigen Sie sich, Herr Präsident. Wir haben alles im Griff.«

»Nichts haben Sie im Griff!« Ein Speicheltropfen flog durch die Luft, bis er den Rand der VI-Zone erreichte und verschwand. »Dieser Schoop pisst mich in allen Social Circles an! Und jetzt entkommt Ihnen auch noch diese Schlampe, die gegen mich klagt!«

»Das ist das Beste, was uns passieren konnte. Wir werden die Frau kriegen. Und sie wird es nicht überleben. Der Richter, der sie freigelassen hat, wurde schon gefasst und inhaftiert. Also entspannen Sie sich. Es wird keine Klage gegen Sie geben!«

»Ich kann mich aber nicht entspannen, solange ich mir diesen Dreck über mich anhören muss!« Laftmanns Stimme kippte, während er brüllte, was einerseits lächerlich wirkte, jedoch den Präsidenten noch wirrer und unberechenbarer erscheinen ließ. Chandran war froh, dass sich sein Gegenüber in seinem Schloss in Brüssel befand und nicht hier im Konferenzraum seines Pariser Palais.

Nicht, dass er vor Laftmann Angst gehabt hätte. Doch die Vorstellung, ihn könnte ein Speicheltropfen dieses erregten Mannes treffen, verursachte Chandran Übelkeit.
Der Präsident trat einen Schritt vor, Chandran musste sich beherrschen, nicht zurückzuweichen. »Ich sehe mir das nicht länger an. Sie hatten Ihre Chance. Jetzt werde ich die Sache in die Hand nehmen.«
Der Chef der Medical Ind Corporation horchte auf. »Was haben Sie vor?«
»Sie wollten Köln von mir, jetzt hol ich es mir wieder zurück. Das ist meine Stadt, und ich werde dafür sorgen, dass mich von dort niemand mehr angreift.«
Misstrauisch zog Chandran die Augenbrauen zusammen. »Wir haben einen Deal, Herr Präsident.«
»Den ich hiermit kündige. Ab sofort übernehme ich die Kommandogewalt über Köln. Ich werde das tun, was Ihnen nicht gelingt: Ich werde mit meinen Truppen für Ruhe sorgen. Dieser Dreck wird ein Ende haben.«
»Herr Präsident, denken Sie nach.« Chandran beugte sich vor, während er weitersprach. »Die MIC kontrolliert die gesamte Stadt, fast drei Millionen Menschen in vier Zonen. Wir steuern das gesamte System. Sie können Köln nicht übernehmen. Und ich sage Ihnen auch, warum: Weil Sie die Stadt nicht versorgen können.«
Der Präsident lächelte kalt. »Ich will die Stadt nicht versorgen, Chandran. Ich will sie isolieren. Meine Truppen werden die Grenzen von Köln schließen und nichts und niemanden durchlassen. Und dann warte ich ab, dass sich dieses Drecksloch mit all den Ratten, die darin leben, selbst zerfleischt.«

32

Die Sonne blinzelte durch die staubbedeckten Fenster, als Verena am nächsten Morgen die Treppe zur Kanzlei hinaufstieg. Sie trug ein geblümtes, mädchenhaftes Sommerkleid, für das sie lange schon zu alt war, das aber trotzdem perfekt zum Moment passte, denn es war Ausdruck ihrer Unbeschwertheit und ihrer guten Laune, die sie seit der vergangenen Nacht erfüllte. Beschwingt schloss sie die Tür auf.

Musik schwebte durch die Räume, klasterartige Chorgesänge, die sich zu großen Klangbildern öffneten und die ihre Harmonie im Atonalen suchten. Verena seufzte, ohne sich ihre Laune vermiesen zu lassen. Sie kannte das Stück, das Schoop hörte, sie hatte sich über die Jahre daran gewöhnt. Trotzdem empfand sie die dissonanten Klangfolgen immer noch als anstrengend. Verena liebte die Social Jams ihres W-Net-Circles, einfache Soundbilder, die gemeinsam mit allen im *Musicroom* entstanden und die vertraut waren, obwohl sie sich jedes Mal anders anhörten. Schoop hatte für das »oberflächige Gewaber«, wie er die Soundbilder einmal genannt hatte, nichts übrig. Er brauchte die Struktur eines geschlossenen Stückes, die geniale Leistung eines Einzelnen. Seit dem vollstreckten Todesurteil waren für Schoop die Werke von Morten Lauridsen wichtig, sie waren mehr als nur Klang: Das »Lux aeterna« hatte ihn durch seine Trauer begleitet und seinem Schmerz Ausdruck gegeben. Es war, hatte Schoop ihr einmal erklärt, als reiche ihm ein Mensch über die Zeit hinweg eine tröstende Hand, auch wenn diese Hand ihn nicht hatte halten können und der Trost nicht ausreichend gewesen war.

»Guten Morgen, Chef!« Verena ignorierte die getragene Stimmung des »Agnus Dei« und schleuderte fröhlich ihre Tasche neben ihren Schreibtisch.

Schoop kam aus seinem Büro. Er sah erschöpft aus. Müde strich er sich über seine Augen. »Schätze, die Sonne geht gerade auf.« Er lächelte sie an.

Verena lächelte zurück.

Er hatte im Büro übernachtet, sein Anzug war zerknittert, und er wirkte übernächtigt, so, wie sie es in den vergangenen Monaten oft erlebt hatte. Doch etwas war anders als zuvor. Schoop wirkte trotz seiner Müdigkeit wacher, lebendiger, so, als wären die Alpträume der Nacht in der Dunkelheit zurückgeblieben, und jetzt kam der Tag, und etwas Neues begann. Verena spürte, Schoops dunkle Träume waren nicht verschwunden. Doch sie hatten ihren Platz gefunden.

Der Anwalt hob gespielt zerknirscht die Hände. »Ja, ja, ich weiß, ich sollte duschen.«

Verena grinste. »Hab ich irgendetwas gesagt?«

»Aber gedacht. Ich bin schon unterwegs.« Schoop gähnte herzhaft, bevor er den Flur hinunterging, um im Bad zu verschwinden.

Draußen auf der Treppe waren Schritte zu hören, jemand eilte die Stufen herauf, die Riegel im Schloss der Eingangstür glitten zurück. David betrat die Kanzlei. Auch er hatte die Nacht in seiner Kleidung zugebracht, sein Anzug war verdreckt und zerknittert, eine Tasche war eingerissen. Verena erschrak, als sie ihn sah, doch zugleich musste sie lachen, ihre gute Laune behielt die Oberhand. »Ich wette, das ist ein Virus. Er befällt alle Anwälte, die hier arbeiten, man nennt es das ›Ich schlafe nicht im Bett und Waschen ist unnötig Virus‹.« Sie grinste ihn an. »Die Dusche ist leider schon belegt. Aber einen Kräutertee kannst du haben. Vielleicht sogar einen Kaffee, wenn du nett fragst.«

David lachte nicht. »Wo ist Schoop?«

»Ich bin hier.« Der Anwalt war vom Bad zurückgekommen, er hatte David gehört und runzelte die Stirn, als er ihn sah. »Wie siehst du denn aus? Zu viel gefeiert?«

»Schön wär's.«

»Was ist passiert?«

David zögerte. »Ich wollte mich verabschieden. Ich denke nicht, dass ich wiederkomme.«

Schoop war überrascht, das war das Letzte, womit er gerechnet hatte. Er runzelte die Stirn. »Du kneifst? Hast die Hosen voll, was? Schon vergessen, dass du ein Mandat übernommen hast?«

David ließ sich nicht reizen. »Genau deshalb gehe ich. Ich kümmere mich um meine Mandantin.«

Der Anwalt musterte ihn forschend. »Ich schätze, es ist besser, wenn ich nicht zu viele Fragen stelle.«

David nickte.

Verena war dem Wortwechsel zunehmend fassungslos gefolgt, sie brauchte einen Moment, bis sie begriffen hatte, dass David tatsächlich die Kanzlei verlassen wollte. »Aber das geht nicht«, stammelte sie. »Ich … ich hab dir noch einen Kuchen versprochen.«

David grinste. »Dann gibt es ja einen Grund, wiederzukommen, wenn alles vorbei ist.« Er umarmte Verena fest und küsste sie auf beide Wangen. Sie quiekte auf und machte sich los. David legte seinen Finger auf ihren Mund, bevor sie ihn mit Fragen bestürmen konnte. Sie nickte und schwieg. Ihre Augen glitzerten verdächtig.

Schoop begleitete David zur Tür, er musterte ihn einen Moment, bevor er ihm seine Hand entgegenstreckte. »Danke.«

»Wofür?«

Schoop lächelte. »Wenn du das nicht weißt, bist du nicht der gute Anwalt, für den ich dich halte. Ich heiße übrigens Andreas.«

David lächelte zurück. »Meinen Namen kennen Sie ja schon.«

Schoop klopfte ihm auf die Schulter, dann, kurz entschlossen, zog er ihn an sich und umarmte ihn. »Zeig's ihnen!«, flüsterte er ihm ins Ohr. »Und dann komm wieder. Ich kann dich hier gut gebrauchen.«

David nickte stumm und verließ die Kanzlei.

Es war still, als sich die Tür hinter ihm geschlossen hatte. Verena sprach als Erste. »Haben Sie ihm gerade eben wirklich das Du angeboten?«

»War das falsch?«

Sie verzog ein wenig beleidigt den Mund. »Was ist mit mir? Wir arbeiten schon so lange zusammen …«

Schoop klopfte ihr tröstend auf die Schulter. »Glaub mir, wenn ich dir das Du anbiete, dann wäschst du mir noch viel öfter den Kopf als ohnehin schon.«

Sie musste lächeln, doch sie antwortete nicht, eine Nachricht auf dem Display ihres Terminals hatte ihre Aufmerksamkeit geweckt. Sie las sie zunehmend bestürzt. »Das gibt es doch nicht. Chef, das müssen Sie sich ansehen! Sie bieten uns eine Pflichtverteidigung an.«

Der Anwalt winkte ab. »Ich kümmere mich später darum.«

»Das sollten Sie nicht warten lassen. Die Anfrage kommt vom Regionalgericht.«
»Und wer ist der Mandant?«
Die Anwaltsgehilfin zögerte einen Moment. »Es ist der verhaftete Gerichtspräsident. Dr. Martin Steinhagen.«

*

Die Riegel glitten zur Seite, die Zellentür schwang auf. Geblendet kniff der grauhaarige Mann auf der Pritsche die Augen zusammen. Schoop betrat die Zelle, er gab dem Wärter ein Zeichen, die Tür zu schließen, dann klappte er den Besucherstuhl aus der Wand und setzte sich. Stumm betrachtete er die traurige Gestalt, die vor ihm hockte: Mit der Macht, die von ihm abgefallen war, hatte der Gerichtspräsident auch sein Selbstbewusstsein verloren, nichts war von seiner einstigen Ausstrahlung übrig geblieben. Zwar trug er noch seine eigene Kleidung, doch der Anzug war zerknittert und das Oberhemd durchgeschwitzt. Sein Neater hing schief an dem aufgeknöpften Hemdkragen.
Steinhagen sah auf. Als er Schoop erkannte, verzog er das Gesicht. »Was wollen Sie? Ihren Triumph genießen?«
Schoop schwieg einen langen Moment. Langsam schüttelte er den Kopf. »Es gibt keinen Triumph, es gibt auch keinen Sieg. Alle verlieren. Erst ich, jetzt Sie.«
»Sind Sie gekommen, um mir das zu sagen?« Verachtung lag in Steinhagens Stimme, und für einen Augenblick tauchte in ihm der kalte, machtbewusste Karrierejurist auf, als der er jahrelang hier im Haus residiert hatte. »Sie hätten Philosoph werden sollen.«
»Falsche Antwort, Steinhagen. Ich bin hier, weil man mir Ihre Pflichtverteidigung angeboten hat.«

Erstaunt setzte sich der Gerichtspräsident auf. Er lachte. »Das ist nicht Ihr Ernst.«
»Ich habe auch an einen Irrtum gedacht. Einen Fehler im System. Aber es ist kein Fehler.« Schoop lächelte. »Es ist eine Fügung. Sie dürfen auch Schicksal sagen.«
Steinhagen wurde blass. Der Tonfall, in dem der Anwalt mit ihm sprach, gefiel ihm überhaupt nicht. »Was haben Sie vor?«
Schoop musterte den Gerichtspräsidenten genau. »Ich weiß, dass Rache nicht hilft. Sie mindert nicht einen Deut die Schmerzen, die Sie mir zugefügt haben. Aber wissen Sie was, Steinhagen? Keine Rache hilft ebenfalls nicht. Die Schmerzen bleiben, egal, was ich tue. Also kann ich tun, was ich will.«
»Dann lassen Sie mich hier im Stich?«
Ein feines Lächeln umspielte Schoops Lippen. »Im Gegenteil, Steinhagen. Ich nehme das Mandat an.«

*

Dichte Wolken hingen über der Stadt, als David das Hotel verließ, drückend und schwer, eine dunkle wabernde Decke, die sich über das Land geschoben hatte und vom Wind weitergetrieben wurde. Von fern war ein leises Gewittergrollen zu hören.
Der Fahrer eines E-Trikes mit Zone-1-Lizenz stoppte neben ihm. »Brauchen Sie ein Taxi?«
David zögerte. Er hatte sein Hotel aufgesucht, um kurz zu duschen und sich umzuziehen, nun wollte er zurück in die zweite Zone, sein Ziel war der Grenzübergang am Barbarossaplatz. Von dort aus war es nicht mehr weit zu dem Ort, an dem er sich mit Alex verabredet hatte. Eigentlich hatte er zu Fuß bis zur Zonengrenze laufen

wollen. Doch David spürte die Unruhe, die in den Straßen herrschte, eine angespannte Nervosität, die auf ihn übergriff. Kurz entschlossen stieg er in das Taxi, und der Fahrer trat in die Pedale.
Erst nach einer Weile fiel David auf: Die Booster des Staatsschutzes, die schemenhaft an ihm vorbeiglitten, hatten ihre Tarnung aktiviert. Etwas musste geschehen sein.
Zehn Minuten später hatte er den Grenzübergang zur vierten Zone erreicht, gerade als einer der Soldaten das Rolltor vor die Durchfahrt zog. Die Hand ausgestreckt, lief David auf den Kontrollpunkt zu. »Halt, stopp! Was passiert hier?« Er hinderte den Uniformierten daran, das Gitter ganz zu schließen.
Der Soldat drängte ihn zurück. »Gehen Sie zur Seite. Die Grenze ist dicht. Niemand darf durch.«
»Aber ich habe eine Sondergenehmigung.« Eilig hielt David seinen Tagger vor das Lesegerät.
Mit gespieltem Bedauern hob der Wachhabende die Schultern. »Tut mir leid. Ist nicht meine Entscheidung.«
Er wollte das Gittertor weiter schließen, doch David gab nicht auf. »Können Sie nicht eine Ausnahme machen? Ich habe eine Verabredung. Ist wirklich wichtig.«
»Was kann es Wichtiges in der vierten Zone geben?«
David antwortete, ohne nachzudenken. »Eine Frau.«
Der Soldat grinste anzüglich. Er musterte David einen Augenblick, dann ging er einen Schritt zur Seite und ließ ihn in die Sicherheitsschleuse treten, bevor er hinter ihm das Rolltor zuzog. Krachend fiel das Gitter ins Schloss. Der Soldat arretierte die Riegel und versiegelte den magnetischen Schließmechanismus. »Viel Spaß. Ach, noch was: Die Grenze bleibt dicht, für immer. Zurück können Sie nicht mehr. Hab ich vergessen zu sagen.« Er lachte hämisch, bevor er sich umdrehte und davonging.

David sah ihm überrascht nach. Doch dann straffte sich sein Körper, er wandte der Zone 2 den Rücken zu und hörte das Summen der Scanner, die ihn abtasteten. Ihm war flau im Magen. Wenig später öffnete sich die Schiebetür auf der gegenüberliegenden Seite. Staub drang in die Kammer, dazu der Geruch von Abfall und Exkrementen.

Ohne zurückzuschauen, betrat David die Zone 4.

33

Es dämmerte, als David das Loftatelier erreichte, ein schmaler roter Streifen am Himmel zeigte an, wo die Sonne in dem Meer aus Hütten und Baracken untergegangen war. Alex hatte ihm, bevor sie in der Nacht zuvor auseinandergegangen waren, ihr Versteck verraten, es befand sich im Hinterhof eines unscheinbaren Wohnhauses in Sülz. David hatte Mühe gehabt, den Zugang zu finden. Jetzt stand er im Inneren des Ateliers und blickte sich neugierig um.

Die Halle war nicht sehr groß, ein Schlosser hatte hier gearbeitet, bis er vor Jahren seine Werkstatt dichtgemacht und Köln verlassen hatte. Der Boden und die Wände waren farbbespritzt, ein unbekannter Maler hatte das Loft zu einem Atelier umgebaut, bevor auch er aufgegeben hatte. Ein paar seiner Bilder lehnten noch an der Hallenwand, direkt neben einigen Skulpturen und einem Küchentresen, an dem Alex gerade einen Tee kochte. Es gab ein paar alte Sofas, in einer Ecke standen ein langer Küchentisch und davor aus Holzblöcken und Brettern gezimmerte Bänke. Die Fensterscheiben auf der Nordseite des Raumes waren mit schwarzer Farbe blickdicht gestrichen, doch es war nicht dunkel, an der Wand montierte Deckenfluter spendeten Helligkeit, solange der Generator im Keller lief. Für die übrige Zeit lagen Kerzen bereit.

Vor Monaten schon hatte Alex ihre Freunde davon überzeugt, dass sie einen Ort wie diesen brauchten, einen

Rückzugspunkt für den Notfall, ausgestattet mit Vorräten für ein paar Tage, falls sie untertauchen mussten. Ihre Wahl war auf dieses Hinterhaus gefallen, der Veedelchef, der mit ihnen sympathisierte, hatte Alex das Atelier angeboten. Der Straßenzug galt als sicher, die an den Verkehrsknotenpunkten der vierten Zone aufgestellten Scanner reichten nicht bis hierher.

Niemals hätte Alex damit gerechnet, ohne ihre Freunde im Loft zu sein.

David trat neben sie. Alex schüttete gerade getrocknete Kräuter in zwei Tassen und goss heißes Wasser darüber. Dunkle Schlieren lösten sich aus den Blättern.

Sie tranken schweigend.

Nach einer Weile brach David die Stille. »Wer weiß von diesem Versteck?«

»Nicht viele. Unsere Gruppe. Ein paar Freunde. Die Leute aus dem Viertel.«

»Das sind zu viele. Du musst weg hier, du bist hier nicht sicher.«

»Woher willst du das wissen? Mich verrät schon keiner.«

»Alex, der Staatsschutz wird die gesamte vierte Zone auf den Kopf stellen, um dich zu finden!«

»So wichtig bin ich nicht.«

»Schon vergessen, dass wir in deinem Namen den europäischen Präsidenten verklagt haben?«

»Ja, großartig! So kann man sich echt beliebt machen!«

»Entschuldigung, dass wir dir helfen wollten.« Ärger stieg in David auf. Er stellte seine Tasse ab und ging zu einem der Sofas.

Eine Weile sagte keiner von ihnen ein Wort.

Alex setzte sich auf das Sofa gegenüber und zog die Füße hinauf. »Es tut mir leid, ich wollte dich nicht anmachen. Es ist nur …« Sie stockte.

David wartete, bis sie weitersprach.
»Ich bin sauer«, fuhr sie fort und begegnete seinem Blick, »weil ich gedacht hatte, dass sie mir helfen würden.«
»Wer? Deine Freunde?«
»Ja.« Sie erzählte ihm, was ihr Ben von der Entscheidung der anderen berichtet hatte.
David runzelte die Stirn. »Aber du sagtest doch, dass du Bens Alleingang idiotisch findest.«
»Ja, schon. Aber zu hören, dass die anderen mich einfach im Stich lassen wollten, das ist echt hart.«
»Obwohl sie vernünftig gehandelt haben?«
Alex fuhr auf. »Kapierst du nicht? Die haben mich aufgegeben! Warum ist denn niemand hier?« Sie wies in den leeren Raum. »Wir hatten verabredet, dass hier einer Wache schiebt, wenn jemand von uns vermisst wird.« Sie verstummte und wandte sich ab.
David wusste nicht, was er antworten sollte. Er hatte das unbestimmte Gefühl, jetzt irgendetwas tun zu müssen. Aber zu ihr zu gehen und sie zu trösten, das kam ihm seltsam vor.
Eine Träne quoll aus ihrem Augenwinkel und lief ihre Wange hinunter. David stand auf. Abwehrend hob Alex die Hand. »Bleib cool, ist nichts passiert.« Sie wischte mit dem Ärmel über ihre Augen. »Besser, du gehst jetzt nach Hause.«
David schüttelte den Kopf. »Ich bleibe heute Nacht hier.«
Sie betrachtete ihn herausfordernd. »Du willst nicht in dein schickes Hotel? Oder in dein feines Anwaltsbüro?«
»Du weißt es noch nicht, oder?«
»Was weiß ich noch nicht?«
»Die Grenzen sind dicht. Ich kann nicht mehr zurück.«

*

Chandran hatte den Sicherheitschef gebeten, das Gespräch mit Ferris in das abhörsichere Krisenzentrum zu legen, eine langgestreckte Box im Ballsaal des Anwesens. Jedes Mal, wenn er den goldglänzenden und mit prachtvollen Gemälden französischer Meister ausgestatteten Saal betrat, kam es Chandran so vor, als hätte sich ein durch die Zeit reisendes Raumschiff im 18. Jahrhundert materialisiert. Der Effekt war beabsichtigt: Das Krisenzentrum war ein Raum im Raum – bis auf ein paar Stützen aus durchsichtigem Polymer war die langgestreckte Box freischwebend, was nicht nur faszinierend aussah, sondern es außerdem erleichterte, sie zu kontrollieren und für ihre Abhörsicherheit zu garantieren.

Chandran setzte sich an den Konferenztisch und wartete, bis der Sicherheitschef die Tür von außen verschloss. Der VI-Projektor leuchtete auf warf das Bild seines Assistenten auf die gegenüberliegende Tischseite, es war, als säßen sie sich beide im selben Raum gegenüber.

»Okay, Ferris, wie ist die Lage?«

»So, wie es aussieht, macht der Präsident ernst. Heute Morgen wurden die Einsatzkräfte des ESS in Köln in Alarmbereitschaft gesetzt, zugleich wurden Truppen aus Düsseldorf, Aachen und Wiesbaden abgezogen und hierher an den Rhein verlegt.« Ferris öffnete die Dokumente und Bilddateien, die die Truppenbewegungen dokumentierten, und überspielte sie auf Chandrans Display. »Seit einer halben Stunde werden die Posten an den Grenzübergängen der Stadt verstärkt, die Zahl der Patrouillen entlang der Zonengrenze hat sich erhöht, vor allem die an der Grenzmauer zwischen der zweiten und der vierten Zone.« Ferris rief die Bilder des firmeneigenen Satelliten auf, er hatte den Koloss in der Nacht auf Köln ausrichten lassen. Ein Grenzübergang erschien auf der Displayfolie, ein Blick aus der Vogelperspektive, jedes Detail war gestochen scharf. »Das ist der Übergang am Barbarossaplatz«, kommentierte Ferris das Livebild. »Die Mannschaftsstärke wurde in etwa verdoppelt, wie man hier sehen kann. An den anderen Übergängen sieht es ähnlich aus. Sie sind jetzt so weit, sie machen die Stadt dicht.«

»Was ist mit unseren Fertigungsanlagen in der Zone 3?«

»Ich habe mit dem regionalen Kommandanten des ESS gesprochen. Ich konnte erreichen, dass die Zone 3 von der Grenzsperrung ausgenommen wird. Auch der Flughafen bleibt offen, die Bahnstrecke bleibt ebenfalls passierbar, die Züge fahren weiterhin die Stadt an. Wir können unsere Leute jederzeit evakuieren. Ich denke aber nicht, dass das bald nötig sein wird.«

Chandran rieb sich nachdenklich das Kinn. Auch wenn die Situation mehr als ärgerlich war, die Entschlossenheit des Präsidenten rang ihm Respekt ab. Bis zu einem gewissen Punkt konnte er Laftmann verstehen, möglicherweise hätte er sich an seiner Stelle ähnlich verhalten. Doch er stand auf der anderen Seite, deshalb durfte er nicht akzeptieren, dass ein Deal mit ihm einseitig aufgekündigt wurde.

»Sie haben die Situation analysiert?« Fragend sah er seinen Assistenten an.

Ferris stieß seinen Stuhl zurück und stand auf, sein projiziertes Abbild in Paris tat es ihm gleich.

Chandran bemerkte nicht die Anspannung, die seinen Assistenten erfasst hatte.

»Mir macht unser Aktienkurs Sorgen.«

Chandran war verblüfft: Dies war der letzte Punkt, den er in diesem Moment erwartet hätte. Interessiert beugte er sich vor. »Inwiefern?«

»Wenn bekannt wird, dass der europäische Präsident gegen unser Veto Köln abriegelt, wirft das kein gutes Licht auf uns. Wir könnten schwach wirken. Zudem ist unter Analysten und Finanzinvestoren bekannt, dass wir unsere Arbeitskräfte aus der vierten Zone der Stadt generieren. Wird die Zone 4 abgeriegelt, bricht unsere Produktion zusammen. Faktisch ist das kein Problem, die Lager sind voll, wir stecken eine solche Situation lässig ein paar Wochen lang weg. Aber das Signal an den Markt ist fatal.«

»Was können wir dagegen tun?«

»Wir müssen die Initiative behalten. Deshalb verkünden wir, dass es unsere Entscheidung ist, die Grenze zu sperren.«

Interessiert beugte sich Chandran vor. »Mit welcher Begründung?«

»Qualitätssicherung.« Ferris lächelte schmal. »Wir berichten von den untragbaren hygienischen Zuständen in den Kölner Slums. Das können wir natürlich nicht mit unseren Qualitätsstandards vereinbaren. Darum machen wir auf unserer Seite die Grenze dicht und lassen niemand mehr zu uns auf das Produktionsgelände.«

Chandran runzelte die Stirn. »Und wer macht dann die Arbeit?«

»Unsere Arbeiter. Die in unseren eigenen Lagern leben.« Ferris beobachtete Chandran genau, während er weitersprach. »Ihr Deal mit dem europäischen Präsidenten war seinerzeit sicherlich gut für den Konzern und zu dem Zeitpunkt, an dem Sie die Vereinbarung geschlossen haben, auch sehr innovativ. Trotzdem sollten wir die Konstruktion überdenken. Es ist viel zu aufwendig, eine ganze Stadt am Leben zu erhalten, nur damit wir auf Flüchtlinge und Erwerbslose als billige Arbeitskräfte zugreifen können.« Ferris zog seinen Stuhl heran und setzte sich. »Die Angst vor der Zone 5 ist sicherlich hilfreich, um die Menschen an uns zu binden. Aber ich glaube, dass es auch anders geht. Wir müssen erreichen, dass unsere Arbeiter bei uns *leben* wollen.«

Chandran war verblüfft.

Ferris berührte seine Kommunikationseinheit, um ein Datenpaket in das Intranet zu schicken, kurz darauf erschien in Paris eine Karte auf der Displayfolie des Konferenztisches. Chandran erkannte die Rheinschleife der Domstadt. »Ich habe es durchgerechnet, es ist realisierbar«, erläuterte Ferris. »Wir errichten auf den Brachflächen der Zone 3 südlich von Zündorf Wohnsiedlungen, einfache Stapelbauten aus Containern, sie sind nicht teuer, wir stellen sie in unserem Konzern selber her. Acht Wochen, und die ersten zehntausend Arbeiter können einziehen.«

»Und bis dahin? Wir können die Produktion nicht so lange stoppen.«

Ferris lächelte. »Es muss ja niemand erfahren, dass wir den Grenzübergang auf der Südbrücke offen halten.«

Chandrans erste Reaktion auf den Vorschlag seines Assistenten war Abwehr. Ihm gefiel es, eine Stadt zu besitzen und mit ihr machen zu können, was er wollte. Zudem waren die Daten, die Tag für Tag aus der zweiten Zone der Stadt in ihre Firmenrechner flossen, wertvoll und nutzten vor allem den kooperierenden Konzernen immens. Nirgendwo sonst konnten sie das Verhalten der Konsumenten so genau und so umfassend analysieren wie in der Domstadt. Andererseits hatte sich der Glanz seines Spielzeuges im Laufe der Jahre abgenutzt. Es wurde zunehmend lästig, dass es in den Slums der vierten Zone immer wieder zu Aufständen kam. Natürlich lastete der europäische Präsident die Auseinandersetzungen Chandrans Verantwortung an. Von den zusätzlichen Kosten, die seine Medical Ind Corporation für die Einsätze des ESS an die Präsidialverwaltung überweisen musste, einmal ganz abgesehen.

Die Vorstellung, den Ärger hinter sich zu lassen, begann ihm zu gefallen.

Doch war es auch taktisch klug? »Wir geben Einfluss auf.«

Ferris verneinte. »Nicht wirklich. Wir machen uns unabhängig. Wir vermeiden künftig Situationen wie diese.«

Chandran schwieg nachdenklich. Die Idee, autark und unabhängig von Idioten wie Laftmann zu sein, war bestechend. Sie würden nur noch die tatsächlich notwendigen Arbeiter durchfüttern müssen. Chandran musste bei diesem Gedanken lächeln. Sollte sich die Stadt doch selbst zerfleischen. Er brauchte Köln nicht mehr.

Regungslos Chandran beobachtend, wartete Ferris die Entscheidung seines Chefs ab.

»Okay, Ferris. Tun Sie's.« Chandran lächelte knapp. »Gute Arbeit.« Das Problem war gelöst, und im selben Augenblick begann es ihn zu langweilen. Dass er gerade das Schicksal von zwei Millionen Menschen besiegelt hatte, interessierte ihn nicht.

Chandran beschloss, nach dem Gespräch schwimmen zu gehen.

*

Mit einem leisen Knistern brach die Verbindung ab, die Projektion erlosch, das Bild des Chefs der MIC verschwand. Ferris atmete tief durch.

Er hatte es sich nicht anmerken lassen, doch er war

geschockt, dass der europäische Präsident tatsächlich die Stadt abgeriegelt hatte. Die Entschlossenheit Laftmanns setzte ihn unter Druck. Wie viele Tage würden die Kölner durchhalten, ohne mit Nahrungsmitteln versorgt zu werden? Drei Tage? Vielleicht vier?

Die Zeit musste reichen. Sie würde reichen. Falls nichts Unvorhergesehenes geschah.

34

Verena hatte ihre Tasche schon gepackt, die Arbeit war erledigt, sie wollte den VI-Projektor ausschalten, um das Büro zu verlassen, als ihr unter den beiden herumtollenden Hundewelpen die Schlagzeile ihres News-Diggers auffiel. Sie stutzte, setzte sich wieder und öffnete die Newsline. Die Hunde tollten zur Seite, ein Videofeld öffnete sich. Fassungslos sah sie, was geschehen war. »Andreas!«, rief sie, ohne aufzusehen. »Andreas, sehen Sie sich das an!«
Schoop war gerade aus dem Gerichtsgebäude zurückgekehrt, jetzt kam er aus seinem Büro herüber. »Was ist?«
»Sie haben die Grenzen dichtgemacht. Die Zone 4 wird komplett abgeriegelt.«
Schoop trat hinter sie und sah sich die Zusammenfassung an, die Verenas Digger aus den Berichten der Net-Jockeys generiert hatte. Der Anwalt war sichtlich erschüttert. »Das kann doch nicht wahr sein!«
»Warum tun sie das?«
»Alles hat seinen Preis. Hätte nicht gedacht, dass er so hoch ist.«
Verena verstand kein Wort.
Schoop seufzte tief. »Verstehst du nicht? Ich habe den Präsidenten ins Bein gebissen. Jetzt beißt er zurück.«
Jetzt begriff Verena, was Schoop meinte. Entsetzt blickte sie auf die Bilder, die Net-Jockeys über die Grenzmauer hinweg mit Teleobjektiven gefilmt hatten, sie zeigten

wogende Menschentrauben vor den verschlossenen Versorgungspunkten. Gitter versperrten die Eingänge.
»Was wollen Sie tun?«
Schoop antwortete nicht.
»Wenn Sie wirklich dafür verantwortlich sind, dann können Sie nicht einfach nur zusehen!«
Der Anwalt zögerte. »Ich denke nicht, dass es etwas ändern würde, wenn ich die Klage zurückziehe.«
»Sicher?« Verena wies auf die Bilder. »Die Menschen dort sind eingesperrt. Sie werden vom Präsidenten als Geiseln genommen.«
Schoop antwortete nicht.
Plötzlich stutzte Verena, ihr war ein Gedanke gekommen. »Scheiße …« Ohne ein weiteres Wort sprang sie auf, griff sich ihre Tasche und eilte aus dem Büro. Krachend fiel die Tür ins Schloss.
Schoop blieb an ihrem Schreibtisch sitzen, ihre Worte hatten ihn nachdenklich gemacht. Stumm betrachtete er die Bilder der verzweifelten Menschen.
War es das wert?

*

Ihre Handtasche unter den Arm geklemmt, lief Verena durch die Straßen der Stadt. Ihr Ziel war Niklanders Praxis nahe der Torburg am Clodwigplatz. Verena war irritiert gewesen, als sie das Haus, in dem der Arzt in der zweiten Zone praktizierte, das erste Mal gesehen hatte: Es schottete sich u-förmig von der Außenwelt ab, mit einer nackten, fensterlosen Wand zur Straßenseite. In seinem Inneren hingegen präsentierte sich das Gebäude verblüffend licht und offen. Niklanders Praxis befand sich im ersten Stock, die Räume, die er gemietet hatte, grenzten direkt an den begrünten Innenhof, so dass an nicht zu heißen Tagen, wenn die Glasfront auf der Nordseite im Boden versenkt war, die Bäume direkt in die Praxis hineinzuwachsen schienen.

An diesem Abend hatte Verena für die Schönheit der ungewöhnlichen Architektur keinen Blick. Ohne innezuhalten, passierte sie das römische Grabmal, das bei den Tiefbauarbeiten freigelegt worden war und das nun den Eingangsbereich schmückte. Lächelnd fragte der virtuelle Portier nach ihrem Ziel, Verena beachtete die Projektion nicht, sondern eilte direkt zu dem Nummernboard neben den Aufzügen und tippte die Ziffernfolge ein, die sie vom Lageplan an der Wand ablas. Wenig später summte der VI-Projektor auf, und das 3-D-Bild einer hübschen Sprechstundenhilfe wurde direkt vor ihr in den Raum projiziert. »Ja, bitte?«

»Ich möchte zu Mika, also zu Dr. Niklander.«

»Es tut mir leid, die Praxis ist schon geschlossen.«

Angespannt griff Verena ihre Tasche fester. »Ist er noch da? Ich bin eine Freundin. Wir kennen uns privat. Mein Name ist Verena.«

Die junge Frau zögerte, sie drehte sich um und sagte ein paar Worte, ohne dass Verena etwas hörte. Momente später verblasste die Projektion, und die Aufzugtür glitt zur Seite.

Niklander war gerade dabei, seine Jacke anzuziehen, als Verena die Praxis betrat. Er freute sich, sie zu sehen. »Was machst du denn hier? Ich dachte, wir treffen uns später.« Er ging zu ihr, um sie zu begrüßen.

Verena wartete, bis sich die Sprechstundenhilfe verabschiedet und den Raum verlassen hatte. Erleichtert zog sie Niklander in ihre Arme. Er ließ es zu, überrascht von ihrem Ernst. »Was ist denn los?«

»Ich habe geglaubt …« Verena stockte. »Du hast nicht auf meinen Call geantwortet.«
»Weil ich ihn nicht gehört habe. Ich schalte meinen Tagger stumm, wenn ich in der Sprechstunde bin.«
»Ich dachte, dass du in der vierten Zone bist. Deshalb habe ich mir Sorgen gemacht.«
Er musste lachen. »Das ist doch kein Grund zur Sorge.«
Sie betrachtete ihn, ohne zu antworten, so, als sähe sie ihn das erste Mal. Zärtlich strich sie ihm eine Haarsträhne aus der Stirn und küsste ihn so behutsam, als könne jede hektische Bewegung alles zerstören. Und im gleichen Moment wurde ihr bewusst, was sie fühlte: Sie wollte mit ihm zusammen sein, egal, was geschehen würde, in guten wie in schlechten Zeiten. Um sie zu trennen, musste mehr passieren als das, was vor ihnen lag.
»Verena, rede mit mir. Was ist passiert?«
Sie sagte es ihm.

*

Wie ein im Käfig gefangener Tiger lief Huskin in seinem Apartment auf und ab. Er konnte es immer noch nicht fassen: Innerhalb weniger Tage hatte er zwei Zielobjekte verloren. Keiner der an der Außengrenze Kölns aktivierten Scanner sendete ihm ein Signal, der Crasher blieb verschwunden, und auch Alexandra Maria Nolte, die aus dem Regionalgefängnis geflohene junge Frau, war wie vom Erdboden verschluckt. Dies ärgerte ihn am meisten: Das Zielobjekt war direkt vor seinen Augen entkommen und im Labyrinth der vierten Zone untergetaucht. Jetzt, nach der Sperrung der Zone 4, hatte er keine Möglichkeit mehr, sie zu suchen. Die Grenzen waren geschlossen

worden, gerade als er in das Apartmenthaus der MIC zurückgekehrt war.
Mehrfach hatte er Ferris gebeten, Drohnen in die vierte und in die fünfte Zone schicken zu dürfen, um die beiden Flüchtenden zu suchen, und Ferris hatte versprochen, sich beim Staatsschutz darum zu kümmern. Doch stets war nach ein paar Stunden eine Absage gekommen: Der ESS brauche alle verfügbaren Kapazitäten, um die Situation in den Slums der Stadt zu überwachen. Ihnen bliebe nichts anderes übrig, als abzuwarten. Irgendwann würde ihnen die Flüchtende ins Netz laufen, hatte Ferris ihn zu beruhigen versucht.
Doch Huskin war nicht beruhigt, im Gegenteil. Zweimal hintereinander war er gescheitert, obwohl er sich sicher war, keinen Fehler gemacht zu haben. Zweimal hintereinander war das Unwahrscheinliche passiert.
Wieso waren ihm die beiden Zielobjekte stets einen Schritt voraus gewesen?
Den Zufall mochte Huskin als Erklärung nicht akzeptieren. Er hatte jeden seiner Schritte analysiert und auch Alternativszenarien durchgespielt, so, wie er es immer nach einem Auftrag tat, um seine Handlungen für künftige Aufträge zu optimieren. Es gab nur eine Schlussfolgerung, und sie gefiel ihm überhaupt nicht: Jemand hatte den beiden Geflohenen geholfen. Jemand spielte gegen ihn.
Er musste diesen Jemand finden.

*

Die Polster der Limousine waren weich und bequem, doch Ferris fühlte sich unwohl in dem gepanzerten, von einem Fahrer gesteuerten Wagen. Er hätte lieber einen der Mini-Helis genommen, um in den Süden der Stadt

zu fliegen, doch der ESS hatte seit dem Abend eine Flugverbotszone über Köln eingerichtet.
Ferris nutzte die Zeit, um das W-Net zu checken, gespannt scrollte er auf seinem FlexCom durch die Kanäle. Inzwischen berichteten fast alle Net-Jockeys in ihren Spots über die Grenzsperrung Kölns, und jeder von ihnen ergänzte seinen Bericht mit der Nachricht, dass die MIC die Grenzsperrung initiiert hatte, um ihre Produktion vor den unhaltbaren hygienischen Zuständen in den Slums der Domstadt zu schützen. Ferris war zufrieden: Die News, die er nach seinem Gespräch mit Chandran in das Netz eingespeist hatte, waren aufgenommen worden. Es war der einfache Teil seiner Aufgabe gewesen: Die Net-Jockeys verbreiteten alles, wenn man es geschickt anstellte, man musste nur die bereitwilligsten unter ihnen auswählen und ihnen das Gefühl geben, die Nachricht in ihrem Social Circle exklusiv einspielen zu dürfen. Je größer der Zeitdruck und die Angst, von der Konkurrenz überholt zu werden, desto weniger überprüften sie den Wahrheitsgehalt einer Nachricht. Irgendwann wurde ein Newsflash zum Selbstgänger, und die Meute trabte hinterher. So war es auch diesmal gewesen. Es würde Stunden dauern, bis sich kritische Stimmen meldeten. Bis dahin hatte er Zeit, die Wirklichkeit der Nachricht anzupassen.
Sie näherten sich der Zonengrenze auf der Rheinuferstraße, die Wand aus Beton und Stahl, die wie vom Himmel gefallen die Fahrbahn durchschnitt, war schon von weitem zu sehen. Ein paar Straßen vorher bog der Fahrer ab, um schließlich vor einem schäbigen, stuckverzierten Haus zu stoppen.
»Warten Sie hier, bis ich wiederkomme. Es dauert nicht lange.«

Der Fahrer nickte.

Ferris stieg aus und sah sich um. Er hätte erwartet, dass ein Anwalt wie Schoop in einem besseren Viertel wohnte, doch vermutlich sah es überall in der Stadt so aus wie hier.

Schoop öffnete persönlich die Eingangstür der Kanzlei.

»Ja, bitte?«

»Mein Name ist Marc Ferris. Ich komme aus Paris, aus der Zentrale der Medical Ind Corporation. Können wir uns irgendwo ungestört unterhalten?«

Der Anwalt schien über die Störung nicht erfreut zu sein.

»Es ist wichtig«, setzte Ferris nach.

Schoop trat zur Seite und ließ ihn eintreten.

Sie gingen in den Besprechungsraum, ein kleines Zimmer, an dessen Wänden sich die Akten stapelten.

Schoop musterte den Besucher interessiert, er war neugierig geworden. »Was kann ich für Sie tun?«

»Es geht um Ihre Klage gegen den europäischen Präsidenten.«

Schoops Miene verschloss sich. »Sind Sie geschickt worden, damit Sie mir die Klage ausreden?«

»Niemand schickt mich. Mich interessiert Ihre Meinung zu dem, was zurzeit in der vierten Zone passiert.«

»Ich wüsste nicht, was das mit mir zu tun hat.«

»Ich kenne Sie, Dr. Schoop, ich weiß, worüber Sie nachdenken.«

»Tatsächlich?« Der Anwalt betrachtete Ferris amüsiert. »Sie wollen mich kennen? Jetzt bin ich aber gespannt.« Er lehnte sich zurück und betrachtete sein Gegenüber erwartungsvoll.

Ferris griff in seine Tasche und holte sein FlexCom hervor. Er ließ das Gerät aufschnellen und legte das Display

auf den Tisch. »Ich weiß alles über Sie. Und das ist mehr, als Sie selbst über sich wissen.« Ferris öffnete den Viewer und ließ die in der Cloud gespeicherten Bilder und Daten herunterscrollen. Schoop sah sein Leben vor sich ablaufen, begonnen bei den ersten Babybildern, die seine Mutter in ihrem Social Network veröffentlicht hatte. »Interessant ist dabei nicht, was Sie selbst geschrieben oder gesagt haben«, kommentierte Ferris. »Viel aufschlussreicher ist, was die anderen über Sie sagen oder schreiben. Ihr Machtbewusstsein, Ihre kleinen Eitelkeiten, Ihre Depression nach dem Tod Ihrer Freundin. Ihre Zerrissenheit kurz vor den Plädoyers. Ihre Verlässlichkeit als Freund.« Ferris wies auf die Aktenstapel. »Selbst Ihr hilfloser Versuch, alles auf Papier festzuhalten, um so der Überwachung zu entgehen, sagt etwas über Sie aus. Glauben Sie mir, ich kenne Sie. Und obwohl wir uns noch nie zuvor begegnet sind, weiß ich, worüber Sie gerade nachdenken.«
»Und das wäre?«
Ferris beugte sich vor. »Sie überlegen, Ihre Klage gegen den europäischen Präsidenten zurückzuziehen. Habe ich recht?«
»Wenn es so sein sollte: Warum sind Sie hier?«
»Um es Ihnen auszureden. Tun Sie es nicht!«
Schoop stutzte. »Woher, sagen Sie, kommen Sie?«
Ferris lehnte sich zurück. »Natürlich: die MIC, ein multinationaler Konzern, profitgierig, machtbesessen und rücksichtslos. Habe ich etwas vergessen?«
Kühl begegnete Schoop Ferris' Blick. »Warum sollte ich tun, was Sie sagen?«
»Warum fragen Sie nicht einfach, was ich vorhabe?«
»Okay. Was haben Sie vor?«
Ferris sagte es ihm.

35

Es war dunkel in der Halle bis auf das Licht der brennenden Kerzen. Schwelend thronten sie auf einer Metallskulptur, die in der Ecke des Ateliers stand und als Kerzenhalter zweckentfremdet war. Die Flammen zitterten.

David hatte sich auf seinem Lager, das er sich auf einem der alten Sofas bereitet hatte, ausgestreckt und starrte an die Decke. Er fand keinen Schlaf, zu viel war geschehen, als dass er seinen Kopf abschalten und einen Moment Ruhe finden konnte.

Es schepperte, dann ertönte ein leises Quietschen, Alex öffnete eines der Fenster. David zögerte, dann stand auch er auf und trat neben sie, um hinaus in die Nacht zu blicken.

Der Mond war aufgegangen, in seinem Licht wirkten die Dächer der Baracken, die wie hingewürfelt das angrenzende Häuserkarree ausfüllten, fast idyllisch. Doch die Schreie und Rufe, die leise von der Straße zu ihnen herüberdrangen, zerstörten das Bild.

»Kannst du auch nicht schlafen?« David spürte ihre Unruhe.

Alex nickte stumm.

In den Nächten vor der Sperrung der Grenzen hatte sich kaum jemand nach Einbruch der Dunkelheit aus dem Haus getraut, hatte Alex ihm erzählt. Jetzt waren die Straßen voller Menschen, sie trieben durch die Nacht auf der Suche nach etwas Essbarem. Nur wenige hatten Vorräte für eine Situation wie diese angelegt. Auch Alex wäre am liebsten hinausgegangen, sie brannte darauf, zu erfahren, was geschah, aber David hatte sie gedrängt, in ihrem Versteck zu bleiben. Die Stadt draußen war unberechenbar geworden.

»An was denkst du?« David sah Alex von der Seite an.

Sie antwortete nicht.

»Du denkst an deine Schwester.«

Alex war überrascht. »Woher weißt du das?«

»Das war nicht schwer. Du denkst immer an deine Schwester.« Er grinste.

Etwas in seiner Stimme ließ sie aufhorchen. Sie musterte ihn aufmerksam. Er wandte sich ab, als er ihren Blick bemerkte, und ging zurück zu seinem Lager.

Alex folgte ihm und setzte sich auf die Lehne seines Sofas. »Warum bist du hierhergekommen?«

»Ich bin dein Anwalt. Außerdem hatten wir uns verabredet.«

»Ja. Aber da wusste ich nicht, dass die Grenze geschlossen wird.«

»Ich wusste es auch nicht«, log er.

David hatte, während er schlaflos auf seinem Lager gelegen hatte, darüber nachgedacht, ob seine Entscheidung eine gute oder eine schlechte gewesen war. Wenn er sich vorstellte, was vor ihm lag, überwog seine Furcht. Er war hier nicht geboren, diese Welt war nicht seine Welt, und er war kein Held, sosehr er sich das auch wünschte. In der Sicherheit seines Studiums, in der Geborgenheit seiner Zone hatten sich seine Fantasien als Weltenretter besser angefühlt.

Doch eines wusste er ganz sicher: Es war gut, genau in diesem Moment hier zu sein.

Alex runzelte die Stirn. »Warum siehst du mich so an?«
»Tu ich das?« David war verlegen, er hatte nicht bemerkt, dass er sie angestarrt hatte. Er wandte sich ab.
Je länger er mit ihr zusammen war, desto mehr faszinierte sie ihn. Einen Menschen wie Alex hatte David noch niemals zuvor kennengelernt, sie glich in keiner Weise den Frauen, die er kannte. Weder war sie ein *Pose-Chick* noch eine der *Pink Slaver,* die sich stets mit den neusten Gadgets ihrer bevorzugten Labels ausstaffieren mussten. Sie hatte auch nichts von dem affektiert-coolen Business-Gehabe, das seine Kommilitoninnen an den Tag gelegt hatten. Alex war anders: ehrlich, unverstellt, sie zeigte, was sie fühlte und dachte, und scherte sich nur wenig um das, was andere von ihr hielten. Sie war ganz sie selbst, und genau das machte Alex attraktiv.
»Du hast doch was. Jetzt erzähl schon.«
David winkte ab. »Ist nicht so wichtig.«
Alex beugte sich vor, um ihre Sitzposition zu verändern. Sie zuckte zusammen und stieß einen leisen Schmerzenslaut aus, die Bewegung tat ihr weh.
Besorgt sah David auf.
Alex versuchte ein Grinsen. »Muskelkater. Hab zu viel Sport gemacht.« Sie griff sich an ihr Gesicht und betastete den Verband über ihrer Risswunde.
David lachte nicht.
»Mann, jetzt guck nicht so. Ist nicht der Rede wert. Mika hat mir Salbe mitgegeben.«
»Und hast du sie schon benutzt?«
»Wozu denn? Mir geht's doch gut.« Sie lehnte sich zurück, und wieder kniff sie für einen Augenblick die Lippen aufeinander.
Davids Blick war vorwurfsvoll. »Für Zoé tust du alles.

Ständig denkst du darüber nach, wie du ihr helfen kannst, selbst jetzt noch, wo du echt andere Probleme hast.«
»Sie ist meine Schwester!«
»Ja, sicher. Aber um dich selbst kümmerst du dich kein Stück. Findest du das klug? Los, gib mir die Salbe.«
»Wozu?«
»Deine Wunden müssen behandelt werden. Du hast doch Wunden, oder?«
»Ich sagte doch, dass ...«
Er fiel ihr ins Wort. »Ja, ich weiß: dass es nicht der Rede wert ist. Zeig sie mir.«
Alex zögerte.
»Was ist, traust du dich nicht?« David musste grinsen.
Sein Grinsen verschwand schlagartig, als sie ihr Shirt ein Stück hochschob: Die rechte Seite ihres Körpers war übersät mit gelben und blauen Flecken, er sah blutunterlaufene Quetschungen und verkrustete Striemen. »Ach du Scheiße! Siehst du überall so aus?«
»Keine Ahnung. Ich hab hinten keine Augen.«
Behutsam hob David das T-Shirt auch an ihrem Rücken etwas an, hier war es weniger schlimm, doch immer noch schlimm genug.
Sie entzog sich seiner Hand und ging zu ihrem Lager, um aus ihrer Jacke einen Salbenspender zu holen. Sie reichte ihn David. »Hilfst du mir?«
David nickte.
Alex kniete sich auf das Lager und zog vorsichtig das Shirt über ihren Kopf. David, der hinter ihr stand, half ihr dabei. Die Bewegungen mussten ihr weh tun, doch Alex ließ keinen Schmerzenslaut heraus.
David atmete tief durch: Ihre rechte Seite sah furchtbar aus.

Alex, die das ausgezogene T-Shirt gegen ihre Brust gepresst hielt, blickte über die Schulter zu ihm. »Was ist? Geht's jetzt los, oder soll ich noch einmal um den Block boosten?«
David musste grinsen. Er quetschte eine kleine Menge der Creme aus dem Spender und begann damit, die verletzten Stellen einzureiben. Er bemühte sich, vorsichtig zu sein. Alex war zunächst stocksteif, doch nach und nach entspannte sie sich unter seinen behutsamen Berührungen. Keiner von ihnen sagte ein Wort.
»Fertig.« David schluckte. Er nahm ihren Arm, berührte sanft die verletzte Haut und begann damit, als sie nicht zurückzuckte, die geprellten Stellen genau wie die am Rücken zu behandeln. Alex ließ zu, dass er auch ihre Schulter behandelte. Ihr T-Shirt glitt herab. Schweigend tastete sich David über ihren geschundenen Körper. Alex lehnte sich zurück und schloss die Augen, während er auch ihre Brust, ihre Taille, ihre Hüfte behandelte.
David hielt inne und betrachtete sie. Sie schlug die Augen auf, ihre Blicke trafen sich, wichen einander nicht aus. Behutsam strich er ihr eine Haarsträhne aus der Stirn und trug auf einer Prellung über der Schläfe die Creme auf. Er dachte nicht nach, als er sich vorbeugte und sie küsste. Alex ließ es zu, ohne sich zu rühren.
Für einen Moment war David unsicher. Er rückte etwas von ihr ab, besorgt und verlegen, er fürchtete, ihr zu nahegetreten zu sein.
Dann spürte er ihre Hand, sie zog ihn an sich und küsste ihn.

*

Der erste Sprengsatz detonierte kurz nach Mitternacht, das Ziel war der Versorgungspunkt in Müngersdorf im äußersten Westen der Zone 4. Die Explosion schleuderte die Gitter, die den Eingang der Halle versperrten, zur Seite, Sekunden später, der Rauch hatte sich noch nicht verzogen, stürmten aufgebrachte Menschen das Lager, um aus den Regalen zu raffen, was sie greifen und fortschleppen konnten. Auch die Versorgungspunkte in den anderen Vierteln wurden vom Mob gestürmt und geplündert. Die fünfte Explosion zerriss die öffentliche Versorgungsstelle in Ehrenfeld. Doch hier blieb der Sturm auf das Lager aus, denn der entsetzte Ruf einer Frau, die an der Wasserzapfstelle stand und einen Kanister füllte, lenkte die Aufmerksamkeit der Masse auf sich: Der Wasserstrahl versiegte, bis nur noch Tropfen aus den Hähnen sickerten. Das Entsetzen kroch in die Straßen der Slums, von hier aus und von den anderen Zapfstellen der Zone, an denen das Gleiche geschah: Das Wasser, das die Menschen versorgte, war abgestellt worden.

*

Schoop stand auf der kleinen Dachterrasse oberhalb der Kanzlei und starrte hinaus in die Nacht. Er war bedrückt. Stimmen wehten über die Grenzmauer zu ihm herüber, aufgeregte Rufe, das Klirren von Glas, dazu der Geruch von verbranntem Holz und geschmolzenem Plastik, ein paar der Baracken brannten.

Wie lange würde es dauern, bis die Situation auf der anderen Seite der Zonengrenze eskalierte? Würde die Zeit reichen für den Plan des Fremden, der am Abend bei ihm in der Kanzlei gewesen war?

Konnte er ihm trauen?

Eine Stichflamme schoss in den Himmel, eine weitere Hütte ging in Flammen auf.
Schon den ganzen Abend machte sich Schoop Vorwürfe, nicht genug über die Klage und ihre Folgen nachgedacht zu haben. Ihm hätte klar sein müssen, dass der europäische Präsident einen solchen Angriff nicht ruhig hinnehmen würde. Er hatte schon einmal erlebt, wozu der Präsident fähig war, wenn man ihm zu nahe kam. Seine Rache war gnadenlos gewesen, seine Mandantin hatte ihr Aufbegehren mit dem Leben bezahlt.
Wie viele Menschen würden sterben, weil er es gewagt hatte, den Präsidenten anzugreifen?
Würde sich etwas ändern, wenn er die Klage zurückzog?
Der Fremde hatte behauptet, dass der Präsident seinen Befehl nicht zurücknehmen würde, sein Wunsch nach Vergeltung war größer als sein Wille zur Vernunft.
Erschöpft rieb sich Schoop über die Augen.
Er konnte nichts tun. Nichts außer abwarten.

36

Es wurde früh hell am nächsten Morgen, doch es dauerte, bis das Sonnenlicht direkt durch das offen stehende Fenster in die Halle fiel. Die Strahlen tasteten sich weiter, bis sie das Schlaflager in der Ecke des Ateliers erreicht hatten. Geblendet drehte sich David zur Seite und zog die Decke über seinen Kopf. Er wollte nicht, dass diese Nacht zu Ende ging.

Ein Geräusch weckte ihn endgültig: Das Tor quietschte, jemand war hereingekommen. David spürte, wie sich Alex neben ihm aufrappelte. Ihre Stimme klang überrascht: »Ben! Was machst du denn hier?«

David lugte unter der Bettdecke hervor: Ben stand in der Tür, er blickte verblüfft auf das Schlaflager, in dem sie die Nacht verbracht hatten.

Alex lächelte. »Mensch, Ben, ist das schön, dich zu sehen! Wie geht es dir?« Sie freute sich wirklich, offensichtlich ging es ihrem Freund schon sehr viel besser.

Ben erwiderte ihr Lächeln nicht. »Entschuldigung. Ich wollte nicht stören.« Hastig wandte er sich dem Ausgang zu.

»Ben, warte.« Alex sprang auf, sie schnappte sich ihre Decke und schlang sie um ihren Körper. So wie David war sie nackt. »Bleib stehen!«

Ben ging weiter, ohne sich umzudrehen. »Ich bin draußen. Sagt Bescheid, wenn ihr fertig seid.« Er verließ die Halle. Krachend fiel hinter ihm das Tor ins Schloss.

»Scheiße.« Alex kam zurück zum Schlaflager und setzte sich auf die Armlehne eines der Sofas.

David sah zu ihr auf. »Ist er dein Freund?«

»Nein. Und ja. Aber zwischen uns läuft nichts.«

»Vielleicht ist das ja sein Problem.«

Alex grinste schief, der Gedanke war ihr fern. »Wir kennen uns, seit wir Kinder sind.«

David stand vom Lager auf und trat hinter sie. »Tut mir leid, ich wollte dir keine Probleme machen.« Er küsste behutsam ihren Nacken.

Sie wich ihm aus. »Das mit uns beiden heute Nacht, das war sehr schön. Aber es bedeutet nichts, okay?«

David nickte stumm.

Schweigend zogen sie sich an.

Wenig später verließen sie die Halle und traten hinaus auf den winzigen Innenhof zwischen dem Vorder- und dem Hinterhaus. Ein mit Brettern vernageltes Gittertor versperrte den Durchgang zur Straße. Ben saß in der Sonne, er hatte Geschirr und Vorräte herausgebracht, auf einem kleinen Gaskocher brodelte Wasser, gerade schaufelte er Instant-Mate in drei Blechbecher. Er lächelte, als er sie sah, so, als wäre nichts passiert. »Ich hab uns Frühstück gemacht.« David und Alex stiegen auf seinen Tonfall ein, und nach einer Weile war es fast so, als hätte es die Begegnung eine halbe Stunde zuvor nicht gegeben. Nur wenn Ben sich unbeobachtet fühlte, bemerkte David, dass er Alex heimlich ansah, und er wirkte bedrückt in diesen Augenblicken.

»Jetzt erzähl schon, wie ist draußen die Lage?« Alex stellte ihren Becher ab, während sie Ben fragend anschaute.

»Die Menschen in den Vierteln beginnen damit, Grenzen zu errichten«, antwortete Ben. »Am Rathenauplatz

haben sie Barrikaden aufgebaut. In der Südstadt, heißt es, verteilen sie an die Bürgerwehr Waffen.«
Alex grinste verbissen. »Ist doch klar. Wenn die Läden und die Versorgungsstellen ausgeplündert sind, sind als Nächstes die Gemeinschaftsgärten dran. Und dann die Vorräte in den Hütten. Noch ein paar Tage, und hier herrscht Krieg.«
»Und was heißt das für uns?«, fragte David.
Ben warf ihm einen abschätzigen Blick zu. »Dass die kuscheligen Zeiten vorbei sind.«
»Lass ihn in Ruhe, Ben.« Alex legte ihre Hand auf Bens Arm. »Überlegen wir lieber, was wir tun können.«
Ben war erstaunt. »Das fragst du noch? Du musst weg hier, ist doch klar.«
»Find ich nicht.«
»Sie suchen dich überall! Sie haben dich zur Fahndung ausgeschrieben.«
»Aber ich kann doch nicht einfach abhauen!«
»Was haben wir davon, wenn sie dich wieder festnehmen?« Eindringlich sah Ben sie an. »Alex, du darfst nicht hierbleiben!«
»Ich finde, Ben hat recht«, mischte David sich ein.
Sie funkelte ihn ärgerlich an. »Halt dich da raus!«
»Nein, das tu ich nicht.« David war wütend darüber, wie sie ihn behandelte. »Ich bin nicht hierhergekommen, um zuzusehen, wie du wieder ins Gefängnis gehst. Niemand hat etwas davon, wenn du als Heldin stirbst. Schon gar nicht deine Schwester.«
Sie biss sich auf die Lippen. »Und wohin soll ich gehen?«
Einen Moment war es still im Hof.
Ben sah auf. »Es gibt einen Ort, an dem dich der Staatsschutz nicht suchen wird.« Er stockte kurz, bevor er weitersprach. »Die Zone 5.«

Erschrocken sah Alex auf. »Dort draußen herrschen die Exterritorialen! Wenn die mitkriegen, dass ich von einer Zoneninsel komme, bringen die mich um.«

»Es heißt, es gibt im Süden nicht weit von hier eine Enklave, die sicher ist. Mit Menschen, die gemeinsam leben und arbeiten und die sich gegenseitig beschützen.«

»Vergiss es. Das ist ein Kindermärchen.«

Statt einer Antwort griff Ben in seine Tasche und holte eine Karte hervor, die er ihr reichte.

»Was ist das?«

»Ein Plan der Grenzanlagen im Süden der Stadt. Ich habe ihren Transponder gehackt, über den sie ihre Patrouillen mit Informationen versorgen.« Ben wies auf eine Reihe von roten Markierungen zwischen den beiden Linien, die die Grenzzäune symbolisierten. »Das sind die Positionen der Minen, und das hier sind die Scanner und die Selbstschussanlagen. Die Scanner brauchst du nicht zu beachten, alles andere ist scharf.«

Alex ließ das Blatt sinken. »Ich weiß nicht, Ben. Findest du, dass das eine gute Idee ist?«

»Es gibt keine bessere. Oder ist euch was eingefallen?«

Alex schüttelte stumm den Kopf, auch David verneinte die Frage.

Ben fingerte einen Magnetschlüssel aus seiner Hosentasche. »Hier, du nimmst meine Maschine.«

»Du willst mir dein Bike geben?« Alex war verblüfft. »Kein Fake?«

Er warf ihr den Schlüssel zu. »Wenn du noch mal fragst, überleg ich's mir.« Ben grinste schief.

Alex war ehrlich beeindruckt. Schweigend sah sie zu, wie Ben zu einer Garagentür ging und ein schweres Magnetschloss öffnete. Ratternd glitt das Tor zurück. Er verschwand im Inneren und schob nach einer Weile mit

Davids Hilfe eine schwarz verkleidete Maschine auf den Hof. Es war ein Youngtimer aus den 20er Jahren, ein Airstreamer mit gekapselten Rädern und einem verschalten Motor, auf dessen Korpus der Fahrer mehr lag als saß.

Ehrfürchtig ging Alex um das Motorrad herum. Sie strich mit ihren Fingerspitzen über die Verkleidung.

»Kannst du so was fahren?« David betrachtete die Maschine skeptisch.

Alex warf ihm einen vorwurfsvollen Blick zu, allein schon die Frage war in ihren Augen ein Affront. Sie schob den Magnetschlüssel in ihre Hosentasche, schwang ein Bein über die Liegeschale und drückte den Startknopf. Mit einem sonoren Blubbern erwachte der Sechszylinder zum Leben. Behutsam betätigte Alex den Gashebel, die Maschine glitt ein Stück voran.

Ben beobachtete sie angespannt. »Ich hab das Navi schon programmiert, es sucht dir einen Weg durch die Zone, auf dem du den Scannern ausweichst.« Er lächelte bitter. »Ich hätte dich selbst gefahren, wenn ich gekonnt hätte.« Ben griff an seine Seite, wo ihn die Kugel getroffen hatte.

Alex stellte den Motor ab und zog die Maschine auf den Ständer. »Danke, Ben. Danke für alles.«

David sah auf, er hatte eine Entscheidung gefällt. »Ich komme mit.«

Alex war überrascht. »Warum?«

»Zurück kann ich nicht. Und hier kenne ich niemanden. Außerdem ist es zu zweit da draußen sicherer. Bitte diskutiere nicht mit mir.«

Alex sah ihn stumm an, dann suchte sie Bens Blick. Ben nickte.

Wenig später hatten sich Alex und David umgezogen, die Einteiler, die Ben ihnen gegeben hatte, waren zu groß

und schlackerten unförmig an ihren Körpern. Doch die Tech-Fasern der Schutzkleidung waren mutabel, die Anzüge würden in ein paar Minuten wie angegossen passen. Alex verstaute die wenigen Sachen, die sie mitnehmen würden, in den Kofferboxen, zwei schmale Fächer, die sie aus der Verkleidung des Motorrads klappte.
Ben griff in seine Jackentasche und holte ein Armband hervor, es bestand aus einer Reihe bunter Metallkugeln. »Nimm das mit.«
»Ein Oshua.« Alex grinste. »Mit oder ohne Sender?«
Ben wies auf die größte der Kugeln. »Vergiss das bitte nicht: Wenn man das Armband abreißt oder zerschneidet oder wenn du den Verschluss öffnest, dann übermittelt es mir deinen Standort. Dann weiß ich, dass du Hilfe brauchst.«
Alex biss sich auf ihre Lippen, als Ben ihr das Armband anlegte. Sie zog ihn an sich. »Es tut mir leid.« Sie flüsterte es ihm ins Ohr. »Egal, was passiert: Du bist und bleibst mein bester Freund.« Sie umarmte ihn und gab ihm einen langen Kuss.
David wandte sich ab, er wollte nicht zusehen. Er verspürte Eifersucht und hatte zugleich das Gefühl, zu stören.
Nach einer Weile machte Ben sich los. Er sah David an. »Pass auf, dass sie keine Beule in meine Maschine fährt.« Eilig wandte er sich ab, bevor David oder Alex antworten konnte, und verschwand, ohne sich umzudrehen, in der Halle.
Schweigend schoben sie die Maschine durch die Einfahrt auf die Straße. Alex stülpte die flexible Helmschale aus dem Kragen ihres Anzugs und zog sie sich über ihren Kopf. David machte es ihr nach, dann legte er die Schutzbrille an, die Alex ihm reichte. Sie stiegen auf das Motor-

rad, der Korpus des Bikes vibrierte, als Alex den Startknopf drückte.
»Fertig?« Alex sah sich zu David um. Ihre Stimme wurde durch die Schallmembran in der Helmschale verstärkt.
David nickte und umfasste ihre Taille.
Alex drehte den Gashebel, das Motorrad schoss voran. In einer Staubwolke fuhren sie davon.

*

»Was ist bei Ihnen los?« Syd Mohan Chandran, Chef der Medical Ind Corporation, war erbost. »Ich habe Sie nach Köln geschickt, damit Sie für Ruhe sorgen. Stattdessen bricht jetzt tatsächlich unser Aktienkurs ein. Stimmt es, dass Katastrophenalarm ausgelöst wurde?«
»Ja.« Ferris ließ sich nicht anmerken, was in ihm vorging. »Die Lage droht außer Kontrolle zu geraten.«
»Was macht Laftmann?«
Ferris' Körper flackerte kurz, verschwand und baute sich wieder auf, die Übertragung aus Köln war gestört. »Der Präsident bleibt hart. Die Grenzen sind weiterhin geschlossen. Weder gibt es Wasser, noch dürfen Nahrungsmittel ausgegeben werden. Den Soldaten ist es verboten, in die vierte Zone einzurücken, um die Lage zu befrieden. Stattdessen hat er seinen Grenztruppen den Schießbefehl erteilt. Es wird ein Blutbad geben, wenn die hungernden und verdurstenden Menschen versuchen sollten, über die Grenzmauer zu gelangen.«
Chandran schwieg, während er nachdachte. Er hatte nicht erwartet, dass Laftmann so weit gehen würde. Er hatte den Präsidenten unterschätzt, und das ärgerte ihn. »Was sollen wir Ihrer Meinung nach tun?«

»Wir müssen eingreifen, und zwar schnell. Wenn unser Aktienkurs weiter sinkt, steigt die Gefahr einer feindlichen Übernahme. Ich schätze das Risiko für die MIC höher ein als jenes, sich gegen die Anweisungen des Präsidenten zu stellen.«
»Und das heißt?«
»Wir räumen die erste und die zweite Zone. Wenn wir dort nur einen einzigen Toten verzeichnen, ist der Imageschaden für uns immens. Danach schicken wir unsere Truppen in die vierte Zone und nehmen sie ein.«
»Sie wollen tatsächlich gegen die Soldaten des Staatsschutzes kämpfen?« Chandran war verblüfft.
»Ich denke nicht, dass es zu einer Auseinandersetzung kommt. Die Grenztruppen sind es gewohnt, die Grenzen gegen die Bewohner der vierten Zone zu sichern. Einen Einmarsch von der anderen Seite erwarten sie nicht. Außerdem«, Ferris lächelte schmal, »hat die *Global Defence Company* die Waffen an die Truppen des ESS geliefert. Sie wissen, die *Global Defence* gehört zu unseren engsten Geschäftspartnern.« Er tippte auf seine Brusttasche. »Wir haben den Funkcode, mit dem wir ihre Waffensysteme blockieren können.«
Chandran musterte seinen Assistenten nachdenklich. Ferris war kühl und berechnend, und genau das gefiel ihm. Der Plan war nicht ohne Risiko, doch gerade das machte seinen Reiz aus.
Und in dieser Sekunde begriff Chandran, was ihm seinerzeit an Ferris aufgefallen war: Ferris war wie er selbst – nüchtern, analytisch, mutig, unverfroren und ohne Skrupel, wenn es nötig war. Es war, als sähe er sich selbst am Anfang seiner Karriere. Er musste lächeln bei dem Gedanken.
»Gut, Ferris, ziehen Sie das durch.«

»Um jeden Preis?«
»Natürlich. Müssen Sie mich das fragen?«
»Natürlich nicht.«

*

Der Chefassistent der MIC war erschöpft, als er das Gespräch mit Chandran beendet hatte. Es war ihm schwergefallen, die Fassade des kühlen Analytikers aufrecht zu halten. Was in Köln geschah, ging ihm nahe.
So wie Chandran hatte auch er den Präsidenten unterschätzt. Er war davon überzeugt gewesen, dass er mehr Zeit hätte, die Stadt unter seine Kontrolle zu bekommen. Er hatte fest daran geglaubt, verhindern zu können, dass die Situation eskaliert. Er hatte sich geirrt.
Jetzt blieb ihm nur noch die Flucht nach vorne. Ferris loggte sich in das System ein, um die Daten zu checken, die die Überwachungssysteme der Stadt einspielten. Und genau in dieser Sekunde, in der er darauf wartete, dass sich die Datenprojektionen auf seiner Netzhaut öffneten, wurde ihm klar: Dies hier war eine Zäsur, eine Grenze, an der er sich entscheiden musste. Überschritt er sie, galten andere Regeln. Auf der anderen Seite gab es keine Tabus.
Doch rechtfertigte das Ziel tatsächlich die Mittel? War dies wirklich seine einzige Chance – das Spiel nach den Regeln seiner Gegner zu bestreiten?
Ein letztes Mal zögerte Ferris bei dem Gedanken.
Er wusste, was Chandran sagen würde: Wer zurückwich, hatte verloren. Es war ganz einfach, wenn man es einmal begriffen hatte: Der Stärkere siegt. Und stark ist, wer keine Rücksicht nimmt: nicht auf Moral, nicht auf Gesetze, nicht auf sich selbst.

Er wollte diese Schlacht gewinnen.
Konzentriert machte sich Ferris an die Arbeit.
Sein Tagger vibrierte, das Signal wurde an die Basisstation weitergeleitet, Momente später projizierte der an der Wand installierte VI-Projektor das Abbild von Huskin in den Raum. Ferris zögerte, doch dann straffte er seinen Körper und nahm den Call an. Er hielt sich nicht mit einer Begrüßung auf: »Was gibt es Neues, Huskin?«
»Nichts. Die Situation ist unverändert.«
»Und deshalb stören Sie mich?«
Huskin ließ den Vorwurf an sich abprallen. »Es ist nicht meine Schuld, dass es nicht vorangeht, und das wissen Sie. Solange ich keine Drohne bekomme und auch nicht in die vierte Zone darf, bleibt mir nichts anderes übrig, als zu warten.«
»Das ist nicht befriedigend.«
»Sie zu befriedigen ist nicht meine Aufgabe.«
»Ihre Aufgabe ist es, die Gesuchten zu finden. Und Sie sind dabei zu scheitern, Huskin. Oder sind Sie anderer Meinung?« Ferris musterte den Südafrikaner kühl.
Huskin lud eine Liste aus seiner Cloud und spielte sie in ihr Gespräch ein. »Das sind alle Personen, mit denen Alexandra Maria Nolte in der Vergangenheit in Kontakt stand: ihre Familie, ihre Freunde, ein Arzt. Sie kann sich nicht alleine verstecken, sie braucht Hilfe. Schleusen Sie mich in die vierte Zone ein und geben Sie mir ein paar Soldaten Ihrer Private Task Force mit. Ich werde sie finden.«
Ferris hatte die Liste durchgescrollt. »Glauben Sie mir, Huskin, wenn ich die Möglichkeit hätte, Sie über die Zonengrenze zu bekommen, hätte ich es längst getan.«
»Was ist mit Ihrem Mini-Helis?«
Ferris stutzte. Deshalb also hatte sich Huskin gemeldet.

»Der ESS hat eine Flugverbotszone über der Stadt eingerichtet.«
»Glauben Sie wirklich, dass in dem Chaos, das zurzeit auf der anderen Seite herrscht, sich irgendjemand für einen Hubschrauber interessiert? Bevor die mich bemerken, bin ich schon drüben.«
Ferris schwieg, er dachte nach.
Huskin sah es mit Ungeduld. »Wollen Sie ewig darauf warten, Ferris, dass sich der ESS herablässt, uns zu unterstützen? Wir holen uns die Frau. Egal, was die Idioten vom Staatsschutz sagen.«
Chandrans Assistent betrachtete ihn nachdenklich. »Halten Sie sich bereit, Huskin. Ich melde mich.«
Ferris unterbrach die Verbindung.

*

David saß hinter Alex auf dem Motorrad, er hatte sich aufgerichtet und die Schutzbrille abgenommen, geschockt von dem, was er sah. Langsam fuhren sie durch die in der Nacht verwüsteten Straßen. Die Spuren der Proteste und Ausschreitungen fanden sich überall. Scherben und Trümmer, die auf dem Asphalt lagen, zeugten von den Plünderungen, rußgeschwärzte Fassaden und qualmende Baracken markierten die Orte, an denen es nur mit Mühe gelungen war, die ausgebrochenen Feuer zu löschen. Einzelne Straßenzüge sahen wie nach einem Bürgerkrieg aus.
Doch schlimmer als der Anblick der zerstörten Häuser und Baracken war der Anblick der Menschen. Viele Bewohner der vierten Zone hatten ihre Vorräte aufgebraucht und waren nun in der Stadt unterwegs, in der Hoffnung, etwas Wasser und Nahrung für sich oder ihre

Familie zu organisieren. Immer wieder streckten sich David und Alex bittende Hände entgegen, nicht nur die der Kinder, die sie mit großen Augen anblickten. Auch Erwachsene bettelten um etwas zu trinken.
David betrachtete das Szenario bedrückt. Er war sich sicher, dass die Kämpfe in der folgenden Nacht wieder aufflackern würden, schlimmer als zuvor: Jeder Tag ohne Wasser und Nahrung erhöhte den Druck auf die Eingeschlossenen. Es war nur noch eine Frage der Zeit, bis die Situation eskalierte.
Sie fuhren weiter gen Süden, der Zonengrenze entgegen. Als sie sich dem Rhein näherten, wandelte sich für eine kurze Zeit das Bild der Stadt. Die Häuser wurden größer, es gab Bäume, Gärten, verschwenderische Rasenflächen. Hohe Zäune schützten die Grundstücke, davor patrouillierten bewaffnete Wachen, jederzeit bereit zu schießen, sollten die Slumbewohner versuchen, in das Innere der Gated Community zu gelangen. Weder Alex noch David hatten gewusst, dass hier inmitten der Zone 4 eine Enklave der Oberschicht existierte.
Nach einer Weile erreichten sie die Südautobahn. Nach dem Einsturz der Rheinbrücke war die Straße vor Jahren schon aufgegeben worden, die Regionalregierung hielt nur die Hauptstrecken zwischen den verschiedenen Zoneninseln instand. Dort, wo früher Autos und Lastwagen fuhren, standen nun einfache Hütten, zusammengezimmert aus Holz und Plastikabfall. Der Gestank war unerträglich, es gab keine Kanalisation.
So wie David war auch Alex noch nie hier gewesen, aus gutem Grund: Die Gegend jenseits der alten Autobahntrasse war seit dem verheerenden Brand der Ölraffinerie vor mehr als zwei Jahrzehnten verseucht, wer konnte, mied das Areal. Die Menschen siedelten trotzdem hier:

Es waren vor allem Neuankömmlinge, die sich auf den einst geräumten Flächen niederließen und Baracken bauten, entweder weil sie keine andere Wahl hatten oder weil sie von der Umweltkatastrophe nichts wussten. Alex sah kleine Gärten zwischen den Hütten, die Bewohner versuchten, dem staubigen Boden etwas Gemüse abzuringen. Dass ihre kontaminierte Ernte als Sondermüll hätte entsorgt werden müssen, ahnte keiner von ihnen, und es sagte ihnen auch niemand etwas, schon gar nicht die Verantwortlichen der *Global Oil,* die die wieder aufgebaute Raffinerie weiter betrieben. Die Kindersterblichkeit in der Gegend war groß.

Die Menschen, an denen sie, in eine Staubwolke eingehüllt, vorbeifuhren, sahen ihnen stumm nach.

In Godorf endeten schlagartig die Slums, eine trostlose Steppe breitete sich hinter der letzten Baracke aus. Ein Zaun aus Maschendraht, an dem verrostete Warnschilder befestigt waren, begrenzte das verdorrte Grasland, messerscharf geschliffene Stacheln krönten die Absperrung. Von Bäumen befreit, markierte die Brache dahinter den Todesstreifen, eine bedrohliche Leere, die die gesamte Stadt umgab. In größeren Abständen, so, als hätte das Ödland Beulen bekommen, ragten niedrige Kuppeln aus der Erde, der rostfarbene Anstrich gab den Erhebungen das Aussehen von kurz vor dem Platzen stehenden Geschwüren.

Sie stoppten das Motorrad direkt am Rand des Grenzgebiets. Alex holte die Karte hervor, die sie von Ben erhalten hatte, und verglich sie mit der Umgebung. »Das hier ist der erste Grenzzaun. Der zweite ist dort hinten.« Sie wies über die Steppe Richtung Süden. In der flirrenden Mittagshitze war undeutlich ein weiterer Zaun zu sehen, vielleicht 500 Meter entfernt, es war schwer zu schätzen.

»Und was ist das da?« David hatte eine der Metallkuppen im verdorrten Gras entdeckt.
Alex blickte auf den Plan. »Unterirdische Silos, bestückt mit Flugabwehrraketen.«
»Zum Schutz der Grenze?«
»Nein. Soweit ich weiß, sollen sie die Raffinerie gegen Angriffe verteidigen. Das stammt noch aus der Zeit des Zweiten Energiekriegs.«
David erinnerte sich aus den Erzählungen seiner Eltern an die Kriege in den 30er Jahren, er war zu klein gewesen, um eigene Erinnerungen zu haben. »Okay, lass uns rübergehen. Bist du so weit?«
Sie schüttelte den Kopf.
»Ich auch nicht.« Er holte den Seitenschneider, den er aus dem Versteck mitgenommen hatte, aus seiner Jackentasche hervor.
Alex hielt ihn zurück. »Warte. Bist du dir sicher?«
»Ja.«
»Ich nicht. Ich glaub, es ist falsch, was wir vorhaben.«
»Aber wir haben keine Wahl.«
»Was ist mit den Menschen, die hierbleiben müssen?«
David war bedrückt wie sie. »Wir können ihnen nicht helfen. Aber ich weiß, dass ich dir helfen kann. Und das werde ich jetzt tun.« Ohne ihre Antwort abzuwarten, setzte er den Seitenschneider an, um den ersten Draht zu durchtrennen.

37

Das System schlug Alarm, als Huskin gerade damit fertig war, den Signalgeber des Mini-Helis umzuprogrammieren. Er hatte ein doppelläufiges MG an die Seitenwand der Kabine montiert, es war einfach gewesen, die Anschlüsse waren genormt, das Helikopter-Modell wurde auch von den Streitkräften genutzt.
Eilig rannte Huskin zurück in sein Apartment, um die Meldung zu überprüfen.
Die Scanner hatten einen Grenzübertritt im Süden der vierten Zone erfasst, der Grenzbrecher war identifiziert: David Bachmann. Es lief eine 1B-Überwachung gegen ihn. Ein kurzer ID-Check zeigte, dass Bachmann der Rechtsanwalt der flüchtigen Alexandra Nolte war.
Huskin zog sich einen Stuhl heran, während er seine Netz-Identität wechselte und auf den Server des ESS zugriff, um die Überwachungskameras entlang des betreffenden Grenzstreifens zu aktivieren. Wenig später empfing der VI-Projektor die Signale und wandelte sie zu einem Bild, es war zweidimensional, die Kameras an der Außengrenze der Stadt waren alt. Huskin war froh, dass sie überhaupt noch funktionierten. Eine staubige Steppe erschien auf der Projektionsfläche, darin zwei Gestalten, sie hatten ein Loch in den Zaun geschnitten und schoben ein Motorrad durch das hohe Gras.
Mit einem Augenaufschlag stellte Huskin eine Verbin-

dung zu Ferris her. Es dauerte fünf lange Sekunden, bis der Chefassistent der MIC den Call annahm und sich sein Abbild auf dem Projektionsfeld materialisierte.
»Wir haben sie!« Huskin hatte Mühe, den Stolz in seiner Stimme zu verbergen.
»Wen?«
»Die Frau, die Sie suchen. Alexandra Maria Nolte. Sie flieht gerade über die Grenze in die fünfte Zone, zusammen mit ihrem Rechtsanwalt.«
»Und was sollen wir dagegen tun?«
Huskin lachte. »Wir halten sie auf, was sonst? Ich nehme mir Ihren Mini-Heli und hole sie mir.«
»Es tut mir leid, der ESS hat den Flug verboten.«
»Natürlich. Das habe ich erwartet.«
»Wir können leider nichts machen.«
»Was ist los mit Ihnen, Ferris?« Huskin musterte ihn verächtlich. »Sie wollen die Frau entkommen lassen, nur weil Ihnen eine Überfluggenehmigung fehlt? Das ist nicht Ihr Ernst!«
»Es könnte politische Verwerfungen geben.«
»Die gibt es, wenn der europäische Präsident erfährt, dass wir die Frau haben entkommen lassen.«
Ferris schwieg nachdenklich.
Huskin sah auf die Projektion: Die beiden Gestallten näherten sich dem zweiten Grenzzaun.
Entschlossen stand er auf. »Ich starte jetzt den Hubschrauber. Ich werde Ihnen die Frau bringen. Was soll mich aufhalten?«
»Es ist Ihre Entscheidung.« Das Bild von Ferris erlosch.

*

Alex hörte den Hubschrauber, als David gerade dabei war, das Loch in den zweiten Grenzzaun zu schneiden. Sie waren ohne Zwischenfall auf die andere Seite des Todesstreifens gekommen, mit Hilfe der Karte war es einfach gewesen, die Minen zu umgehen.
Auch David hatte den Hubschrauber bemerkt.
»Los, mach schneller.«
David biss die Zähne zusammen und durchtrennte Draht für Draht. Mit jedem Schnitt wurde der Seitenschneider stumpfer. Endlich, der Hubschrauber hatte sie fast erreicht, war das Loch groß genug. David riss die Maschen zur Seite, er ließ Alex voranklettern und kroch ebenfalls durch die Öffnung. Der Helikopter donnerte über sie hinweg.
»Dort rüber, schnell!« Alex wies auf eine kleine Baumgruppe am Rand der Steppe, es war ein bescheidenes Versteck, doch es gab in direkter Nähe nichts, wo sie sich sonst verbergen konnten. Der Hubschrauber wendete, während sie auf die Bäume zurannten. Eine Maschinengewehrsalve fegte dicht über ihnen vorbei, der Mini-Heli schien Feuer zu spucken. Sirrend schlugen die Kugeln vor ihnen ein, Steine zerplatzten, Staub wirbelte auf. Alex warf sich zur Seite, auch David suchte Deckung. Der Hubschrauber raste über sie hinweg. Ohne nachzudenken, rappelten sie sich auf und hetzten zurück, bis sie erneut von einer Salve gestoppt wurden und sich zu Boden warfen. Es war sinnlos: Sie hatten keine Chance, ihrem Verfolger zu entkommen. Langsam stand Alex auf und hob ihre Hände, auch David gab mit seinen erhobenen Armen das Zeichen, dass sie sich ergeben würden.
Der Hubschrauber näherte sich langsam, die Bordkanone auf sie gerichtet. Die Waffe blieb stumm. Staub-

schwaden, vom Rotor aufgewirbelt, peitschten über die Steppe. Alex und David kniffen die Augen zusammen. Sie sahen nicht, dass sich eine der rostbraunen Kuppeln in der Steppe langsam öffnete.

*

Zufrieden blickte Huskin auf die beiden Gestalten, die mit erhobenen Armen und geschlossenen Augen im Staubsturm standen. Er war fast ein wenig enttäuscht gewesen, dass sie so schnell aufgegeben hatten, er liebte die Jagd, und Menschen zu treiben war weitaus spannender als die Tiere in den Reservaten, in denen er von Zeit zu Zeit einen Abschuss buchte.

Er beugte sich über das Mikrofon. »Gehen Sie zurück zum Grenzzaun. Lassen Sie die Hände oben.« Er musste lächeln, als er sah, wie die beiden seiner Aufforderung folgten. Es war ein gutes Gefühl, am Ziel zu sein.

Plötzlich ertönte ein Warnsignal, die Systemstimme verkündete, dass der Helikopter angegriffen wurde. Huskin checkte die Anzeige. Verblüfft begriff er, dass der Peilstrahl eines Waffensystems den Hubschrauber erfasst hatte. Doch wo waren die Exterritorialen, die ihn bedrohten? Nirgendwo entdeckte er einen Feind, eine Waffe, eine Gefahr. Huskin brauchte einen Moment, bis er begriff, dass der Peilstrahl nicht aus der Wildnis der fünften Zone kam, sondern aus dem Grenzstreifen selbst: Eine der Kuppeln im Steppengras stand offen, eine Peilantenne war ausgefahren und auf den Hubschrauber gerichtet.

Stoisch wiederholte die Systemstimme ihre Warnung.

Erleichtert lehnte Huskin sich zurück. Er wusste, dass die Flugabwehrraketen vom gleichen System wie der

Helikopter gesteuert wurden, die Programme glichen sich untereinander ab, um *friendly fire* zu vermeiden. Um sicherzugehen, sendete er noch einmal den Ident-Code des Mini-Helis aus.
Die Peilantenne zitterte kurz, dann stand sie still. Momente später war ein dumpfes Wummern zu hören, eine Rauchwolke wälzte sich aus der Öffnung. Entsetzt sah Huskin, dass sich die Spitze einer Rakete aus dem Qualm hob, erst langsam, dann immer schneller, es war eine Lenkwaffe, sie schoss aus dem Silo, neigte sich und jagte, von einem Feuerschweif angetrieben, direkt auf den Hubschrauber zu. Verzweifelt versuchte Huskin, den Mini-Heli hochzuziehen, doch es war vergeblich: Die Rakete traf die Kanzel und durchschlug die Plexiglaskuppel.
Ein letztes Mal prüfte der Computer der Lenkwaffe die Kennung des Ziels. Dann detonierte der Helikopter in einem Feuerball.

*

Alex hatte das Dröhnen gehört, als die Flugabwehrrakete zündete. Doch erst als über ihnen der Motor des Hubschraubers aufheulte und der Helikopter abzudrehen versuchte, öffnete sie die Augen.
»Weg hier!« David hatte die Gefahr zuerst bemerkt, er packte Alex und riss sie mit sich. Gemeinsam stolperten sie voran, blind im Staubsturm, taub vom Brüllen des Motors über ihnen. Die Triebwerke des Hubschraubers jaulten, der Helikopter taumelte vorwärts, nahm Fahrt auf, verfolgt von der Rakete, die ihm pfeilgerade nachschoss und die Kuppel über dem Pilotensitz durchschlug.

Alex hatte sich umgedreht und starrte fasziniert auf den ungleichen Kampf. Es dauerte endlos, so kam es ihr vor, dass nach dem Einschlag der Rakete etwas geschah: Ein Lichtblitz flammte auf, er füllte das Cockpit für den Bruchteil einer Sekunde, bis die Außenhaut der Kanzel zerplatzte und der Hubschrauber in einer Wolke aus Feuer und Qualm explodierte.
David riss Alex mit sich. Er sah nicht das Metallteil, das, von der Explosion fortgeschleudert, direkt auf ihn zuschoss. Er spürte nur den Aufprall, ein kurzer heftiger Schmerz oberhalb seiner Schläfe. Dann wurde ihm schwarz vor den Augen.

38

Die folgende Nacht war die schlimmste, die die Stadt bisher erlebt hatte. die Situation in der vierten Zone spitzte sich weiter zu. Die Proteste und Straßenschlachten flackerten wieder auf, die wenigen bislang verschont gebliebenen Versorgungsstellen wurden geplündert, dazu auch private Geschäfte, viele Garküchen, die meisten Veedelsgärten. Am Volksgarten starben zwei Jugendliche, als sie von den Wachen niedergeschossen wurden, sie hatten seit einem Tag nichts mehr getrunken und wollten Äpfel stehlen.

Anders als zuvor, verebbten die Plünderungen nicht mit dem Anbruch des nächsten Tages, der Hunger und vor allem der Durst brachte die Bewohner der abgeriegelten Zone dazu, sich gegenseitig zu bekämpfen. Wer konnte, verrammelte sich in seiner Wohnung oder Baracke und versuchte seine Vorräte zu verteidigen. Banden fielen in die Stadtviertel ein, sie leerten die verbliebenen Volksgärten und Lager, ganze Slums wurden umstellt und ausgeplündert. Auf den Straßen herrschte Anarchie.

*

Im Gästehaus der MIC blickte ein Mann konzentriert auf die Projektionsfläche seines Terminals. Er war müde, er hatte die Nacht durchgearbeitet, um alle Informatio-

nen und Dokumente, die ihm zur Verfügung standen, zu überprüfen. Gerade sah er den letzten Datensatz durch. Die Indizien waren eindeutig.
Huskin rieb sich die Augen und stand auf. Es war nur eine Intuition gewesen, den Mini-Heli nicht zu besteigen, sondern ihn stattdessen von seinem Terminal aus per Systemsignal zu steuern. Dass das Fluggerät von einer Abwehrrakete abgeschossen wurde, hatte seine schlimmsten Befürchtungen bestätigt.
Es gab nur einen, der wusste, dass er mit dem Hubschrauber in die vierte Zone hatte fliegen wollen, um die beiden Flüchtenden aufzuhalten. Einen, der die Zugangsberechtigung besaß, in das System einzugreifen und die Kennung des Mini-Helis als feindliches Flugobjekt in die Datenbank einzuspeisen: Marc Ferris, Assistent von Syd Mohan Chandran, dem Chef der MIC. Ferris war der Unbekannte, der dem Crasher und der aus dem Gefängnis geflohenen Frau geholfen hatte.
Der Verdacht war ungeheuerlich.
Huskin hatte mehr als 16 Stunden dafür aufgewendet, den Verdächtigen mit allen ihm zur Verfügung stehenden Mitteln zu durchleuchten. Auf den ersten Blick war Ferris' digitale Biografie perfekt gewesen, die gespeicherten Daten waren makellos. Alle Dokumente, die es von ihm oder über ihn gab, zeichneten das Bild eines talentierten Wissenschaftlers, der mit seinen wirtschaftstheoretischen Arbeiten die Aufmerksamkeit Chandrans geweckt hatte und seit seinem Wechsel zur MIC ein loyaler Mitarbeiter an der Seite des Konzernlenkers war. Doch als Huskin genauer hinsah, entdeckte er graue Punkte in Ferris' Lebenslauf. Bemerkenswert waren dabei weniger die Dinge, die er fand, als vielmehr jene, die fehlten. Hier war ein Gespräch abgeschnitten, dort

eine Aufzeichnung gelöscht. Manche Dokumente und Mitschnitte waren im Nachhinein verändert worden, ohne dass Huskin die ursprünglichen Daten rekonstruieren konnte. Er wusste aus eigener Erfahrung, wie tief man in das System eingreifen musste, um so etwas hinzubekommen.

Am stärksten waren die Manipulationen in den Aufzeichnungen aus Ferris' Zeit in São Paulo. Ganze Tage waren aus dem Lifestream entfernt worden, ebenso das Thema und die Ergebnisse seiner Forschung an der UST. Auch einige Vorlesungen, die Ferris in dem Jahr vor seinem Wechsel zur MIC gehalten hatte, waren komplett aus dem System getilgt, inklusive aller Querverweise in den Livestreams seiner Studenten. Nur im Online-Archiv eines Studentenmagazins fand er einen kurzen Hinweis auf die Veranstaltungen.

Erst am frühen Morgen war Huskin auf den einen Mosaikstein gestoßen, den Ferris und seine unbekannten Helfer übersehen hatten: die Begegnung mit Nerea Goulart, 28-jährige Absolventin der MIC-Akademie in Rio de Janeiro und Ferris' Bettgenossin nach seinem Vortrag in Paris vor ein paar Tagen. Die junge Frau war nach dem Abend mit Ferris abgetaucht, die Daten ihres Parisaufenthaltes waren komplett gelöscht. Doch sie hatte ein paar Wochen zuvor in ihrem Cloud-Tagebuch ihre Erinnerung an eine Vorlesung von Ferris in São Paulo notiert. Was sie schrieb, war eindeutig, es war der Beweis für Ferris' aufrührerische Gedanken. Allein dieses Dokument rechtfertigte, Chandrans Assistenten sofort von seinem Posten zu entfernen.

Aber wer sollte ihm den Auftrag dazu geben? Nur Chandran selbst könnte es tun. Und nur über Ferris kam man an den Chef der MIC heran.

Huskin setzte sich an das Terminal. Noch einmal sah er die gefundenen Dokumente durch. Er zögerte: Ging etwas schief oder irrte er sich gar, gab es niemanden, hinter dem er sich verstecken konnte. Wäre es nicht klüger, fragte er sich, die Sache auf sich beruhen zu lassen und zurück nach Schanghai zu fliegen? Es gab genug andere Konzerne, die sein Können und seine Arbeitskraft benötigten, er brauchte die Aufträge der MIC nicht. Vielleicht reichte es, die Informationen über Ferris ein paar Führungskräften der MIC zuzuspielen und danach alles zu vergessen.

Doch Huskin wollte nicht vergessen. Wut stieg in ihm auf, ein Gefühl, das er sich selten erlaubte: Ferris hatte ihn hintergangen und versucht, ihn zu töten. Noch niemals in seinem Leben hatte Huskin einen solchen Versuch ungestraft gelassen.

Er fuhr das Terminal herunter und ging zu seinem Koffer, den er im Eingang neben dem Apartment bereitgestellt hatte. Er wählte aus seinem Arsenal eine Halbautomatik mit Kompensator, es war eine präzise Waffe, leicht und zuverlässig. Er würde nur einen Schuss brauchen.

Huskin zwang sich zur Ruhe, bis sein Herz langsam und gleichmäßig schlug. Sorgfältig zog er die Ärmel seines Hemds zurecht und justierte den Sitz seiner Manschettenknöpfe. Er war bereit.

39

Das Erste, was David wahrnahm, war ein unbegreiflicher Duft, er drang zu ihm durch das Schwarz, das ihn umgab. Noch während er zu fassen versuchte, was er roch, lichtete sich die Dunkelheit ein wenig, das Schwarz wurde zu Grau. Dann tauchten Farben auf, ein wenig Rot, auch etwas Gelb, zumindest kam es ihm so vor. Er seufzte.

»David?«

Die Stimme drang nur undeutlich zu ihm.

»David, hörst du mich?«

Er brauchte eine ganze Weile, bis er sich daran erinnerte, dass es zu seinen Gedanken auch einen Körper gab. Er spürte, jemand hatte seine Hand gegriffen.

»David, wach auf! Ich bin es, Alex!«

Alex.

Die Erinnerung brach wie eine Sturzflut über ihn herein, er riss die Augen auf und fuhr hoch. »Alex, was ist passiert?«

»Ganz ruhig, alles ist in Ordnung. Du bist in Sicherheit.«

David schob Alex' Hand beiseite und setzte sich auf. Es war dunkel um ihn herum, nur ein paar Kerzen brannten. Der süßliche Geruch nach Bienenwachs füllte den Raum.

»Wo bin ich?« Er wusste die Antwort, noch während er die Frage stellte, er hatte im Licht der flackernden Kerzen die Sofas erkannt, die Skulptur in der Ecke, daneben den Küchentresen. Durch die Ritzen des geschwärzten Fensters drang Tageslicht in die Halle.

Er ließ sich zurück auf das Lager sinken. »Ich bin in eurem Versteck. Dort, wo wir aufgebrochen sind.«

»Sei froh, dass du hier bist und nicht draußen an der Grenze.« Alex kniete neben ihm und betrachtete ihn besorgt. »Ist dein Kopf noch dran?«

»Denke schon. Zumindest merke ich ihn deutlich.« Er rieb sich seine schmerzende Stirn. Seine Finger ertasteten einen Verband.

Alex reichte ihm ein Glas mit Wasser, er trank mit großen Schlucken. Erst jetzt merkte er, wie durstig er war. »Wie komme ich hierher?«

»Bedank dich bei Ben. Er ist gekommen und hat uns geholt.« Sie berichtete ihm, was geschehen war, dabei spielten ihre Finger mit dem Oshua. Sie hatte es geöffnet, als sie Hilfe brauchte. »Wir sind zu dritt auf dem Motorrad gefahren. Frag mich nicht, wie das geklappt hat. Ben hat dich irgendwie festgehalten.«

Das Tor quietschte, Ben betrat die Halle. Er grinste erleichtert, als er sah, dass David wach war. »Wusste ich's doch. Unkraut vergeht nicht.« Er sah Alex an. »Hat er dich erkannt?«

Alex nickte. »Er ist okay. Zumindest spricht er in ganzen Sätzen.«

Ben hockte sich auf eines der Sofas und betrachtete David aufmerksam. »Das war ein ganz schön heftiger Schlag, wenn du bis jetzt bewusstlos warst.«

»Wieso? Wie lange war ich denn weg?«

»Einen ganzen Tag. Eure Flucht war gestern.«

»Ach du Scheiße.« David war überrascht, er wusste nicht, was er sagen sollte. »Ich kann mich an nichts erinnern. Irgendetwas ist auf mich zugekommen, und dann

bin ich hier aufgewacht.« Vorsichtig betastete er den Verband an seiner Stirn.
»Wenn du Glück hast, bleibt nicht mehr als eine Beule.« Ben reichte ihm eine Schachtel mit Tabletten. »Hier, mehr hab ich nicht gekriegt. Ist gegen die Schmerzen. Hilft phänomenal, nehm ich auch.«
Erst jetzt sah David, dass Bens T-Shirt blutverkrustet war, seine Wunde musste aufgebrochen sein, als sie David auf das Motorrad gewuchtet und hierhergebracht hatten.
»Danke, dass du mir geholfen hast. War nicht selbstverständlich.«
»Hätte ich dich liegen lassen sollen? Dann hätte ich es mir für ewig mit Alex verdorben.« Ben grinste schief und schaute zu Alex, die ihn bei seinen Worten vorwurfsvoll ansah. »Schon gut, war ein Scherz.« Er öffnete die Medikamentenpackung und drückte zwei Tabletten aus dem Blister, gab eine davon David, die andere schluckte er selbst.
Alex war zum Fenster gegangen und hatte es einen Spalt weit geöffnet. Die Luft roch nach Rauch, laute Rufe drangen zu ihnen herein. Alex war besorgt. »Jetzt sag schon, Ben, wie ist die Lage draußen?«
»Es wird immer schlimmer.« Bens Blick wurde ernst. »Wenn die Menschen nicht bald was zu essen bekommen und vor allem was zu trinken, ist endgültig die Hölle los.«
»Warum werden nicht die Vorräte aus den Lagerhallen verteilt?«, fragte David.
»Die Lager sind ausgeplündert. Ein paar Gangs haben das meiste an sich gerafft. Es gibt nichts mehr zu verteilen.«
»Aber das kann doch nicht sein!« Wütend knallte Alex das Fenster zu. »Hier leben fast zwei Millionen Men-

schen! Es muss doch noch irgendwo Vorräte geben.« Sie verstummte plötzlich, ihr war ein Gedanke gekommen. Ben musterte sie kritisch, er kannte diesen Gesichtsausdruck. »Alex, was hast du vor?«

Sie drehte sich um. Ihre Augen leuchteten. »Ich weiß, wo es was gibt.«

»Alex, mach keinen Scheiß!«

»Jetzt hör mir doch erst mal zu.« Aufgeregt berichtete sie Ben und David von dem Eingang zum Warenlager, den sie bei ihrer Fahrt durch das Tunnelsystem unter der Stadt entdeckt hatte. »Von dort aus wird die gesamte zweite Zone versorgt.«

»O Gott.« Entsetzt starrte Ben sie an. »Du willst doch nicht wieder die Grenze überqueren!«

»Willst du hier warten und verrecken?«

»Du bist verrückt! Und wie stellst du dir das vor?«

»Wir gehen rüber und holen uns das Zeug.«

Ben war zunehmend fassungslos. »Selbst wenn wir es über die Grenze und bis zu diesem Lager schaffen, ohne dass uns jemand bemerkt, wie willst du dort reinkommen?«

Alex grinste: »Ganz einfach: Wir sprengen es auf.«

*

Die Unterbrechung war nur kurz gewesen, jetzt begannen die Sirenen wieder aufzuheulen. Ferris trank einen Schluck, ohne das Signal zu beachten. Es war das immer gleiche Jaulen, auf- und abschwellend, zwei Minuten lang, danach dröhnten Ansagen durch die Straßen. Seit über einer Stunde ging das schon so. Ferris trat an das Fenster und blickte hinaus: Der Platz vor dem Dom war menschenleer, auch die Straßen der Altstadt waren wie

ausgestorben. Klappte alles so, wie er es geplant hatte, würde es keine Zeugen geben.
Die Tür wurde aufgestoßen, außer Atem stand der Barkeeper im Eingang der Hotelbar, er hatte dem Rezeptionisten bei der Räumung des *Cologne Zone One* geholfen und war noch einmal zurückgekommen, um nachzuschauen, ob alle seine Gäste den Raum verlassen hatten.
Ferris betrachtete ihn nachdenklich. Der Barkeeper hatte behauptet, von Rosner nichts bekommen zu haben. Doch dies hier war der einzige Ort, an dem er sich nach seiner Ankunft in Köln und vor Ferris' Anruf aufgehalten hatte. Wenn es eine Kopie der Forschungsergebnisse gab, dann hatte Rosner sie hier versteckt.
Der Barkeeper war auf ihn zugeeilt, jetzt griff er nach Ferris' Arm. »Kommen Sie! Sie müssen das Gebäude verlassen.«
Ferris schüttelte die Hand ab. »Ich bin noch nicht so weit.« Er wies auf sein Glas, das neben ihm auf dem Tresen stand.
»Hören Sie nicht die Sirenen? Wir müssen hier raus!«
Ferris blieb entspannt. »Finden Sie? Es wäre doch zu schade, diesen schönen Whisky nicht zu trinken.«
»Nehmen Sie sich verdammt noch mal das Glas mit. Aber kommen Sie! Die Stadt wird evakuiert!« Der Barkeeper packte ihn erneut, um ihn mit sich zu ziehen.
Ein Blick von Ferris stoppte ihn. »Sie denken, ich bin ein Idiot, richtig? Weil ich es vorziehe, hier meinen Single Malt zu genießen, anstatt mich in Sicherheit zu bringen.«
»Ehrlich gesagt, ja.«
»Dann lassen Sie mich hier. Wollen Sie wirklich Ihr Leben aufs Spiel setzen wegen eines Spinners, der mit Ihnen diskutiert, während dort draußen die Welt untergeht?«

Der Barkeeper starrte ihn fassungslos an, bevor er sich wortlos umdrehte und aus der Bar eilte.
Ferris nahm einen Schluck. Noch einmal ging er in Gedanken durch, was er die letzten Tage und Stunden gesagt, was er getan hatte. Gab es etwas, das ihm entgangen war? Hatte er etwas übersehen? War ihm irgendwo ein Fehler passiert?
Er musste an Nerea Goulart denken. Er hoffte, es war nicht falsch gewesen, sie einzuweihen.
Nachdenklich trank Ferris sein Glas leer, dann ging er hinter den Tresen, um die Schubladen und Fächer zu durchsuchen.
Er fand den Umschlag in der dritten Schublade, er steckte hinter den Likörflaschen. Etwas Mint-Scotch war über das Papier geflossen. Ferris zog den Verschluss auf und warf einen Blick in das Innere des Kuverts. Die Aufzeichnungen schienen vollständig zu sein. Ein Schauer lief über seinen Rücken. Dieses Dokument, dieses Verfahren würde Millionen von Menschen das Leben retten. Es würde, so hoffte er, die Welt ein kleines bisschen besser machen.
Sorgfältig schloss er den Umschlag und steckte ihn in die Innentasche seiner Jacke. Dann stellte er mit einem Augenaufschlag die Verbindung zum System her, um die aktuellen Daten zu checken. Die Innenstadt war fast komplett geräumt, die Bevölkerung der ersten und zweiten Zone befand sich an den Sammelplätzen auf dem Gelände der MIC, von wo aus sie mit Zügen abtransportiert werden würde. Die von ihm georderten Tankwagen standen bereit, auch die Transporter waren in der Innenstadt eingetroffen.
Es war an der Zeit, die Truppen der *Task Force* auf den Weg zu schicken.

40

Sie hatten Stunden gebraucht, um den versteckten Eingang zum U-Bahn-System zu erreichen, auf den Straßen herrschte Chaos, und sie mussten große Umwege fahren, um überhaupt durchzukommen. Das Motorrad, auf dem sie zu dritt saßen, half ihnen, der Anblick der schweren Maschine ließ die Menschen zurückweichen. Das letzte Stück gingen sie zu Fuß, David schob den Airstreamer durch die Gassen des Slums, gerade als wieder die Sirenen auf der anderen Seite der Zonengrenze aufheulten. Alex und Ben wechselten einen besorgten Blick.

Eine kleine Gestalt löste sich aus dem Schatten, es war der Junge, der Alex das erste Mal über die Grenze gebracht hatte. Er riss die Augen auf, als er Alex sah. »Wow, cool! Ich dachte, du bist im Bunker.«

»Falsch gedacht.«

»Wie bist du da rausgekommen?« Er blickte zu Ben. »Warum hast du mir nichts gesagt?«

Ben grinste nur. »Ist alles vorbereitet?«

Der Junge nickte, während er David einen misstrauischen Blick zuwarf. »Wir haben 30 Mann. Wenn ich das Signal gebe, sind sie hier. Sagt mal, wer ist denn der Typ?«

»Ein Freund von uns.«

»Der ist aber nicht von hier, oder? Der kommt von drüben. Habt ihr seine Schuhe gesehen? Und die Klamot-

ten?« Neugierig betastete der Junge die Jacke, die David trug.
»Bist du fertig mit deiner Fragestunde?« Alex war genervt. »Hör gut zu: Du postierst dich am Eingang zum Tunnel. Sobald du eine Explosion hörst, rufst du die anderen und bringst sie bis zum U-Bahnhof. Wir kommen von der anderen Seite. Von dort aus tragen wir das Zeug hierher.«
Der Junge nickte.
Sie verstauten das Motorrad im Inneren der Hütte, Ben verriegelte die Tür, während Alex den Teppich zur Seite schlug und die Bodenklappe aufzog. Der Junge setzte sich auf eine Kiste in der Ecke der Hütte und sah ihnen neugierig zu.
David blickte missmutig in die Tiefe. »Prickelnd. Ist das der einzige Weg?« Er hasste alles, was eng und dunkel war.
Der Junge kicherte.
Alex grinste spöttisch, doch ihr Spott war freundlich: »Kannst ja hierbleiben.« Sie schwang ihre Beine in die Öffnung. Sekunden später war sie im Schacht verschwunden. Ben folgte ihr.
David seufzte, dann kletterte er den beiden nach.
Sie erreichten den U-Bahnhof ohne Zwischenfälle, es hatte sich nichts verändert, Alex' Fluchtweg war unentdeckt geblieben. Nacheinander stiegen sie durch die Öffnung hinter dem Plakat und durchquerten die verlassene Leitstelle. Alex öffnete die Tür zur anderen Seite des geteilten U-Bahnhofs einen Spaltbreit und lauschte. Nichts war zu hören.
»Los.« Ben wollte die Tür aufdrücken, doch Alex hielt ihn zurück: Etwas war anders als sonst, und sie brauchte einen Moment, bis sie begriff, was es war: Die Stille war

absolut. Es fehlte das leise Summen des Transportbandes, das Rattern der Loren, die durch die Gänge glitten.
Leise huschte Alex auf den verlassenen Bahnsteig hinaus, die anderen beiden folgten ihr. Gemeinsam schlichen sie weiter, bis sie den ersten der Tunnel, durch den das Transportsystem führte, erreichten. Jetzt sahen sie es: Die Loren standen still, jemand hatte die Laufbänder abgeschaltet.
Leise drang das Jaulen der Sirenen zu ihnen herab.
»Sie evakuieren die Innenstadt!« David blieb stehen. »Na klar!« Er erinnerte sich an die Luftschutzübungen, die er als Kleinkind im Hort mitgemacht hatte, es waren die Nachwehen der beiden Energiekriege gewesen, in denen die Wehrhaftigkeit der Bevölkerung Teil der Verteidigungsstrategie war. Sogar ein Lied, das die Klänge der Sirenen nachahmte, hatten sie damals gelernt.
»Und was bedeutet das?«, fragte Ben.
David zuckte mit den Schultern.
»Dass wir uns beeilen müssen«, antwortete Alex. »Sie haben irgendetwas vor.«
Eilig gingen sie weiter, ihr Ziel war der Verbindungsgang, in dem Ben am Tag von Alex' Flucht aus dem Gefängnis den Rucksack mit dem Sprengstoff und den Zündern zurückgelassen hatte. Doch sie durchsuchten vergeblich die Mauernischen des Tunnels. Für eine Schrecksekunde lang dachten sie, der Rucksack sei verschwunden, weil ihn jemand gefunden hatte, doch dann fiel Ben auf, dass sie zu früh abgebogen waren und am falschen Ort suchten.
Der Rucksack lag noch dort, wo Ben ihn abgelegt hatte, der dunkle Stoff der Tasche verschmolz mit dem Schatten der Nische. Sie sahen den Rucksack erst, als sie fast über ihn stolperten. »Vorsicht!« Ben riss David zurück.

Er ging in die Hocke, zog behutsam die Verschlüsse auseinander und prüfte die Ausrüstung. Die quecksilbergefüllten Zündköpfe waren unversehrt, auch der Funkfernauslöser war intakt und hatte noch genug Ladung für das Sendesignal. Es fehlte keines der Pakete mit der weichen Sprengstoffmasse.
Erleichtert hob Ben den Rucksack auf Alex' Rücken. Sie bestand darauf, dass weder Ben noch David ihn trugen, beide waren verletzt, und Alex fand, dass sie die Stärkste von ihnen sei. Die beiden Männer murrten, doch Alex ließ keine Diskussion zu.
Nun übernahm Alex die Führung. Zwar hatte eine Lore sie durch das unterirdische Labyrinth gebracht, doch Alex versuchte, sich am Bild der Decke zu orientieren – es war der einzige Ausblick, den sie während ihrer Fahrt gehabt hatte. Anfangs schlichen sie noch durch die Tunnel und blieben an jeder Abzweigung stehen, um vorsichtig um die Ecke zu spähen. Bald wurden sie mutiger: Das Tunnelsystem war wie ausgestorben, die Menschen, so schien es, hatten die Stadt bereits verlassen.
Doch Alex wurde mit der Zeit immer stiller. David bemerkte, dass etwas nicht stimmte, doch bevor er fragen konnte, blieb sie stehen. Bedrückt sah sie ihre beiden Begleiter an. »Tut mir leid, ich finde den Weg nicht.«
Ben war entsetzt. »Und jetzt?«
»Vielleicht gibt es hier irgendwo einen Plan«, schlug David vor.
Alex fiel die Karte im Inneren der Lore ein, mit der sie gefahren war, die Tunnel waren darauf verzeichnet gewesen. Doch als sie in eine auf einem Abstellgleis stehende Transportbox kletterte, um nachzusehen, war der Bildschirm dunkel.

»Das kann doch nicht wahr sein!« Ben war ärgerlich, seine Anspannung suchte ein Ventil. »Du warst dir doch sicher, dass du weißt, wo das Lager ist!«
Alex wollte gerade antworten, als sie sah, dass David seinen Finger an den Mund hielt und ihr signalisierte, leise zu sein.
Sie horchten. Es war still.
»Was ist los?« Alex flüsterte.
David hob ratlos die Schultern. »Ich dachte, ich hätte etwas gehört.«
Im gleichen Augenblick, nun vernahmen es alle, schallte ein leises Rumpeln durch den Tunnel, kurz darauf noch einmal, jetzt lauter.
»Was ist das?« Unruhig starrte Ben in die Dunkelheit.
Plötzlich begann die Lore zu vibrieren, und der Bildschirm flackerte vor ihnen auf. Auch die anderen Boxen auf dem Abstellgleis zitterten, als die Servomotoren in ihren Kufen zum Leben erwachten.
»Seht euch das an!« David wies auf das Transportband, es hatte sich in Bewegung gesetzt. Wie an einer Perlenschnur aufgereiht, glitten die Transportloren durch die Dunkelheit.
»Los, steigt ein.« Alex stellte vorsichtig den Rucksack ab und wartete, bis David und Ben zu ihr in die Box geklettert waren. Sie zog die Tür hinter ihnen zu und berührte den Bildschirm, der jetzt wieder den Netzplan des Tunnelsystems zeigte. Sie wählten einen Punkt nahe des Doms, an dem sie das zentrale Lager eingezeichnet sahen. Das System zeigte den Weg an, und erst jetzt erkannten sie, wie weit entfernt von ihrem Ziel sie waren. Alex hatte sie in die komplett falsche Richtung geführt.
Die Lore zitterte, als sie sich in Bewegung setzte und mit Hilfe der Servomotoren zum Transportband glitt. Sie

fädelte sich, als sich eine Lücke auftat, in den Strom der vorbeigleitenden Boxen ein.
Die Köpfe unter den Rand des Transportbehälters gebückt, fuhren sie durch die Dunkelheit. Keiner von ihnen sagte ein Wort. Sie waren nervös: Was bedeutete es, dass die Bänder wieder liefen?
Nach einer Weile verlangsamte die Lore ihre Fahrt. Alex lugte über den Rand der Box: Gerade steuerte ihr Gefährt ein Nebengleis an, auf dem schon eine lange Reihe von Transportboxen wartete. Ein Stück weiter sah Alex das verschlossene Tor des Lagers. Sie hatten ihr Ziel erreicht.
Den Rucksack auf dem Rücken, kletterte Alex aus der Box und huschte an der Reihe der Loren entlang. Ben und David folgten ihr. Niemand war zu sehen oder zu hören, nur das Rumpeln der wie von Geisterhand gezogenen Transportboxen, die auf dem Hauptgleis vorbeifuhren, hallte durch den Tunnel. Vor dem Eingang zum Lager setzte Alex vorsichtig den Rucksack ab, David half ihr dabei. Gespannt sahen sie sich um.
Das Tor war massiv und mit schweren Riegeln gesichert. Elektromotoren zogen, sollte das Lager geöffnet werden, die beiden Türflügel auseinander. Die Führungsschiene war mit dicken Schrauben im Mauerwerk verankert. Direkt darüber führte ein dickes, gelb gestrichenes Rohr an der Decke des Tunnels entlang.
David entdeckte ein Eingabefeld mit Touchscreen und Zifferntasten, es war in die Wand eingelassen und leuchtete sanft. Er ging darauf zu.
»Nicht anfassen!« Ben hob warnend die Hand. »Sie wissen, wer du bist, sobald dein Finger das Ding berührt.« Er schob David zur Seite und trat einen Schritt zurück, um die Tür eingehend zu betrachteten, er suchte die

Schwachstelle der Konstruktion. Er entschied sich für die Führungsschiene an der Oberseite der Türen, gezielt angebrachte Sprengladungen könnten sie aus der Verankerung reißen und die Tür nach vorne kippen lassen. Doch er zögerte, den Plastiksprengstoff anzubringen. »Und dann?«

Alex verstand seine Frage nicht.

»Was ist, wenn wir das Tor tatsächlich aufbekommen?«

»Dann beladen wir die Boxen und schicken sie einzeln zum U-Bahnhof an der Grenzmauer.«

»Und du meinst, das klappt?«

Alex war genervt. »Ich weiß es nicht. Jetzt mach schon! Wir versuchen es, wenn das Tor offen ist.«

Schweigend begann Ben mit der Arbeit, David assistierte ihm. Sie plazierten eine Reihe von Sprengladungen an den Punkten, an denen die Führungsschiene mit der Decke verschraubt war, die übrigen stopften sie in den Spalt zwischen Tür und Wand, damit die Explosion das Tor nach vorne schob und kippen ließ. Zuletzt drückte Ben die Sprengkapseln in die weiche Masse des Plastiksprengstoffs und verband sie sorgfältig mit einem dünnen Draht, der wiederum mit dem Zündgeber verbunden wurde, ein kleines, unscheinbares Kästchen, das per Fernauslöser aktiviert wurde und dessen Stromstoß die Sprengkapseln explodieren ließ.

Ben prüfte, ob der Fernauslöser gesichert war. Danach aktivierte er den Zündgeber. Ein grünes Licht leuchtete auf.

»Okay, das war's.« Ben warf sich den leeren Rucksack über die Schulter und sah sich um. »Wir brauchen eine Deckung.«

David wies auf die Loren. »Dahinter?«

Ben schüttelte den Kopf. »Das reicht nicht. Wir müssen

mindestens bis zur nächsten Abzweigung zurück. Der Druck fegt uns sonst weg.«

Sie machten sich auf den Weg entlang der Loren, schweigend und angespannt.

Plötzlich war hinter ihnen ein Geräusch zu hören, ein Klacken, dann Schritte. »Stopp! Bleibt stehen!«

Erschrocken fuhren sie herum. Im Halbschatten des Tunnels stand eine Gestalt, ein Mann, das Gesicht war nicht zu erkennen. Er schien unbewaffnet zu sein.

Der Mann blickte kurz zu den am Tor plazierten Sprengladungen. »Ihr wollt das Lager aufsprengen, richtig? Tut es nicht!« Er wies auf das gelb gestrichene Rohr an der Decke des Tunnels. »Das ist die Gashauptleitung. Wenn ihr den Sprengstoff zündet, fliegt hier alles in die Luft.«

Er ging langsam auf sie zu, die Hände von sich gestreckt, um zu zeigen, dass er keine Waffe trug. Licht fiel auf sein Gesicht.

Alex stutzte. Sie hatte das Gefühl, dem Mann schon einmal begegnet zu sein. »Kennen wir uns?« Forschend blickte sie den Fremden an.

Der Mann lächelte. »Sagen wir es so: Ich bin Ihr Schutzengel.«

Ben trat ihm in den Weg. »Wer sind Sie? Was wollen Sie hier?«

»Mein Name ist Marc Ferris. Ich bin hergekommen, um das Lager zu öffnen.«

»Für wen? Die Innenstadt wird geräumt.« David musterte Ferris misstrauisch.

»Aber nicht die Zone 4. Die Menschen dort brauchen dringend Hilfe.« Ferris sah auf den Fernauslöser, den Ben immer noch in der Hand hielt. »Geben Sie das Ding bitte mir. Es macht mich nervös, dass Sie es nicht ausschalten.« Auffordernd streckte er die Hand aus.

Ben wich zurück.
»Glauben Sie mir, bitte! Sie brauchen das Tor nicht aufzusprengen. Ich bin auf Ihrer Seite.«
»Warum sollten wir Ihnen trauen? Ich kenne Sie nicht. Vielleicht sind Sie vom Staatsschutz.«
»Dann wärt ihr längst verhaftet worden.«
Alex hatte dem Wortwechsel stumm zugehört, ohne darauf zu kommen, woher sie den Fremden kannte. Doch jetzt durchzuckte sie die Erkenntnis: Es war nicht sein Aussehen, es war seine Stimme, die sie schon einmal gehört hatte.
»Gib ihm den Auslöser, Ben. Jetzt mach schon!«
Zögernd tat Ben, was Alex von ihm verlangte. »Warum vertraust du ihm?«
»Sie waren es, der mich befreit hat. Richtig?« Alex sah Ferris an. »Sie waren bei mir in der Zelle.«
Ferris nickte.
Ein metallisches Klacken unterbrach das Gespräch, es war das Geräusch einer Waffe, die durchgeladen wurde. Erschrocken fuhren alle herum.
Ein bewaffneter Mann stand im Tunnel direkt neben dem Tor zum Lager, auf den ersten Blick ein Soldat, aber seine Kampfkleidung trug keine Abzeichen. Ferris erkannte bestürzt Huskin in dem martialisch ausstaffierten Kämpfer.
Huskin lächelte kalt. »Das ist ja interessant, Ferris. Sie waren es also, der die Kleine aus ihrer Zelle gelassen hat. Kein Wunder, dass ich sie nicht gekriegt habe.«
Ferris war für einen Augenblick erschrocken, den tot geglaubten Südafrikaner zu sehen. Doch er fing sich schnell. Beschwichtigend hob er seine Hand. »Ganz ruhig, Huskin. Ihr Auftrag ist erledigt. Gehen Sie zurück und warten Sie auf neue Instruktionen.«

»Nein, Ferris, das werde ich nicht tun.« Huskin lächelte kühl. »War gar nicht so leicht, Sie zu enttarnen. Sie verwischen Ihre Spuren sehr gut.« Anerkennung schwang in seinen Worten mit.

»Sind Sie wahnsinnig geworden? Legen Sie sofort die Waffe nieder! Sie arbeiten im Auftrag der MIC. Sie tun, was ich Ihnen sage.«

»Sie sagen mir überhaupt nichts mehr, Ferris. Schon vergessen? Sie haben eine Rakete auf mich abfeuern lassen. Pech, dass ich nicht selbst in dem Hubschrauber saß …« Huskin richtete den Laserpunkt der Zielautomatik auf Ferris aus.

»Denken Sie nach, Huskin. Glauben Sie wirklich, dass ich Sie aus Schanghai kommen lasse, um Sie hier umzubringen?«

»Ich glaube es nicht, Ferris, ich weiß es. Keine Ahnung, was Sie vorhaben, es interessiert mich auch nicht. Die einzige Frage, die ich mir im Moment stelle, ist die, auf welche Weise ich Sie töten werde.«

Ferris ging einen Schritt auf Huskin zu. »Okay, bringen wir es hinter uns. Aber das ist eine Sache zwischen uns beiden. Die drei dort«, er wies auf Alex, David und Ben, »haben damit nichts zu tun.« Er drehte sich zu ihnen um. »Steigt in eine der Loren.« Mit einer unauffälligen Handbewegung bedeutete er den dreien, sich zu beeilen.

Alex reagierte als Erste, sie zog die Tür der neben ihnen stehenden Transportbox auf und kletterte hinein.

Huskin musterte Ferris argwöhnisch. »Ich kann mir nicht helfen, aber ich traue Ihnen nicht. Was haben Sie vor?«

»Entspannen Sie sich, Huskin. Sie können sie mitnehmen, wenn wir fertig sind. Aber es gibt keinen Grund, sie in die Sache mit hineinzuziehen.« Aus dem Augen-

winkel sah Ferris, dass nach Ben auch David im Inneren der Lore verschwunden war.
»Na gut, Ferris, nur wir zwei für den Anfang.« Huskin ließ den Punkt des Lasers über Ferris' Oberkörper tanzen. »Vielleicht sollte ich Sie leben lassen? Es wäre interessant, zu erfahren, was Chandran mit Ihnen macht, wenn er erfährt, dass Sie ein Verräter sind.«
Ferris ließ unbemerkt die Sicherung des Fernauslösers in seiner Hand zur Seite schnappen. »Niemand wird es erfahren. Zumindest nicht von Ihnen, Huskin.« Ohne zu zögern, drückte Ferris fest auf den Zündknopf. Das Signallicht auf der Fernbedienung leuchtete auf, der Zündgeber signalisierte den Empfang des Signals und schickte einen Stromstoß in die Zündkabel. Huskin fuhr erschrocken herum, er schrie vor Wut und vor Entsetzen auf, als er die Sprengladungen am Tor neben sich erkannte. Im gleichen Augenblick explodierten die Zündköpfe in der weichen Masse des Plastiksprengstoffs. Huskin versuchte noch, seine Waffe auf den davonhechtenden Ferris zu richten, doch der Druck der Explosion, nur wenige Meter von ihm entfernt, riss ihm die Waffe aus der Hand und schleuderte ihn an die Wand des Schachts. Das letzte Bild, das Huskin sah, war die Feuerwalze, die auf ihn zurollte.
Dreißig Meter weiter, die Explosion dröhnte durch den Tunnel, versuchte Ferris verzweifelt, die Lore zu erreichen. Der Lichtblitz der Explosion war verglüht, jetzt raste eine Feuerwand durch den Schacht, alles verschlingend, was sich ihr in den Weg stellte. Ferris rannte um sein Leben, er schrie auf und sprang mit letzter Kraft durch die offene Lorentür. Hände packten ihn und zerrte ihn in das Innere, jemand schlug die Tür zu. In der gleichen Sekunde war es, als habe eine Höllenfaust die

Transportbox gepackt. Der Behälter wurde hochgehoben und durch den Tunnel geschleudert, inmitten eines Chaos' aus Steinen, Trümmern und Staub.
Dann war es still. Nur ein lautes, gleichmäßiges Zischen füllte den Gang.
Benommen rappelte sich Ferris hoch. Auch die anderen richteten sich auf. Sie erschraken, als sie einander ansahen, blutverschmiert und staubbedeckt. Es war ein Wunder, dass sie noch lebten.
Das Zischen wurde lauter. Ein beißender Geruch nach Zwiebeln hing in der Luft.
»Wir müssen raus hier! Schnell!« Ferris hatte als Erster begriffen, was sie hörten: Es war das Gas, das aus der geborstenen Hauptleitung in den Tunnel strömte.
Hastig krochen sie aus der zertrümmerten Lore, Alex half David, der sich einen Arm gebrochen hatte, die Leiter hinab.
»Schneller! Beeilt euch!«
Sie kletterten über die Trümmer aus übereinandergeschobenen Transportloren und suchten sich einen Weg durch den Schacht, bis sie einen freien Nebengang erreichten. Alex wollte stoppen, auch Ferris hielt inne, doch Ben trieb sie an, weiterzulaufen. »Riecht ihr das nicht? Das Gas kriecht überallhin. Wir müssen hier raus!« Sie rannten weiter.
Hinter ihnen füllte sich der Schacht immer weiter mit Gas. Ungehindert strömte es aus der abgerissenen Hauptleitung oberhalb des aufgesprengten Lagertors und verdrängte, beginnend an der Decke, den Sauerstoff im Tunnel, es kroch in die Ritzen und Hohlräume, füllte Kavernen und Schächte, bis es schließlich eine unscheinbare Lichtwand erreichte, in deren Halterung eine defekte Kathodenplatte steckte. Das Glas des Leucht-

körpers war vor Wochen schon zerbrochen, doch die Elektroden funktionierten noch, und im Takt von zehn Sekunden versuchten sie geduldig, mit einem winzigen Funken das längst entwichene Leuchtgas im Inneren der Platte zum Strahlen zu bringen.

Die Explosion war gewaltig.

41

Die Detonation ließ die Erde zittern. Erschrocken fuhren Alex, David, Ben und Ferris herum. Säulen aus Feuer und Staub schossen aus den Schächten und Abwasserkanälen rund um den Dom, auch aus dem Notausgang, durch den sie an die Erdoberfläche gelangt waren, wälzte sich eine gewaltige Staubwolke. Noch vor Minuten waren sie im Inneren der alten U-Bahn gewesen, verzweifelt auf der Suche nach einem Ausgang. David hatte die unscheinbare Tür entdeckt, ein grünes Schild kennzeichnete den Fluchtweg hinaus auf den Bahnhofsvorplatz. Es war keine Sekunde zu spät gewesen.

»Weg hier! Schnell!«

Sie drehten sich um und rannten in die einzige Richtung, die ihnen blieb: zum verlassenen Bahnhof. Hinter ihnen suchte sich die Wucht der Explosion einen Weg. Die Domplatte riss auf, eine Feuerfaust schoss aus der Öffnung, gefolgt vom Druck der Schallwelle, ein ohrenbetäubendes Dröhnen, das die Glasscheiben der umliegenden Häuser zerspringen ließ. Risse peitschten durch die Mauern und Stützstreben der Kathedrale, Mauerbrocken stürzten hinab in die Tiefe. Sekunden später sackte die Domplatte in sich zusammen, gemeinsam mit dem Westportal, das nach vorne kippte und in einer Staubwolke verschwand.

Alex erreichte die Bahnhofshalle als Erste. Der Blick

zurück ließ sie und die anderen das Ausmaß der Katastrophe bergreifen: Ihrer Stützen beraubt, beugten sich die Türme des Doms, als wären sie weich und biegsam. Das Mauerwerk barst, Steine und Mauerstücke schleuderten durch die Luft. Dann, wie in Zeitlupe, sackten die beiden Türme des Doms in sich zusammen.

Bens Ruf riss sie alle aus ihrer Erstarrung. Sie rannten in den Bahnhof hinein und weiter unter den Gleisen hindurch. Hinter ihnen prallten Steine auf den Vorplatz und auf das Bahnhofsgebäude, es wurden immer mehr, ein Inferno aus herabstürzenden Trümmern, die alles zerschlugen, was sich ihnen in den Weg stellte.

Außer Atem, erreichten sie das Ende des Tunnels. Alex rannte die Treppe zu einem der Bahnsteige hinauf. Das Kuppeldach über den Gleisen war zerborsten, Glassplitter taumelten durch die Luft, Wind fegte durch das Stahlgerippe. Entsetzt sah Alex hinaus: Dort, wo sonst die Kathedrale erhaben in die Höhe ragte, gab es nur noch grauen, staubverhangenen Himmel.

Ferris war als Letzter auf den Bahnsteig gekommen. Anders als bei den anderen verriet seine Miene nicht, was er dachte. Er griff zu seinem Tagger und aktivierte die Com-Einheit. »Die Einsturzstelle sichern. Einen Zugang zum Lager finden. Alles Weitere nach Plan.«

Ohne den zerstörten Dom weiter zu beachten, drehte sich Ferris um und verließ den Bahnsteig.

*

Als die Erde im Zentrum von Köln zitterte, saß Schoop in seinem Büro und dachte über das Angebot nach, das ihm Ferris gemacht hatte. Der Plan war aberwitzig, radikal und auf eine erschreckende Weise konsequent.

Vielleicht würde er genau deshalb funktionieren, und diese Vorstellung rang Schoop Respekt ab. Nur: War Ferris' Spiel auch sein Spiel? Sollte er die Klage gegen den europäischen Präsidenten zurückziehen oder nicht? Vielleicht, dachte Schoop, hatte Verena recht: Es gab Wichtigeres als Rache.

Verena saß zur gleichen Zeit mit Niklander zusammen, die beiden surften durch das W-Net und versuchten etwas über Zoé und ihre Großmutter in der eingeschlossenen Zone 4 herauszubekommen. Aktivisten der World-Community hatten per Crowdfunding einen Satelliten gemietet und über der Stadt ausgerichtet, um mit den Eingeschlossenen Kontakt aufzunehmen. Doch es gab erst wenige Berichte, keiner stammte aus dem Viertel, in dem Niklander seine Praxis gehabt hatte. Verena und Niklander waren fest entschlossen, so bald wie möglich in die vierte Zone zurückzukehren.

Zoé hatte sich zum selben Zeitpunkt, als die Domplatte von der Wucht der Explosion aufriss, mit ihrer Großmutter und den Schlafmietern in der Kellerwohnung verschanzt. Jetzt zahlte sich aus, dass Alex stets darauf gedrängt hatte, sich auf eine Situation wie diese vorzubereiten. Mit den Vorräten, die Alex in einem Schacht unter dem Flur gelagert hatte, konnten alle in der Wohnung einige Tage überleben. Bis dahin, hoffte Zoé, würde sich die Lage draußen beruhigt haben. Doch mehr noch hoffte sie, eine Nachricht von Alex zu bekommen. Seitdem ihre Zwillingsschwester fort war, hatte sie nichts mehr von ihr gehört.

Die Widerstandsgruppe hatte sich in ihr Loft nahe der alten Synagoge zurückgezogen, sie gehörte zu den Ersten, denen es gelungen war, den Satelliten über der Stadt anzupeilen. Als sich die Steinbrocken aus den Dommauern lösten und die Kathedrale einzustürzen begann, setzten sie gerade eine Nachricht in das W-Net ab. Millionen von Menschen hörten, was sie zu sagen hatten. Rosner befand sich zur selben Zeit in der Zone 5 – er und seine Retter hatten die schützende Stadt erreicht, jetzt lag er in der Krankenstation und erholte sich von den Strapazen seiner Flucht. Die Qualität der Bilder, die aus dem W-Net übertragen wurden, war schlecht, der Satellit stand ungünstig. Doch Rosner und die anderen konnten erkennen, was in Köln passierte. Entsetzt schauten sie dabei zu, wie die Türme des Doms in sich zusammensackten und in einer gigantischen Staubwolke verschwanden. Rosner dachte an den Call des Unbekannten, der ihn zur Flucht aus Köln überredet hatte. Alles, was der Mann damals angekündigt hatte, war tatsächlich geschehen, wenn auch in einer Weise, die Rosner niemals für möglich gehalten hatte. Der Unbekannte hatte Wort gehalten. Was war sein Ziel?

*

Der Staub über der Innenstadt und dem eingestürzten Dom hatte sich noch nicht gelegt, als die ersten Soldaten der *Private Task Force* der MIC in die vierte Zone einrückten. In den folgenden Stunden gelang es den Männern und Frauen, ein Viertel nach dem anderen zu befrieden, weniger durch Gewalt als vielmehr durch die Wasserwagen und die Lebensmittel, die die Soldaten mit sich führten und mit denen sie die größte Not der Bewohner lindern konnten. Viele Mitglieder der versprengten Bürgerwehren stellten sich freiwillig unter das Kommando der *Task Force,* angelockt durch die üppigen Vorräte, die der Kommandant den Männern anstelle von

Sold versprach. Die Truppe wuchs schnell auf die dreifache Zahl der Soldaten an.
Keine 24 Stunden später war die gesamte vierte Zone Kölns besetzt. Heftigere Kämpfe gab es nur im Norden der Stadt, wo sich die größte der Banden in einem Atelierhaus auf dem Gelände einer ehemaligen Gummifabrik verschanzt hatte. Mit Hilfe einer Drohne gelang es der *Task Force,* den Kopf der Bande aufzuspüren und zu liquidieren. Fünf standrechtliche Erschießungen der brutalsten Plünderer, die noch am gleichen Tag öffentlich hingerichtet wurden, sorgten endgültig für Ruhe.
Der Aktienkurs der MIC stieg.

42

Nachdenklich saß Ferris in einem der Klubsessel im *Cologne Zone One* und blickte auf den Domplatz hinaus. Das Panzerglas des Panoramafensters hatte dem Druck der Detonation standgehalten, doch der Blick aus der Hotelbar hatte sich radikal verändert. Dort, wo sonst die Besucher der Stadt das reichverzierte Hauptportal des Schwarzen Doms bewundert hatten, ragte nun ein gigantischer Schuttberg auf. Die Doppeltürme der Kathedrale waren eingestürzt, dazu ein großer Abschnitt des Hauptschiffes und des Querhauses. Wie die Teile eines gigantischen Puzzles lagen die zerstörten Streben und Säulen, die Rundbögen und Kapitelle übereinander. Nur der Chor war fast unversehrt stehen geblieben. Sogar die Glasfenster hinter dem Dreikönigenschrein waren noch intakt.

Die Männer der *Private Task Force* der MIC hatten damit begonnen, den nicht eingestürzten Teil des unterirdischen Lagers zu leeren. Bagger hatten einen Weg freigeräumt und eine Rampe hinab zu den Lagerräumen angelegt, Transport-Booster schafften die Waren nach oben. Später würden die Männer die Lebensmittelbestände erfassen, um die Versorgung der Bevölkerung in den kommenden Tagen und Wochen zu organisieren.

Die Tür öffnete sich, Schoop betrat die Bar des *Cologne Zone One.* Ferris ging ihm entgegen. Sie gaben sich die Hand.

»Haben Sie über mein Angebot nachgedacht?« Einladend wies Ferris auf einen der Sessel. Sie setzten sich.
Schoop betrachtete Ferris nachdenklich. »Warum, glauben Sie, bin ich der Richtige für diese Aufgabe?«
»Weil Sie die Position nicht haben wollen. Macht interessiert Sie nicht. Aber ich weiß, dass Sie den Menschen hier in der Stadt helfen wollen.«
Schoop betrachtete sein Gegenüber nachdenklich. »Sie sind schwer zu durchschauen, Ferris. Was treibt Sie an?«
»Spielt das für Sie eine Rolle? Ich biete Ihnen die Chance, Köln neu zu gestalten, so, wie Sie es für richtig halten. Sie sagen, was getan werden muss, und es geschieht. Schaffen Sie eine neue Stadt.«
»Ohne Zonen, ohne Grenzen?«
»Wie Sie es machen, ist mir gleich. Es muss gut für die Menschen sein.«
»Es muss gut für Sie sein, für Sie und die MIC. Habe ich recht?«
Ferris lachte. »Sorgen Sie sich nicht um mich oder um die MIC, das tue ich selber. Also?« Erwartungsvoll blickte er Schoop an.
Schoop zögerte. »Was passiert mit dem europäischen Präsidenten, wenn ich die Klage zurückziehe?«
»Ich kümmere mich um ihn, versprochen! Sie haben jetzt Wichtigeres zu tun. Deal?«
Der Anwalt schlug ein.

*

Fast zur selben Zeit überflogen mehrere Hubschrauber den Norden von Brüssel, es waren dunkle Heli-Jets ohne Kennung, nur ein kleines Emblem auf der Seitenwand verriet ihre Herkunft. Die Männer im Inneren, Soldaten, schwiegen angespannt. Direkt unter ihnen auf der Straße fuhren drei Mannschaftswagen ihrem Ziel entgegen, auch sie ohne Kennung und mit dem gleichen Emblem auf den Türen: eine von einem Lorbeerkranz eingefasste Waage. Der Kommandant der Bodentruppen und der Staffelführer der Luftlandeeinheit standen in engem Kontakt zueinander.

Drei Minuten später, die Mannschaftswagen hatten gerade die Avenue du Parc Royal passiert, umkreiste der erste der Hubschrauber das Schloss Laeken, er flog im Flüstermodus, kaum jemand im Inneren des Gebäudes hörte den Heli-Jet kommen. Dann ging alles ganz schnell: Die Bodentruppen überwältigten die Wachen und sprengten das Eingangstor auf, um weiter auf das Schlossgelände vorzurücken. Gleichzeitig landeten die Heli-Jets auf der Rückseite des Anwesens, die Soldaten schwärmten aus und setzen die vollkommen überraschte Security des Präsidenten außer Gefecht. Die Eindringlinge kannten keine Gnade: Die meisten der Elitesoldaten starben in einem kurzen, aber heftigen Gefecht.

Henry Laftmann, Präsident von Europa, saß erschrocken in seinem Bett, als sich wenig später die Tür zu seinen Schlafgemächern öffnete und der Kommandant der Bodentruppen mit seinen Männern den Raum betrat. In seiner Schlafkleidung, die Decke ängstlich bis zur Brust hochgezogen, hatte Laftmann alles Bedrohliche verloren. Er reckte sich, was ihm in dem weichen Bett kaum gelang und ihn noch lächerlicher aussehen ließ. »Verlassen Sie sofort mein Haus!« Seine Stimme kippte.

Der Kommandant ignorierte die Worte Laftmanns. Er gab seinen Männern ein Zeichen, sie packten den Präsidenten, zerrten ihn aus dem Bett und fesselten ihm die Hände auf dem Rücken.

»Henry Laftmann?« Der Kommandant hatte ein FlexCom aus der Tasche seiner Uniformjacke hervorgeholt, er öffnete es und sah kurz auf, weniger, um sich zu vergewissern, ob sie wirklich den Gesuchten gefunden hatten, als vielmehr, um sicherzugehen, dass der Präsident ihm zuhörte. »Im Namen des Internationalen Strafgerichtshofs von Johannesburg sind Sie hiermit festgenommen. Ihnen werden Verbrechen gegen die Menschlichkeit vorgeworfen, unter anderem Unterdrückung, Freiheitsberaubung und Mordversuch in mehr als einer Million Fälle.«

»Das ist absurd.«

»Die Beweise sind lückenlos. Sie haben eine Millionenstadt eingekesselt und jeglicher Versorgung beraubt. Sie haben das Wasser abstellen lassen und den Menschen die Nahrung verweigert, um den Tod der Eingekesselten herbeizuführen.«

»Damit habe ich nichts zu tun …«

»Natürlich.« Die Stimme des Kommandanten war frei von jeder Ironie. Wortlos reichte er Laftmann das FlexCom und startete die Dokumentation, in der die Beweise zusammengefasst waren.

Fassungslos starrte der Präsident auf den Bildschirm. Sein Gesicht wurde immer blasser. Als die Folie des FlexComs dunkel wurde, sah er auf. »Kann ich noch ein paar Sachen packen?«

»Das werden wir für Sie tun. Die Chefanklägerin erwartet Sie zum Verhör. Abführen.«

Die Männer ergriffen Laftmanns Arme und zerrten den Präsidenten auf die Füße. Wie benommen stolperte er mit ihnen.

Minuten später startete der erste der Hubschrauber und flog hinaus in die Nacht, die anderen folgten ihm.

Auch die Mannschaftswagen verließen das Schlossgelände.
Es wurde still im Park. Nur die Grillen zirpten.

*

Zwei Tage später stand Ferris im Konferenzraum des Gästehauses der MIC in Köln und wartete. Ein Tonsignal ertönte, der VI-Projektor leuchtete auf und mit ihm die Projektion von Chandran, der sich im Raum zu materialisieren schien. Er begrüßte Ferris mit einem Nicken. »Meinen Glückwunsch.« Der Chef der MIC wirkte zufrieden. »Wir haben den besten Kurs seit Monaten, an allen Börsen, mit Tendenz nach oben. Ihr Vorgehen ist unkonventionell, aber höchst wirkungsvoll.«
»Höre ich da ein Lob aus Ihren Worten?« Ferris lächelte.
»Natürlich nicht. Ich lobe nie.« Chandran lächelte zurück, es war das erste Mal, seit sie sich kannten. Es war der Ritterschlag, den er seinem Assistenten gewährte.
Ferris deutete eine Verbeugung an.
Chandran musterte ihn nachdenklich. »Ich habe Sie das nie gefragt, aber jetzt interessiert es mich: Was sind Ihre Ziele? Was bringt Sie dazu, für mich zu arbeiten? Anfangs dachte ich, es ist das Geld, das ist es bei den meisten. Jeder ist käuflich. Aber bei Ihnen bin ich mir nicht mehr sicher. Also?«
Ruhig begegnete Ferris Chandrans Blick. »Es sind die gleichen Ziele, die auch Sie haben.«
»Was sind meine Ziele?«
»Sie wollen Macht. Sie wollen die Menschen und die Ereignisse in der Welt beeinflussen. Sie wollen die Möglichkeit haben, Ihre Ideen zu verwirklichen.«
Chandran winkte ab. »Unsinn. Ich will reich werden.«

Ferris schüttelte den Kopf. »Das sind Sie längst, das reizt Sie nicht mehr. Nein, Sie wollen bestimmen, wie die Zukunft dieser Welt aussieht. Und genau das will ich auch.«

»Und dazu ist Ihnen jedes Mittel recht. Auch dass eine Stadt dabei fast draufgeht.« Chandran lachte anerkennend.

Ferris schwieg einen Moment, bevor er antwortete. »Ich weiß nicht, ob Ihnen das bewusst ist, aber was ich tue, habe ich von Ihnen gelernt.«

»Jetzt bin ich aber gespannt.« Aufmerksam beugte sich Chandran vor. »Was habe ich Ihnen beigebracht?«

»Analysiere deine Gegner. Sei wie sie, benutze ihre Methoden. Und vernichte, was dir im Weg steht.«

»Nicht ganz, Ferris, einen Punkt haben Sie vergessen: Benutze deinen Gegner, solange er deinem Ziel dient.«

Ferris verzog keine Miene. »Ich werde es mir merken.«

Chandran sah auf seinen Tagger, er schien das Gespräch beenden zu wollen. »Genug der Vorrede. Ich wollte Ihnen etwas vorschlagen: Ich denke darüber nach, Sie nach Washington zu schicken, als Repräsentant der MIC in Nordamerika. Würde Sie das interessieren?«

»Nein.«

Chandran war verblüfft. »Sie lehnen das Angebot ab, in die Führungsriege der MIC aufzusteigen? Nach allem, was Sie gerade gesagt haben?«

»Nordamerika ist eine unwichtige Region. Dort könnte ich nichts voranbringen. Danke für Ihr Angebot, aber zur Ruhe setzen kann ich mich, wenn ich alt bin.«

Chandran runzelte die Stirn, er war es nicht gewohnt, dass ihm jemand widersprach. »Was schwebt Ihnen stattdessen vor?«

»Geben Sie mir Deutschland, das wäre ein guter Anfang. Es gibt hier viel zu tun.«

Der Chef der MIC zögerte überrascht. Doch Ferris' Entschlossenheit beeindruckte ihn. Er nickte. »Versuchen Sie es. Verblüffen Sie mich.«

Ferris lächelte. »Worauf Sie sich verlassen können.«

Ein letztes Mal nickte Chandran ihm zu, dann verblasste das Bild, der VI-Projektor erlosch.

Ferris griff sich an seinen Hemdkragen und öffnete seinen Neater, bevor er den Konferenzraum verließ und hinaus auf die Terrasse trat. Der Wind stand günstig, die Luft war gut. Das Sonnenlicht ließ die Wellen des Rheins glitzern.

Nachdenklich sah Ferris hinüber zur Ruine des Doms. Rufe schallten über das Wasser, das Geräusch von Maschinen, Freiwilligentrupps waren dabei, den Chor der Kathedrale von Schutt und Geröll zu befreien. Eine der ersten Amtshandlungen von Schoop als dem neuen Oberhaupt der Stadt war gewesen, den Wiederaufbau des Doms zu verkünden.

Ferris lehnte sich an das Geländer und atmete tief ein.

Die erste Runde war gespielt.

Es hatte gerade erst begonnen.

Epilog

Aufgeregt stand Verena im Empfangsbereich der Kanzlei und sah David dabei zu, wie er langsam durch den Flur ging und in jeden der Räume blickte.

»Wir werden viel zu tun haben, das hier aufzuräumen.« David seufzte. »Ich glaub, es wird einfacher, wir hängen ein Schild ›Archiv‹ an die Tür und ziehen in eine andere Wohnung.«

»Du verarschst mich, oder?«

»Wäre doch eine Idee. Die Wohnung unter uns ist frei, oder?«

Verena wedelte ungeduldig mit ihrer Hand. »Das meine ich nicht. Ich will wissen, ob du wirklich Schoops Kanzlei übernimmst.«

David grinste. »Ja.«

»Und ich werde deine Assistentin?«

»Mal sehen. Ob ich dich nehme …« Davids Grinsen wurde breiter.

Verena verschränkte ihre Arme vor der Brust. »Wer sagt denn, dass ich dich als Chef nehme?« Herausfordernd blickte sie ihn an. Doch es gelang ihr nicht lange, cool zu bleiben, sie quiekte vor Freude, während sie zu ihm rannte und ihn fest mit beiden Armen umschlang, so dass ihm die Luft wegblieb. »Ich wusste es, als ich deine Bewerbung gelesen habe«, rief sie begeistert, »ich wusste es! Bin ich gut, oder bin ich gut?« Und sie küsste ihn mit einem lauten Schmatzen auf beide Wangen.

David rieb sich seinen schmerzenden Arm, während Verena kichernd mit einem Taschentuch ihren Lippenstift von seiner Wange entfernte. »Bevor wir die Kanzlei auf den Kopf stellen, musst du dich erst um die Pflichtverteidigung kümmern. Der neue Gerichtspräsident erwartet deinen Besuch.«

Ein Räuspern ließ sie zusammenfahren. »Stör ich?« Alex stand in der Tür der Kanzlei. Sie runzelte die Stirn.

Überrascht wich Verena zwei Schritte zurück und ließ das Tuch, mit dem sie eben noch über Davids Wange gerieben hatte, in ihrer Faust verschwinden. David musste lachen, als er das sah. »Nein, komm rein.«

Alex folgte der Aufforderung zögernd. Sie hatte einen Rucksack bei sich, den sie nun abstellte.

Verena verdrückte sich in die Pantryküche.

Neugierig blickte Alex sich um. »Hab ich mir irgendwie feiner vorgestellt, so eine Kanzlei in der zweiten Zone.«

»Es gibt keine zweite Zone mehr.«

»Du weißt, wie ich es meine.« Sie warf einen Blick in einen der Räume, in dem sich die Papiere stapelten. »Das hier war unser Traumziel. Die andere Seite der Mauer.«

»Und jetzt bist du enttäuscht.«

Ernst schüttelte sie den Kopf. »Nein. Es ist alles einfach nur fremd.«

Seit ein paar Wochen waren die Grenzen offen, Soldaten der Stadtarmee kontrollierten die in die ehemalige Grenzmauer gebrochenen Übergänge. Der Andrang der ersten Tage war abgeflaut, die Slums begannen sich zu leeren, Zehntausende Arbeiter waren schon in die neuen Siedlungen auf der anderen Rheinseite gezogen. Fast täglich entstanden neue Wohnungen. Die Zurückgebliebenen nutzten den Raum und das Material, um ihre Hütten

auszubauen und zu befestigen. Langsam begann sich das Leben zu normalisieren.
David wies auf den Rucksack. »Du willst weg?« Für den Bruchteil eines Augenblicks stellte er sich vor, dass sie zu ihm wollte.
Sie nickte. »Ich kenne nur Köln, ich war noch niemals woanders. Genau wie Ben.« Sie zögerte. »Wir wollten dich fragen, ob du mit uns kommst.« Alex zog David zum Fenster. Ben stand unten auf der Straße, auch er hatte einen Rucksack bei sich und winkte, als er die zwei hinter der Scheibe auftauchen sah, zu ihnen herauf.
David dachte an die Gespräche der vergangenen Tage: an das mit Schoop, als sie die Übernahme der Kanzlei verabredeten, an das mit seinen schockierten Eltern, an die Reaktion seiner Freunde, die an einen Witz geglaubt hatten, als er ihnen von seiner neuen Aufgabe erzählte. Immer hatte sich seine Entscheidung, in Köln zu bleiben, gut angefühlt, immer war er sich sicher gewesen, mit dabei sein zu wollen, wenn etwas Neues entstand.
Der Gedanke, mit Alex zu gehen, ließ sein Herz klopfen. »Wie stellst du dir das vor? Wir drei …«
Alex hob ihre Schultern. »Keine Ahnung. Hat doch schon mal geklappt, oder?« Sie sah ihn mit großen Augen an.
»Es hat zu zweit geklappt.« Er musste an die Nacht mit ihr denken.
Ihre Hände berührten sich, David spürte, wie sie ihn an sich zog und ihn küsste. Er schloss die Augen, als er ihren Kuss erwiderte.
Einen Moment lang hielten sie sich aneinander fest, dann machte er sich behutsam los. »Ich kann nicht weggehen. Ich habe hier eine Aufgabe. Ich werde hier gebraucht.«
Alex schwieg. Dann nickte sie. »Ich weiß.« Sie griff sich

ihren Rucksack, warf ihn über die Schulter und ging schweigend zur Tür.

»Alex?«

Sie drehte sich noch einmal um, die Türklinke in der Hand.

»Was hättest du gesagt, wenn ich hier alles hingeworfen hätte und mit dir gekommen wäre?«

»Ich mag keine Menschen, die vor ihren Aufgaben kneifen.«

David musste grinsen, Alex grinste zurück.

»Komm wieder, ja?«

Alex nickte.

David stand noch lange am Fenster und sah ihr nach.

ENDE

Danksagung

Es ist schon verrückt, wie viel Zeit in diesem Buch steckt. 18 Monate habe ich mit dem Manuskript verbracht, die Jahre zuvor, in denen die Idee zu *Zone 5* in mir gärte, und die Monate der Korrekturen nicht mitgerechnet. Viele Menschen sind mir in dieser Zeit begegnet, persönlich und in ihren Texten, in unzähligen Mails und in den Telefonaten, die ich vor allem mit Wissenschaftlern rund um den Erdball geführt habe. Es ist unglaublich, wie viele kluge Menschen es gibt, es ist beeindruckend, wie viele Idealisten unerbittlich für eine bessere Welt kämpfen, in Bereichen und mit Themenschwerpunkten, von denen ich vor *Zone 5* noch nicht einmal wusste, dass es sie gibt! Ohne sie alle wäre das Buch nicht so, wie es jetzt ist. Danke für die Geduld und für die vielen Informationen, die Sie bereitwillig mit mir geteilt haben!

Danke auch den Zukunftsforschern, die sich damit beschäftigen, wie unsere Welt künftig aussehen wird und die dabei zu sehr unterschiedlichen Visionen kommen – sehr spannend! Herauszuheben sind hier Michio Kaku und Jorgen Randers sowie Ernst A. Grandits als Herausgeber einer interessanten Essaysammlung. Anregungen gaben auch Colin Crouch, Glen Greenwald, Yvonne Hofstetter, Stefan Rahmstorf und Hans Joachim Schellnhuber sowie Stéphane Hessel mit seinem Essay *Empört Euch!*.

Ich danke sehr herzlich meinem Verlag, der mit mir dieses Buch wagt und mir zur Seite steht, ich danke meinen beiden Lektoren, »Bloody Peter« Hammans und Viola Eigenberz, für ihre kundige Begleitung, ich danke meinen kritischen Erstlesern Bernd, Dina und Dirk, und ich danke meiner Familie, die sehr häufig geduldig ist und hinnimmt, wenn ich länger im Büro bin, als ich es eigentlich sollte. (Zum Glück ist sie nicht immer geduldig.)
Vor allem aber möchte ich Ihnen danken, dass Sie dieses Buch gekauft haben und mir damit die Möglichkeit geben, vom Schreiben zu leben und Bücher wie dieses zu verwirklichen.

Markus Stromiedel, September 2015

Vom Autor empfohlene Lektüre

Die Physik der Zukunft. Unser Leben in 100 Jahren von Michio Kaku. Rowohlt Verlag, 2012

2052 – Der neue Bericht an den Club of Rome von Jorgen Randers. Oekom-Verlag, 2013

2112 – Die Welt in 100 Jahren von Ernst A. Grandits (Hrsg.). Georg Olms Verlag, 2012

Postdemokratie von Colin Crouch. Suhrkamp Verlag, edition suhrkamp, 2013

Die globale Überwachung von Glenn Greenwald. Droemer Verlag, 2014

Sie wissen alles von Yvonne Hofstetter. Verlag C. Bertelsmann, 2014

Der Klimawandel von S. Rahmstorf und H. J. Schellnhuber. Verlag C. H. Beck, 2012

OECD-*Umweltausblick bis 2050: Die Konsequenzen des Nichthandelns.* OECD Publishing, 2012

und ganz besonders:

Empört Euch! von Stéphane Hessel: Ullstein Buchverlag, 2011